TEGEN ELKE PRIJS

EEN GAMING THE SYSTEM-ROMAN

Brenna Aubrey

Vertaling door Jacodine van de Velde

SILVER GRIFFON ASSOCIATES
ORANGE, CA, USA

Omslagontwerp: Sara Hansen

Tweede editie juni 2024
ISBN 979-8-88908-031-2
Silver Griffon Associates
P.O. Box 7383
Orange, CA, USA 92863
www.BrennaAubrey.nl

Voor Jess, mijn rots in de branding.

HET MANIFEST

Een Maagdenmanifest… Gepost op de blog van Girl Geek

De meesten van jullie zullen geschokt zijn, denk ik, als ik meld dat ik op de bijna-ondenkbare leeftijd van tweeëntwintig jaar nog steeds een intact maagdenvlies heb. Nee, ik ga geen vragen beantwoorden over waarom dat zo is. Ja, ik ben heteroseksueel. Nee, ik ga niet met je uit.

Door de geschiedenis heen is een wereldwijd denkbeeld ontstaan dat een vrouw van grotere persoonlijke waarde is als ze zichzelf 'puur' heeft gehouden tot aan haar huwelijksnacht. Dat is in alle culturen alom bekend.

In bepaalde landen gaat dat verder dan morele of filosofische waarde en hebben we het over geldelijke waarde. In India bijvoorbeeld, gaat de echtgenoot ervan uit dat hij de familie van de bruid een prijs betaalt in ruil voor haar 'puurheid'.

In het oude Europa spaarde de familie van de bruid geld voor een zogenaamde bruidsschat, wat hielp een gunstige huwelijkspartner voor haar te vinden. Geld en bezittingen wisselden van eigenaar tussen de patriarchen van machtige families. En in ruil daarvoor werd de vrouw op haar huwelijksnacht ontmaagd, of ze nu van haar nieuwe echtgenoot hield of niet – meestal niet.

In Japan werd seks met een maagd zodanig gewaardeerd dat een rijke man een jonge leerling-geisha, een maiko *geheten, kon 'sponsoren'. Hij bekostigde haar opvoeding en training bij een mentor-*

"

geisha en voorzag haar van levensonderhoud en vele luxeartikelen. En wat kreeg hij als dank voor deze enorme vrijgevigheid? De man kreeg het recht van mizuage, *het ritueel waarin hij het privilege had haar maagdelijkheid te nemen. Er werd van uitgegaan dat hij haar daarna nooit meer zou zien. Dus al die uitgaven waren voor slechts één nacht.*

Maagden werden echter niet alleen aan machtige en rijke mannen verhandeld. Ook voor de goden der oudheid waren ze waardevol, in alle culturen. Een maagd offeren aan de goden, meestal door mannen, representeerde het ultieme offer in ruil voor iets waar behoefte aan was. In de legende van het oude Griekenland eiste de gekrenkte godin Artemis een maagdenoffer als betaling, omdat Agamemnon haar had beledigd. De Grieken hadden wanhopig behoefte aan wind om te kunnen zeilen, zodat Troje oorlog kon voeren, maar de godin dwarsboomde dat. Agamemnons dochter Iphigenia en haar moeder Clytaemnestra werden naar het offeraltaar gelokt met de belofte van haar op handen zijnde bruiloft met de held Achilles. In plaats daarvan werd Iphigenia gedood en prompt waaide de wind. Hup, daar zeilden de helden ervandoor, nauwelijks aangedaan.

De ultieme prijs in al deze voorbeelden was de maagdelijkheid van de vrouw en in de meeste gevallen profiteerden de vrouwen zelf nauwelijks van het feit dat ze hun puurheid hadden bewaard.

Dus vraag ik, in onze huidige tijd: kan een vrouw dit patroon veranderen en profiteren van haar eigen puurheid? Ik bevind me in de ongebruikelijke positie om dat zelf uit te vinden.

Ik heb besloten een vuist te maken tegen de misdaden en verplichtingen die mijn zusters vanaf het begin der tijden tot nu zijn aangedaan. Derhalve bied ik een nieuw paradigma aan, een waar een vrouw haar eigen puurheid kan verkopen en daar zelf de vruchten van kan plukken.

HOOFDSTUK
ÉÉN

IK HAD DE WEBPAGINA MINSTENS TWINTIG KEER VERVERST in het afgelopen uur, eindeloze minuten sleepten zich voort tussen iedere klik op de knop. Het manifest was nu een feit en het ging van grote invloed op mijn toekomst zijn.

Uiteindelijk leunde ik vol ongeloof achteruit, alle zuurstof uit me geperst. Het was definitief. Een compleet vreemde had zojuist beloofd driekwart miljoen dollar te betalen in ruil voor mijn maagdelijkheid.

Ik knipperde een paar keer met mijn ogen terwijl ik keek naar het cijfer met al die nullen erachter en was nauwelijks in staat adem te halen. Mijn mond was net zo droog als de Mojavewoestijn, maar ik betwijfelde of ik voldoende kracht in mijn benen had om op te staan en een glas ijswater te pakken.

Terwijl ik achterovergeleund in mijn stoel naar het plafond staarde, ging mijn telefoon. Zonder zelfs maar naar het scherm te kijken, wist ik wie het was.

'Hoi, Heath,' zuchtte ik.

'Nou, je pruimenveiling is gesloten en het lijkt erop dat iemand een megafortuin wil betalen om in je broekje te komen. Ben je inmiddels al zover dat je dit idiote idee wilt opgeven?'

Ik nam een diepe teug lucht en liet vervolgens mijn adem langzaam ontsnappen terwijl ik wenste dat mijn hart niet bonkte alsof ik net de vierhonderdmeter sprint had gelopen. 'Natuurlijk niet.'

Hij zuchtte. 'Dat dacht ik al. Maar ik zal niet stoppen met proberen je over te halen, Mia, dat weet je.'

Ik grimaste. 'Het lukt je bijna nooit mij ergens van op andere gedachten te brengen, *dat* weet *jij*.'

Hij vloekte zachtjes. 'Dit was het langste en duurste spelletje bluf dat ik ooit heb gespeeld,' zei hij.

'Ik zei al dat ik niet zou terugkrabbelen. Mijn hakken staan diep en stevig in het zand.'

Hij lachte. 'Dat is niet het enige dat ergens diep en stevig in zal gaan.'

Ik hapte naar adem en ging rechtop zitten. 'Hou je mond. Je hebt beloofd dat je me hier niet mee ging pesten.'

'Prima. Maar zoals afgesproken doen we dit op mijn voorwaarden, of we doen het helemaal niet. Ik meen het, anders help ik je verder niet.'

Ik rolde met mijn ogen. 'Ja, ja. Dat hoef je niet te blijven zeggen. Ik heb je gehoord.'

'En jij moet stoppen met die grote, bruine ogen van je te rollen. Ik sta niet te popelen om alle zooi te filteren en te ondervinden welke geilaard naar je foto's op je website heeft zitten loeren.'

Mijn maag trok samen bij zijn woorden en een tijdlang was ik stil. Dit was echt krankzinnig en iedere keer dat ik mezelf een beetje had gekalmeerd van de paniek die zich op het randje van mijn bewustzijn bevond, gebeurde er weer iets anders dat de stress aanwakkerde.

'Je helpt niet bepaald,' zei ik terwijl ik mijn uiterste best deed mijn irritatie te verbergen.

'Wie heeft dit hele klotegedoe in godsnaam geregeld? Ik ben consequent tegenstander van je gestoorde "nieuwe paradigma", ja, maar alsnog laat ik je niet in de steek.'

Opgelucht kuchte ik, want ik wilde wanhopig graag het onderwerp veranderen voordat hij overging op zijn volgende preek over de mogelijk zelfdestructieve gevolgen van mijn daden. 'Oké, dus… Hoe verder?'

Hij schraapte zijn keel. 'Ik beoordeel de drie hoogste bieders op grond van je meest-belangrijke criteria. Als het losers zijn dan ga ik verder met de volgende selectie en zo verder tot ik iemand vind die geen vieze oude engerd is, *als* er al iemand bij zit die geen vieze oude engerd is.'

'Oké, je hebt die lijst ergens, toch?' Ik grimaste toen ik de immense berg papieren en zooi op zijn bureau voor me zag. Waarschijnlijk had hij het al wekenlang niet meer gezien.

'Jezus, Mia. Ik heb die verdomde lijst niet nodig. Ik ken ze uit mijn hoofd. Hij mag niet getrouwd zijn. Moet een uitgebreid medisch rapport overleggen om soa's uit te sluiten. Ehm…'

'Zie je? Je kunt je de helft niet eens herinneren.' Ik wachtte even. 'Zorg dat je die lijst vindt en ruim dat verdomde bureau eens een keer op.'

Hij rommelde door een stapel papieren aan de andere kant van de lijn. 'Hij ligt hier, onder een stapel…'

'Zooi?'

'Ik weet er nog één. Strafblad?'

'Hm-mm… Wat nog meer?'

'Ah, hier is-ie. Zie je, ik zei toch dat ik hem onder mijn stapel met Minecraft-aantekeningen zou vinden? Eens kijken…

Bloedonderzoek, huwelijkse staat, bla bla bla, oké… Bewijs dat het geld op een buitenlandse rekening is gestort.'

'En niet te vergeten…?'

'Een *hele* grote?'

Mijn blik schoot naar het plafond. Typisch iets voor hem om belang te hechten aan de grootte. 'We denken niet allemaal zoals jij.'

'Nou, ja, dat zou een van mijn criteria zijn. En wat dan nog? Het laatste criterium is dat jullie er allebei mee instemmen dat tussen de twee partijen geen verder contact meer zal plaatsvinden nadat aan de voorwaarden van het contract is voldaan.'

Ik leunde achterover. 'Super. Dan ben ik in goede handen.'

'Het is mijn taak ervoor te zorgen dat je dat *gaat* zijn.'

Het strakke gevoel in mijn maag speelde weer op. 'Dat is het plan.'

'Ik heb al een e-mail naar de hoogste bieders gestuurd.'

Mijn wenkbrauwen schoten omhoog. Dat was snel. Het was helemaal niets voor hem om er zo als de kippen bij te zijn. Heath – mijn beste vriend sinds de tweede klas van de middelbare school en een soort oudere surrogaatbroer, al scheelden we maar zes maanden – was altijd zo beschermend. Toen ik hem de post van het Maagden Manifest had laten zien, vlak voor ik hem op mijn blog plaatste, draaide hij helemaal door.

Gelukkig was hij ook weer gekalmeerd en eiste toen dat hij de controle over de uitkomst zou krijgen. Het was het compromis dat ik moest accepteren in ruil voor zijn hulp en ik wist dat ik hem kon vertrouwen. Feitelijk was Heath de enige man op deze aardbol die ik vertrouwde.

We zeiden gedag en met een vastberaden klik sloot ik mijn browser af. Ik wist zeker dat de lezers van mijn blog morgen een verslag van de veilingresultaten wilden zien. Deze hele toestand was binnen de online community zo ongeveer viraal gegaan. Zelfs daarbuiten; *Huffington Post,* Jezebel, zelfs Twitter. Ik kneep mijn ogen dicht, want ik zag op tegen het schrijven van die post. De lezers zouden antwoorden willen en die had ik niet. Nog niet, tenminste.

Sowieso waren er de afgelopen paar weken klachten geweest dat de veiling mijn normale posts had verstoord. Het was tenslotte een blog voor gamers, in godsnaam!

Tijdens al dat gedoe rondom die veiling waren de meeste mannelijke lezers het er blijkbaar over eens geworden dat ik met een acht of hoger werd gewaardeerd. Naar mijn mening was ik eerder een goeie zes. Die mannelijke gamers waren gewoon meestal niet zo kieskeurig als het op vrouwen in onze community aankwam. De voornaamste vereiste was dat een vrouw ademde en redelijk grote borsten had. Als je als vrouwelijke gamer op Comic-Con je naambordje tussen je borsten stak, zouden die kerels waarschijnlijk nooit bij je ogen belanden.

Met trillende handen gingen de volgende paar uur in een waas aan me voorbij. Ik maakte wat thee uit het kleine doosje met die dure Orange Pekoe, mijn favoriet. Ik stond mezelf de traktatie toe omdat het een speciale gelegenheid was en ik beloofde plechtig het zakje de volgende ochtend bij het ontbijt te hergebruiken. Tegenwoordig moest ik dergelijke kostenbesparende maatregelen nemen. Mijn beurs was geslonken en mijn onkosten werden nauwelijks gedekt door de advertenties op mijn blog en mijn parttimebaan als verpleegster in het ziekenhuis.

Het idee van de veiling was dan ook uit die noodzaak voortgekomen, ondanks de 'hoge idealen' waarover ik in het Maagden Manifest schreef. Ik had het echt gepost om een gesprek op gang te brengen over het doorbreken van de eeuwenoude traditie om te profiteren van de puurheid van een vrouw. En ja, ik had een statement willen maken, omdat ik vond dat ik zelf profijt van mijn maagdelijkheid mocht hebben. Ik geloofde heilig in die idealen, maar mijn voornaamste motivatie was geld, zekerheid. Doordat ik het grootste gedeelte van mijn lening had gebruikt om mijn moeder met haar medische kosten te helpen, had ik niets gespaard voor mijn studie geneeskunde.

Mijn enige optie was mijn toekomst volledig te verprutsen door gebukt te gaan onder de last van enorm hoge studieleningen. Wilde ik echt mijn diploma geneeskunde halen om opgezadeld te zitten met een enorme schuld en daarmee drie jaar coschappen ingaan om er vervolgens nog een oncologieopleiding bovenop te gooien?

Ik liet een ijsklontje in de gloeiendhete thee glijden en nam kleine slokjes terwijl ik mijn studieboeken tevoorschijn haalde voor de *Medical College Admission Test*, ofwel MCAT. Zoals de laatste tijd steeds gebeurde tijdens het studeren, viel ook nu dat zware gevoel op me. Ik was dit jaar vol goede moed begonnen om, door middel van een herkansing, mijn erbarmelijke score van vorig jaar te verbeteren. Maar met het verstrijken van de tijd werd het moeilijker en moeilijker om optimistisch te blijven.

De test was over iets meer dan drie maanden en ik moest nog zo veel literatuur doornemen. Ik haalde diep adem en dook in de stof door de onderwerpen van deze week te bestuderen:

koolwaterstoffen en zuurstofhoudende verbindingen. Ik keek op de klok. Ik moest bijna naar de bibliotheek voor mijn afspraak met Jon om vanavond nog wat meer te studeren. Morgen kwam de studiegroep bijeen en ik wilde, zoals altijd, voorlopen. Als ik niet extra voorbereid die sessie inging, had ik altijd het gevoel dat ik mezelf voor gek zette.

Dus, ik ging aan het werk.

***

Die avond ontmoette ik Jon in ons gebruikelijke studiehok in de universiteitsbibliotheek. Eerlijk gezegd was ik dankbaar voor de afleiding van de niet-aflatende gedachten in mijn hoofd over de veiling.

'Dus?' zei Jon toen ik op mijn vaste plek ging zitten.

Met gefronste wenkbrauwen keek ik hem aan. 'Wat?'

'Kun je komen?' Hij keek me met zijn smekende, babyblauwe ogen aan.

Jon en ik hadden elkaar het jaar daarvoor op de vooropleiding op Chapman University leren kennen. Hij was overgestapt van een van de almachtige Ivy League-universiteiten. Ik heb nooit het hele verhaal gehoord van wat daar was gebeurd. Het was niet alsof hij geld uitspaarde door naar Chapman te gaan, een particuliere universiteit met een flink prijskaartje.

Mijn collegegeld voor mijn bachelor was betaald met mijn studiebeurs en ik had extra hard gewerkt om in drie en een half jaar mijn diploma te halen in plaats van in de gebruikelijke vier jaar, dus dit laatste semester was bedoeld om te werken en te studeren. Als ik mijn MCAT-score niet verbeterde, zou dat echter allemaal voor niets zijn geweest en moest ik iets anders verzinnen om met mijn bachelorsdiploma biologie te gaan doen.

Vanwege de lage score op de test was ik gedwongen een tussenjaar te werken, wat ik niet had gepland. Geen enkele geneeskundeopleiding zou namelijk met een score van onder de twintig naar mijn aanvraag hebben gekeken, ook al was mijn gemiddelde eindcijfer een acht. Ik zou moeten wachten op een hogere score om me te kunnen aanmelden voor de studie geneeskunde. Dus gebruikte ik deze tijd om de zaken van de zonnige kant te bekijken. Er was geen ontkennen aan dat ik tijd nodig had om geld bij elkaar te rapen.

Mijn blik ging met meer dan een beetje jaloezie naar mijn studiepartner aan de andere kant van de tafel. Jon had geen financiële zorgen en zou direct geneeskunde gaan studeren als hij volgend jaar zou slagen.

Toen hij zag dat ik hem uitdrukkingsloos zat aan te kijken, slaakte hij een diepe zucht. 'Ben je weer eens vergeten je mobiel op te laden?'

Ik reikte in mijn tas en trok hem tevoorschijn. Zo dood als een pier. Ik gaf hem een scheve grijns en haalde mijn schouders op. 'Ik doe niet echt aan berichtjes sturen. Dat heb ik je al gezegd.'

Hij haalde een hand door zijn blonde krullen. 'Mia, je moet echt de eenentwintigste eeuw eens betreden. Ten eerste hebben alleen oude mensen zulke telefoons,' zei hij met een afkeurend gebaar met zijn hand.

Een golf van misplaatste genegenheid kwam in mijn borst omhoog terwijl ik mijn mobiel terug in mijn tas stopte. Wat was er mis met een prepaidabonnement? En durfde ik hem te vertellen wat de werkelijke reden was dat ik het bericht niet had ontvangen? Het had namelijk niets te maken met een nietopgeladen mobiel, maar alles met mijn beltegoed dat op was terwijl ik geen geld had om het op te waarderen.

Hij wist dat ik zo'n doorsnee student was die worstelde om rond te komen. Hij wist alleen niet precies hoe erg het was, aangezien ik hem nooit bij mij thuis had uitgenodigd. Een blik in mijn armzalige studio en hij zou direct weten hoe het met mijn financiële omstandigheden was gesteld.

Er kwamen nooit kerels bij mij thuis, met uitzondering van Heath, maar zelfs hij trok meestal zijn neus op voor mijn omgebouwde studio. Tot vorig jaar, toen hij en zijn vaste vriend hadden besloten bij elkaar in te trekken, waren we huisgenoten geweest. Vanwege mijn financiële problemen moest ik een stap terug doen, een heel grote stap, en woonde ik nu in mijn huidige studio boven de garage van een van die schattige, oude vakwerkhuisjes. Helaas was het er in de zomer heter dan in de hel en in de winter ijskoud, voor zover dat mogelijk was in Zuid-Californië.

'Dus, wat wilde je me vragen?' Mijn borst trok samen van de spanning. *Vraag me alsjeblieft niet weer mee uit. Vraag me alsjeblieft niet weer mee uit.* Ik raakte het beu om nee tegen hem te moeten zeggen. Hij was vasthoudender dan de meeste kerels. Ik stopte een pluk van mijn lange, donkere haren achter mijn oor en keek hem afwachtend aan.

'Er is een diner…' Hij stopte toen ik diep inademende en hem een blik toewierp. Aangezien ik niets zei, ging hij verder. 'Het is een liefdadigheidsevenement. Mijn ouders gaan er ieder jaar heen en vroegen me of ik het kon bijwonen, aangezien zij zijn verhinderd.'

'Wanneer?'

'Volgende week.'

'Jurk?'

'Formeel.'

'Ik doe niet aan dat soort evenementen.' Om maar niet te spreken over het feit dat ik niets had om aan te trekken dat ook maar enigszins in de buurt van 'formeel' kwam.

'Kom op, Mia,' zuchtte hij met een kreun. 'Het is niet alsof ik je ten huwelijk vraag.'

Mijn rug rechtte zich en er nestelde zich een strakke bal tussen mijn schouderbladen. Ik probeerde me gevleid te voelen door zijn duidelijke interesse, maar ik ervaarde het eerder als een belemmering van onze kostbare studietijd. 'Het spijt me. Vat dit alsjeblieft niet persoonlijk op. Ik doe gewoon niet aan daten.'

Hij schudde zijn hoofd en blies zijn adem uit. 'Je zult nooit iemand vinden als de enige kerel met wie je omgaat homo is.'

Ik ademde in door mijn neus en uit door mijn mond. Ik wist dat hij het niet lullig bedoelde. Hij kon het goed vinden met Heath, sterker nog, hij had gezegd dat Heath hem makkelijk kon hebben. Eigenlijk was dat nogal een stomme opmerking aangezien Heath de meeste kerels kon vloeren – ik was blij dat hij aan mijn kant stond.

'Hoe kom je erbij dat ik iemand zou willen vinden?'

Jon leunde fronsend achterover. Hij was een goede studiepartner en een aardige knul, anders had ik de moeite niet eens genomen. Maar dit begon vermoeiend te worden en ik wist dat ik ervoor moest zorgen dat hij zijn waanidee liet vallen of anders op zoek moest gaan naar een nieuwe studiepartner.

Zijn gezicht betrok en ik kon niet voorkomen dat ik een vleug spijt voelde. Het was nooit mijn bedoeling geweest zijn gevoelens te kwetsen, dus ik besloot hem tegemoet te komen.

'Wat dacht je ervan als we na de test iets gaan drinken om het te vieren?'

Zijn ogen lichtten op. Hij was echt een knappe kerel. Eentje waar ik mezelf mee zou zien daten, *als* ik zou daten. Maar het was me gelukt mijn bachelor door te komen zonder ook maar met één kerel uit te gaan. We gingen altijd in groepjes op stap en af en toe was ik mee uitgevraagd, totdat alom bekend werd dat ik hier niet was vanwege sociale redenen.

Trouwens, het besteden van al mijn vrije tijd aan online games en sleutelen aan mijn blog hielp een sociaal leven behoorlijk om zeep. En het mijne was jaren geleden gestorven.

'Oké.' Hij lachte en pakte een van zijn computergegenereerde aantekeningkaartjes op. 'Noem alle zuurstofhoudende verbindingen die ook zuurderivaten zijn.'

Ik concentreerde me op zijn vraag en hoopte dat deze kleine concessie aan vriendelijkheid me uiteindelijk niet duur zou komen te staan.

***

De eerste keer dat mijn telefoon overging, paste in mijn droom. Ik stond op het punt tijdens mijn eerste jaar van *"Gross Anatomy"* in een of ander onbeduidend geneeskundecollege in een kadaver te snijden. Ik had mijn scalpel tegen de huid geplaatst, klaar om het onderhuids weefsel weg te snijden zoals ik in mijn lesboeken over ontleding had gelezen, toen het stoffelijk overschot als een telefoon begon te rinkelen.

Bij de tweede keer rinkelen werd ik uit mijn droom gerukt en was ik zo wazig dat ik nauwelijks kon plaatsen waar ik was.

Ik keek op het scherm wie het was en accepteerde het gesprek.

'Mam,' zei ik terwijl ik naar de klok keek. Half acht. Waarom moest ze altijd zo vroeg bellen?

'Sliep je nog?'

Ik schraapte mijn keel. 'Nee.'

'Leugenaar,' zei ze. 'Je moet jezelf aanleren vroeg op te staan. Dokters maken het nooit laat.'

'Aankomende dokters maken het laat als ze de halve nacht hebben gestudeerd.'

Ze zuchtte. 'Nou, dat is ook niet goed. Als je jezelf hebt uitgeput tegen de tijd dat de test voor de deur staat, ga je geen enkele vraag goed beantwoorden.'

Ik rolde met mijn ogen en liet mijn hoofd achterover op het bed vallen. *Zo zeg, dat zorgde ervoor dat ik me een stuk beter voelde, mam. Bedankt.* Ik verplaatste mijn hoofd naar mijn warme kussen. 'Waarom bel je me op deze geweldige ochtend?'

'Ik wil weten of je geld nodig hebt,' zei ze luchtig.

Ik knarste mijn tanden en voelde mijn kaak onder mijn wangen opbollen. 'Nee. Ik red me wel...' antwoordde ik net zo luchtig mogelijk.

'Gisteravond toen je niet thuis was, probeerde ik je mobiel te bellen.' *Shit.* Ze had de melding gehoord dat het toestel niet langer in gebruik was.

'O, ik moet vergeten zijn op te waarderen.'

'Emilia Kimberly Strong.'

'Ik red me wel, mam. Ik krijg vrijdag mijn loon.'

Irritatie kroop als een zwerm mieren op zoek naar een picknick langs mijn ruggengraat omhoog. Alsof zij het recht had overstuur te zijn omdat ik tegen haar loog terwijl zij als eerste tegen mij had gelogen! De laatste keer dat ik thuis was, had ik de brief over de achterstallige hypotheekaflossing gezien. Tweede waarschuwing, derde. Aanmaningskosten.

Ze kon de ranch maar nauwelijks draaiende houden. Toen ik opgroeide had ze nooit een hypotheek gehad. Ze had de ranch volledig afbetaald met het geld dat de Biologische Spermadonor – mijn niet bepaald liefdevolle term voor de man die me had verwekt – haar had gegeven om te verdwijnen en haar baby ergens anders te krijgen.

'Mia, je zou het me toch wel zeggen als je iets nodig had, of niet?' *Mam, je zou het me toch wel zeggen als je door de bank op straat zou worden gezet, of niet?* Ik verlangde ernaar met die woorden te reageren, maar zoals gebruikelijk ontbrak het me aan de moed om het onderwerp zelfs maar ter sprake te brengen.

De ranch – min of meer een kruising tussen een soort gastenranch voor 'kerels' en een western B&B – was mijn moeders levensonderhoud. Maar sinds de kankerdiagnose en haar behandeling was ze niet in staat de ranch naar behoren te leiden. Dus had ze een hypotheek genomen om haar medische kosten te betalen.

Ik toverde mijn nep-vrolijke stem weer tevoorschijn. 'Natuurlijk, natuurlijk. Hou van je!'

'We hebben helemaal nog niet gepraat... Wat...'

En verdomd als er op dat moment geen melding kwam van een ander inkomend telefoontje. Ik keek wie het was. Heath! Als ik door het toestel heen had kunnen reiken om hem te kussen, had ik het gedaan. Ik hield van die gast.

'Mam, Heath belt me en ik denk dat het belangrijk is. Kan ik je terugbellen?'

'Ik bel jou wel. Het is interlokaal.'

'Oké. Misschien morgen?'

'Doe hem de groetjes van me en ik verwacht nog steeds dat hij de volgende keer met je meekomt zodat ik hem weer een keer kan zien.'

'Tuurlijk, tuurlijk. Hou van je, mam.' Ik beëindigde het gesprek om het telefoontje in de wacht op te nemen, ademde diep in en ging rechtop zitten.

'Gast.'

'Popje.'

'Vertel op.'

'Ik heb het teruggebracht naar twee kerels. De komende dagen ga ik ze allebei ontmoeten.'

'Zijn ze in de buurt?'

'Een van hen woont niet al te ver hiervandaan. De ander in het oosten, maar hij vliegt hier aanstaande donderdag heen voor zaken. Dan heb ik met hem afgesproken.'

Mijn hartslag sloeg op hol. 'Oké. Wat... wat voor types zijn het?'

'De jongste kerel is nog maar tweeënzestig...'

Ik verstijfde. '*Wat?*'

'Grapje.'

Opgelucht zakte ik in mijn stoel. Had ik kunnen weten. 'Eikel.'

'De derde kerel kwam daar min of meer wel bij in de buurt. Bijna vijftig. Hij was ook een "nee" vanwege andere criteria. De jongste is maar een paar jaar ouder dan ik. De ander is in de dertig. Behoorlijk jammie. *Ik* zou hem doen, maar je weet dat ik van blondjes hou.'

De jongste was dus niet blond. 'Wat kun je me nog meer vertellen?'

'Stinkend rijk, uiteraard. Allebei duidelijk geïnteresseerd, vooral nadat ik de gezichtsfoto's had gestuurd.'

Ik rolde met mijn ogen. Naast zijn vele technische prestaties – Heath ontwierp en bouwde websites voor de kost – was digitale fotografie een geliefd tijdverdrijf van hem. En hij was behoorlijk getalenteerd. Hij was degene die erop had gestaan, toen ik dit gestoorde plan eenmaal had bekokstoofd, dat ik een bikini zou aantrekken. Een bikini die ik overigens bij Anthropologie had gekocht en uiteindelijk had geretourneerd omdat hij ver boven mijn budget lag. Hij nam foto's van me op de stenen van de steiger bij Corona Del Mar Beach.

De foto's die hij op de veilingwebsite had geplaatst, waren vanaf de nek naar beneden. Waarschijnlijk had ik wel een goed figuur, zelfs al waren mijn borsten tamelijk klein. Maar ik was aan de lange kant, wat me de bijkomstigheid van lange benen verschafte. Toch was ik er vrij zeker van geweest dat het ontbreken van chirurgische verbeteringen of een nep zongebruind kleurtje de uitkomsten van de veilig ten negatieve zou beïnvloeden. Maar blijkbaar was dat niet het geval.

Hoezeer ik ook wist dat het tijd was om het gewoon maar achter de rug te hebben en mijn maagdelijkheid kwijt te raken, het was niet slechts een kwestie van die maagdelijkheid opgeven aan de kerel die er het meest voor wilde betalen. Ik had een weldoordacht plan uitgestippeld. Eerst zou hij een grondige screening door mijn 'uitsmijter' moeten doorstaan.

'Tja, ik zal een manier moeten zien te vinden om degene die jou niet wint gunstig te stemmen.'

Ik schoot in de lach. 'Laat me weten hoe dat voor je uitpakt. Aan de andere kant, misschien beter van niet. Ik wil het niet weten.'

'Morgen heb ik in Irvine een lunchafspraak met de Californiëman. Nadat ik de New Yorker heb ontmoet laat ik het je weten. Ik heb hun allebei om hun medische gegevens gevraagd en ik zoek de nodige achtergrondinformatie uit.'

'Klinkt goed, allemaal.'

'Mia, ik moet het nog een keer zeggen… Het is niet te laat om ermee te kappen. Zodra er eenmaal geld is gestort en de plannen zijn gemaakt, is het een gedane zaak. Maar je hebt nog steeds de mogelijkheid ermee te stoppen en compleet anoniem te blijven. Ik bedoel, dit is niet iets makkelijks om van jezelf te vragen. Je hebt nog nooit seks gehad en om het dan met een compleet vreemde te doen…'

'Heath…'

'Ik bedoel, ik heb ervoor gezorgd dat in de tekst van de veiling stond dat je wellicht een "je leren kennen"-periode nodig hebt. Misschien eerst een paar afspraakjes zodat het niet zo… plotseling is?'

Ik schudde mijn hoofd in een poging mijn toenemende frustratie te onderdrukken. Hier hadden we het al eerder over gehad, meerdere keren. 'Ik heb je al gezegd dat ik hem liever niet ken. Ik wil gewoon dat het zo snel mogelijk achter de rug is. Het is voor mij geen romantische daad, alleen een dun vliesje. Ik ben er niet emotioneel aan gehecht. Het is de hoogste tijd dat ik het verlies. Dan kan ik vervolgens met een mooie, dikke bankrekening verder met mijn leven.'

Er volgde een lange stilte aan de andere kant van de lijn. Ik ging rechtop zitten, kneep mijn ogen dicht en dacht aan mijn moeder. Al vrij snel had ze een volgende inenting vanwege haar huidkanker nodig en die waren kostbaar, vooral als je geen ziektekostenverzekering had. Waarschijnlijk zou ze die weigeren en daarvoor in de plaats ervoor kiezen de hypotheek te betalen. Boosheid om onze hulpeloosheid brandde aan de rand van mijn bewustzijn. 'Ik zei al dat ik me niet terugtrek.'

'Oké. Ik voelde me alleen verplicht het nog een keer te zeggen.'

'En nog een keer. En nog een keer.'

'Juist. Nu ga ik je nog een vraag stellen die je zal irriteren.'

Ik zette me schrap, maar zei niets.

'Wat denk je dat je psychiater hiervan zou zeggen?'

Ik trok een wenkbrauw op. 'Ik heb dokter Marbrow al jaren niet gezien.' Ik kon me *haar* ook niet meer veroorloven. 'Ze sloot mijn dossier op mijn eigen verzoek. Verklaarde me volledig genezen.'

'Oookééé.'

'Denk je dat ik gek ben?'

Hij zuchtte. 'Ik denk dat er een lange tijd nodig is om over de shit heen te komen waar jij mee te maken hebt gehad.'

Ik slikte. Was zes jaar niet lang genoeg? Zo niet, hoelang zou er dan nodig zijn? Een decennium? Vijftien jaar?

'Ik ben een sterke vrouw,' zei ik.

'Ja, Jezus, dat ben je zeker. Ik wil alleen maar zeggen...'

'Oké, voldoende gepreekt voor vandaag. Klaar nu. Ik spreek je aan het eind van de week. Ik moet me gaan klaarmaken voor mijn werk.'

'Log je nog in vanavond?' vroeg hij.

'Het is onze vaste gameavond. Je weet dat ik er altijd ben.'

'Nog iets van Fallen gehoord?' Heath verwees naar de gamenaam van een vast lid van onze groep, FallenOne. Zo noemden we hem allemaal, aangezien hij ons nooit zijn echte naam had gegeven. We gameden al meer dan een jaar met elkaar, samen met een goede vriendin uit Canada, en Fallen was al bijna twee maanden niet aangesloten op onze vaste groepsavond.

'Ik weet niet zeker wat er op het moment in zijn privéleven gaande is.'

'Heeft hij je dat niet verteld? Jullie twee praten overal over.'

'Niet meer,' reageerde ik met een vleug spijt. Ik wist dat Fallen mijn blog las. Hij had met klem bezwaar gemaakt tegen mijn manifest. We waren een halve nacht wakker gebleven om via de game over de chat ruzie met elkaar te maken. Was hij boos op me vanwege de veiling? Het idee door dit gedoe vrienden kwijt te raken stond me niet aan, dus ik hoopte dat dat niet het geval was.

Nadat we ons gesprek hadden beëindigd, sprong ik uit bed en ging onder de douche. Toen ik mijn ziekenhuiskleding eenmaal had aangetrokken, vertrok ik naar mijn werk. Tijdens mijn dienst probeerde ik mijn aandacht te richten op wat ik aan het doen was, in plaats van op de onderwerpen die Heath had opgerakeld… of het eindresultaat van de veiling. Met een beetje geluk zou alles zijn opgelost voordat ik mijn MCAT ging herkansen. Daar hoopte ik in ieder geval op.

Hoofdstuk Twee

DE VOLGENDE WEEK GING OP DE AUTOMATISCHE PILOOT aan me voorbij. Ik voerde mijn taken op mijn werk uit, schreef op mijn blog, handelde verschillende zaken af. Ik had het gevoel dat er iets stond te gebeuren, iets groots. Maar ik stond mezelf niet toe met dat idee aan de haal te gaan. Dit moest kleiner zijn dan ik. Dit moest een nietszeggend moment op mijn totale levenslijn zijn. Het zou snel achter de rug zijn en dan zou ik verder gaan met de rest van mijn leven.

Toch vroeg ik me af bij wat voor soort man ik uiteindelijk terecht zou komen. Als ik mazzel had, zou ik hem op zijn minst aantrekkelijk vinden. Misschien zou hij goed voor me zijn, aardig. Hij hoefde niet fantastisch te zijn, ik was tenslotte nauwelijks in de positie om een oordeel over hem te vellen, gezien mijn gebrek aan ervaring.

Dat soort ideeën flitsten door mijn hoofd en een paar keer betrapte ik mezelf erop dat ik over de geheimzinnige man fantaseerde. Iedere keer dat de telefoon rinkelde, schrok ik omdat ik wachtte tot Heath iets van zich zou laten horen. Dus, toen mijn telefoon eindelijk rinkelde, was het geen verrassing dat ik, alweer, in bed lag. Deze keer voor een kort dutje na een nachtdienst op de SEH.

'Wat?' mompelde ik in de hoorn, nog steeds half in slaap.

'Sliep je?' klonk Heaths geamuseerde stem over de lijn.

'Hmm. Late dienst gisteravond, vanmorgen.'

'Ah, oké. Nou... sta op en maak een pot koffie voor jezelf, want ik heb een winnaar en hij wil je vanmiddag ontmoeten.'

Ik kreunde. 'Hij kan wel wachten. Ik ben halfdood, Heath. Kunnen we dit niet morgen doen? Het is mijn vrije dag en ik moet zoiets een beetje ruim van tevoren weten. Het is al weet ik niet hoelang geleden dat ik mijn was heb gedaan...'

'Nee, gaat niet, pop. Morgenvroeg vliegt hij voor zaken naar de oostkust. Hij is pas eind van de week weer terug.'

'Heath...'

'Kom op. Ik heb een privévergaderruimte in het Westin South Coast Plaza gereserveerd.'

Ik bedacht dat mijn enige serieuze rok – een nette, zakelijke kokerrok – onder in mijn wasmand lag, zodanig gekreukt dat hij onherkenbaar was.

'Ik moet mijn rok strijken en mijn strijkijzer is kapot.'

'Ik zal mijn strijkijzer meenemen als ik je ophaal.'

'Maar ik heb ook geen strijkplank.'

'Dan gebruik je de tafel, in godsnaam. Luister, ik ben er niet om je westerse heteroseksuele vrouwenproblemen op te lossen. Sta op, doe je make-up op en hou je aan het plan.'

Ik zuchtte en hing op terwijl mijn hart als een malle tekeerging. Het drong tot me door dat hij me niet had verteld wie hij had geselecteerd.

Braaf volgde ik zijn instructies op. Ik stond op, douchte, deed mijn haar en gaf me over aan het onvermijdelijke door het in een paardenstaart te doen, aangezien mijn haren niet van plan waren mee te werken. Mijn make-up lukte naar tevredenheid en ik stond in mijn blouse – wit en getailleerd – en slipje toen Heath arriveerde. Hij had zijn strijkijzer niet bij zich.

'Wat de hel, Heath?'

'Ik kon het niet vinden. Volgens mij heeft dat stomme, kleine ettertje het gejat toen hij zijn zooi inpakte en vertrok.' Hij doelde op de recente breuk van zijn tweejarige relatie. Ze waren niet bepaald goed uit elkaar gegaan en Heath was nog steeds herstellende van een gebroken hart.

Verward keek ik hem aan. 'Wie jat er nou een strijkijzer?'

'Verwende kleine etterbakjes als Brian, blijkbaar.'

Ik zuchtte en wierp een blik op het ding dat ik droeg dat zogenaamd voor een rok moest doorgaan.

'Waarom hang je hem niet op in de douche met de warmwaterkraan open?' vroeg hij.

'Wil je dat ik mijn rok een douchebeurt geef?'

'De stoom zal wat van de kreukels verwijderen. Een droger helpt ook.'

'Nou, ik heb geen droger, dus ik denk dat ik het met de stoom zal moeten doen. Denk je dat dat werkt?'

'Echt niet, maar je kunt het net zo goed proberen.'

Ik zette de douche aan tot het warme water koud werd – wat niet lang duurde in mijn kleine studio. Sinds ik hier woonde was ik de koningin van de vlugge douche. Toen ik de rok van de hanger trok en probeerde de vochtige stof glad te strijken, weigerde die mee te werken.

Eenmaal aangekleed verliet ik de badkamer. Heath trok een gezicht en draaide met zijn vinger om me duidelijk te maken dat ik een rondje moest draaien.

Ik gehoorzaamde. 'Zo erg?'

Hij haalde zijn schouders op. 'Je hoeft geen mode-expert te zijn om te zien dat dat ding een vod is, letterlijk.'

Ik blies mijn adem uit. 'Hoeveel tijd hebben we nog? Misschien kunnen we even langs het winkelcentrum om er een te huren?'

Hij trok zijn mobiel tevoorschijn, keek erop en schudde zijn hoofd. 'Je gaat zo. Trouwens, hij betaalt geen bak geld om met je rok naar bed te gaan, helaas voor jou.'

Ik keek hem aan. 'Soms irriteer ik me kapot aan je.'

'Weet ik.' Hij haalde zijn schouders op, gebaarde toen naar de deur en liep naar buiten. Ik volgde hem een prachtige lentemiddag in.

Eenmaal in zijn blauwe Jeep Wrangler manoeuvreerde Heath ons door slaperige straten, omringd door felpaarse jacaranda's en fluisterende peperbomen, naar de dichtstbijzijnde oprit van de snelweg. Eenmaal op de bredere boulevard deinden de hoge palmbomen – alom aanwezig in Zuid-Californië – in de koele oceaanbries.

'Dus, wie is die kerel?' vroeg ik hem terwijl we over de 55 reden.

'Daar kom je snel genoeg achter. Hij heet Drake.' Hij wierp een blik op me alsof ik zou moeten weten wie dat was. 'Adam Drake.'

'En welke rijke gast is dat?'

'Degene hier uit de buurt. Woont in Newport Beach, uiteraard. Doen ze dat niet allemaal?'

Ik snoof. 'En je zei dat hij jong is?'

'Iets ouder dan wij. Zesentwintig.'

'Hoe is hij dan zo rijk geworden? Trustfonds? Pappie's bedrijf?'

'Nope, eerlijk gezegd heeft hij zijn eigen kapitaal vergaard.'

Dat stukje informatie blies me van mijn sokken. 'Hoe kan dat, op zijn leeftijd?'

'Hij is een software architect – videogames.'

Mijn mond viel open van verbazing. Heaths ironische ondertoon ontging me niet. 'Ik kan begrijpen waarom je hem hebt uitgekozen. Heeft hij iets ontwikkeld wat ik ken?'

Heath trok een schouder op. 'Misschien.'

Ik keek hem scherp aan. 'Hoe grondig heb je zijn achtergrond eigenlijk gecheckt?'

'O, God. Ik denk dat hij inmiddels bijna als een broer voor me is. We hebben elkaar maandag drie uur lang gesproken. Vervolgens nog een lang telefoongesprek op woensdag. Ik was al half verliefd op hem voordat ik Meneer New York ontmoette.'

Ik snoof nogmaals.

'O, doe dat niet als je daarbinnen bent. Misschien bedenkt hij zich als hij hoort dat je lacht als een biggetje.'

Met de rug van mijn hand gaf ik hem een mep op zijn schouder en hij grijnsde.

Nog geen half uur later zaten we in zwartleren stoelen aan een glas-met-chromen vergadertafel, omringd door een modern granieten inrichting die een en al comfort en rijkdom uitstraalde. Ik was al heel vaak langs dit hotel gereden, maar nog nooit binnen geweest en ik had nooit durven hopen dat ik de kans zou krijgen op zo'n mooie plek te mogen verblijven.

Mijn vingers trommelden op mijn schoot, tikten tegen mijn blote knieën. Heath hield me een keer tegen door zijn grote hand over de mijne te leggen, maar zodra hij die weghaalde ging ik weer verder.

'Ik word helemaal gestoord van je.'

Ik keek hem boos aan. Hij had mijn zenuwen maar gewoon te accepteren. 'Waren we echt zo vroeg?'

'Nee, hij is laat.'

'Als hij me zo graag wilde ontmoeten, zou hij hier dan niet op tijd moeten zijn?'

'Hij komt over de 405. Na drieën lijkt dat net een parkeerterrein. Waarschijnlijk zit hij vast in het verkeer.'

Ik snoof. 'Kan hij de rijkestinkerdlaan voor limo's niet nemen of zo?'

Voordat ik verder nog iets kon zeggen, naderden twee mannen de matglazen deur naar de vergaderkamer. Een van hen leunde naar voren om de deur open te trekken. Hij was de langste van de twee en droeg zijn donkere haar in een kortgeknipt kapsel. De andere man... Nou, ik merkte hem nauwelijks op toen ik oogcontact maakte met de eerste man. Zijn blik was zo donker als lavasteen.

Heath en ik sprongen overeind. Mijn hartslag versnelde tot een bijna-fataal tempo en dreigde een acute hoge bloeddruk te veroorzaken. De eerste man, met de donkere ogen, was de softwaremagnaat, daar durfde ik al mijn miezerige bezittingen op in te zetten. Zodra hij eenmaal een volledige blik op me had kunnen werpen, aarzelde hij in de deuropening en mijn adem stokte toen ik naar zijn verbluffend knappe gezicht keek.

Hij was rond de een meter tachtig en droeg een duur pak. Het soort met een gilet onder het jasje, dat eruitzag alsof het speciaal voor hem was gemaakt en dat nauwsluitend om zijn taps toelopende middel en slanke heupen viel. Het pak stond hem zo goed dat ik gewoon wist dat het een designerpak was, al was ik de eerste om toe te geven dat ik niets wist van design-wat-dan-ook.

Hij was fijngebouwd, maar niet imposant. Zijn broek hing rond zijn gespierde bovenbenen, zijn jasje spande over zijn stevige, maar niet brede schouders. Zijn pak had een frisse, staalgrijze kleur met een iets donkerder overhemd en stropdas. De zilveren dasspeld ving het licht en mijn blik flitste ernaar en vervolgens terug naar zijn gezicht. Hij had de gebeeldhouwde mannelijkheid van een marmeren god. Een en al hoeken en sterke, rechte lijnen.

Mijn hart voelde alsof het ieder moment kon gaan fibrilleren of – zoals een niet-medische student zou zeggen – fladderen. Ik was nog nooit eerder zo sterk aangedaan door een man. Vooral niet een die ik net voor het eerst had gezien. Zijn donkere ogen vonden de mijne en het leek alsof mijn borstkas op het punt stond te exploderen. Hij bleef staan, kneep zijn ogen lichtjes samen. Terwijl hij me van top tot teen bekeek, zoog ik mijn longen vol lucht, aangezien ik bijna was vergeten te ademen tijdens deze aanvankelijke blikseminslag.

Shit. Dat was precies het moment dat ik wist dat ik in de problemen zat.

Drake liet mijn blik niet los, niet tot hij precies tegenover me aan de andere kant van de vergadertafel tot stilstand kwam. Hij bewoog zich als een kat, als een sluw roofdier.

Heath leunde naar voren, bood hem zijn hand aan, en Drake verbrak eindelijk het oogcontact om hem de hand te schudden. Hij had een arrogante lach rond zijn lippen. 'Goed je weer te zien, Bowman,' zei hij met een heldere, diepe stem die mijn hart alleen nog maar sneller liet kloppen.

Zijn stem was een streling, een tedere maar stevige hand die langs mijn blote ruggengraat naar beneden gleed om zich daar in een strakke vuist te nestelen. Al mijn zintuigen kwamen tot leven en ik werd me veel bewuster van alles om me heen. Versnelde ademhaling. Mijn lichaamstemperatuur verhoogde merkbaar. Snelle pols. De klassieke tekenen van seksuele opwinding.

Ik werd bijna van mijn sokken geblazen door de kracht van dit alles. Was *ik* dit? Ik? Degene die zich minimaal een jaar lang had afgevraagd of ze lesbisch was aangezien ze geen enkele man die ze ontmoette aantrekkelijk vond?

Zijn blik schoof terug naar mij toen Heath zijn hand op mijn schouder legde. 'Dit is onze half-beroemde blogger: Girl Geek.'

Drakes kin kwam op een aantrekkelijke manier omhoog terwijl hij me leek te bestuderen. Ik beet op mijn lip, iedere zenuw stond strakgespannen. Het was verbazingwekkend hoe opwinding en angst vrijwel dezelfde reactie op het lichaam veroorzaakten. En op dat moment had ik er een harde kluif aan om het onderscheid te maken.

Drake gebaarde met zijn hand naar mijn stoel terwijl hij plaatsnam in de zijne. Langzaam liet ik me in de mijne zakken. Het leer plakte tegen de achterkant van mijn bezwete knieholtes. Voor het eerst keek ik naar de man die hem vergezelde en ik realiseerde me plots dat ik hem tot nu niet eens een gedachte of blik waardig had gegund. Hij was ouder, kalend, had een behoorlijk buikje en leek halverwege de vijftig te zijn. Hij droeg een aktetas, dus waarschijnlijk was hij advocaat. Toen ik weer naar Drake keek, sprong ik bijna overeind door de intensiteit van zijn blik. Zijn ogen boorden dwars door me heen, als ijspriemen. Mijn blik hield de zijne vast en ik slikte de brok in mijn keel weg, die voelde als een watermeloen, terwijl ik probeerde het kloppen van mijn hartslag bij mijn slaap te negeren.

Heath begon door een stapel papieren voor hem op de tafel te bladeren en Drake wendde zijn blik van mij af om te volgen wat Heath deed. Bij toeval, dat weet ik zeker, herinnerde ik me eindelijk op precies datzelfde moment dat ik adem moest halen.

Toen Heath het blad waarnaar hij zocht had gevonden, trok hij het tevoorschijn en Drake richtte zich weer tot mij. 'Dus, moet ik je Girl Geek noemen of krijg ik je echte naam te horen?'

Ik schraapte mijn keel en maakte mijn ineengevouwen handen op mijn schoot los. 'Mijn naam is Mia.'

Zijn wenkbrauwen gingen omhoog. 'Mia?'

Ik vocht tegen de neiging met mijn vingers te friemelen en klemde mijn handen om mijn blote knieën. Zijn blik ging omlaag, alsof hij door de glazen tafel naar mijn handen keek. 'Emilia. Maar iedereen noemt me Mia.'

Een klein lachje danste over zijn lippen toen hij weer opkeek en mijn ogen ontmoette. 'Ik ben niet iedereen.' Zijn blik dwaalde af naar mijn conservatieve halslijn – maar niet lager dan dat, pluspunt voor hem – en weer terug. '*Emilia.*'

Mijn vuisten balden zich. Probeerde hij me bewust te provoceren met zijn arrogante houding? Want als het onbewust was, was dat een *heel* slecht teken.

Drake schraapte zijn keel en keek nadrukkelijk naar Heaths stapel papieren. 'Laten we de bijzonderheden van het contract bespreken. Gaat dit over de penetratie van het ene orgaan door het andere of zijn er details vastgelegd? Hoe zit het met aanraken, kussen? Hoe vaak? Hoe zit het met kinky?'

Mijn mond zakte open. Ik kon het niet helpen. Aandachtig nam ik hem in me op en hij leek mijn observerende blik op te merken, ook al keek hij naar Heath. Zijn sensuele mond krulde bij de mondhoeken omhoog. Dat was het moment dat ik besefte dat het wel degelijk bewust was. Speelde hij een spelletje?

Ik richtte me tot Heath, die nauwelijks in staat leek zijn lachen in te houden. Hij keek Drake met een vreemde uitdrukking aan. 'Dat is heel wat om te bespreken. En dit is een beetje vreemde plaats om dat te doen.'

Drake haalde zijn schouders op en zijn blik keerde terug naar mij. 'Wat als we dan eens beginnen met mogelijke knelpunten?'

Ik wisselde een blik met Heath, die knikte en zich weer tot Drake richtte. 'Ik weet er een die we nu direct kunnen bespreken. Geen fellatio.'

Drake leunde naar voren. 'Pardon?'

Ik vouwde mijn armen strak voor mijn borst over elkaar, inmiddels al kokend van afkeer. 'U hoorde het goed. Er wordt niet gepijpt.' Zo, ik had het gezegd. Als *hij* doelbewust kon provoceren, waarom ik dan niet?

Zijn zwarte ogen zochten mijn blik, enigszins geamuseerd, maar nog steeds onuitstaanbaar uitdagend. 'Ben je aan de pil?' vroeg hij ineens. Ik knipperde met mijn ogen. Hij was me absoluut de baas in aanstootgevende kwaliteiten.

Drakes advocaat wierp hem een verraste blik toe, fronsend, duidelijk verbaasd door zijn gedrag. Nou, dat was in ieder geval een teken dat dit gedoe ongebruikelijk was voor Drake. Wat het echter nog niet goedpraatte. 'Dat staat allemaal beschreven in het papierwerk met de voorwaarden van de veiling, meneer Drake. Ja, ik zal voorbehoedsmiddelen gebruiken, maar er zal ook een condoom...'

Ik viel stil toen een neerbuigende grijns op zijn knappe gezicht verscheen. 'Als ik een fortuin neertel voor het privilege je bevende maagdenvlees te mogen ervaren, neem ik aan dat het logisch is dat ik verwacht dat zonder barrière te mogen doen.'

Ik leunde achterover en klemde mijn kaken zo hard op elkaar dat mijn hoofd pijn begon te doen. Mijn blik werd vastgehouden door de uitdaging in zijn bruine ogen. Hij mocht dan misschien het meest prachtige schepsel zijn dat ik ooit had gezien, hij was ook een smeerlap.

Verbaasd kantelde hij zijn hoofd opzij en keek me aan. 'Wat is het probleem? Als we allebei schoon zijn verklaard door een arts ...'

Ik ontspande mijn kaak net lang genoeg om antwoord te geven. 'Een recente medische verklaring is voor mij niet voldoende. Ik zou seksuele geheelonthouding van minimaal zes voorgaande maanden vereisen, dus...'

'Dan is er geen probleem.'

Dat betwijfelde ik ten zeerste. Ik opende mijn mond om hem een leugenaar te noemen toen Heath voorover leunde en zijn hand voor me op de tafel legde.

Drakes advocaat schraapte zijn keel, wierp me een uitdrukkingsloze blik toe en wendde zich vervolgens tot Drake. 'Dat soort details kunnen we in een volgend overleg uitwerken. Meneer Drake moet later vandaag nog een vliegtuig zien te halen.'

Drakes blik schoof naar Heath en weer terug naar mij. Ik kon merken dat hij probeerde onze relatie in te schatten. Het was niet de eerste keer dat iemand ons op die twijfelende, vragende manier bestudeerde. Heath was op geen enkele manier een duidelijke homo. Hij was niet 'schitterend' of opzichtig. Hij was zeer mannelijk in zijn gedrag en manier van doen, dus hij triggerde zelden iemands homoradar.

Mijn blik ging weer naar Drake, tot hem aangetrokken als een vlam die een warme, droge wind in werd getrokken. Ik verafschuwde de hitte op mijn wangen. Ik bloosde normaal gesproken niet snel. Zelden eigenlijk. Maar deze man wakkerde mijn Ierse genen aan, zoals mijn moeder altijd zei. En wat nog erger was, hoe geïrriteerder ik raakte, hoe meer geamuseerd hij leek te zijn.

Drake wierp een blik op Heath en vervolgens op zijn advocaat. 'Heren, kunnen jullie ons een moment excuseren? Jullie zijn vrij om vlak buiten de deur te wachten.' Toen, alsof het ineens in hem opkwam, keek hij naar mij. '*Als* de dame daarmee instemt, uiteraard?'

Mijn gezicht werd nog roder en ik vouwde mijn handen op mijn schoot ineen. 'Best,' zei ik terwijl ik me afvroeg of de New Yorker van ergens in de dertig nog steeds interesse in de deal had. Met geen mogelijkheid kon hij aanstootgevender dan deze eikel zijn.

Heath keek naar mij voor bevestiging en ik knikte. Hij gaf me een klopje op mijn schouder, waarna de twee mannen vertrokken en ons twee aan weerszijden van de tafel achterlieten, elkaar recht aanstarend.

Uiteindelijk schraapte hij zijn keel en legde zijn handen voor zich op de tafel. Hij vlocht zijn vingers door elkaar en liet zijn blik zakken. 'Het spijt me als mijn directheid je heeft beledigd. Ik nam aan dat een vrouw die zich zo presenteert als dat jij hebt gedaan, geen problemen zou hebben met direct taalgebruik.'

Ik lachte. 'O, is dat wat het was? Ik dacht dat u gewoon een smeerlap was.'

Toen hij glimlachte was de arrogantie verdwenen en een uiterst lekker kuiltje verscheen vlak naast zijn mond. Ik wilde dat kuiltje likken, iedere nuance van zijn smaak leren kennen. Ik schoof heen en weer in mijn stoel, woedend op mezelf. Waarom kon ik mijn belachelijke gedachten, die alle kanten op schoten, niet onder controle houden?

'Meneer Drake, u laat hier niet bepaald een goede indruk van uzelf achter...'

Ik viel stil toen ik hem droogjes hoorde grinniken. 'Moet dat dan? Ik dacht dat mijn bankrekening dat al voor me had gedaan.'

Boosheid vlamde op en mijn spieren spanden zich aan. Ik ademde een diepe teug lucht in en liet die vervolgens weer los. 'Ik ben geen prostituee en ik verzoek u me niet als dusdanig te behandelen.'

'Je hebt jezelf verkocht. Misschien zie je jezelf niet als een prostituee, maar blijkbaar...' Zijn blik gleed weer over mijn hele lichaam.

Ik schudde mijn hoofd. Ik begreep niet waarom hij me op deze manier wilde provoceren. Hoe knap hij ook was, elke keer als hij zijn mond opentrok vond ik het moeilijker en moeilijker om mezelf met hem in bed voor te stellen. 'Eén nacht in mijn leven en een gebroken maagdenvlies valt niet onder prostitutie.'

Zijn donkere blik werd intenser, alsof hij met een lange, vastberaden blik door mijn verdediging kon breken. Ik trok me terug.

'Seks tegen betaling is prostitutie.'

Ik trok een schouder op, vastberaden hem niet te laten zien dat hij me raakte. 'Ik geef er de voorkeur aan er geen etiket op te plakken. Een nacht van mijn hele leven bepaalt niet wie ik ben.'

Die volle, sexy lippen krulden op tot een alwetende glimlach. 'Er kan een hoop gebeuren in een nacht.'

Het lukte me niet mijn blik van hem los te scheuren, hoe graag ik dat ook wilde. Mijn hart bonkte, mijn hartslag suisde door mijn aderen in een eensgezind geklop, maar mijn hoofd bleef me vertellen dat ik deze klootzak de deur uit moest trappen. Er waren heel veel dingen die ik zou doen voor bijna een miljoen dollar. Me overgeven aan deze omhooggevallen eikel was er waarschijnlijk niet een van.

Hij keek me met een analyserende uitdrukking aan, zo een die ik waarschijnlijk had als ik bloedplaatjes onder de microscoop bestudeerde. 'Het vergt een merkwaardig type moraal om je maagdelijkheid eerst zolang te bewaren en hem vervolgens aan de hoogste bieder te verkopen.'

Mijn kaak verstrakte. Het werd steeds moeilijker mijn irritatie richting hem te verbergen. 'U heeft niet betaald om in mijn *hoofd* te mogen kruipen, meneer Drake.'

Om mijn ongemak te verhullen, duwde ik Heaths stapel papieren over de tafel zijn kant op. 'Hier staat alles in, alles wat ik kon bedenken.'

Hij wierp een korte blik op me en keek toen weg, bijna verveeld. 'Dat ga ik nu niet doorlezen, dat moge duidelijk zijn. En, uiteraard, heb ik zelf ook een aantal aanvullingen. Waaronder een geheimhoudingsovereenkomst.'

Ik fronste. Niemand had tegen mij iets over zo'n verklaring gezegd. 'U weet dat ik een blogger ben, of niet?'

'Natuurlijk, maar met uitzondering van het manifest gaat je blog uitsluitend over gamen, niet over je seksleven. De overeenkomst is tamelijk standaard, met een aanpassing op onze speciale situatie.'

Hij schoof een los vel papier over het bureau mijn kant op. Ik las het door. Het leek, inderdaad, standaard en er werd specifiek genoemd dat ik niet mocht bloggen over onze nacht samen. Ik was nooit van plan geweest de details te vermelden. Zo'n soort blog schreef ik niet. Maar ik was wel van plan geweest te schrijven dat het was gebeurd. Tenslotte had ik wel mijn geloofwaardigheid hoog te houden.

Met een verveelde snuif vroeg ik om een pen en verbaasde me erover dat hij me een eenvoudige pen van twee dollar gaf, in plaats van zo'n opzichtige platina vergulde pen die rijkeluiskerels gebruikten en die riep: 'Kijk naar mij, ik ben walgelijk rijk.' Snel krabbelde ik mijn handtekening op het papier.

'Ik wil daar een kopie van hebben,' zei ik terwijl ik het naar hem terugschoof.

Hij boog voorover en tekende het papier ook, waardoor ik een paar seconden de kans kreeg hem onopgemerkt te bewonderen. Hij was echt ongelooflijk knap. Mijn hart was niet gestopt met roffelen in een opgewonden tempo sinds hij de deur door was gelopen.

'Natuurlijk,' mompelde hij. Hij pakte een glanzend verchroomde smartphone uit zijn borstzakje om een foto van het document te maken. Een moment later typte hij iets in en hij keek toen naar me op. 'Heath Bowman heeft nu een kopie in zijn mailbox. Hij kan het naar je doorsturen. Ik zal zo snel mogelijk een fysiek exemplaar naar je opsturen als je je adres op de achterkant van het blad schrijft.'

Ik boog voorover en deed wat hij had gezegd door snel mijn adres op te schrijven. Vervolgens rechtte ik mijn rug, klaar om hem een koekje van eigen deeg te geven. 'Eigenlijk is het wel jammer dat ik er niet over mag schrijven. Ik had het kunnen laten lijken alsof het waanzinnig was. Ik had er voor de goede orde zelfs een paar keer "wereldschokkend" in kunnen vermelden.'

Er kroop een lach rond zijn sexy mond terwijl hij de pen terug in zijn jasje stak. 'O, onze ontmoetingen zullen dat en nog veel meer zijn.'

Ik schudde mijn hoofd en verborg, wederom, de schok die zijn woorden bij me veroorzaakten. 'Het gaat om één nacht, meneer Drake. "Ontmoetingen" met "en" tussen haakjes.'

Zijn blik kon niet anders omschreven worden dan zelfvoldaan. '*Ontmoetingen...* geen haakjes nodig.'

Mijn hart bonkte tegen mijn ribben. Waarom wond zijn arrogantie me zo op? Ik wilde niets liever dan die zelfvoldane grijns van zijn knappe gezicht af meppen.

Zijn blik zakte schaamteloos naar mijn decolleté en borsten en bleef daar hangen. In een automatische reactie werden mijn tepels hard en zonder naar beneden te kijken, wist ik dat hij dat kon zien. Ik vervloekte het feit dat ik ervoor had gekozen een dunne, witte blouse te dragen.

Zijn ogen richtten zich op de mijne en deze keer verscheen een jongensachtige grijns op zijn gezicht. 'Dit gaat *leuk* worden.'

Zelfbewust sloeg ik mijn armen strak over elkaar, zodat ik mijn verraderlijke borsten kon bedekken. Ik zocht naar iets bijdehands om terug te zeggen, maar faalde schaamteloos.

'Het spijt me dat ik dit kort moet houden, maar ik ben onderweg naar een zakenafspraak. We kunnen de details verder uitwerken zodat we allebei tevreden zijn. Ik ben per e-mail bereikbaar. Of je kunt me appen.'

Ik viel bijna om van opluchting toen ik hoorde dat hij vertrok. Ik wist niet zeker of ik nog tien minuten langer in een ruimte met hem aankon. Wat niet echt veel goeds voor onze nacht samen voorspelde. Alleen met z'n tweeën. Naakt. In bed.

Een druppel zweet gleed over mijn slaap. Hoe kreeg hij het voor elkaar er zo cool en beheerst uit te zien in zijn tig-duizend-dollar pak? En hoe kreeg hij het voor elkaar er zo jong uit te zien en zich tegelijkertijd toch te gedragen als een zakenman van ergens in de dertig?

Ik schraapte mijn keel. 'Mijn mobiel doet het niet.'

Even verscheen er een rimpel op zijn voorhoofd en hij opende zijn mond, schudde zijn hoofd en sloot hem vervolgens weer alsof hij zich had bedacht over wat hij wilde zeggen. 'Ik heb echt alleen maar jouw bestwil, gezondheid en veiligheid voor ogen, Emilia. Zowel lichamelijk als juridisch.'

Goh, meer niet? Wederom betwijfelde ik wat hij zei.

Mijn scepsis moest duidelijk merkbaar zijn, want hij leunde achterover en trok zijn donkere wenkbrauw een klein stukje op. 'Nou, uiteraard heb ik ook mijn eigen verwachtingen over hoe dit zou moeten gaan.'

Ik grijnsde, in de hoop dat ik deze keer enige reactie bij hem kon ontlokken. 'Uiteraard.'

Maar zijn ogen vernauwden zich slechts terwijl hij opstond. Ik volgde zijn voorbeeld en hij wachtte tot ik om de tafel heen was gelopen voordat hij naast me naar de deur liep. Hij liep zo dicht bij me dat zijn jasje mijn schouder even raakte en ik dacht dat mijn hart ermee zou kappen door de elektrische schok die door me heen schoot. Ik wachtte terwijl hij naar de deur reikte om hem open te trekken. Vanwege het matglas zag ik niemand aan de andere kant van de deur.

Hij opende de deur echter niet. In plaats daarvan draaide hij zich naar me toe en keek me priemend aan met die donkere blik van hem.

'Was er nog iets anders?' Ik haatte het hoe hees mijn stem klonk. Ik zette een stap achteruit om wat afstand tussen ons te creëren, maar het leek niets uit te maken. De intensiteit werd er niet minder om.

Die eigenwijze lach verscheen weer. 'Nee. Ik kan het maar beter niet vragen,' mompelde hij, meer tegen zichzelf, en ik vroeg me af wat hij in gedachten had. Hij bewoog zich echter nog steeds niet. Zijn greep op de chromen deurklink verstrakte en de huid rond zijn knokkels werd lichter. Nu ik zo dichtbij stond, kon ik iedere trek in zijn gezicht zien, zijn glanzende, zwarte haren, zijn donkere ogen, zijn lange, rechte neus en krachtige kaak. Ik slikte en keek opzij.

'Meneer Drake...'

'Adam,' zei hij, zijn stem zacht, ferm. Toen deed hij iets wat ik nauwelijks kon geloven. Hij bewoog zijn vrije hand naar mijn kin, tilde mijn hoofd op zodat hij naar mijn gezicht kon kijken. Zijn duim streek langs mijn kaaklijn en ik dwong mezelf niet achteruit te deinzen. Ik had geen hekel aan de aanraking, eerder het tegenovergestelde. Met het toenemen van mijn zenuwen moest ik mezelf eraan herinneren dat hij spoedig heel wat meer dan dat zou aanraken. Ik ontmoette zijn blik en het lukte me om niet ineen te krimpen.

'Noem me Adam,' zei hij terwijl hij nog een keer met zijn duim over mijn kaak streelde. 'Dat lijkt me niet meer dan gepast, aangezien we elkaar binnenkort naakt zullen zien.'

Mijn mond viel open, wangen knalrood. Die reactie leek hem te amuseren. Ik wist dat dit een of andere test was om mijn reactie te polsen. Het maakte me niet uit. Alles begon nu heel erg echt te worden. Ik stapte weg van zijn aanraking en duwde mijn kin in de lucht. 'Dit is nog geen uitgemaakte zaak. Ik kan altijd nog van gedachten veranderen,' zei ik. Wat haatte ik het dat mijn stem zo trilde.

Hij knikte. 'Dat kun je zeker. En als je al niet kunt verdragen dat erover wordt gepraat, zou je er waarschijnlijk ook niet mee door *moeten* gaan.'

Het probleem was niet dat hij erover praatte. Het was de *manier* waarop hij erover sprak. Maar ik hield me stil en wenste hevig dat ik me buiten deze kamer en kilometers hiervandaan bevond.

Hij leunde naar me toe, zodat onze gezichten slechts centimeters bij elkaar vandaan waren. Ik ving een vleug van zijn frisse geur op. Mijn zintuigen wankelden, mijn hart hamerde wild. 'Uiteindelijk, na alle juridische praat, na al de technische Latijnse termen die we in het rond hebben gegooid, gaat dit over slechts twee mensen. In bed... en waarschijnlijk andere plekken. Neukend.'

Deze gast had de sociale vaardigheden van een holbewoner. Ik verwachtte ieder moment dat hij me bij mijn haren zou grijpen om me, met een knuppel over zijn schouder, hier weg te sleuren. Misschien moest hij regelmatig betalen om aan seks te komen. Hij was tenslotte een computergeek. Een sexy computergeek, dat gaf ik toe, maar toch. Dat soort gasten plantten hun reet urenlang voor de computer om codes te kraken. Wanneer hadden die ooit de tijd om uit te gaan en een vriendin te scoren?

Ik besloot hem een koekje van eigen deeg te geven door hem van top tot teen te bekijken en liet mijn blik hangen op zijn borstkas, zijn kruis. Helaas gaf dat niet het gewenste effect.

Die jongensachtige grijns zat weer op zijn gezicht. 'Ja, dit gaat absoluut leuk worden,' zei hij.

'U betaalt er genoeg voor.'

De pret in zijn ogen verdween en zijn blik werd zo plotseling hard dat ik naar adem hapte bij het zien van die verandering. 'We houden contact, Emilia.' Hij zette een stap terug, rukte de deur open en gebaarde me hem voor te gaan. Het hoffelijke gebaar kwam te laat om nog indruk op me te maken.

Ik rechte mijn rug en kreeg het voor elkaar niet op mijn hakken te wankelen terwijl ik mezelf eraan herinnerde mijn schouders recht te houden. Mijn moeders stem die zeurde over mijn slechte houding galmde door mijn hoofd. Misschien kwam dat door alle tijd die ik voorovergebogen over mijn toetsenbord had doorgebracht terwijl ik videogames speelde.

Het drong tot me door dat ik nog steeds geen idee had wie deze kerel was. Ontwerper van videogames? Multimiljonair? Hoe wordt een ontwerper zo rijk? Wat was zijn verhaal? Hij was echt nog jong. Ik had hem jonger dan zesentwintig ingeschat, maar toch zo arrogant, zo de touwtjes in handen en uiterst zeker van zichzelf.

Ach, er bestond altijd nog zoiets als het internet, waar geen enkele vraag onbeantwoord hoefde te blijven. Deze maand zou ik tenminste in staat zijn daar de rekening van te kunnen betalen. Die mobiele telefoon maakte me niets uit en ik zat nog liever zonder water en gas dan dat ik mijn internet opgaf. Het hielp me brood op de plank te brengen, in het minste geval.

Ik zou naar huis gaan en hem googelen. Hij zou zeker tevoorschijn komen, zelfs al was hij, zoals hij beweerde, 'erg op zichzelf'. Hij kon maar moeilijk de hele verrekte wereld een geheimhoudingsverklaring laten tekenen.

Toen ik Heaths blik ving, draaide hij zich af van de discussie met Drakes advocaat. De strakke bal tussen mijn schouderbladen was verhuisd naar mijn maag. Hij draaide en keerde terwijl we naar hen toe liepen. Drake en Heath schudden elkaar nog een keer de hand en we gingen uiteen. Ik verzekerde me ervan dat hij uit het zicht was voordat ik mijn vuisten balde en Heath tussen opeengeklemde kaken aansprak. 'Neem je me nou verdomme in de zeik?'

'Wat?'

'Serieus, *dat* is de kerel die je hebt uitgekozen? Hoe kon je in godsnaam denken dat ik hem zou goedkeuren?'

Heath wierp me een verwarde blik toe. 'Ik dacht eigenlijk dat hij heel veel met jou gemeen had.'

'Wat, omdat hij videogames maakt en ik het leuk vind ze te spelen – *veel* te leuk, ja, ik weet het – en erover schrijf op mijn blog?'

'Bekijk het van deze kant, pop. Als jullie tijd samen je niet bevalt, kun je alles wat hij heeft gemaakt een schijtrecensie geven.'

'Hilarisch. Heb je nummer twee al verteld dat hij was afgevallen, of is hij nog steeds een optie?'

Heaths mond vertrok in een dunne streep. 'Rustig aan, zeg. Laat het een dag of twee betijen, oké? Hij zei dat hij je zou e-mailen. Misschien is hij dan wat beleefder.'

'Hij betaalt me niet om me e-mails te sturen. Ik zal een hele nacht alleen met hem moeten doorbrengen...'

Heath schudde zijn hoofd en gaf me een blik die zei: 'Ik zei het toch?' Ik zuchtte en wendde mijn blik af.

'Dat is de aard van het beestje, Mia. Daar koos je voor toen je dit alles wilde doorzetten, "Maagden Manifest"-idealen of niet. Je beweerde dat je de macht die door de eeuwen heen van vrouwen is afgenomen ging terugpakken. Zorg dat je een manier vindt om de macht van hem terug te pakken. Geef hem niet de kans het alfamannetje uit te hangen en op iedere boom te piesen. Je bent sterker dan dat.'

'Hoe zit het met die andere kerel? Is hij ook zo'n alfamannetje?'

'Liefje, het zijn miljonairs. Het zijn *allemaal* alfamannetjes. Voor wat het waard is, zijn gedrag vandaag tegenover jou was heel anders dan hoe hij zich gedroeg de twee keer dat ik hem sprak. Misschien is het gewoon een masker dat hij gebruikt als hij bij een vrouw in de buurt is. Het zou verklaren waarom hij überhaupt aan dit – hoe noemde je het ook alweer? – "nieuwe paradigma" meedoet.'

De knoop in mijn maag trok weer strakker. 'Het is geen goed teken als hij zich bij een vrouw in de buurt niet fatsoenlijk kan gedragen. Hoe weet ik dat ik veilig ben? Wat als hij van die sadomasochistische shit houdt?'

'Nou, dat staat allemaal in het contract. Geen fetisj. Geen bondage. Niets ongewoons. Je bent een maagd, in hemelsnaam, natuurlijk kan van dat alles geen sprake zijn. Dat weet hij. Hij was degene die dat in de overeenkomst wilde opnemen. Hij bleef maar zeggen dat het belangrijk was om je te beschermen.'

Ik herinnerde me wat hij zei toen we alleen waren. Dat het er alleen maar om te doen was mijn veiligheid te garanderen, lichamelijk en juridisch. Was dit een of andere valstrik? Was hij eigenlijk een undercoveragent? Zou Heath dat hebben kunnen achterhalen?

We hadden geregeld dat deze transactie in het buitenland zou plaatsvinden, in landen waar seks in ruil voor geld legaal was. De webserver was in Brazilië gestationeerd geweest, de veiling liep via een contactpersoon van Heath daar. De werkelijke daad zou plaatsvinden in een juridisch vriendelijk land.

Het geld zou niet echt worden uitgewisseld. Buitenlandse bankrekeningen zouden de transfer uitvoeren. Heath had een homovriend die bankier was een rekening op de Kaaimaneilanden voor me laten openen. Het gaf me een uiterst geheimzinnig en mysterieus gevoel. Drake had er ook een, waarschijnlijk al lang voor deze transactie. Het geld zou binnenkort op een tegoedrekening komen te staan voordat de uiteindelijke transfer werd gemaakt.

Het enige wat enigszins illegaal was, was onze ontmoeting op Amerikaanse bodem om de details van de overeenkomst te bespreken. Mijn trots over de netheid van deze deal begon echter te vervagen in het licht van Drake en zijn smerige alfamannetjespersoonlijkheid. Nadat Heath en ik in de auto waren gestapt om terug naar huis te rijden, gaf ik hem een omfloerste blik, maar hield me de rest van de reis stil.

Ik had een beslissing te nemen. Ik moest meer te weten zien te komen over wie Adam Drake echt was. Maar buiten dat was de realiteit van mijn idealen recht in mijn gezicht geklapt en ik moest bekijken of ik de moed had dit plan door te zetten. Door de manier waarop mijn zenuwen strak in de knoop zaten, betwijfelde ik dat ten zeerste.

HOOFDSTUK DRIE

Z ODRA IK THUISKWAM, ZETTE IK MIJN COMPUTER AAN EN googelde hem. Ik las een korte Wikipediabeschrijving over hem en bracht het volgende uur in shock door terwijl ik met open mond artikel na artikel over hem las. Ik kwam heel wat meer over hem te weten, maar had eveneens een vracht nieuwe vragen.

Ergens in mijn achterhoofd had ik al gedacht dat de naam Adam Drake een belletje bij me had laten rinkelen. Ergens in de verre verte, maar alsnog een belletje. Adam Drake was oprichter en directeur van Draco Multimedia Entertainment, het moederbedrijf van Dragon Epoch, een van de meest succesvolle en populaire *Massively Multiplayer Online Role-Playing Games* (MMORPG). Ik speelde het spel, waarbij je met je personage via internet in interactie met anderen speelde, dagelijks en schreef er in een vaste colomn op mijn blog over. Sterker nog, ergens deze week stond een nieuwe update over Dragon Epoch gepland.

Er vormde zich iets prikkelends in mijn keel. Ik zag foto's, persberichten, recensies, interviews, verslagen. Foto's van hem in panels bij het San Diego Comic-Con. Hij was een of ander genie in programmeren en had, al voordat hij van de middelbare school af was, voor een game die Mission Accomplished heette een uniek kunstmatig intelligent besturingssysteem ontwikkeld. Hij had het programma op zeventienjarige leeftijd aan Sony verkocht. Voor 3,2 miljoen dollar.

Op zijn zeventiende op eigen verdienste miljonair.

Vanaf toen was het alleen nog maar erger geworden. Hij was naar het California Institute of Technology gegaan, maar was er na een jaar mee gestopt en had vanuit een pakhuis in Irvine Draco Multimedia opgericht. Uiteindelijk bouwde het bedrijf in diezelfde stad een eigen bedrijventerrein met meerdere gebouwen. Ze produceerden verschillende games – het hoogtepunt daarvan was momenteel Dragon Epoch, een fantasy-omgeving waarin miljoenen spelers wereldwijd via een abonnement betaalden voor het voorrecht om te mogen spelen. Inclusief ik.

Nu wist ik precies wat Heath had bedoeld toen hij had gezegd dat Drake en ik dingen met elkaar gemeen hadden. Of misschien was het zijn eigen dromerige game-fetisj die hem in de weg had gezeten. Als ik een hardcore gamer was, was Heath nog een graadje erger. Hij was sowieso degene die me in het hele gebeuren had ingewijd.

Nu begon ik sceptisch te raken over Heaths beoordelingsvermogen. Zonder twijfel had hij zich als een doorgedraaide fan gedragen gedurende die 'meerdere interviews' waarin hij en Drake urenlang persoonlijk en over de telefoon met elkaar hadden gesproken.

Ik zette een pot thee voor mezelf en keek naar de klok. Ik had nog uren de tijd voordat ik naar mijn werk moest, had geen zin om te studeren en een vracht aan posts voor mijn blog te schrijven – op z'n minst drie recensies, een interview en een paar spotlights.

En ja, mijn wekelijkse verslag over Dragon Epoch. Maar ik vroeg me af hoe ik dat volledig neutraal kon houden. Alsof ik niet wist dat hij het las.

Aan de andere kant, mijn blog was dan wel behoorlijk populair in de game community, ik betwijfelde of een wonderkind dat was uitgegroeid tot een geniale directeur de tijd had met regelmaat het geklets dat ik schreef te lezen. Zijn game was veel groter dan de onbenullige opmerkingen die ik erover maakte. Waarschijnlijk had een van zijn ondergeschikten hem op de veiling gewezen. Misschien had hij even een blik op mijn blog geworpen toen hij had gewonnen.

Ik had zijn game in mijn blog behoorlijk bekritiseerd. Ik hield ervan het te spelen en vond het een behoorlijk meeslepende en leuke ervaring, maar zoals bij praktisch elke op fantasy gebaseerde role-playing game in dit wereldje, liep het over van vrouwenhaat. De bedrijven waren zich er tenslotte maar al te zeer van bewust wie hun voornaamste klanten waren: jonge, geile kerels tegen de twintig of een paar jaar ouder, die zich door hun studie en allerlei soorten ongemakkelijke sociale situaties heen ploeterden. Waarom zou je dus geen vrouwelijke avatars en personages creëren die allemaal slank, sexy en schaars gekleed gingen? Alles om maar spelabonnementen te verkopen...

Mijn bezwaren waren voornamelijk mild en sarcastisch. Ik had honende opmerkingen geplaatst als: 'Kom op, jongens, zie je al voor je hoe de elfachtige genezeres uit de buurt in een maliënbikini op zoek naar kruiden langs de vijver struint? Hopelijk heeft ze een Brazilian wax gehad voordat ze dat ding aantrok, want anders... au!'

Soms ontving ik haatmails, maar meestal konden de mannelijke lezers wel lachen om mijn scherpe mening en kreeg ik een hoop 'nou, inderdaad!' van mijn vrouwelijke lezers.

Ik vroeg me af of Drake die column ooit had gezien. Ik vroeg me af of Drake zelf een vrouwenhater was. Zijn gedrag van vanmiddag bewees me niet het tegendeel.

Onrustig en afgeleid als ik was, had ik de keuze een van mijn twee favoriete activiteiten te doen als ik dingen aan mijn hoofd had: hardlopen of gamen. Met een zucht schakelde ik de computer aan en koos voor de makkelijkste, nadat ik die vreselijke rok had uitgetrokken en had verwisseld voor mijn comfortabele yogabroek. Ik moest mijn gedachten van die vreemde ontmoeting van vanmiddag zien af te leiden en inloggen op Dragon Epoch was de beste manier.

Ik zat er helemaal klaar voor om een horde monsters af te slachten toen er een melding oplichtte.

Je vriend FallenOne is online.

Ik was verbaasd, ten positieve. Hij was wekenlang niet online geweest. Een steek van een of ander gevoel dat ik niet kon beschrijven trok door mijn borst – verlangen, opwinding.

Voordat ik een chatgesprek kon beginnen, flitste er al iets over mijn scherm.

FallenOne: Hoi.
Ik: Hé, vreemdeling! Waar heb jij gezeten?
FallenOne: Al een eeuw niet ingelogd. Bedolven onder studiewerk.
Ik: Maar het zit er bijna op, toch? Zo blij dat ik dit semester geen les had.

FallenOne: Mazzelkont. Moest even inloggen om wat stoom af te blazen. Zin in een slachtpartij?

Ik: Altijd. Sluit je ook weer aan op onze vaste gameavond? Fragged mist je ook.

Fragged was de naam van Heaths Barbaarse Huurmoordenaar. Ik wachtte. Gedurende een paar minuten reageerde Fallen niet en ik vroeg me af wat er gaande was.

Fallen en ik waren inmiddels meer dan een jaar bevriend, samen met Heath en nog iemand, een meisje uit Canada met de personagenaam Persephone. Fallen had nooit bij onze gilde willen aansluiten, maar hij speelde regelmatig mee, ook al gebruikte hij nooit zijn headset om te praten, maar chatte hij in plaats daarvan met ons in het spel. Hij leek verlegen en weigerde uit zijn schulp te komen. Toch hadden we de grootste lol en brachten uren LOL-ing en lachend om de gekste dingen door. Een poosje dacht ik echt dat ik verliefd op hem was. Soms voelde ik daar nog steeds flarden van, zelfs al bestempelde mijn verstand dat als belachelijk. Ik wist nauwelijks iets over zijn echte leven, behalve dat hij ergens aan de oostkust woonde en studeerde. Maar ik liep geen gevaar. Je kon door een online game niet verliefd op iemand worden en verlangen naar zijn chatgesprekken, toch?

Maar toen had ik de veiling gepost. We hadden er ruzie over gemaakt en ineens was hij verdwenen. Sindsdien was hij afstandelijk, aarzelend. Ik had geen idee naar welke universiteit hij ging of wat zijn echte naam was, zo verlegen was hij. Ik had deze twee gebeurtenissen – mijn veiling en zijn verdwijning – nog als toeval kunnen bestempelen, tot zijn volgende chatbericht in ons gesprek anders deed vermoeden.

FallenOne: Ga je nog steeds door met die veiling?

Ik grimaste.

Ik: Ja.
FallenOne: Ik weet dat het mijn zaken niet zijn, maar is dat echt een goed idee? Je hebt het afgelopen jaar veel ellende te verduren gehad met de ziekte van je moeder en die belangrijke test. Misschien is nu niet het juiste moment om zoiets drastisch te doen?

Ik zuchtte. Waarom begrepen kerels niet dat voor een vrouw van mijn leeftijd maagd zijn meer een last was dan iets anders? Ik wilde er gewoon vanaf. Waarom er dan niet direct van profiteren?

Ik: Iedereen moet een keer zijn maagdelijkheid verliezen. Waarom dan niet met een grote knal?
FallenOne: Grappig bedoeld, hoop ik?

Ik lachte. Dat 'klonk' meer als de Fallen die ik kende. We spraken nog een paar minuten met elkaar over de chat voordat we naar dezelfde gamezone gingen – de plek waar onze karakters zich bevonden, de *Misty Caverns* – om samen achter de slechteriken aan te gaan. Vanaf het moment dat we ons in de nevelige spelonken bevonden, werd er vrijwel niet meer gesproken over de veiling of onze persoonlijke levens. Fallen beloofde niet om op onze vaste gameavond in te loggen en met op z'n minst een klein beetje verdriet realiseerde ik me dat dit weleens het eind van onze vaste gamerelatie kon zijn.

Onze gezamenlijke vriendin Persephone zou ervan balen. Ze had maandenlang geprobeerd Fallen en mij aan elkaar te koppelen en niet bepaald op een subtiele manier. En ik, nou, ik wist niet goed hoe ik me voelde. Meer in de war dan ooit, denk ik.

Een paar uur, een paar honderd kwijlende Ondoden en verschillende beloningen voor voltooide missies later besloot Fallen uit te loggen. Ik speelde verder, een vorm van zelfkastijding, en om de dingen te vermijden die ik zou moeten doen en waarover ik na had moeten denken. De situatie Drake, Meneer de Directeur van de game waar ik zo gek op was, en zijn arrogantie zaten nog steeds in mijn hoofd. Monsters vermoorden hielp niets, dus besloot ik later op de avond nog maar te gaan hardlopen.

Maar zover kwam het niet, doordat minder dan een half uur nadat Fallen had uitgelogd mijn deur bijna uit zijn sponningen knalde. Zelfs midden in de nacht terwijl er een cycloon om ons heen woedde, zou ik de manier waarop er werd geklopt nog herkennen.

Mijn twee beste vriendinnen – buiten Heath uiteraard – stonden in de deuropening, schouder aan schouder. Ik grijnsde naar Alex, de dochter van mijn huisbazin, die haar lange haren in een paardenstaart droeg. Ze had een prachtige olijfkleurige huid en droeg een strak T-shirt met een opgedrukte vlinderstrik en de tekst *Strikjes Zijn Cool* over haar behoorlijke boezem.

Jenna, haar beste vriendin en huisgenoot, die het meest witblonde haar had dat ik ooit had gezien bij iemand buiten kleine kinderen – compleet met een felpaarse pluk – stond naast haar heen en weer te schuifelen.

'Codewoord?' vroeg ik.

De twee meiden keken en elkaar aan en dreunden toen eensgezind op: 'Ik streef ernaar me te misdragen.' Ik grijnsde bij het horen van onze favoriete quote van Kapitein Malcolm Reynolds uit *Firefly*.

Jenna schoof de kamer in door zich langs Alex te wurmen. Ze hield een rammelend Tupperwaredoosje omhoog. 'Mogen we binnenkomen?'

Aangezien ze toch al bijna helemaal binnen in mijn appartement stond, stapte ik met een overdreven zucht opzij. Alex greep mijn arm beet en schudde er theatraal aan terwijl ze haar donkerbruine ogen wijd opensperde. 'We doen vanavond bij ons thuis een *Doctor Who*-marathon. Jij moet ook komen. Er is ook een drinkspel bij. Iedere keer dat de Doctor zijn sonische schroevendraaier gebruikt, slaan we een tequila achterover. En we pakken een biertje als hij zegt: "Ik ben de Doctor."'

Ik lachte. Ik was gek op *Doctor Who*, maar mijn hoofd stond er niet naar. Niet deze week. 'Ik heb mijn studiegroep...'

Alex stampte met haar voet op de grond en het geluid dreunde door tot de verdieping eronder, de garage van haar moeder. 'Kom op, Mia! Er komen leuke jongens. Leuke jongens die gek zijn op *Doctor Who*.'

Ik snoof. 'Ja, en ze zijn zelfs nog leuker als ze hun bierbrillen op hebben.'

Jenna schudde weer met haar doosje en het rammelde toen ze op mijn halfgare bank – de stof was gescheurd en met ducttape vastgeplakt – neerplofte. 'Oké, dus je houdt niet van feestjes. Dat hadden we al begrepen. We vragen je al maanden aan een stuk. Zeg me dan in ieder geval dat je aanstaande zaterdag naar mijn Dungeons and Dragonsspel komt.'

Ik kreunde inwendig. Niet dit weer. 'Het spijt me, Jen. Ik draai zaterdag een dubbele dienst.'

Ze trok haar lichte, bijna onzichtbare, wenkbrauwen naar me op en trok het plastic deksel van het bakje. 'Jij denkt dat je een gamer bent, hè, zoals je voorovergebogen op je toetsenbord zit te rammelen? Je hebt niet *echt* gegamed tot je *deze* hebt gebruikt,' zei ze terwijl ze haar handpalm openhield om een aantal kleine, driedimensionale plastic blokjes in allerlei kleuren en maten te laten zien. Sommige waren piramidevormig, terwijl andere uiteenlopende vormen hadden. Sommige glinsterden als edelstenen in de late middagzon. Op allemaal stonden effen witte cijfers.

'Die kleine mini piramide is cool,' gaf ik toe.

Haar gezicht betrok. Op de een of andere manier had ik iets verkeerds gezegd. 'Dat is een *d-four*... een vierzijdige dobbelsteen. Hij is perfect uitgebalanceerd om me iedere keer weer de volmaakte kans te geven voor een compleet random een-op-vierworp.'

'Ehm... Oké.'

Jenna trok een poetsdoekje tevoorschijn en begon de vormpjes op te poetsen. 'Dit soort gave spullen kun je niet gebruiken bij je computergames.'

Ik trok een verontschuldigend gezicht. 'Het spijt me. Ik beloof dat ik snel een keer aansluit. Maar ik ben zo gestrest door die test dat ik nauwelijks in staat ben aan iets anders te denken dan studeren en werken, zodat ik iets te eten heb, zodat ik mezelf in leven kan houden, zodat ik kan blijven stressen over die verdomde test.'

Omdat ik het vorig jaar had verkloot. Ik was zo afgrijselijk gezakt dat die blunder als het zwaard van Damocles boven mijn toekomst hing. Het zorgde ervoor dat ik verstijfd was van angst om hem nog een keer te maken… en weer te zakken. Ik kreeg er een misselijk gevoel van. In plaats daarvan studeerde en studeerde ik en stelde de herkansingen uit. De test werd iedere maand aangeboden en alles – echt *alles* – wat ik voor mijn toekomst had gepland, hing van die verdomde test af. Ik had nog niet voldoende zelfvertrouwen, of moed, om het nog een keer te proberen.

Maar als ik het niet deed, zou ik nooit arts worden.

Aangezien school en toetsen me normaal gesproken vrij makkelijk afgingen, had ik gedacht dat het met de MCAT hetzelfde zou zijn. Hoe vreselijk had ik ernaast gezeten. Ik slikte een ijzige brok angst weg en dwong mezelf er niet aan te denken.

Alex plofte naast Jenna neer en ging met haar vingers over een paar dobbelstenen in het doosje terwijl ze mijn blik ontweek. 'We begrijpen het,' zei ze, maar in haar stem was duidelijk te horen dat ze gekwetst was.

Ik zuchtte en ging op de metalen klapstoel tegenover hen zitten. Ik had zo'n geweldig meubilair. Zelfs voor een studentenwoning was dit erg.

'Het spijt me. Echt.'

Alex keek op, haar ogen stonden hard. 'Ik zei dat we het begrijpen.'

Jenna legde een hand op haar arm. 'Alejandra, doe even rustig alsjeblieft. Ik weet zeker dat ze weer met ons gaat afspreken als de test achter de rug is.'

Vragend keek ik hen aan. 'Hebben jullie binnenkort geen examens of zo? Waarom zijn *jullie* niet aan het studeren?'

Ze gingen naar de nabijgelegen California State University in Fullerton, die een iets ander schema volgde dan de Chapman

University. Alex schraapte haar keel. 'Omdat ik een major in communicatie volg en zij zulke goede cijfers haalt dat ze zich voor haar meeste examens heeft uitgeschreven, omdat ze een fucking genie is,' zei ze terwijl ze met haar duim naar Jenna gebaarde.

Jenna keek op en ondanks dat ze me net op mijn nek had gezeten, zag ik oprechte sympathie in haar lichtblauwe ogen. Ze was beeldschoon, serieus. Zoiets als het liefdeskind van een Noorse godin en Alexander Skarsgård. 'Het geeft niet, Mia, echt. Als je ooit hulp nodig hebt bij het studeren of zo, laat het me dan weten. Ik kan je overhoren. Ik weet niet veel van biologie, maar ik weet dat er een aantal natuurkunde-gerelateerde vragen in de test zitten en aangezien dat mijn hoofdvak is...'

Ik haalde mijn hand door mijn haren en liet mijn voorhoofd in mijn handen vallen. 'Ik ben de slechtste vriendin ooit.'

'Nee. Je bent gewoon gestrest en als je zo doorgaat, zak je doordat je veel te opgefokt bent om je te kunnen focussen.'

Met mijn duimen streek ik over mijn voorhoofd nu ik een spanningshoofdpijn voelde opkomen. Deze dag! Hij voelde eindeloos vanwege het gebrek aan slaap na mijn late dienst, de gehaaste voorbereidingen, de onverwachte ontmoeting met een omhooggevallen maar zeer lekkere klootzak, de vreemde gamesessie met Fallen en nu *dit*.

Alex kwam overeind van de bank en kwam naar me toe om naast mijn stoel op haar hurken te zakken. '*Pobrecita*,' mompelde ze in het Spaans, wat 'arm kind' betekende. Ze sloeg haar arm om mijn schouders. 'Het spijt me.'

Ik zuchtte en liet mijn hoofd tegen haar schouder rusten. Vervolgens nodigde ze me uit om beneden bij haar moeder te komen eten en deden we ons tegoed aan haar overheerlijke enchilada's.

'Laat het maar aan Jen en mij over,' zei Alex. 'We zorgen er gewoon voor dat we een lekkere nerd voor je vinden en dan ben je niet langer in staat nee te zeggen tegen onze feestjes.'

Ik grijnsde en slikte, mijn strot voelde ineens heel strak. Eerder vandaag had ik een lekkere nerd ontmoet en was ik tot de ontdekking gekomen dat ik hem niet bepaald leuk vond.

HOOFDSTUK VIER

D E DAAROPVOLGENDE DAGEN WERD MIJN HOOFD onophoudelijk geteisterd door de vraag of het de juiste beslissing was om door te gaan zoals gepland. Ik vond het ongemakkelijk mezelf ertoe te dwingen mijn wekelijkse Dragon Epoch-verslag te schrijven. Die van deze week was een mild, neutraal commentaar over een paar van de saaiere missies in het spel. Maar hoe zat het met volgende week en de week erna? Hoe moest het verder nadat Drake en ik met elkaar naar bed waren geweest? Zou ik altijd bang blijven dat hij mijn blog zou stalken?

Ik zou kunnen overwegen mijn vaste Dragon Epoch-verslag van mijn blog te verwijderen. Lezers zouden ertegen protesteren. Ik ontving heel veel hits, re-blogs en reacties op dat onderwerp. Mijn blog was mijn inkomstenbron. Door de advertenties bracht het meer geld binnen dan dat ik op het moment met mijn ziekenhuisbaan verdiende. Hopelijk kon ik er gedurende mijn studie geneeskunde ook de huur mee betalen.

Dus, na er dagenlang over gepiekerd te hebben, kwam ik tot een besluit. En terwijl ik mijn telefoontje naar Heath uitstelde, kwam ik hem tegen toen ik inlogde op onze game.

Ik: Hé, gast, wat spook je allemaal uit?

Fragged: Trollen aan het vermoorden in de Golden Mountains. Ik word helemaal gek van die reeks missies die ergens in die gouden bergen verborgen ligt. Kom me helpen. Ik heb je toverkunsten nodig. Ze blijven me bevriezen.

Met een zucht gehoorzaamde ik en rende met mijn personage naar de dichtstbijzijnde magische portaalruimte om haar te verplaatsen naar de locatie waar Heath zich onvermoeibaar een weg hakte door trollenledematen om een of andere kleine aanwijzing te vinden over het nieuwste mysterie van de game.

Ik: Jij en alle anderen die het spel spelen. Je hebt toevallig niet geprobeerd het geheim aan Drake te ontfutselen?

Fragged: Nee. Ik betwijfel sowieso of hij me iets zou vertellen.

Ik: Zeker weten? Je hebt behoorlijk lang met hem gesproken.

Mijn personage was bijna op Fraggeds locatie in het spel, aan de voet van de gouden bergen, toen ze werd besprongen door een agressieve bergtrol.

Fragged: Waar blijf je? Ik zit tot aan mijn nek in de trolleningewanden.

Ik: Kom wat agressie tegen onderweg. Trol besprong me. Kom er zo aan. O, trouwens, ik wil dat je contact opneemt met de nummer twee van de veiling. Gaat 'm niet worden met Drake.

Ik was net de bergtrol aan het afmaken, mijn personage had nog maar een half leven over, toen hij antwoordde.

Fragged: Ehm. Wat?

Ik: Doe het nou maar gewoon. Ik ben er bijna... Shit! Kom me helpen. Hij heeft vrienden en ik heb nog maar een half leven.

Ik keek hoe de rode *health bar* – de balk die aangaf hoeveel gezondheid mijn personage nog had voordat ze het loodje legde – begon terug te lopen. Ik ramde links en rechts op knoppen, in afwachting tot zijn huurmoordenaar met z'n almachtige zwaard zou opduiken en tussen mij en de slechteriken zou gaan staan. Wij magiërs spraken over de grote, gespierde krijgers als 'vleesschilden' omdat ze tussen ons en de monsters in gingen staan terwijl wij ze bestookten met toverspreuken.

Fragged: Ben onderweg. Ik ben het er absoluut niet mee eens, trouwens. Als je hiermee doorgaat, dan is D. je beste optie. En we zouden elkaar er waarschijnlijk niet over moeten chatten in zijn eigen fucking game.

Ik had nog maar een flintertje gezondheid over toen Fragged opdook om mijn reet te redden. Ik hield me gedeisd, dronk een genezende toverdrank en zette mijn sterkste toverspreuk, '*Bedazzle*', in om de trol en zijn maten te bedwelmen. Met sterretjes in hun ogen wankelden ze heen en weer terwijl Heaths Barbaarse Huurmoordenaar ze een voor een neerhaalde.

'Pak aan, klootzak,' mompelde ik hardop.

Ik richtte me weer op mijn toetsenbord om snel mijn volgende boodschap aan Heath te typen.

Ik: Waarom ben je het er niet mee eens om het met hem af te blazen en verder te gaan met die andere kerel?

Met een bliksemschicht maakte ik de tweede trol af en ik zette een genezende spreuk in voor Heath, die al een derde aan gezondheid had verspeeld.

Fragged: Omdat D. de beste kandidaat is, zonder twijfel.

Gefrustreerd klemde ik mijn kaken op elkaar.

Ik: Zeg je dat voor mijn bestwil of omdat jij DE-sterren in je ogen hebt? Je bent verslaafd aan dit spel en ik weet gewoon zeker dat je in die gesprekken met hem alleen maar daarover hebt gesproken. Lekker gamegeheimen aftroggelen.
Fragged: WTF.

Zijn personage keerde zich naar mij om en maakte een onbeschoft gebaar. Als reactie zette ik mijn scherm even uit, al wist ik dat hij dat niet kon zien.

Ik: Heel volwassen.
Fragged: Ik gedraag me niet volwassen als ik pissig ben. Als je ook maar één moment denkt dat ik mijn eigen belang voor dat van jou stel, hoe kun je me dan zelfs ook maar een vriend noemen, Mia?
Ik: Dat denk ik helemaal niet. Het spijt me. Ik was boos. Drake maakte me kwaad en het gaat gewoon niet werken.
Fragged: Hou verdomme op met zijn naam hier te noemen. Óf je kort het af óf je belt me op. En waag het niet me nog eens zo te beledigen.

Met een diepe zucht pakte ik de telefoon en ik belde hem. Hij nam op en zonder me te begroeten zei hij: 'Oké, ik snap het. Hij kwam zo'n beetje als een agressieve dekhengst over. Ik heb geen idee waar dat op sloeg, maar ik verzeker je dat hij een veel betere keus is dan de New Yorker en ik houd mijn poot stijf hierover. Zorg nu dat je met je reet naar mijn plek komt. Zonder jou gaat het een eeuwigheid duren om die trollen af te maken.'

'Heath...'

'Nee, Mia. Als je wilt kappen met Drake, dan vertel je hem dat maar lekker zelf. Ik stuur je zijn e-mailadres. Laat hem zelf maar weten wat je hebt besloten.'

Ik verstijfde. 'Prima. Zal ik doen. Ik kan niet over zijn bedrijf en zijn producten bloggen als ik een persoonlijke relatie met hem heb gehad. Dat zou gewoon niet oké zijn.'

Heath snoof aan de andere kant van de lijn. 'Nee, wees in ieder geval eerlijk tegen jezelf. Hij heeft je de stuipen op het lijf gejaagd omdat je nog nooit zo geïnteresseerd bent geweest in een kerel die je net hebt ontmoet.'

'Waaaat?' Ondanks het feit dat ik alleen was, werden mijn wangen knalrood, kreeg ik het warm over mijn hele lichaam en begon ik te zweten.

Het was maar goed dat ik me moest concentreren op het vermoorden van trollen en het redden van zijn in een stinkende lendendoek gestoken Barbaarse Huurmoordenaarsreet, want anders zou ik dood zijn gegaan van schaamte.

'Al vanaf het tweede jaar van het voortgezet onderwijs zijn we beste vrienden. Toen jij nog in jongens was geïnteresseerd, voordat die hufter je verneukte, wist ik altijd precies op wie je een oogje had. Het is zes jaar geleden dat je met dat kleine etterbakje ging en sindsdien heb je zo'n beetje niet meer naar een kerel gekeken. Tijdens die afspraak met Drake bloosde je en hijgde je alsof je net een marathon had gelopen. Je raakte opgewonden van Drake en dat maakt je schijtbang.'

Mijn vuist balde zich op de tafel en mijn T-shirt begon aan mijn ribben te kleven. Zijn personage had bijna geen leven meer. Ik bereidde me voor op mijn verdwijnspreuk, om me hier, uit de gevarenzone, weg te halen. Ik zou tegen hem zeggen dat ik per ongeluk op de verkeerde knop had gedrukt in plaats van hem te genezen.

'Je hebt geen idee wat er door mijn hoofd gaat, dus hou ermee op te proberen dat uit te vogelen.'

'Pop, toen je mijn hulp bij deze veiling vroeg, gaf je me het recht mijn mening te spuien. Deze hele onderneming druipt van mijn werk. Hou op met dat getier nu je jezelf niet meer in de hand hebt.'

Met een dodelijke toverspreuk maakte ik de een-na-laatste trol af. De laatste mocht hij lekker zelf doen… met slechts een vleugje gezondheid over. 'Ik heb mezelf *prima* in de hand.'

'Geef dan in ieder geval toe dat je Drake wilt.'

Ik probeerde mezelf in te houden. 'Het zou belangenverstrengeling zijn.'

'Genees me even, alsjeblieft? En dat is niet wat ik vroeg.'

Mijn vinger hing boven de knop om hem te genezen, maar ik drukte er niet op. 'Moet je me per se vernederen? Ja, ik vind hem sexy. Oké? Maar dat was nooit een vereiste. Dus, als ik hem mail en zeg dat hij zijn kans heeft verspeeld, regel je de boel dan met de New Yorker?'

Een lange stilte volgde aan de andere kant van de lijn. 'Ik zal erover nadenken. En het zou *geweldig* zijn als je me ergens deze eeuw zou genezen.'

'Drink maar een drankje,' snauwde ik. Vervolgens was ik zo laf om hem een heel klein beetje genezing te sturen… Net genoeg om hem te laten denken dat hij het zou redden, voordat ik hem in de steek zou laten.

'Mia, ik denk echt dat je nog eens lang en hard moet nadenken over Drake.' Vervolgens lachte hij zijn typisch jongensachtige lach. 'Huh, hoorde je wat ik zei? Lang en hard.'

'Echt, ik pies in mijn broek van het lachen aan deze kant van de lijn.' Ik drukte op mijn verdwijnspreuk en verdween.

Tien seconden later verscheen Fragged als geest naast me. De trol had hem afgemaakt.

'Wie lacht er nu, eikel?' giechelde ik.

'Ik vergat wat voor kreng je wordt als ik gelijk heb en jij niet. Ga die e-mail maar schrijven dan. Ik speel niet meer met je als je in zo'n bui bent. Maar voor alle duidelijkheid: ik denk dat je een grote fout maakt.'

Ik slikte mijn frustratie weg, in ieder geval opgelucht dat ik hem blijkbaar had overgehaald. 'Ja, ja. Staat genoteerd.'

Dus nadat ik had opgehangen, ging ik ervoor zitten en stelde mijn e-mail op.

Beste meneer Drake,

Ik waardeer uw interesse in mijn veiling en uw bereidheid een aanzienlijk bedrag neer te tellen om tot een overeenkomst te komen. Sinds onze ontmoeting heb ik wat tijd gehad om er nog eens over na te denken en ik heb het gevoel dat we geen goede match zijn om dit samen aan te gaan. Tijdens onze ontmoeting werd me duidelijk dat u niet de moeite wilt nemen me op mijn gemak te stellen. Dit was nooit een vereiste en ik weet dat u me daar in uw reactie op zult wijzen, maar nu de plannen gaandeweg steeds vastere vormen aannemen, heb ik besloten dat ik iemand nodig heb die bereid is die extra moeite te nemen. Daarnaast denk ik dat we niet goed zullen kunnen samenwerken en hoewel het slechts voor een korte periode is, denk ik alsnog dat het voor mijn eigen bestwil is om door te gaan met een van de andere bieders in de veiling. Ik wens u het beste en nogmaals bedankt dat ik de kans kreeg u te ontmoeten.

Vriendelijke groet,
Mia Strong

Gespannen hield ik mijn adem in, drukte op 'versturen' en ging achterover zitten om naar de knipperende cursor op het lege scherm te kijken. Na een paar gespannen momenten liet ik mijn adem los en besefte ik dat ik een lafaard was. Heath had gelijk. Ik had me in geen… nou, feitelijk nog nooit had ik me zo tot een man aangetrokken gevoeld. En ik had geen idee waarom dat het geval was, maar te midden van dit koude gevoel binnen in me bevond zich een ijzige kern van angst of opwinding. Het bezorgde me een droge keel, maakte mijn handen klam. Ik veegde ze aan mijn broek af en stond op, niet van plan er te lang bij stil te staan.

Ik pakte de draad van de dag op door tussen het schrijven van posts voor mijn blog door mijn appartement op te ruimen en steeds weer thee voor mezelf te zetten. Toen ik terug bij mijn computer kwam na het stofzuigen – een korte onderbreking aangezien mijn studio uit slechts één kamer bestond – zag ik de melding 'nieuw bericht' op mijn scherm om mijn aandacht vragen.

Ik klikte erop en merkte het adres van de afzender op: adrake@dracomultimedia.com. Niet het adres waarnaar ik mijn bericht had gestuurd, dat was een gewoon Gmail-account geweest.

Ik opende de e-mail en het bleek een kort bericht.

Hoi Mia,
Ik wil je graag nog een keer spreken. Zo snel mogelijk.
Adam

Onmiddellijk stuurde ik mijn antwoord.

Meneer Drake,
Mijn besluit staat vast.
Mia Strong

Vervolgens zeemde ik de ramen. Eerlijk gezegd was ik een beetje verbaasd over mijn schoonmaakdrang. Ik had al in geen maanden zo veel gepoetst. Ik haatte schoonmaken, maar nadat ik hem die eerste e-mail had gestuurd, kwam ik er al snel achter dat wat rondhangen en nietsdoen, of zelfs gewoon posts voor mijn blog schrijven, me helemaal gek maakte.

Nadat ik klaar was met de ramen trok ik mijn korte broek en hardloopschoenen aan, bond mijn haren in een paardenstaart en besloot mijn overtollige energie te lozen door vijf kilometer te gaan rennen.

Ik stond net op het punt de deur uit te gaan toen er iemand klopte. Ik trok de deur open en staarde in shock voor me uit.

In mijn deuropening stond in al zijn mannelijke schoonheid Adam Drake. In levenden lijve. Hij droeg een jeans, een casual zwart overhemd met korte mouwen en een dure pilotenzonnebril. Met zijn ene hand leunde hij tegen de deurpost en ik kon mijn ogen niet van zijn gespierde bovenarm losrukken. Hij zag er zelfs nog lekkerder uit dan op de dag dat ik hem in het hotel had ontmoet.

'Ehm,' was het enige wat ik zei. Hoe wist hij in godsnaam waar ik woonde? Er begon me iets te dagen. Een snel opgekrabbeld adres op de achterkant van de geheimhoudingsverklaring die ik had getekend. Mijn hart begon in een verwoed staccato te kloppen. Ik voelde het in mijn keel, mijn polsen.

Ik kon zijn ogen niet zien, maar hij glimlachte, een oprechte glimlach deze keer, niet die sarcastische bullshit. 'Hoi. Mag ik binnenkomen?'

Ik aarzelde. Mijn appartement was schoon, maar zeer bescheiden. Deze gast had waarschijnlijk een landhuis aan de haven of zoiets – Balboa Island, gokte ik. Iets wat wel vijf of zes miljoen waard was, misschien zelfs meer. Waarschijnlijk had hij zijn eigen boot aan de steiger liggen en woonde hij in dezelfde straat als waar het legendarische huis van wijlen John Wayne stond. Zijn slaapkamer was waarschijnlijk groter dan mijn hele studio.

'Maak je geen zorgen, Mia. Ik wil alleen praten.'

Dit leek in niets op de holbewoner die ik vorige week had ontmoet. Door de getinte glazen heen hield ik zijn blik vast en hij bracht zijn hand omhoog om de bril af te zetten. Hij klapte hem dicht en stak hem in zijn borstzakje. Het gouden horloge aan zijn sterke pols flitste in het zonlicht. Ik knipperde met mijn ogen en, ik kon het zelf niet geloven, stapte naar achteren om hem binnen te laten.

'U komt op een ongelegen moment,' mompelde ik met mijn armen over elkaar geslagen.

'Ja, ik zie dat je op het punt stond te gaan hardlopen.'

Ik fronste. Hoe wist hij dat? Oké, ik had sportkleren aan, maar hoe wist hij dat ik bijvoorbeeld niet op weg was naar de sportschool? Toen herinnerde ik me dat ik op mijn blog had geschreven dat ik een hardloper was. Misschien had hij het daar gelezen?

Langzaam stapte hij naar binnen, alsof hij bang was dat hij me zou afschrikken. Hij keek de kamer rond, zijn gezicht uitdrukkingsloos, maar ik kon er niets aan doen dat ik me schaamde toen zijn blik op mijn oude, krakkemikkige computer bleef rusten. Het was me in ieder geval gelukt die oude, vierkante CRT-monitor te verwisselen voor een nieuw flatscreen doordat Heath zijn systeem had vernieuwd en mij z'n afdankertje had gegeven. Maar het was alsnog een bron van schaamte, vooral voor een technische gameverslaafde als ik.

Mijn vingers boorden zich in mijn armen waar ik ze voor mijn borst vasthield. Ik schoof ongemakkelijk heen en weer. 'Wat doet u hier, meneer Drake?'

Zijn blik ontmoette de mijne, wederom met die bestuderende blik in zijn ogen. 'Ik zou graag willen weten waarom je van gedachten bent veranderd.'

Ik perste mijn lippen op elkaar en rechtte mijn schouders om mezelf voor te bereiden op zijn harde buitenkant. 'Ik geloof niet ik verplicht ben daar antwoord op te geven, maar uit de goedheid van mijn hart wil ik zeggen dat Heath degene is die u heeft uitgekozen. Ik verander Heaths beslissing, niet de mijne. *Ik* ga hier nog steeds mee door. Alleen met een andere bieder.'

Zijn uitdrukking bleef compleet neutraal, maar er verscheen een speculerende blik in zijn ogen. 'Vanwege ons gesprek afgelopen donderdag?'

Ik knipperde met mijn ogen. 'Nee. Ik was niet bepaald onder de indruk van dat gesprek, maar dat is niet de reden.'

Hij kneep zijn ogen tot spleetjes. 'Verdien ik niet te weten waarom dan wel?'

Ik verplaatste mijn gewicht van het ene been op het andere en keek naar beneden. 'Vanwege wie u bent.'

Hij knikte, alsof hij dat antwoord verwachtte. 'Ja, ik vroeg me al af wanneer dat ter sprake zou komen. Het verbaasde me dat het geen onderwerp van gesprek was toen we elkaar ontmoetten en ik had niet verwacht dat Bowman het je pas daarna zou vertellen. Het was niet mijn keus dat je er niet van op de hoogte was.'

Ik schraapte mijn keel en voelde me plotseling erg ongemakkelijk. 'Heath Bowman is mijn beste vriend. Ik geloof niet dat hij het verkeerd bedoelde. Hij denkt alleen dat dit game-ding iets is wat u en ik met elkaar gemeen hebben. Maar het veroorzaakt belangenverstrengeling.'

Hij knikte, maar zei niets en lange tijd heerste er een stilte. Mijn maag rommelde luid en herinnerde me eraan dat ik nog niet had gegeten.

Hij glimlachte. 'Kunnen we een hapje gaan eten? Ik heb zelf ook behoorlijk honger.'

We liepen naar de broodjeszaak aan het eind van de straat. Het was een klein eettentje met tafeltjes onder een houten afdakje op de patio aan de voorkant. Op een winderige dag vroeg in mei was het de perfecte plek om te zitten. Drake en ik bestelden onze broodjes en namen plaats terwijl we wachtten tot ze naar buiten werden gebracht.

Mijn hart fibrilleerde weer op die rare, ongebruikelijke manier en toen ik slikte, voelde ik een koude opwinding in mijn keel. Jezus... alleen al door met hem aan een tafel te zitten? Deze kerel was een overduidelijk gevaar voor mijn zintuigen. Wat was het aan hem dat ik zo op scherp stond?

Ik schraapte mijn keel. 'Waarschijnlijk bent u zich er niet van bewust, maar mijn blog is mijn belangrijkste bron van inkomsten.'

'Ik ben bekend met je blog, Emilia. Al een behoorlijke poos.'

Dat zorgde ervoor dat ik achterover tegen de leuning ging zitten. De kou van de metalen rugleuning drong door mijn T-shirt. 'Is dat zo?'

Hij lachte. 'Waarom verbaast dat je? Gezien de branche waarin ik zit en het feit dat jouw blog een van de beste is die games beoordeelt.'

Sceptisch keek ik hem aan. 'Bedankt voor het compliment, maar dat is gewoon niet waar. GameShopper. GeekWorld. Al die andere platforms met meerdere auteurs overtreffen me met gemak op inhoud en hits.'

'Maar ze verwijzen vaak genoeg naar jou.'

Ik schudde mijn hoofd. 'Ik kan er met mijn hoofd niet bij dat u die blogs zelfs maar leest.'

Hij schoot in de lach. 'Ik ben een gewoon mens, net als ieder ander.'

'Maar u heeft het druk met directeur zijn en ontwerpen en zo.'

'Ooit bouwde ik games en ik blijf actief betrokken bij mijn product. Ik ben altijd op zoek naar manieren om het te verbeteren. De laatste tijd heb ik veel nagedacht over het aanspreken van een bepaalde doelgroep waar we wat problemen mee lijken te hebben.'

Ik wist wat hij zou antwoorden voordat ik de vraag stelde, maar alsnog moest ik het vragen. 'Welke doelgroep?'

'Vrouwelijk, zestien tot vierentwintig jaar.'

Nu was het mijn beurt een sarcastisch lachje te tonen. 'Ah, ik begrijp het. Dus ik ben research voor u, of niet?'

Hij lachte. 'Nee, maar je blog wel.'

Ik knikte. 'Het is een geruststelling te horen dat al mijn gekat wordt opgemerkt door degenen die ertoe doen. Wellicht dat u op een dag nog een opmerking of twee ter harte neemt.'

Hij kantelde zijn hoofd een tikkeltje en bestudeerde me. 'Ik denk dat je uit het oogpunt van een jonge vrouw een hoop waardevolle inzichten hebt om met de gaming community te delen. We hebben meer vrouwelijke gamers nodig die laten horen wat ze willen.'

'Mooi. Dus dan begrijpt u waarom ik hier niet mee door kan gaan.'

Hij schudde zijn hoofd. 'Je zorgen zijn ongefundeerd.'

'Maar als ik uw game beoordeel en u en ik zijn... Hoe kan het dat u niet inziet dat het om conflicterende belangen gaat?'

'Omdat er manieren zijn waarop je dat kunt oplossen, manieren waaraan je nog niet hebt gedacht.'

Ik spande mijn kaak. 'O, is dat zo? Zoals wat?'

Hij keek nadenkend opzij. 'Je zou tijdelijk een pauze kunnen inlassen voor de DE-column en iets anders kunnen vinden om voor een paar maanden die plek in te nemen. Of je zou het door een gastblogger kunnen laten overnemen.'

Ik lachte. 'Wilt u nu echt suggereren dat ik de gratis publiciteit van uw game laat vallen? Ik geloof mijn oren niet.'

Maar hij had een zaadje voor een idee in mijn hoofd geplant. Een van mijn beste gamevriendinnen, Katya, die speelde als

Persephone, wilde al een poosje als gast voor mijn blog schrijven. Ik had haar nog nooit in het echt ontmoet, maar net als met FallenOne gamden Heath en ik regelmatig met haar. Ik zou haar die taak waarschijnlijk zo kunnen geven. Ze was een diehard DE-fan.

Toch aarzelde ik.

Onze broodjes werden naar de tafel gebracht. Enthousiast viel ik op de mijne – kalkoen en avocado op een volkorenbroodje – aan. Ik had geen ontbijt genomen en, zoals gebruikelijk had ik bijna niets meer in huis terwijl ik nog een paar dagen verwijderd was van mijn loon.

'Ik ben er nog steeds niet van overtuigd dat het een goed idee is.'

'Laat me dan je andere bezwaren wegnemen,' zei hij voordat hij een hap van zijn kip po'boy nam en meldde hoe lekker het was.

'Ik denk niet dat u dat gaat lukken,' zei ik tussen mijn volgende twee happen door.

'Probeer maar.'

'Ik denk dat we niet bij elkaar passen.'

'Hoe belangrijk is het om bij elkaar te passen als het om één nacht gaat?'

Ik haalde mijn schouders op. Het was niet wat ik echt had willen zeggen. Het al dan niet bij elkaar passen was niet waar ik me zorgen over maakte. Het was de zinderende seksuele aantrekkingskracht die iedere keer als we bij elkaar in de buurt kwamen door de lucht knetterde. Of tenminste, dat was bij mij het geval. Ik had geen idee wat hij voelde. Hij leek net zo kalm, cool en beheerst als op de dag dat we elkaar voor het eerst ontmoetten.

Ik schraapte mijn keel en leunde naar voren, mijn ellebogen op de tafel voor me. 'Meneer Drake, het is voor mij heel erg belangrijk dat u begrijpt dat *ik* de touwtjes in handen heb over deze hele situatie. Het was *mijn* veiling, *mijn* drive, *mijn* wens om een eind te maken aan een ouderwets beoordelingssysteem dat eeuwenlang vrouwen heeft benadeeld door het op z'n kop te zetten.'

Toen hij me aankeek, keken zijn ogen dwars door me heen, doorboorden me tot in het diepst van mijn ziel. 'Het klinkt allemaal heel nobel en revolutionair als je het zo stelt. En dat terwijl ik de hele tijd dacht dat je het voor het geld deed.'

Ik leunde achterover en keek hem aan. Dus het Maagden Manifest had hem niet in het minst voor de gek gehouden. Ik trok mijn schouder op met een onverschilligheid die ik niet voelde. 'Ik zal niet liegen. Ik kan het geld goed gebruiken. Ik wil geneeskunde gaan studeren en ik wil mezelf niet diep in de schulden steken. Sommige vrouwen serveren topless in een bar om hun studie te betalen. Sommigen dansen in stripclubs of verkopen telefoonseks op internet. Mijn keuze was één nacht van mijn leven te gebruiken om de gang van zaken te beïnvloeden, indien mogelijk.'

Hij hoefde niets te weten over de ziekenhuisrekeningen van mijn moeder en haar kankerbehandelingen of de druk van de hypotheek op het landgoed van de ranch. Hij hoefde niet te weten hoe ik iedere keer dat ik aan al die dingen dacht het gevoel kreeg dat ik moest kotsen. Of de paniek die zich altijd vermengde met iedere gedachte aan geld. Ik liet hem in de waan dat ik dit alleen voor mezelf deed. Ik had nooit beweerd dat ik een onbaatzuchtige heilige was.

Zijn voorhoofd rimpelde en hij kreeg diezelfde vreemde, koude blik als toen hij me aan het eind van ons eerste gesprek had afgewimpeld. 'Maar uiteindelijk, ongeacht wie degene is aan wie je je geeft, komt het erop neer dat je de controle afstaat. Je zult niet de hele situatie, gedurende de hele nacht de controle hebben.'

Ik keek weg en aarzelde om in mijn broodje te happen. 'Ik zou graag het gevoel hebben dat ik *nu* de controle heb.'

'En door hier te komen om je van gedachten te doen veranderen breng ik dat in gevaar?'

Ik hield mijn hoofd een beetje schuin en dacht na. 'Dat hangt af van wat u gaat doen als het u niet lukt me te overtuigen.'

Hij aarzelde een moment en spande toen zijn kaak. 'Dan trek ik me terug.'

We keken elkaar over onze lege borden aan, of tenminste de zijne, aangezien hij zijn broodje op had en er bij mij nog een helft over was. Ik had nog steeds honger, maar de andere helft was bestemd als mijn avondeten. Het was weer zo'n kostenbesparende maatregel die ik regelmatig inzette. Iedere keer dat ik buiten de deur at, bewaarde ik precies de helft van mijn maaltijd voor een later moment. Zo werd één maaltijd twee maaltijden.

Hij staarde naar mijn bord. 'Je hebt niet veel gegeten. Vond je je broodje niet lekker?'

'Het was heerlijk,' zei ik met opgewekte stem, waarna ik onze serveerster vroeg me iets te brengen om het in te pakken.

Hij keek nors. 'Eet de rest van je broodje op, Emilia.'

'Ik bewaar het voor later.' Ik bloosde, maar weigerde toe te geven dat ik zo blut was dat dit halve broodje, een doos ontbijtgranen en een half pak melk zo ongeveer het enige was wat ik te eten had tot mijn salaris werd gestort.

Toen de serveerster terugkwam, nam hij het doosje van haar aan voordat ze het aan me kon geven. Hij bestelde nog twee broodjes. Een daarvan was mijn tweede favoriet, wat ik hem had verteld toen ik hem bij zijn keuze suggesties had gegeven. 'Kunt u die ingepakt brengen? Ze heeft besloten deze op te eten.'

Vervolgens richtte hij zich tot mij. 'Ga je hem nu *wel* opeten?'

Meer overredingskracht had ik niet nodig. Hoewel ik me schaamde, mompelde ik tijdens mijn laatste happen een bedankje. Zijn opmerkzaamheid maakte indruk op me. De meeste kerels zouden niet hebben opgemerkt dat ik nog steeds honger had. Zelfs Heath zou dat waarschijnlijk niet hebben gezien. Hij had nog nooit iets gezegd over het feit dat ik mijn restjes liet inpakken.

Drake droeg de twee broodjes naar mijn appartement terwijl we de drie straten in stilte terugliepen. Ik kauwde luidruchtig op het pepermuntje dat de serveerster bij de rekening had gelegd.

'Kauw je altijd zo hard op snoepjes?'

Ik wierp hem een blik toe en trok mijn wenkbrauw op. 'Ik zuig niet, weet u nog?'

Tot mijn verbazing schoot hij in de lach. 'Hoe kon ik dat nou vergeten?'

Hij kwam weer mee naar binnen, maar alleen om de broodjes op het aanrecht te leggen. Daarna liep hij naar de deur.

Ik volgde hem op de voet om hem uit te laten. Voordat hij de deur opende, draaide hij zich echter weer naar me om. De gang was smal, dus we stonden in een kleine ruimte. Mijn hart begon weer in mijn keel te hameren.

Gedurende een lang moment keek hij me aan. 'Emilia, ik vraag je het te heroverwegen. De beslissing – de controle – ligt in jouw handen, uiteraard, maar sluit de mogelijkheid niet uit vanwege een paar bezwaren die opgelost kunnen worden.'

Ondanks mijn sterke fysieke reactie op hem raakte ik geïrriteerd door zijn opmerking. 'Denkt u dat ik bang ben?'

Hij hield zich even stil en bestudeerde mijn gezicht. 'Ik denk dat er een aantal dingen zijn die je niet begrijpt. Zoals het effect dat we op elkaar hebben...' Mijn keel trok dicht. Dus hij voelde het ook. Mijn hartslag versnelde een paar tandjes, alsof ik al halverwege mijn hardloopronde was.

Ademen ging ook moeilijk. 'Daar ben ik me terdege van bewust.'

Hij keek naar me, zijn blik boorde zich in mijn ogen. 'Maar begrijp je het ook?

'Ik ben prima in staat seksuele aantrekkingskracht te begrijpen, meneer Drake.'

'Adam,' zei hij zachtjes en zijn blik daalde af naar mijn mond. Mijn hart sloeg een slag van het razende ritme over.

'Adam.'

'Waarom voel je je er ongemakkelijk bij om me bij mijn voornaam te noemen?'

Mijn blik haakte in de zijne en ineens was ik me intens bewust van hoe dicht we bij elkaar stonden. Ik kon hem ruiken – een subtiele geur, mannelijk, schoon, zoals de oceaan en een vleug pepermuntgeur in zijn adem. Ik kon de hitte en de kracht bijna in golven van hem af voelen stralen. Ik slikte, want mijn keel was plotseling droog.

'Dat weet ik niet.'

'Ik wil je nog een ding meegeven om over na te denken.'

'En dat is?'

Hij leunde naar voren, zijn gezicht naderde het mijne. Ik had niet de tijd naar achteren te stappen, noch had ik er de wilskracht voor als het bij me zou zijn opgekomen, denk ik. Zijn mond vond de mijne in een stevige, overduidelijke kus.

Het was niet overdonderend. Dat was het eerste wat me verbaasde. Het was een subtiel geven en nemen. Teder, in eerste instantie, een warme druk van zijn lippen op de mijne. Toen zette hij een stap dichterbij en liet zijn hand rond mijn middel glijden, de andere ging naar mijn rug.

Hij trok zich terug, slechts een klein stukje, net genoeg om mij de kans te geven zijn kus na te jagen. Zijn mond bewoog tegen de mijne, plagend, duwde hem open. Met zijn lichaam stond hij nu tegen me aangedrukt, zijn hoofd gebogen om erbij te kunnen, aangezien ik meer dan tien centimeter korter was dan hij.

Ik opende mijn mond voor hem en soepel gleed zijn tong naar binnen. Aan deze kus was niets aarzelends. Hij wist precies wat hij deed. Hij liet me merken dat ik de controle had, verklaarde dat het mijn beslissing was en vervolgens dook hij naar binnen om me te overmeesteren.

Zijn handen bleven op hun plek. Daar was ik blij mee, al wilde ik zijn aanraking overal voelen – mijn pijnlijke borsten, het kloppen tussen mijn benen. Kippenvel schoot over mijn armen. Zijn tong verkende mijn mond met vastberadenheid, eenvoudige bezitterigheid. Tot mijn uiterste vernedering ontsnapte een licht gekreun achter uit mijn keel.

De arm rond mijn middel verstrakte zodra hij het hoorde, reageerde onmiddellijk, bijna instinctief. Hij trok zijn tong terug, alsof hij me uitnodigde om hem met mijn tong te volgen. Aarzelend deed ik dat.

Ik was eerder gekust, vroeger op de middelbare school toen ik normaal was en nog met jongens uitging. Maar inmiddels was het jaren geleden en ik was nog nooit, echt nooit, op deze manier gekust. Mijn tong gleed in zijn mond en er klonk een geluid achter in zijn keel, niet echt een grom, eerder een soort zucht. Het moedigde me aan. Gaf me vertrouwen. Ik stootte met mijn tong in zijn mond, verstrengelde mijn vingers in zijn nek ineen. Onze hoofden bewogen eensgezind gedurende een aantal lange minuten en ik had het gevoel alsof ik een leven lang geen adem had gehaald.

Alles duizelde om me heen en ik… ik duizelde ook, uitzinnig van verlangen. Als een vrouw die in het midden van een stormachtige zee verdronk, wanhopig behoefte hebbend aan een reddingsboei. Die zee was Adam Drake en hij trok me met zich mee, naar een vreemd en vergeten land.

Toen hij de kus uiteindelijk verbrak, trok hij zich zo langzaam terug dat ik nauwelijks merkte dat onze lippen waren gescheiden, tot ik de koele lucht tussen ons voelde. Dat was het moment dat ik zag dat hij net zo aangedaan was als ik. Zijn wangen rood, snelle ademhaling, zijn ogen donker en dronken van verlangen.

Ik likte over mijn lippen en zette een stap terug, maar maakte mijn blik niet van hem los. Gedurende een lang moment staarde hij me aan en viste toen zijn zonnebril uit zijn borstzak.

Voordat hij iets zei, kuchte hij in zijn vuist, alsof hij zijn eerdere beheerste houding probeerde aan te nemen terwijl hij heel goed wist dat hij daarin faalde. 'Het was… Dat was gewoon nog iets om over na te denken. Ik hoop dat je de juiste beslissing maakt.'

En toen was hij weg, zonder te wachten tot ik gedag zou zeggen of op wat voor manier dan ook een reactie zou geven.

Ik liet me tegen de muur zakken, me bewust van mijn smachtende, tot leven geroepen zintuigen. Iedere keer dat ik aan zijn geur of zijn mond op de mijne dacht, raakte een nieuwe steek van verlangen me tot op het bot.

Godzijdank was ik al uitgedost om te gaan hardlopen. Ik was vijf kilometer van plan geweest, maar uiteindelijk werd het twee keer zoveel voordat ik ook maar enigszins begon te merken dat de seksuele energie vervaagde. Deze man had me in vuur en vlam gezet, me bedwelmd. En waarom? Vanwege zijn prachtige gezicht? Zijn sterke, mannelijke lichaam?

Door zijn zelfverzekerde manier van doen? Hij was volwassener dan bij zijn leeftijd paste. Hij leek veel meer ervaren dan andere mannen van ergens in de twintig die ik via mijn studie kende. Zou het leven hem zo erg hebben veranderd na zijn studietijd of was hij altijd al zo geweest?

Dit soort vragen spookten de rest van de dag constant door mijn hoofd, zelfs gedurende de nacht toen ik aan het werk was. Ze dreven me ook tot waanzin tijdens mijn vrije dag. Ik kon niet stoppen met aan hem denken en wilde hem bellen om te vragen of hij langs kon komen om me nog zo'n welterustenkus te geven als de dag daarvoor.

Ik lachte bij de gedachte alleen al. Belachelijk. Maar ik verbaasde mezelf met het besef hoe graag ik het echt wilde. Op dag drie na De Kus belde ik Heath en zei hem dat hij de contactgegevens van de New Yorker moest weggooien. We gingen door als gepland.

Toch had ik gemengde gevoelens. Het koste me moeite het gedrag van Adam Drake in die vergaderkamer van het hotel op de dag dat we elkaar voor het eerst ontmoetten, te verenigen met de man die naar mijn appartement was gekomen en me op een lunch *en,* dankzij zijn oplettendheid, ook op avondeten had getrakteerd. Ik had Heath al ingelicht, maar wachtte er nog een paar dagen mee om Adam te vertellen dat ik had besloten ermee door te gaan. Ik wilde tenslotte niet zo popelend overkomen als ik me begon te voelen. Ik *wilde* helemaal niet staan te popelen.

Dit was zakelijk. En iedere keer dat ik die kus in gedachten herbeleefde, moest ik mezelf daaraan herinneren. *Zakelijk. Zakelijk, Mia. Gewoon zakelijk.* Niets wezenlijks zou ooit uit deze afspraak tussen ons voortvloeien. Zo had ik het bewust gepland. Eén nacht van anonieme overgave waarvan ik als een nieuwe vrouw zou terugkeren – of misschien als dezelfde oude ik, maar dan zonder mijn maagdelijkheid en met een hoop geld op mijn rekening.

Maar nu zorgde hij ervoor dat er druk op de ketel kwam te staan. Een bubbelende, kolkende toverketel vol zinderend verlangen. Die ene nacht zou gevaarlijk kunnen worden, zoiets als recht in de zon kijken, te dicht langs het vuur vliegen of…

Meneer Drake,

Ik heb besloten verder te gaan met de overeenkomst zoals die staat. Mijn verzoek is de zakelijke details af te handelen zoals beschreven in het pakket met documenten waarvan meneer Bowman u heeft voorzien.

Mocht u daar de voorkeur aan geven dan kunt u bij vragen contact met hem opnemen. U wordt verzocht een datum te plannen, minimaal twee weken maar niet later dan drie maanden na vandaag. Over de definitieve locatie valt te praten, zolang het er maar een is van de lijst die ik heb aangeleverd.

Vriendelijke groet,
Mia Strong

Mijn hart bonkte in mijn keel toen ik op 'verzenden' klikte. Bijna twintig minuten lang zat ik daar, te staren naar het scherm terwijl ik als verdoofd door mijn vaste gamewebsites bladerde en nieuws voor mijn blog knipte en plakte. Ik staarde naar het e-mailicoon tot het me tot waanzin dreef dat hij niet antwoordde. Was hij van gedachten veranderd? Was ik bang dat dat het geval was? Of barstte ik gewoon van nieuwsgierigheid om zijn reactie te kunnen lezen?

Misschien had hij een vergadering, was hij op zakenreis of had hij geen bereik. Misschien schreeuwde hij het uit van plezier, terwijl hij met een knappe stewardess op zijn schoot en een martini in zijn hand in zijn privéjet zat. Ik trok een gezicht bij dat beeld, alsof hij een of andere jonge Amerikaanse James Bond was, en lachte om mijn eigen dwaasheid.

Toen ik die middag terugkeerde van mijn hardlooprondje keek ik direct weer. Niets. Ik maakte het avondeten klaar en installeerde mezelf op de bank om tijdens het eten een oude aflevering van *Friends* te kijken. Met trots kan ik zeggen dat ik mijn maaltijd slechts één keer onderbrak om mijn computer te checken en mezelf ervan te verzekeren dat de alerts goed waren ingesteld.

Misschien *was* hij wel van gedachten veranderd? Misschien vond hij dit alles veel te veel gedoe. Eigenlijk zou ik me sowieso moeten afvragen waarom hij in deze deal was geïnteresseerd. Hij was jong, rijk en adembenemend. Waren er geen vrouwen die zich een weg naar zijn voordeur baanden? Waarom zou hij voor één nacht zoveel geld bieden op een vrouw die hij nog nooit had ontmoet, zelfs voordat hij ook maar een foto van mijn gezicht had gezien? Wat kon het hem schelen? Waarom betekende het zoveel voor hem om de maagdelijkheid van een vreemde te nemen?

Na het eten dook ik een paar uur in mijn studieboeken, tot ik rond een uur of tien uiteindelijk in slaap sukkelde. Zo zeg, leefde ik even het goede leven. Toen ik wakker werd, stak de scherpe punt van *Gray's Anatomy* in mijn onderrug. Ik duwde het enorme boek op de grond en de computer piepte.

Ik denk niet ik ooit van mijn leven sneller wakker schoot dan nu. Ik opende mijn mail en zag zijn adres bij 'ongelezen' staan. Ik liet me in mijn stoel zakken, een trillende hand op mijn muis, en opende het bericht.

Juffrouw Strong,

18 mei. Amstel Amsterdam. 15 u lokale tijd. Check-in bij de receptie, reservering onder mijn naam. Weinig bagage meenemen. Bowman zal volgens mijn instructies de vlucht boeken.

Zie je over twee weken.

Drake

Mijn hartslag roffelde over iedere centimeter van mijn huid. Zweet liep over mijn voorhoofd. Hij had overal aan gedacht. Amsterdam had, uiteraard, op de lijst gestaan in verband met de legale issues van waar we mee bezig waren. En stiekem had ik erop gehoopt dat hij daarmee zou instemmen, aangezien ik er altijd al eens heen had gewild, zelfs al was het maar voor een nacht. Misschien kon ik wat bezienswaardigheden bekijken. Ik had er altijd van gedroomd Europa te zien. Nederland was een prima start.

Meteen opende ik een nieuw tabblad en gaf een zoekopdracht naar het hotel. Met open mond gaapte ik naar de afbeeldingen die tevoorschijn kwamen. Minimaal vijf sterren, meer dan duizend euro per nacht. Ik ging mijn maagdelijkheid in stijl verliezen.

Maar... hij had alles geregeld zonder met me te overleggen. Hoewel er niets op aan te merken viel, was ik alsnog geërgerd door het feit dat hij er, wederom, van uitging dat hij het voor het zeggen had. Hij had me beloofd dat ik het voor het zeggen had, dat *ik* de controle had. Waarschijnlijk dacht hij niet eens over dat soort dingen na. Was alles voor hem zo makkelijk te regelen dat het niet bij hem opkwam dat hij me dingen uit handen nam die ik helemaal niet wilde afstaan.

Na een paar minuten naar de knipperende cursor op het antwoordscherm te hebben gestaard, pakte ik de telefoon en draaide Heaths nummer. Er werd niet opgenomen.

Ik snoof nijdig en zuchtte, sloot mijn mail en ging naar bed. Ondanks dat ik afgepeigerd was en morgen vroeg op mijn werk moest zijn – als in het vijf uur 's ochtends soort vroeg – kon ik niet slapen.

Steeds vroeg ik me weer af of ik verontwaardigd moest zijn. Of ik meer achter zijn gedrag moest zoeken. Had hij bijbedoelingen of was dit gewoon zijn tweede natuur?

Mijn hoofd bleef over alles malen en kwam uiteindelijk steeds weer terug bij het gevoel dat ik kreeg als hij me met die intense blik aankeek. Als reactie begon mijn huid over mijn hele lijf te gloeien. En die kus. Ik kon me er het kleinste detail van herinneren. Zou seks met hem ook zo zijn, maar dan meer?

Zijn mond had zo goed gevoeld dat ik niet anders kon dan me afvragen hoe zijn lippen, zijn tong op mijn lichaam zouden voelen. Mijn tepels werden onmiddellijk hard bij de gedachte aan die hete tong die over ze heen gleed. Ik stelde me de druk van zijn harde, zware lichaam boven op het mijne voor, hoe hij me in het matras drukte.

Mijn hand schoof tussen mijn benen, streek sneller en sneller tegen het opgekropte verlangen dat me tot leven had gewekt toen we hadden gekust.

Ik kneep mijn ogen stevig dicht terwijl die heerlijke spanning zich opbouwde. Zijn handen op mijn lijf, zijn lichaam tussen mijn benen. Zijn rug onder mijn strelende handen. *Ja.*

Hijgend buitelde ik over de rand en mijn lichaam schokte door het orgasme.

Om twee uur 's nachts viel ik eindelijk in slaap, maar niet voordat ik een onaangenaam gevoel aan het randje van mijn vermoeide bewustzijn opmerkte. Ik was de kapitein op mijn eigen schip, ja. Maar ik moest nog steeds de zee zien te trotseren, het weer, de storm aan de horizon. En Adam kon een van die dingen – of allemaal – zijn. In mijn half slapende staat kon ik niet anders dan vrezen dat hij dat inderdaad was.

HOOFDSTUK VIJF

'Het redden van een dame in nood' - Gepost op de blog van Girl Geek

Is het je ooit al eens opgevallen dat een van de grootste drijfveren voor helden om aan een epische fantasymissie te beginnen vrijwel altijd iets met een vrouw te maken heeft?

Ofwel de dolende ridder vertrekt op een kruistocht om zijn liefde aan zijn schone jonkvrouw te bewijzen ofwel, en dat is vaker het geval, de dame is gevangengenomen en door grote boze mannen meegesleurd waardoor ze opgesloten in een toren of (bibber) vochtige kerker op haar held wacht.

Neem nu, bijvoorbeeld, de nieuwste van een serie mysterieuze missies in onze vaak-beklaagde maar zeer geliefde game Dragon Epoch. Spelers worden vanwege de gevangengenomen elfenprinses Alloreah'ala opgeroepen in actie te komen tegen het ras van de wrede Stone Trolls, de trollen die ver weg in de Golden Mountains wonen.

Iedere missie, iedere drijfveer heeft iets met onze prinses te maken. Iedere illustratie die verwijst naar de nieuwe uitbreiding van de game is voorzien van haar schaars geklede afbeelding. Gewoon om nog eens te benadrukken waarom het belangrijk is haar te redden. Want ze is MOOI en onschuldig. En hulpeloos.

O, en omdat de Koning het bevel heeft gegeven zijn geliefde dochter te redden.

Oké, die grote zak met goud en een waslijst aan magische voorwerpen is mogelijk ook niet onbelangrijk.

Mijn vraag is deze: waarom gaan die games ervan uit dat die vrouwen niet voor zichzelf kunnen opkomen? Mijn Spirituele Toverfee heeft een behoorlijk gemene Bedazzle-spreuk in haar arsenaal en ze is prima in staat zichzelf te redden.

Dus waarom is dit vrouwelijke nonplayer-personage zo zielig? En ze is niet de enige, ze is er een uit een lange lijst zielige vrouwen. Waarom kan ze zichzelf niet verdedigen? Waarom kan ze geen stoere moves, jat ze het wapen en de sleutels van haar gevangenbewaarder niet, ramt ze niet een paar slechteriken tegen hun kop en redt zichzelf? Waarom moet ze, gevangengenomen, gaan zitten wachten en op die manier een object worden dat gered dient te worden?

Het is tijd dat de mooie prinsessen van Yondareth gaan rebelleren! Strijd je eigen strijd en stop met wachten tot een paar kerels dat voor je doen.

EEN PAAR DAGEN VOORDAT IK MET EEN NACHTVLUCHT van LAX naar Amsterdam zou vertrekken, ging ik naar Heaths huis om de details van de trip te bespreken. Hij printte mijn ticket uit en floot toen hij het onder mijn neus heen en weer wapperde. Ik griste het uit zijn hand en stak het in mijn tas.

Heaths groene ogen twinkelden terwijl hij naar me lachte. Hij had onstuimig donkerblond haar en zijn wangen waren ruw door een gouden stoppelbaard van een paar dagen.

'British Airways, eerste klas. Lekker chic, Mia. Van LAX naar Heathrow en dan na een tussenstop door naar Amsterdam.'

Ik zat op zijn pluchen bank mijn hoofd te schudden terwijl hij op de computer zat te typen. Ik had nog maar een paar keer eerder gevlogen, allemaal binnenlandse vluchten. Washington DC was het meest ver weg, met de tweede klas van de middelbare school. Ik was nog nooit het land uit geweest en had zelfs nog maar een maand geleden vanwege de veiling mijn eerste paspoort ontvangen.

Hij drukte op nog een paar toetsen. Heath typte snel, maar altijd met maar twee vingers tegelijkertijd, zijn wijsvingers. Ik plaagde hem vaak met zijn huis-tuin-en-keukenmanier van typen, maar hij nam nooit de moeite om fatsoenlijk te leren typen. 'Hij heeft me een ondertekend PDF-document van het contract gemaild, dat ik heb uitgeprint. Dus, jij moet ook een kopie ondertekenen. Niet dat dit ding juridisch bindend is, trouwens. Het is een illegale overeenkomst in ons land, maar het is breedsprakig opgesteld. Jullie kunnen er allebei met gemak onderuit. Hij betaalt geen cent tot jij over de brug komt en jij komt pas over de brug als je ziet dat het geld veilig voor dat doel apart is gezet. Bijzonder gedoe met die tegoedrekeningen.'

Ik zuchtte. 'Ik ben zo blij dat ik jou en je maat Joe heb om dit allemaal voor me uit te werken. Er is een reden dat ik nooit geïnteresseerd was in een rechtenstudie.'

'Ik had een fijn, lang gesprek met Drake toen ik het contract kreeg. Je kunt hem behoorlijk makkelijk beter leren kennen. Hij is geen verkeerde kerel, dat wil zeggen, voor iemand die bereid is bijna een miljoen dollar te betalen om iemand te ontmaagden.'

Mijn mond vertrok door de ironie. Wat voor persoon maakte dat mij, dat ik diezelfde maagdelijkheid verkocht? Een praktisch mens, besloot ik.

'Ik heb ervoor gezorgd bepaalde voorwaarden te benadrukken. Zodra er eenmaal aan het contract is "voldaan", zal er geen verder contact tussen jullie zijn. Geen telefoontjes, geen e-mails. In feite net als een straatverbod, maar zover hoeven we niet te gaan. Tenzij een van jullie doordraait.'

Ik keek weg en negeerde het vreemde gevoel dat ik kreeg bij de gedachte dat een van ons geobsedeerd zou kunnen raken door de ander. 'Uh-huh.'

Hij keek naar me op, waardoor het licht van zijn computerscherm zijn strenge gelaatstrekken reflecteerde. 'Dus, je denkt dat je dit wel gaat kunnen? Je irriteerde je na die eerste ontmoeting behoorlijk aan hem. Ik wist dat je hem op andere manieren wel zag zitten, maar je was vastbesloten met iemand anders verder te gaan, tot iets je van gedachten heeft doen veranderen. Hoe kwam dat?'

Hij kuste me en blies me van mijn sokken, dacht ik. Wat belachelijk. Een vrouw van mijn leeftijd die wordt gereduceerd tot een stamelende idioot door slechts één kus van een begerenswaardige – weliswaar een *waanzinnig* begerenswaardige – man.

'Ik heb... gewoon veel nagedacht. Hij is jong. Hij is aantrekkelijk. Ik had het heel wat slechter kunnen treffen.'

Heath grinnikte droog. 'Aantrekkelijk. Huh. Ik zou zeggen dat hij een onwijs lekker ding is, maar dat kan ook aan mij liggen. Hij is niet eens mijn type, maar ik zou hem doen.'

Ik smoorde een giechel bij het beeld dat in mijn hoofd verscheen.

'Verder leek Amsterdam me wel een goede keus, gezien prostitutie daar niet illegaal is.'

Ik rolde met mijn ogen. 'Kunnen we stoppen dat woord te gebruiken?'

Heath grijnsde naar me. 'Pop, voor mijn part noem je het de fucking clownsrodeo. Verandert alleen niets aan het feit dat je seks met een man gaat hebben en hij je voor dat voorrecht betaalt.'

Ik wendde mijn blik af, maar mijn wangen werden warm. Ik friemelde aan een gat in mijn spijkerbroek en trok dusdanig aan de rafels dat het gat groter werd. Ik schudde mijn hoofd. Ik was *geen* prostituee en ik zou ook *geen* prostituee zijn als dit allemaal achter de rug was. Het was één nacht van mijn leven. Een maar. Ik sprak mezelf bemoedigend toe...

En ik zou seks met een man gaan hebben. *Die* man. Zijn handen zouden op mijn lichaam liggen, die volle, hete mond op me. Ik bleef stil en ontweek Heaths blik.

'We hebben ook besproken wat hij wel en niet kan doen. Daar wilde ik *heel* duidelijk over zijn. Geen kinky dingen. Geen bondage op wat voor manier dan ook. Gewoon rechttoe, rechtaan "*vanilla*" voor mijn meisje.'

'Vanille is naar mijn mening een heerlijke smaak.'

Hij zuchtte en schudde zijn hoofd. 'Je hebt niet geleefd, liefje. Wacht jij maar, zodra je er eenmaal van hebt kunnen proeven, vermoed ik dat je allerlei smaken zult willen proeven.'

Ik liet mijn adem ontsnappen. Ik betwijfelde het. Dit was een zakelijke overeenkomst en ik zou profiteren van iets wat niet alleen weinig voor me betekende, maar wat tot op dit punt zelfs alleen maar een last was geweest. Ik wilde verlost worden van het stigma van de tweeëntwintigjarige maagd zonder geconfronteerd te worden met allerlei lastige verwikkelingen. Al een behoorlijke poos had ik geen relatie gewild en daar zag ik in de nabije toekomst geen verandering in komen.

'En geen oraal, toch?' vroeg Heath.

Ik keek hem aan alsof hij een idioot was. Alsof hij *dat* nog moest vragen. 'Dat is niet veranderd en dat gaat ook niet gebeuren ook.'

Hij leunde achterover in zijn bureaustoel, die protesterend kraakte. Zijn blik werd intens. 'Die kerel wil misschien wel waar voor zijn geld...' zei Heath. Hij probeerde een grappige draai aan zijn woorden te geven, zoals hij meestal deed. In deze schuilde echter een donker randje.

Een kille brok klopte onder in mijn keel. 'Waag het niet daarover te beginnen, Heath.'

Hij staarde me aan. 'Ik denk dat je hier nog niet klaar voor bent. Je kunt er nog niet eens over praten.'

'Ik kan er wel over praten. Ik *heb* er al over gepraat. Je weet alles.'

Door zijn woorden kreeg ik dat beeld maar niet uit mijn hoofd... Die donkere zomeravond, droge windvlagen die uit de heuvels kwamen. Buiten de rand van de stad, kijkend naar de lichtjes, zat ik daar te snikken, op mijn knieën. Handen strak in mijn haren geklemd, zo hard trekkend dat mijn schedel dagen erna nog pijn zou doen.

Ik schudde mijn hoofd en mijn handen balden zich tot vuisten. 'Hou op. Het gaat prima met me.'

Hij haalde zijn schouders op en nam zijn nonchalante houding weer aan. 'Oké. Als jij het zegt. Eens even kijken… Waar hebben we het nog meer over gehad? O ja, één nacht met doorsnee seks. Standjes naar jouw keuze en gemak.'

Mijn ogen werden groot. '*Standjes.* Het is maar één nacht.'

Heath leek een lach te smoren. 'Inderdaad… één nacht, maar wie weet hoe vaak dat inhoudt? Hij is jong, zeer fit… Waarschijnlijk kan hij wel twee, mogelijk drie keer. En nog meer als het inderdaad zo lang geleden is als dat hij zegt. Acht maanden. Jezus.'

'*Wat?*' piepte ik geschrokken.

'Pop, je doet net of je je benen laat harsen of zo. Oké, ik moet toegeven dat het je eerste keer is, dus het zal wel een beetje pijn doen, maar ik garandeer je dat je het veel te leuk gaat hebben om daar iets van te merken. Het is alleen te hopen dat hij niet heel groot…'

Ik sloeg mijn handen over mijn oren, alsof ik de rest van zijn geklets zo kon buitensluiten.

'Mia,' zei hij en hij wachtte tot ik mijn handen liet zakken. 'Mia, ik zit je hier niet in de zeik te nemen. Als je er zelfs niet eens over kunt praten, hoe kun je hier dan in godsnaam mee doorgaan?'

Even keek ik hem aan. Mijn beste vriend vanaf de tweede klas op de middelbare school. We waren elkaars enige troost tijdens een paar van de vreselijkste jaren van onze levens, aangezien we allebei als onbeholpen buitenbeentjes opgroeiden in een kleine gemeenschap in de woestijn. Toen hij in de derde klas uit de kast kwam, was ik de eerste aan wie hij het vertelde. Toen mijn vriendje me in het vierde jaar aanrandde, was hij de eerste aan wie ik het vertelde.

Zo nonchalant mogelijk keek ik hem aan. 'Ik dacht dat het simpel zou zijn door gewoon een fles wijn achterover te kiepen en dan op mijn rug te gaan liggen terwijl ik aan mijn studie geneeskunde dacht.'

Hij toonde me een verdrietig lachje. 'Het is nooit bij je opgekomen dat je er misschien van zou kunnen genieten, of wel?'

Ik haalde mijn schouders op. 'Jij hebt die kerel gescreend. Jij zegt dat hij betrouwbaar is. Hij gaat me geen pijn doen?'

Heath schudde zijn hoofd. 'Er zijn geen garanties. Je zult erop moeten vertrouwen dat hij dat niet zal doen. Ik heb mijn uiterste best gedaan. Heb hem laten natrekken. Geen strafblad, geen smerige geruchten of afwijkend gedrag.'

Ik haalde mijn hand door mijn haren en begon nerveus de donkerbruine uiteinden om mijn wijsvinger te winden.

Heath schraapte zijn keel. 'Ik weet dat het heel persoonlijk is, maar ik moet het vragen… Ben je begonnen met de pil?'

Ik knikte. Vier weken geleden was ik ongesteld geworden en zoals voorgeschreven begonnen met het slikken van de pil.

'Hij is schoon, medisch gezien. Ik heb het rapport met eigen ogen bekeken.'

Ik friemelde met mijn vingers. Ik wilde ermee kappen. Maar dat zou ik in geen miljoen jaar aan Heath toegeven, want hij zou zich op die twijfel storten als een adelaar die op een ratelslang neerdook.

'Hij is in Groot-Brittannië vanwege de Europese lancering van de laatste game-uitbreiding. Maar het is nog niet te laat om eruit te stappen.'

Ik kneep mijn open dicht. 'Alsjeblieft, Heath! Blijf dat nou niet steeds zeggen. Ik heb je steun nu hard nodig. Ik kan niet gebruiken dat je steeds probeert het uit mijn hoofd te praten.'

'Ik zou je beste vriend niet zijn als ik niet zou proberen het uit je hoofd te praten.'

Toen kwam hij naar me toe, plofte naast me neer op de bank en nam me in zijn stevige armen. Ik legde mijn gezicht tegen zijn brede borstkas. Hij streek over mijn haren en de paniek verdween.

Toen ik een uur later vertrok, was ik kalm. Behoedzaam. Berustend.

***

De hele week voordat ik vertrok nam ik vrij, zodat ik kon schrijven en mijn blogs kon plannen en inroosteren om tijdens mijn afwezigheid gepubliceerd te worden. Ik hoopte dat dit de lezers op het verkeerde been zou zetten over wat er gaande was in mijn persoonlijke leven. Ik plantte afleidingsmanoeuvres door te noemen hoe druk ik het had met mijn baan. Hoe ik de komende tijd dubbele diensten zou moeten draaien. Leugentjes om bestwil om geroddel te voorkomen.

Op andere sites werd al geroddeld over wanneer en of de daad zou plaatsvinden. Ik had, kort, genoemd dat ik om diverse redenen niet in staat zou zijn het resultaat van de veiling te bespreken. Ik weet niet zeker hoeveel mensen er eigenlijk in geïnteresseerd waren. Mijn site ging over gamen tenslotte. De meeste van die kerels namen liever deel aan een epische slachtpartij voor hun zeer geliefde uitrusting dan dat ze een beurt kregen, of zouden moeten luisteren naar hoe ik een beurt kreeg. Ik begreep dat. Ik was precies zo.

Ook handelde ik een laatste los eindje af door mijn moeder te vertellen dat ik de komende paar dagen met mijn neus in de boeken zou zitten, dus dat ik de telefoon eruit trok. Het was waar dat ik studiespullen meenam in het vliegtuig, maar hoe minder ik haar vertelde, hoe beter het was.

'Je klinkt moe, Mia. Weet je zeker dat je niet te veel hebt gestudeerd?'

'Er bestaat niet zoiets als te veel studeren, mam. Mensen in mijn studiegroep hebben privédocenten en eentje ging in een speciale testvoorbereidingsretraite.' Ik zuchtte inwendig terwijl ik me afvroeg hoe ik ooit in staat zou kunnen zijn te wedijveren met de talloze hoopvolle geneeskundestudenten die zo ver gingen om voor hun examens te slagen. Vooral gezien het feit dat ik al had bewezen een mislukkeling te zijn. Mijn borst verkrampte bij de gedachte aan hoe ik, als ik vorig jaar goed zou hebben gescoord, in de herfst mijn toelatingsbrief om met geneeskunde te beginnen in mijn bezit gehad zou hebben.

'Ik maak me zorgen dat je, met alles wat je op je bordje hebt, met je twee banen en je studie, opgebrand zult raken.'

'Dit semester heb ik geen lessen. Geloof me, als ik dit allemaal kon toen ik nog naar school ging, kan ik het nu zeker. Maak je geen zorgen, mam. Nu is het mijn beurt om te vragen hoe het met *jou* gaat.'

'O,' antwoordde ze opgewekt. 'Met mij gaat het hartstikke goed. Het gaat de goede kant op.'

Ik fronste. De goede kant op? Was ze een betere leugenaar geworden toen ik even niet oplette of waren er inderdaad dingen ten positieve veranderd? 'Wat is er aan de hand? Is er iets gebeurd?'

'Ik ben... Ik ben er nog niet echt klaar voor om erover te praten.'

Beduusd liet ik me achterover zakken. Was mijn moeder eindelijk weer aan het daten geslagen? Ik liet mijn adem ontsnappen. Toen ik opgroeide had ze nooit relaties gehad. Er waren in de gemeenschap mannen waarmee ze bevriend was en ik weet dat sommigen waarschijnlijk wel een romantische relatie hadden gewild, maar mijn moeder was nooit geïnteresseerd geweest. Toen ik een tiener was, had ik weleens gevraagd waarom ze nooit uitging. Ze had haar schouders opgehaald en gezegd dat ze wachtte tot ik volwassen was. Nou, ik was volwassen. Had ze nu dan eindelijk besloten verder te gaan met haar leven?

'Als het iets belangrijks was dan zou je me het vertellen... toch?'

'Natuurlijk,' reageerde ze op verdedigende toon.

Een paar minuten laten hingen we op en lange tijd staarde ik naar mijn telefoon. Dat was een van de vreemdste telefoongesprekken die ik in lange tijd met mijn moeder had gehad. Ze was altijd een open boek voor me geweest.

Maar wie was ik om daar iets van te zeggen? Ik hield een behoorlijk geheim voor me. Een dat, als ze het ooit te weten zou komen, haar behoorlijk pijn zou doen. Ik had geen enkel recht mijn neus in haar zaken te steken als ik niet bereid was open te zijn over de mijne. Maar toch maakte ik me zorgen. Ik was beschermend tegenover mijn moeder en gezien haar ervaring met de Biologische Spermadonor had ze in het verleden niet bepaald goede keuzes gemaakt.

Maar mijn moeder was slim en ik moest erop vertrouwen dat ze geleerd had van haar fouten. Dus, om mijn gedachten af te leiden van mijn zorgen en ook omdat ik niet veel in te pakken had, bracht ik de dag voor mijn vertrek grotendeels door met het afslachten van monsters in Dragon Epoch. Ik hield steeds de lijst met gamers in de gaten om te zien of FallenOne online was, maar ik had geen geluk. Volgens mijn meldingen bleek hij niet meer te hebben ingelogd sinds die dag dat we een paar weken geleden samen hadden gespeeld.

***

De volgende dag zat ik op een vlucht naar Amsterdam met een kleine tas handbagage. Ik had weinig bij me, volgens de instructies van Adam. In latere e-mails had hij toegelicht dat hij aan Heath mijn kledingmaat had gevraagd en dat er wat kleren op me lagen te wachten. Ik weet zeker dat hij, na vijf minuten in mijn nederige onderkomen te hebben doorgebracht, vermoedde dat ik geen kleding had waarin ik me in een plek als het Amstel Amsterdam kon vertonen.

Ik reisde in mijn meest comfortabele spijkerbroek, een T-shirt en wandelschoenen, met onder de enorme first class stoel een kleine tas met toiletspullen en ondergoed.

Op het vliegveld had ik iedere keer de priority line gehad en niemand had met zijn ogen geknipperd vanwege mijn sjofele kleding en versleten rugzak. Alles was full service en ik werd op mijn wenken bediend.

In de first class lounge had ik een glas gekoelde witte wijn gedronken om de scherpe randjes van het alleen reizen en de onzekerheid van wat me in Nederland te wachten stond te verminderen. Bij de wijn koos ik gerookte zalm met crème fraîche. Mijn zenuwen verbleekten slechts in plaats van dat ze verdwenen.

De vlucht was echter een belevenis op zich. Ik zou vijftien uur onderweg zijn voordat ik in Amsterdam zou landen. Dus ik nam het ervan in de eerste rij op de bovenverdieping van de enorme Boeing 747. Vlak na vertrek voor een rechtstreekse vlucht naar Londen kreeg ik nog meer wijn en werd me een compleet maal voorgezet. Het diner werd geserveerd op een wit tafelkleedje, porseleinen servies en met zilverbestek. Ongegeneerd genoot ik van alle verwennerij en het fantastische, melodieuze Britse accent dat ik om me heen hoorde.

Ik deed geen oog dicht in het vliegtuig en deed daardoor de term *'red-eye' flight* eer aan, aangezien ik tegen de tijd dat ik aan het eind van de nachtvlucht van boord ging brandende, dikke ogen had.

Na aankomst in Londen werd ik begroet door een luchtvaartmedewerkster die een bordje met mijn naam erop omhooghield. Ze leidde me naar de Heathrow First Class Lounge and Spa en gaf me een lijstje met afspraken die ze op mijn naam had geboekt. Ik werd getrakteerd op een manicure, pedicure en gezichtsbehandeling, waarna me een handdoek en een glanzende groen- met goudkleurige tas werd overhandigd. Vervolgens bracht ze me naar een privébadkamer met een douche.

Na die lange vlucht voelde het alsof ik in de hemel was beland en ik had nog een paar uur de tijd voor de vlucht naar Amsterdam. In de tas zaten nieuwe kleren, met de kaartjes van

Harrods er nog aan. Een chique donkergroen met zwarte zomerjurk en zelfs nieuw ondergoed – een zijden slipje en een bijpassende kanten bh. Ik bloosde door er alleen nog maar naar te kijken, maar ik voelde me er zo mooi in dat ik onmogelijk beledigd kon zijn door de aanname die ervan uitging.

Nog nooit eerder was ik zo verwend. En de aantrekkingskracht ervan was me meer dan duidelijk. Ik bracht make-up aan en droogde en stylde mijn haren, waarna ik me schoon en als herboren voelde. Ik betrad een heel nieuwe wereld, alsof ik me in een hedendaags sprookje bevond.

De vlucht naar Amsterdam, en Adam die daar op me wachtte, duurde hiervandaan slechts een uur. Daar aangekomen werd ik opgewacht door een chauffeur die me naar het hotel bracht terwijl hij vrolijk in bijna perfect Brits-klinkend Engels tegen me praatte, hoewel hij duidelijk een Nederlander was. Hij had hetzelfde witblonde haar en lichtblauwe ogen als zijn Viking-voorouders.

Rond het middaguur arriveerde ik in het hotel en checkte ik in volgens de instructies van Adam. De receptionist overhandigde me een envelop met daarin een smartphone. Ik vroeg hem of het apparaat het deed in Amsterdam en hij gaf me een verwarde blik voordat hij knikte. Ik wierp er een blik op en zag een bericht van Adam. Er stond dat ik in de suite een lunch kon bestellen en dat hij me om drie uur zou zien voor een middag sightseeing.

De piccolo leidde me door een vorstelijke lobby van wit marmer en een elegante Y-vormige, met tapijt beklede trap op naar de liften. Ik had op internet gelezen dat het majestueuze gebouw dateerde uit de negentiende eeuw en dat het al de verfijnde architectonische details van een eerder tijdperk bezat.

De piccolo ging met me mee een kleine lift in, het soort dat was aangebracht als knipoog naar de moderne gemakken en bijna buitenaards leek in dit elegante, traditionele gebouw.

Op de bovenste verdieping wees hij me de weg naar de penthouse suite. Eenmaal binnen trof ik een ruimte aan waar mijn studio met gemak vier keer in paste. Het was ingericht met antieke meubels, met een slaapkamer en een badkamer op de benedenverdieping en daarnaast een woonkamer met een bank en een bar. Een donkere, houten trap leidde naar het onbekende en ik staarde er een moment naar, vastberaden om op ontdekking te gaan zodra ik alleen was. Pas over een uur had ik met Adam afgesproken, dus ik had geen idee waar hij was en of hij al had ingecheckt.

'Meneer Drake...' zei ik tegen de piccolo.

'Het spijt me, mevrouw. Ik weet het niet. U kunt naar de receptie bellen en het daar vragen.'

Ik glimlachte. 'Niet nodig. Ik kan hem appen.'

De piccolo, die erop had gestaan mijn haveloze rugzak voor me te dragen, aarzelde geen moment en wachtte niet op een fooi, maar boog en verdween.

Een opgewonden tinteling verscheen onderaan mijn ruggengraat. Ik toetste een bericht in op de mobiel.

Ben er. Wacht geduldig.

Het was drie weken geleden dat ik hem had gezien en in mijn hoofd was hij geleidelijk aan steeds aantrekkelijker en lekkerder geworden. Man, in mijn verbeelding had hij bijna goddelijke proporties aangenomen. Ik keek ernaar uit hem weer te zien. Dit zou de eerstvolgende en tevens laatste dag zijn dat ik hem zag.

Er volgde geen reactie op mijn bericht. Waarschijnlijk zat hij in een vergadering of was hij nog in de lucht. Ik blies mijn adem uit en friemelde nerveus met mijn vingers, vastbesloten mijn nieuwsgierigheid te bevredigen.

Ik liep beneden wat rond en wierp een korte blik op het menu van de roomservice voordat ik besloot dat ik te zenuwachtig was om te eten. Ik bekeek de bar en de eenpersoonsslaapkamer, waar ik mijn spullen dumpte. Als de slaapkamer beneden was, wat was er dan boven? Een terras?

Snel huppelde ik de trap op om tot mijn verrassing een nog veel grotere slaapkamer aan te treffen. De kamer was elegant ingericht met een enorm hemelbed en donkerhouten meubels uit hetzelfde tijdperk. De gordijnen waren opengeschoven en de ramen keken uit over de grachten van Amsterdam.

Een schone set kleren – ik nam aan van Adam – lag over het bed uitgestald, maar er was niemand in de kamer. Ik liep naar het bed, tweepersoons en opgemaakt met blauw, zilver en lichtgrijs Frans linnengoed. Mijn blik gleed over het bed en ik vroeg me af of dit de plek was waar het vannacht ging gebeuren. Mijn hart ging als een dolle tekeer en ik slikte, maar met geen mogelijkheid kon ik zeggen of dat van angst of opwinding was.

Hij was er al. Ik hoorde een geluid op hetzelfde moment dat een deurknop – waarschijnlijk van de badkamer – rammelde. Ik deinsde achteruit, maar voordat ik me uit de voeten kon maken, ging de deur open en verscheen Adam in de deuropening. Abrupt stond hij stil. Hij kwam net vanonder de douche.

Onze blikken haakten ineen en mijn ademhaling stokte. Een hagelwitte handdoek was laag om zijn heupen gewikkeld, een andere hing om zijn nek. Hij had overduidelijk net zijn haren afgedroogd. Het korte haar stond alle kanten op, alsof het zorgvuldig op die manier in vorm was gebracht.

En zijn borstkas – iedere plooi, iedere sterk gespierde hoek perfect gebeeldhouwd – glansde van de stoom. Ik zoog een snelle hap lucht naar binnen.

'H-hoi,' zei ik uiteindelijk terwijl ik met tegenzin mijn blik losscheurde van zijn blote bast.

'Emilia.' Hij lachte breeduit zonder ook maar een spoortje zelfbewustzijn. 'Je bent er!'

'Ik... Het spijt me dat... Ik wist niet dat je er al was. Ik was de boel alleen even aan het verkennen.'

'Geen probleem. Mijn afspraak was eerder dan verwacht klaar, dus ik was je voor. Heb je gegeten?'

Ik vocht tegen de drang mijn blik weer naar beneden te laten zakken, om me niet te fixeren op die perfecte buikspieren, die lichtjes waren bedekt met donkere haartjes en wel door Michelangelo zelf gebeeldhouwd leken te zijn. 'Ik... ik had geen honger.'

'Bestel roomservice. Ik heb wel zin in een broodje rosbief en die van hen is heerlijk. Dan kunnen we tijdens de lunch een beetje bijkletsen.'

'Ehm,' stamelde ik en ik keek weg om vervolgens weer terug naar hem te kijken. 'Oké. Dan, eh, zal ik dat maar gaan doen.'

Hij lachte en trok de handdoek van zijn nek om hem achter zich de badkamer in te gooien. Dat was het moment dat ik de tattoo zag.

Het was in een elegant jade-groen schrift geschreven, vlak onder zijn linker sleutelbeen, makkelijk te lezen en van een heel eenvoudig ontwerp. Slechts één woord. De naam van een vrouw. *Sabrina.*

Ik was niet in staat mijn blik los te maken, mijn ogen zoomden in op dat interessante detail. Hij keek naar beneden om mijn blik te volgen en keek toen weer op.

'Als je me even een momentje wilt geven... tenzij je wilt blijven en het meteen wilt doen?' zei hij met humor in zijn ogen.

Mijn mond viel open. 'Ik ga de lunch maar eens bestellen,' herhaalde ik zwakjes voordat ik de kamer uit struikelde en bijna van de trap af viel.

Ik bestelde zijn broodje rosbief met alles erop en eraan – hij had me tenslotte niet verteld wat hij er verder op wilde – en voor mezelf een tosti met brie en een broodje met Gruyère.

Tegen de tijd dat ik de bestelling had geplaatst, was hij de kamer binnengekomen, nu godzijdank volledig aangekleed. Ook in een spijkerbroek en een overhemd was hij het toppunt van knappe elegantie. En zelfs in mijn luchtige zomerjurkje voelde ik me al ongemakkelijk naast hem. Ik vroeg me af of dat dure pak dat hij tijdens onze eerste ontmoeting droeg een toevalstreffer was. Computergeeks droegen meestal geen pakken. De meeste programmeurs die ik kende, hielden ervan op te scheppen over het feit dat ze met hun baan vrijetijdskleding konden dragen. Maar hij leek geen doorsnee computergeek te zijn.

Aan de andere kant, hoe kon ik dat weten? Ik wist bijna niets van hem.

En zo had ik het ook gewild, toch? Wham, bam, hier is uw geld madam? Ineens schoot er iets door mijn hoofd – met niet slechts een klein beetje angst – waar ik me tot op dit moment nog niet druk over had gemaakt. Wat als ik hem niet beviel? Wat als ik tekortschoot in bed? Ik was tenslotte compleet onervaren. Zou hij zich bedrogen voelen? Alsof hij geen waar voor zijn geld had gehad? Ik schudde mijn hoofd om die vreemde gedachten van me af te wimpelen. Wat gebeurde er met me?

'Koud?' vroeg hij toen hij het schudden van mijn hoofd verkeerd interpreteerde.

'Nee. Ik voel me prima. Bedankt voor de jurk,' zei ik terwijl ik de rok gladstreek.

'Bedank Heath maar. Hij heeft me over weten te halen geen maliënbikini te kopen.' Toen ik hem een rare blik toewierp, schoot hij in de lach. 'Grapje. Ik heb hem gevraagd wat mooie dingen op de website van Harrods uit te kiezen en ze bij de lounge op het vliegveld te laten bezorgen. Lijkt alsof het allemaal goed is gegaan.'

Ik snoof. 'Heeft *Heath* dit uitgekozen?'

Hij keek verward. 'Ja. Waarom is dat zo verrassend.?'

'Hij is net zo modebewust als een zeepok.'

'Hij *is* homo, toch?'

'Ja, hij is homo. Maar niet dat type homo. Hij zou in een jutezak naar zijn werk gaan als hij de kans kreeg... of als jutezakken lekker zouden zitten.'

Adams blik schoof waarderend, maar niet wellustig over mijn lichaam. 'Hij heeft verstand van kleuren, dat is wel duidelijk. Die kleur past perfect bij je donkere haren en ogen. Je ziet er stralend uit. En nog belangrijker, je ziet er niet uit alsof je net vijftien uur onderweg bent geweest.'

Ik spreidde mijn armen uit. 'Mooi zo.'

'Ben je moe?'

'Ik heb een Dr. Pepper achterovergeslagen tijdens de vlucht vanuit London en heb nog een blikje gekocht toen ik hier landde.'

'Mooi. Laten we gaan eten en daarna wat sightseeing gaan doen. Ik dacht aan het Koninklijk Paleis en dan een rondvaart door de grachten?'

Ik fleurde op en hij lachte bij het zien van mijn duidelijke enthousiasme. 'Klinkt geweldig. Dat zou ik heel graag willen!'

Roomservice arriveerde en de ober zette het op de tafel alsof hij een maître in een restaurant met Michelin-sterren was. En alsof we niet gewoon een paar broodjes aten.

Mijn broodje en tosti waren om je vingers bij af te likken. Adam moest lachen omdat ik zo overduidelijk van mijn eten genoot, maar ik zag dat hij een soortgelijke reactie op zijn broodje rosbief had. 'Als ik ermee weg zou komen om deze iedere dag voor de lunch vanuit Amsterdam naar Irvine over te laten vliegen, zou ik dat direct doen.'

'O, dat is voor jou waarschijnlijk maar wisselgeld.'

'Nope. Dat zou ik mezelf nooit toestaan. Een buitensporige verspilling. Ik voel me al schuldig genoeg om mijn koolstofvoetafdruk en ik betaal ervoor om die te compenseren. Maar zodra ik de kans heb om hier te verblijven, zorg ik ervoor dat ik er een krijg. Ik heb er ook eentje mee de ruimte in genomen.'

'Doe normaal!' zei ik terwijl mijn ogen bijna uit hun kassen stuiterden. 'Ben je in de ruimte geweest?'

Hij knikte terwijl hij op zijn volgende hap kauwde. 'Vorig jaar heb ik tien dagen in het International Space Station doorgebracht. Hoogtepunt van mijn leven.'

Iedere minuut die ik met deze man doorbracht, kreeg hij het voor elkaar om me weer meer versteld te doen staan. 'Ben je ook astronaut?'

'Meer een ruimtetoerist. De Russen verkopen voor hun lanceringen plekken aan de hoogste bieder. Ik had geluk. Dat gebeurt wel vaker,' zei hij terwijl hij me een betekenisvolle blik schonk.

Hij kreeg echter nauwelijks een reactie van me. Ik was nog steeds aan het bijkomen van het nieuws dat hij in de ruimte was geweest. 'Hoe was het?'

Zijn blik dwaalde opzij en er verscheen een glinsterende gloed in zijn ogen, als een gepolijste onyx. 'Het was... onbeschrijflijk.'

Vol ongeloof liet ik mijn adem ontsnappen. 'Vertel eens wat meer dan dat. Kom op, gewoon een paar bijvoeglijke naamwoorden?'

Hij wachtte. 'Onvergetelijk. Ongelooflijk. Alsof... de hele wereld stil was geworden. De witste van de witte puntjes tegen het zwartste zwart en de enorme, blauwe wereld onder me.'

Ik nam nog een hap van mijn heerlijke tosti en liet zijn woorden op me inwerken. 'Dat is behoorlijk poëtisch voor een geek. Het is jammer dat ik je niet kan citeren, want als dat bekend werd, zou je geekkaart waarschijnlijk worden ingenomen.'

Hij grijnsde. 'Ik ben een geek voor het leven. Niet alleen ben ik de president van de geekclub, maar ik ben ook lid.'

Ik grinnikte en beet in mijn broodje. 'Als je geekkaart niet wordt ingetrokken vanwege die poëzie, dan toch op zijn minst vanwege al die spieren die je hebt,' zei ik en direct werd ik knalrood toen ik me realiseerde dat ik nog steeds dacht aan dat beeld van hem zonder shirt. De stevige borstkas, duidelijk afgetekende buikspieren en biceps, alsof hij uit marmer was gehouwen. 'Geeks hebben geen spieren,' zei ik zwakjes om mijn schaamte te verbergen.

Het was waar. Welke computerprogrammeur had zo'n lichaam? Hij grijnsde. 'De geeks die er niet van hielden om gepest te worden op school en besloten spieren te kweken als afschrikmiddel wel.'

Ik bestudeerde hem terwijl ik mijn broodje at. Het was moeilijk om je voor te stellen welke idioot Adam pestte. Maar ik had geen enkel idee hoe hij als kind was geweest, dus hoe kon ik dat weten? Wat de aanleiding ook was geweest, het had gewerkt. Het had, samen met zijn briljante verstand, knappe gezicht en donkere uiterlijk een compleet pakket om van te dromen opgeleverd. Een dat, durfde ik te wedden, heel wat vrouwen probeerden in handen te krijgen. In stilte peinsde ik daarover terwijl ik de rest van mijn broodje opat. Ik had online geen informatie over eerdere relaties gevonden. Misschien had hij die vrouwen ook geheimhoudingsverklaringen laten tekenen.

We brachten de middag door in het Koninklijk Paleis, gevolgd door een rondvaart door de grachten. De stad was bruisend, schoon en een schitterende combinatie van een oude en een nieuwe wereld. Hiermee was ik zelfs in een nog vreemdere wereld gestapt dan toen ik in LAX de first class vlucht nam. Deze wereld had slechts een ander persoon en ik deelde iedere ervaring, alle gesprekken – we kwamen namelijk zelden gespreksstof te kort – met hem. Om zijn woorden te gebruiken, het was alsof de hele wereld stil was geworden en wij de enigen in die wereld waren.

Ik kon er niets aan doen dat ik me afvroeg hoe het de volgende dag zou zijn, als het tijd was het vliegtuig terug naar huis te pakken. Hoe zou het voelen om weer terug te keren naar de echte wereld, na als Assepoester tot middernacht op het bal te hebben gedanst?

In ieder geval wist ik wel beter dan te verwachten dat de prins op het witte paard de volgende dag aan mijn deur zou verschijnen, klaar om mijn voet in het glazen muiltje te proppen.

Rond zes uur 's avonds kwamen we terug in het hotel en Adam zei dat we ons moesten omkleden voor het diner. Hij vertelde me dat alles wat ik nodig had zich in de kast in mijn slaapkamer bevond, dus trok ik de kastdeur open. Er hingen drie avondjurken – een rode, een zwarte en een in een lichte crèmekleur, alle drie met bijpassende schoenen. Ik koos de zwarte en vroeg me af of deze ook door Heath waren uitgezocht. Echt niet. Ze waren alle drie zo mooi.

Ik nam een snelle douche, bracht mijn make-up opnieuw aan en liet mijn haar eenvoudigweg tot midden op mijn rug recht over mijn schouders vallen.

De zwarte jurk was rond mijn middel en aan de bovenkant van het lijfje afgezet met kraaltjes, die het licht met betoverende glinsteringen vingen. Dunne bandjes hielden hem op z'n plek. De rug was open tot mijn middel, waar hij in losse plooien bijeenkwam. Vanwege het ontwerp zou ik geen bh kunnen dragen, maar desondanks leek hij me perfect steun te geven. Ik koos een nieuw setje uit een handjevol mooie setjes lingerie – deze keer een doorzichtig, kanten slipje dat me een ondeugend gevoel gaf tijdens het te dragen. Ik voelde me net een prinses. Of een actrice die op het punt stond het podium te betreden bij de uitreiking van de Oscars.

Ik schoof mijn voeten in de bijpassende sandaaltjes met hakken. Ik was er niet aan gewend hakken te dragen, maar deze waren een waar kunstwerk, met glinsterende bergkristalletjes op de bandjes. Iedere stap die ik zette veroorzaakte een flakkering van briljant licht in iedere richting.

Zodra ik de woonkamer binnenkwam, werd ik begroet door een waarderend fluitje. Adam stond vlak bij de ijsemmer met een geopende fles champagne in zijn handen, net op het punt in te schenken. Ik draaide een rondje – voorzichtig, om niet over mijn eigen voeten te struikelen – en hij schudde zijn hoofd. 'Jij gaat vanavond de grootste bezienswaardigheid van Amsterdam worden, Emilia.'

Plots vervaagde mijn vreugde. Ik zou alleen een bezienswaardigheid van deze kamer zijn. Van zijn bed. En heel wat minder lang dan een hele nacht. Ik was een droom ingestapt en nu, terwijl ik er middenin stond, besefte ik maar al te goed dat het voorbij zou zijn voordat ik het in de gaten had.

'We gaan dineren in Ciel Bleu en, mocht je dat willen, daarna kunnen we daar dansen.'

Ik gaapte hem aan. 'Dansen? Wat voor dansen? Bedoel je zoals de wals en zo?'

Hij schonk me een vreemde blik. Hij was om op te vreten als hij zo'n gezicht trok. Bijna als een klein jongetje. Bijna.

In zo'n beetje alles wat hij droeg, zag hij er adembenemend uit. Of het nu een spijkerbroek en een vrijetijdsshirt was, een op maat gemaakt zakenkostuum of dit verrukkelijke zwarte pak met kraakhelder wit overhemd. Ik kon maar niet vergeten wat er zich onder dat brandschone overhemd bevond. Dat perfecte lichaam, die harde, gedefinieerde spieren. De tattoo van een vrouwennaam net boven zijn hart.

Wie was ze? En waarom was ze niet meer in zijn leven? Ik vroeg me af of ik de moed had ernaar te vragen voordat de nacht voorbij was.

Hij stak een flute met champagne naar me uit. 'Kom, neem een slokje. Daarna gaan we.'

Ik zou hem moeten vertellen dat ik niet date. Ik zou hem moeten vertellen dat dit zoveel makkelijker zou zijn als we niet uitgingen. Als we gewoon onze kleren uittrokken en het meteen deden. Maar dat wilde ik niet. Ik wilde niet dat de magie zo snel weer verdween en ergens wist ik dat zodra de daad achter de rug was, dat het geval zou zijn.

***

'Zelfs niet een kleine hint? Kom op...' zeurde ik over mijn glas met mineraalwater heen.

Zijn donkere ogen schitterden van plezier. 'Het is niet aan mij die geheimen te onthullen.'

Spelers van Dragon Epoch waren al maandenlang op zoek naar aanwijzingen voor de geheime reeks van missies die verborgen lagen in het gebied van de *Golden Mountains.* Het was een van de best bewaarde geheimen ooit in een online game en hier had ik de directeur en hoofdontwerper van de game aan mijn lippen hangen. O, echt wel dat ik hier misbruik van ging maken en zou proberen een paar aanwijzingen aan hem te ontfutselen.

'Het is *jouw* bedrijf. Jouw spel! En de spelers zijn al maanden bezig met die reeks quests. Er bestaan complete Wiki's en databases vol met aanwijzingen.'

Hij grinnikte en kijk opzij, alsof hij zich ineens iets grappigs herinnerde. 'Inderdaad. De helft van dat gedoe is pure onzin. Sommige dingen zijn door onze eigen ontwikkelaars geplaatst.'

Ik leunde achterover en kreunde. 'Alsjeblieft?'

'Emilia, je kunt de hele avond met die prachtige bruine ogen naar me knipperen en nog zou ik het je niet vertellen. Ik heb zwijgplicht.'

Ik zuchtte, verrast door de verhitte blos die over mijn wangen kroop. Er was me eerder verteld dat ik mooie ogen had. Ze waren groot, rond, donker en ik had volle wimpers. Ik neem aan dat mensen ze aantrekkelijk vonden en meestal accepteerde ik het compliment met een spottend lachje. Nog nooit had iemand me verteld dat ik een lekkere kont of mooie borsten had. Godzijdank daarvoor, want waarschijnlijk zou ik dan doodgaan van schaamte. Maar er was iets in de manier *waarop* Adam me complimenteerde met mijn ogen waardoor ik zo sterk reageerde. Het ging zo nonchalant. Hij gaf het compliment niet om punten te scoren of om te slijmen. Hij verklaarde dat ik prachtige ogen had alsof het een alom bekend feit was en dat geen enkele hoeveelheid geknipper – en voor alle duidelijkheid, ik knipperde *nooit* op die manier met mijn ogen! – me zou geven wat ik wilde.

Ik wilde zijn geheimen. De geheimen van de game zou geweldig zijn om mee te beginnen, maar nu ik gedurende onze dag in Amsterdam meer tijd met deze man had doorgebracht, merkte ik dat ik *al* zijn geheimen wilde weten. Wat dreef hem om zo succesvol te worden met zijn bedrijf, om te genieten van de geneugten van zijn geld zonder zo pretentieus te worden dat hij een broodje voor zijn lunch liet invliegen? Hoe zag zijn familie eruit? Waarom was hij al acht maanden niet met iemand naar bed geweest en waarom had hij op dit moment niemand?

En wie was Sabrina? Waarom had hij haar naam over zijn hart laten tatoeëren? Hij leek helemaal niet het type man om zo'n sentimenteel gebaar te maken. Misschien had hij het laten doen toen hij nog erg jong was, of dronken. Zij was de vergane jeugdliefde die zijn hart brak door met een ander te gaan toen ze ging studeren. Of misschien was ze een liefje uit zijn studietijd.

Ik herinnerde me gelezen te hebben dat hij was gestopt met zijn studie. Tegen die tijd had hij zijn eerste paar miljoen al verdiend. Toch vroeg ik me af waarom hij niet had afgemaakt waar hij aan was begonnen, vooral omdat hij zo'n gedreven persoon leek.

Terwijl ik hierover zat te peinzen, vroeg hij me naar mijn eigen studieplannen. 'Heath vertelde me dat je vervroegd je bachelor in biologie hebt gehaald en dit semester hebt vrij genomen.'

Ik nam een slokje wijn uit mijn andere glas en schonk hem een blik. 'Ja. Ik noem het een "tussenjaar" zonder de Europese ervaring, maar dit zou ervoor door kunnen gaan, ook al is het maar voor twee dagen.' Ik nam weer een slokje. Het was nergens voor nodig hem te vertellen dat ik een enorme mislukkeling was en wachtte op de herkansing van de verdomde test die de vloek van mijn bestaan was. Ik veinsde een nonchalant schouderophalen. 'Ik neem volgend jaar vrij en ga daarna geneeskunde studeren.'

Hij knikte. Dat wist hij al, blijkbaar. 'Wat voor soort arts wil je worden?'

Ik aarzelde, zoals ik al zo vaak had gedaan sinds ik die MCAT vorig jaar zo rampzalig had gemaakt. Sinds die middag dat ik naar de resultaten had gestaard en langzaam mijn droom in een draaikolk van ellende door de afvoer had zien wegspoelen. Ik ademde diep in en rechtte mijn schouders. 'Oncoloog.'

Hij bracht zijn hoofd iets dichterbij en focuste zijn aandacht. 'Zo. Het zware werk. Daar heb je behoorlijk wat kracht voor nodig, om de hele dag om te gaan met kankerpatiënten.'

'Kanker is een bitch die het verdient om op haar donder te krijgen. Ik ben van plan vooraan te staan met een verdraaid grote knuppel.'

Hij keek hoe ik op het tafelblad mijn vuist balde. 'Klinkt alsof het erg persoonlijk is voor je.'

Ik nam nog een slok wijn en bestudeerde zijn sterke hand, die naast zijn bord op de tafel rustte. 'Dat klopt. Mijn moeder heeft het gehad.'

'Gaat het nu goed met haar?'

Ik knikte. Voor nu. Maar ik was haar op een haar na verloren en dus was het schrikbeeld van een terugkerende kanker altijd aanwezig. Als die inentingtherapie niet met regelmaat zou worden herhaald, zou dat schrikbeeld nog veel erger zijn dan slechts een schim die met regelmaat opdook. Maar de afgelopen maanden had ze me steeds gezegd dat ze het geld niet had om door te blijven gaan met de behandeling. De mogelijkheid dat ze er wellicht helemaal van af zou zien, verlamde me bijna van angst.

Ik sloeg mijn ogen naar hem op. Hij keek me met een priemende blik aan.

'Dat moet zwaar voor jullie allemaal zijn geweest.'

'We zijn maar met zijn tweeën. Zij en ik. Ik ben enig kind en ik heb geen idee wie mijn vader is en dat interesseert me niet ook.'

Zijn uitdrukking veranderde niet en hij verroerde geen vin. 'Dus Strong is je moeders naam?'

Weer een slokje. 'Yep. Ze is zowel mijn moeder als mijn vader. En dat heeft ze behoorlijk goed gedaan, als je het mij vraagt.'

'Daar ben ik het helemaal mee eens.'

'Je weet helemaal niets van mij.'

'Ik heb je blog gelezen.' Met een schouderophalen wendde hij zijn blik af.

Achterdochtig keek ik hem aan. 'Hoe regelmatig lees jij mijn blog eigenlijk?'

Een ondoorgrondelijk lach vormde zich rond zijn lippen.

'Kom op. Voor de draad ermee, Drake. Hoelang lees je mijn blog al?'

Hij haalde zijn schouders op. 'Geen idee, een jaar of zo.'

'Een *jaar*?'

Hij knikte terwijl hij naar het plafond keek. 'Ja, zoiets.'

'Waarom heb je me dat niet eerder verteld?'

'Omdat je al het al Spaans benauwd kreeg toen je erachter kwam wie ik was. Ik wilde geen olie op het vuur gooien.'

'Shit. Dan weet je heel wat meer over mij dan ik over jou. Je stelde me vragen alsof je nog niets wist.'

'Hoe kon ik er anders voor zorgen dat je je voor me openstelde?'

'En ik dacht nog wel dat je wilde dat ik me op een *andere* manier openstelde.'

Precies op dat moment verscheen de sommelier om nog wat wijn in te schenken. Ik werd vuurrood, geschrokken omdat ik wist dat hij had gehoord wat ik zei. Adam vlocht zijn vingers voor zijn gezicht door elkaar om zijn lach te verbergen. Ik keek hem vuil aan, wat zijn pret alleen maar leek te vergroten. Ik kneep mijn ogen samen.

'Heel grappig,' zei ik toen de sommelier eenmaal weg was.

Hij trok zijn handen bij zijn mond vandaan. 'Ja, dat was het zeker. Zijn reactie kan me geen bal schelen, maar de ontzetting op je gezicht was hilarisch.'

'Nu is het jouw beurt. Voor de dag ermee.'

Zijn voorhoofd rimpelde. 'Voor de dag met wat?'

'Iets wat de moeite waard is. Kom op. Ik heb een geheimhoudingsverklaring getekend. Het komt niet op de voorpagina.'

Uitvoerig nam hij een slok van zijn wijn, hetzelfde glas waar hij al de hele avond mee deed. 'Wat wil je weten?'

Ik vroeg hem wat ik me eerder ook al had afgevraagd. 'Waarom ben je met je studie gestopt?'

Hij leek verrast dat ik dat wist. Het stond echter gewoon op zijn Wikipediapagina. Na zijn eerste jaar op Caltech was hij gestopt. 'Ik leerde niets nieuws.'

Zo, zo. Hij was tenslotte een wonderkind. Had ik een ander antwoord verwacht? Hij schraapte zijn keel en ging verder. 'Sony bood me een hoop geld om voor hen te komen werken.'

'Ze konden niet een paar jaar wachten?'

'Blijkbaar niet. Maar ik heb niet lang voor ze gewerkt. Ik kwam er al snel achter dat de enige baas waaraan ik verantwoording wilde afleggen ikzelf was.'

Ik nam hem in me op. Dus hij had problemen met autoriteit – professors, bazen. Maar hij was een modelburger geweest, geen sporen van arrestaties of jeugddelinquentie. Waarschijnlijk had hij een sterke familie om hem te begeleiden.

'Waar ben je geboren? Waar ben je opgegroeid? Had je een grote familie?'

Hij grinnikte. 'Dat zijn behoorlijk wat vragen.'

Ik schonk hem een lief lachje. 'We hebben niet veel tijd.'

'Da's waar. Ik ben in Pasadena geboren. Ik heb tot mijn vroege tienerjaren in Washington State gewoond en ben toen terug naar Californië gekomen om bij mijn oom in Orange County te gaan wonen.'

Het artikel over hem op Wikipedia had weinig informatie verschaft over zijn kindertijd. Hij had al veel meer onthuld dan wat ik had ontdekt door Google af te speuren. En het was me niet ontgaan dat hij geen antwoord had gegeven op mijn vraag over zijn familie. Maar oké, ik wilde het ook niet over mijn familieleden hebben. Over alle twee niet.

Ik gooide het over een andere boeg. 'Wat doet je vader voor de kost?'

'Hij overleed toen ik vier was. Hij was een professor op Caltech.'

'O, sorry.'

Hij haalde zijn schouders op. 'Ik kan me niets van hem herinneren.'

Nog iets wat we dan met elkaar gemeen hadden. We hadden onze vader niet gekend. Maar zijn vader had hem in ieder geval gewild. Had zijn moeder geen stapel geld gegeven met het botte bevel 'het probleem weg te laten halen'.

Ik schraapte mijn keel en hoestte. 'Oké, nog wat speeddatevragen... Wat is je favoriete kleur? Wat is je sterrenbeeld? Waar begint de reeks quests van de Golden Mountains? Wat is je favoriete boek?'

Achterdochtig kneep hij zijn ogen tot spleetjes, maar hij kon niet verbergen dat er een lachje bij zijn mondhoek opkrulde. 'Blauw. Ram. Ga ik je in geen miljoen jaar vertellen. *The Art of War.*'

'Shit,' gromde ik en allebei schoten we in de lach.

Zo zette het diner zich voort. Ik ontdekte dat hij gek was op Mexicaans en Chinees. Dat Thais niet echt zijn ding was. Ik vertelde hem over mijn regelrechte obsessie voor de perfecte pizza – New York-style bij Zito in Old Town Orange. Hij zei dat hij het echte, authentieke spul had gegeten en sindsdien weigerde New York-style ergens anders dan in New York te eten.

Hij stond perplex toen hij ontdekte dat ik serieus de voorkeur gaf aan de Speciale Editie van de originele *Star Wars*-trilogie.

Hij schudde zijn hoofd, zijn ogen groot van geveinsde schrik. 'Ik kan niet eens...'

'O, kom op. Drie woorden: betere special effects.'

Zijn uitdrukking werd bloedserieus. 'Drie woorden: Greedo schiet eerst.'

Ik grimaste. 'Oké, daar heb je een punt, maar ik ga mijn mening niet bijstellen door dat ene kleine dingetje...'

'Een *klein* dingetje?!' Zijn mond viel open. 'Dat ene moment veranderde de complete karakterisering van Han Solo.'

Ik hield mijn hoofd een beetje scheef. 'Weet je, ik denk dat ik de originele versie nog maar één keer heb gezien.'

Hij knipperde met zijn ogen. 'Dat is serieus een gebrek in je opvoeding.'

'Hé, voor zover ik weet ben ik degene met een bijna-uitgereikt diploma en niet jij.'

Zijn ogen glansden toen zijn lach zich verdiepte. 'Touché.' Hij hief zijn kin naar me op. 'Nu is het jouw beurt. Waar ben jij opgegroeid. Orange County?'

Ik schudde mijn hoofd. 'Ik ben daar pas komen wonen toen ik ging studeren. Heath en ik komen uit een gehucht hoog in de woestijn van Californië, Anza. Onze enige aanspraak op roem is dat de Pacific Crest Trail praktisch door het centrum van het plaatsje loopt. Uit Anza komen alleen maar freaks en geeks.'

We praatten lang met elkaar, tot na het dessert. We hadden een geflambeerde kersensorbet gedeeld die bijna de zaak in de hens had gezet. Op een gegeven moment hadden we allebei met onze lepels geprobeerd de laatste hap te bemachtigen. Hij won, door het laatste hapje op zijn lepel te wurmen en vervolgens bood hij me de lepel galant aan.

En vlak hiernaast, aangezien ik het grootste deel van de avond naar de klanken van het orkest had geluisterd, werd er gedanst. Hij bood me zijn arm aan, als een echte heer uit zo'n serie over de negentiende eeuw. Ongemakkelijk nam ik zijn arm aan en liet me door hem naar de dansvloer leiden.

'Ik dans nooit op deze manier. Ik wil alleen maar zeggen dat ik hoop dat je schoenen stalen neuzen hebben om je tenen te beschermen.'

'Volg me maar gewoon. Het is de foxtrot. De pasjes zijn makkelijk. Langzaam. Langzaam. Snel. Snel. Ik leid je wel.'

Ik fronste. 'En waar heb *jij* geleerd zo te dansen? Heb je een sprong in de tijd gemaakt vanuit *Downton Abbey*?'

Hij lachte. 'Mijn nicht deed aan wedstrijdballroomdansen. Ze dwong me haar oefenpartner te zijn.'

'A-ha.' Ik kon me echter maar moeilijk voorstellen dat hij zich tot wat dan ook zou laten dwingen.

'Kom,' zei hij. 'Gewoon mijn aanwijzingen volgen. Ik leid je met de hand op je rug.'

Na een paar minuten van gestuntel kreeg ik het onder de knie, al was ik er vrij zeker van dat niemand ons ten onrechte voor Johnny en Baby van *Dirty Dancing* zou aanzien.

In deze jurk, met die glinsterende sandaaltjes met hakken, in de armen van deze man, duurde het gevoel buiten mezelf te zijn voort, alsof ik leefde in een dagdroom.

Nadat we in stilte een paar nummers hadden gedanst, vroeg hij zachtjes: 'Heb je het koud?'

'Neuh.'

'Je beeft.'

Nou, ja. Dat klopte, ja. Hij rook heerlijk en deed allerlei ongelooflijke dingen met me. En hij was zo dichtbij. Een grote hand was om de mijne gevouwen, de andere rustte vlak onder mijn schouderblad. Op mijn blote rug. Zijn hitte dreigde een gat in me te branden.

Ik kon me nauwelijks herinneren hoe ik moest ademen en hij wilde weten waarom ik beefde.

'Zenuwachtig voor vannacht?' vroeg hij uiteindelijk na een lange pauze.

Ik keek op en ontmoette zijn bestuderende blik. 'Misschien.'

Maar dat was niet waar. Ik was niet nerveus. Ik zag er al tegenop weer terug in de realiteit te moeten komen. Om naderhand het normale leven weer op te pakken. En het feit dat ik hem nooit meer zou zien. Hoe belachelijk. Ik wist nog niet eens of dit iets was waarvan ik zou genieten. Voor hetzelfde geld zou ik iedere seconde ervan haten. Maar dat was niet wat me op dat moment bezighield. Nee, het enige waar ik aan kon denken was hoezeer ik ervan genoot om in zijn gezelschap te zijn, elkaar te plagen, zijn geur te ruiken.

Ik wist inmiddels heel goed dat mijn plan om de nodige wijn achterover te slaan en gewoon achterover te gaan liggen terwijl ik aan mijn studie geneeskunde dacht in rook was opgegaan. Ik betwijfelde of deze man zou toestaan dat ik achterover ging liggen en aan iets anders dan hem dacht.

We dansten nog slechts twee nummers voordat hij mijn sjaal ging halen en de auto voorreed om ons terug naar het hotel te brengen.

Na al het grappen en grollen eerder op de avond was de sfeer tussen ons zwaar geworden, gespannen. Beladen door de verwachting van wat er zou volgen. Mijn binnenste verstrakte, vlak onder mijn navel. Ik werd me bewust van een nieuw innerlijk vuur. Ik voelde me als een kaars in een lantaarn, helder brandend en warm. Het was alsof mijn lichaam me al voorbereidde.

Gedurende de hele terugrit – die feitelijk nog geen tien minuten duurde – raakte Adam me niet aan en hij zei geen woord tegen me. Hij staarde uit het raam, met een hand op zijn knie. Hij was afstandelijk, gespannen en absoluut niet in die limousine aanwezig.

Toen we onze suite binnenkwamen, legde hij zijn hand op mijn onderrug en leidde me naar binnen. Iedere zenuw in mijn lijf schrok onmiddellijk op door het contact, alsof hij me een schok had gegeven. De spieren onder zijn aanraking verstrakten en mijn ademhaling versnelde.

De lichten werden aangedaan en vervolgens tot een sfeervolle gloed teruggedraaid. Waar eerder op de avond een fles champagne had gestaan, stond nu een fles wijn klaar. Hij trok zijn hand weg en liep erheen.

'Wijn?'

Ik schraapte mijn keel. 'Iets sterkers misschien?' grapte ik. Eerlijk gezegd dronk ik nauwelijks sterke drank, maar zijn reactie op mijn grapje liet me meer schrikken. Er verscheen een donkere, norse blik voordat zijn gezicht weer uitdrukkingsloos werd.

'Ik ben bang dat ze geen sterke drank bevoorraden als ik hier verblijf,' zei hij op neutrale toon.

Dus hij was geen voorstander van alcoholgebruik. 'Maar je drinkt wel wijn en champagne.'

'Ja. Soms. Op speciale gelegenheden. Of zo nu en dan een glas tijdens het diner.'

Ik nam het glas aan met de donkerrode cabernet sauvignon die hij voor me had ingeschonken. 'Klinkt alsof dat iets heel persoonlijks voor je is,' zei ik en ik herhaalde daarmee zijn eigen woorden.

Hij nam een klein slokje, zette het glas op de bar en leunde op de hand die hij daar had geplaatst. 'Dat klopt. Mijn moeder is alcoholist.'

Ik knikte en had direct spijt van mijn vraag. Dat verklaarde waarschijnlijk waarom hij op zo'n jonge leeftijd bij zijn familie was gaan wonen. 'Het spijt me dat te horen.'

Hij haalde zijn schouders op. 'Ik heb haar in geen jaren gezien. Zij leeft haar leven en ik het mijne.'

'Ben je bang dat als je sterke drank drinkt dat jou ook zal overkomen?'

Hij keek op. 'Het is een ziekte en verslaving heeft een genetische component.'

Net als kanker. Ik knikte en ineens begreep ik hem door de afgelopen paar minuten een heel stuk beter dan door de rest van de dag in elkaars aanwezigheid te hebben doorgebracht.

Hij pakte het glas op en stak zijn hand naar me uit. Aarzelend legde ik de mijne erin. 'Kom. Ik wil je iets laten zien.'

Ik snoof. 'Is dat niet zo'n goedkope zin om een meisje je slaapkamer in te krijgen?'

Hij lachte. 'Niet de mijne.'

Hij nam me mee de trap op naar een gesloten deur vlak voor de slaapkamer. Hij was me nog niet eerder opgevallen toen ik vanmiddag hierboven was geweest. Hij opende de deur en we bevonden ons meteen op een dakterras dat uitkeek over de grachten. Hier, op de bovenste verdieping, konden we de daken van Amsterdam zien en de twinkelende lichtjes die zich voor ons uitstrekten. De kleine auto's op het plein in de verte streden om een plekje op een ingewikkeld verkeersplein, hun koplampen straalden heldergeel en -wit.

Een fris windje danste door onze haren en rond onze schouders. Ik liep naar de reling en hij kwam achter me staan, waar hij de sjaal om mijn schouders herschikte. Zijn handen bleven daar lange momenten hangen voordat ze langzaam langs mijn armen naar beneden gleden. Plotseling vergat ik het prachtige uitzicht voor me.

Hij raakte me aan. Alsof hij het meende. Alsof hij het wilde. Ik hapte naar adem en zijn handen vielen weg.

'Ik herinner me de eerste keer dat ik deze stad zag,' mompelde hij, nog steeds achter me, terwijl hij over mijn hoofd naar het uitzicht staarde. 'Ik had net mijn eerste programma verkocht. Ik nam de hele zomer om door Europa te reizen en begon hier. Had nog ongeveer een jaar voordat ik ging studeren. Dat jaar heb ik heel wat tijd verspild, maar het was de meest gedenkwaardige tijd van mijn leven.'

Het beeld voor ons leek buitenaards – allemaal goud, zilver en rood, als kerst in een sprookjeswereld. Ik herinnerde me het glas wijn in mijn hand en trillend dronk ik het leeg. Adam pakte het glas van me over en zette het op een tafeltje dat vlak bij ons stond. Toen hij terugkwam, stond hij weer achter me, zo dichtbij dat zijn borstkas bijna mijn rug raakte.

Na een paar momenten van ongemakkelijke stilte leunde ik tegen hem aan, hunkerend naar het contact. Hij ademde verrast uit, maar zei niets. Ik beefde en voelde ieder zenuwuiteinde waar mijn lichaam het zijne raakte. Plotseling verlangde ik ernaar om zijn armen rond me te voelen. 'Toen ik eerstejaars was, wilde ik in het buitenland studeren, maar mijn beurs dekte de kosten niet. Ik ben nog maar minder dan een dag in Europa en begin er nu al verliefd op te worden.'

'Dat is niet zo moeilijk. En dan heb je Frankrijk nog niet eens gezien.'

Parijs. God, wat zou ik graag eens naar Parijs gaan. Ik sloot mijn ogen en liet mijn hoofd tegen hem aan vallen. Deze keer geen verrassende ademhaling. Mijn schouderbladen drukten tegen zijn harde spieren. Zijn hoofd zakte naar beneden, zijn mond drukte tegen mijn kruin. De energie schoot als een geactiveerde elektriciteitsmast dwars door me heen. Angst was er ook, als een klamme mist, dralend op de achtergrond.

Hij bracht zijn arm omhoog en vlocht zijn vingers door mijn haren, waardoor er druk op mijn schedel ontstond. Ik verstijfde en schrok, onmiddellijk herinnerd aan de handen van een ander die me daar stevig beetgrepen en met al hun kracht hadden getrokken om mijn hoofd naar beneden te dwingen.

Een ijzige angst sneed door me heen. Ik snakte naar adem, mijn hartslag vocht zich met kille vrees een weg door mijn strot naar buiten. Ik worstelde, duwde me van hem af terwijl ik maar niet genoeg zuurstof kreeg.

'Ga weg! Niet...' De wereld draaide om me heen en ik viel tegen de reling. Ik hield mijn handen omhoog om me tegen hem te beschermen. Hij had me geslagen – zo vaak – had mijn lange haren vastgegrepen en als een touw rond zijn handen gewikkeld om vervolgens hard, *zo* hard te trekken. Ik kreeg geen lucht. Ik moest hier weg zien te komen.

'Emilia... Mia!' Adams stem sneed door de wazige vlaag paniek heen die mijn gedachten bedwelmde. Langzaam kwam hij dichterbij, zijn ogen groot van bezorgdheid. Spikkeltjes vormden zich aan de randen van mijn gezichtsveld en ik had het gevoel alsof ik ging flauwvallen. Haal adem! Haal adem! Het lukte me maar niet om de zuurstof snel genoeg naar binnen te zuigen.

'Mia... Mijn God, gaat het wel met je? Wat is er aan de hand?'

Ik duwde mijn gezicht in mijn handen en schudde zo hevig dat ik niet dacht dat ik in staat was iets te zeggen. 'Emilia... Hoor je me?'

Ik draaide me van hem af en sloot mijn ogen. Ik was veilig, probeerde een verre stem me te vertellen. Ik was niet op de bergkam, alleen met Zack terwijl ik hem smeekte me niet nog een keer te slaan. Ik was met Adam. Ik was veilig. Ik kon niet stoppen met beven.

'Mia,' zei hij weer, zachtjes. Hij stond dichterbij nu.

'Ik... ben oké...'

'Om de dooie dood niet.'

'Alsjeblieft,' zei ik terwijl ik een ijskoude hand op mijn wang legde. Mijn hartslag danste in mijn strot en ik was nauwelijks in staat adem te halen. Ik bracht mijn arm omhoog en streek mijn haren glad. Het was er allemaal nog. Er was geen bloed. Ik was veilig. Met geen mogelijkheid had Adam dit kunnen weten. Wat zeg ik, met geen mogelijkheid had *ik* kunnen weten dat dit met me zou gebeuren zodra hij zijn handen in mijn haren stopte.

'Emilia. Rustig aan. Als je zo blijft ademen val je flauw.' Zachtjes pakte hij mijn arm beet en draaide me zijn kant op. 'Rustig. Hou je adem in. Sluit je mond. Kijk naar mij. Kijk in mijn ogen.' De paniek ebde weg toen ik in zijn donkere ogen staarde. Hij hield nu allebei mijn schouders beet. 'Je bent veilig, Emilia. Zo, adem in door je neus. Hou je lippen op elkaar.'

Ik schudde mijn hoofd, mijn ogen stijf dichtgeknepen. 'Het...' Mijn stem vervaagde. De doodsangst verdween langzaam, maar liet een akelig spoor achter. Ik ademde diep in en ging verder zodra dat lukte. 'Het was gewoon een nare herinnering. Dat is alles.'

'Je ziet lijkbleek. Wat heb ik verkeerd gedaan?'

Weer schudde ik mijn hoofd en hij schoof dichterbij om me te kalmeren terwijl ik beefde in zijn armen. Hij trok me tegen zich aan en ik drukte mijn gezicht tegen zijn schouder. 'Het spijt me... zo erg.'

'Je hoeft je absoluut nergens voor te verontschuldigen,' mompelde hij.

'Het is... Ik vind het niet fijn als er aan mijn haar wordt getrokken.'

Er volgde een lange stilte. 'Oké. Het spijt me.'

Ik haalde mijn trillende schouders op. 'Dat kon je niet weten.'

Hij schraapte zijn keel. 'We moeten dit niet doen.'

'Nee.' Ik maakte me van hem los en keek weer in zijn ogen. 'Het gaat wel. Het gaat prima met me.' Twijfel stond echter op zijn knappe gezicht geschreven.

'Maar als het weer gebeurt...'

'Het gebeurt niet nog een keer. Ik heb alles wat ik kon bedenken in de papieren gezet. Ik had alleen niet gedacht aan vingers in mijn haren.' Ik huiverde bij de herinnering eraan.

Hij bleef even stil. 'Heeft iemand je pijn gedaan? Wil je erover praten?'

Ik schudde mijn hoofd. Ik wilde er niet over praten. Ik hoopte dat hij het nee-schudden opvatte als antwoord dat niemand me pijn had gedaan. Dat niemand zijn handen in mijn haar had gewikkeld en plukken uit mijn schedel had getrokken terwijl hij zijn erectie in mijn strot duwde. Ik huiverde weer.

Zachtjes trok hij me weer tegen zich aan, alsof hij verwachtte dat ik ieder moment over de reling zou springen. 'Wie het ook was, hij verdient het in elkaar gerost te worden.'

Ik liet me tegen hem aan zakken, waarop zijn sterke armen om me heen sloten en hij me dicht tegen zich aan trok. Meteen voelde ik me gerustgesteld, maar mijn hart ging zelfs nog wilder tekeer nu het tegen zijn borstbeen was gedrukt. Zijn lichaam voelde zo hard en krachtig naast het mijne. De zachte stof van zijn jasje streelde mijn wang. Ik sloot mijn ogen.

'Gaat het met je?'

'Ja, nu wel. Bedankt,' zei ik en mijn stem klonk alsof hij ergens ver vandaan klonk. Uit die droomwereld waar ik afgelopen dag in had verkeerd. Ik hief mijn hoofd op en keek in zijn gezicht. Toen vroeg ik hem wat ik de hele avond al had gewild. 'Wil je me kussen?' klonk het met een klein stemmetje.

Zonder aarzeling zakte zijn mond langzaam op de mijne. Onze lippen ontmoetten elkaar halverwege en allebei onze hoofden kwamen naar voren vanwege een dringende behoefte de ander te proeven. Zijn aanraking was teder, in het begin, lippen stevig maar gesloten. Maar ik wilde meer. Ik wilde een kus als waar hij me die dag in mijn appartement mee had achtergelaten.

Mijn tong piepte naar buiten om rond zijn lippen te trekken. Hij zuchtte plots en liet een arm naar mijn onderrug zakken om mijn middel dichter tegen zich aan te trekken. Hij opende zijn mond voor mijn tong. Ik vervolgde de ontdekkingstocht tot hij mij tegemoetkwam met de zijne. Weer een verstikt zuchtje vanuit diep in zijn borst en ik werd zo strak tegen hem aangeperst dat ik alle contouren en richels van zijn spieren onder zijn overhemd kon voelen. Ik kantelde mijn hoofd achterover, hunkerend naar meer. Ik klemde mijn handen om zijn schouders en hield hem dicht tegen me aan.

Plotseling lag de controle niet meer bij mij. Een hand kwam in mijn nek te liggen, voorzichtig om mijn haren niet vast te klemmen, terwijl hij me volledig blootlegde met niet meer dan zijn tong en lippen. Zijn tong dook in mijn mond en duizelig van verlangen was ik nauwelijks in staat adem te halen. Ik wilde zijn naam fluisteren, maar ik kon niets zeggen nu ons contact zo intiem, zo diep was. En het zou deze nacht nog dieper worden. Angst kroop door mijn buik. Ik zou echt met een man naar bed gaan. Met deze prachtige man.

Zijn mond verliet de mijne, baande zich een weg over mijn kaak om mijn oorlel tussen zijn lippen te nemen. Zijn liefkozingen waren bloedheet en ijskoud tegelijkertijd. Alles binnen in me balde zich tot een grote kluwen van spanning, snakkend naar ontlading.

Zijn tanden knabbelden aan mijn oorlel en ik fluisterde zijn naam. Zijn mond en tong trokken een spoor over mijn hals, mijn keel. Iedere aanraking bracht mijn lichaam tot leven. Ik kromde mijn rug om mijn borsten tegen zijn borstkas te duwen. Een diepe kreun weerklonk diep uit zijn borst, het eerste hoorbare teken van zijn opwinding.

'Laten we naar binnen gaan,' zei ik, hierdoor aangemoedigd. Het voelde alsof mijn binnenste in brand stond en hij de enige in de wijde omgeving met een brandblusser was. Die stoerheid was een façade. Vanbinnen trilde ik en was ik niet een beetje bang voor hoe deze nacht zou zijn.

Adam zette een stap terug en pakte mijn hand beet om me naar binnen te leiden. Warme lucht omringde me toen we de slaapkamer in stapten. Ik dacht dat hij me mee naar het bed zou trekken, maar hij bleef staan naast de bank tegen de muur. Hij haalde de sjaal van mijn schouders en slingerde hem over de leuning. Vervolgens knoopte hij zijn jasje open en deed daar hetzelfde mee. Zijn ogen lieten de mijne echter geen moment los en de mijne die van hem evenmin, die gloeiden als kooltjes onder een kampvuur.

Op dit moment twijfelde ik er geen moment aan, als ik dat, eerlijk gezegd, daarvoor überhaupt al had gedaan, dat hij me wilde. Dat zijn verlangen net zo krachtig en meedogenloos was als dat het door mijn eigen aderen zinderde. Voordat hij de kans kreeg een woord uit te brengen, keerde ik me naar het bed nu ik de moed nog had. 'Nee,' zei hij en hij hield me tegen. 'Nog niet.'

Ik draaide me terug naar hem, hij sloeg zijn armen om me heen en trok me met zich mee op de bank. Ik landde op zijn schoot en hij kuste me weer. Hongerig duwde hij zijn mond tegen de mijne, mijn hals, mijn keel... en toen lager. Toen hij zijn gezicht een stukje terugtrok, keek hij naar me op, zijn ogen glansden van verlangen en zijn uitdrukking verhit. Hij bracht zijn hand naar mijn schouder, streelde zachtjes over mijn bovenarm.

'Je huid is zo zacht,' zei hij en zijn vingers gleden over me heen alsof hij nog nooit een vrouw had aangeraakt.

'Vitamine E,' zei ik simpelweg toen ik niets anders wist te zeggen. Wat hoor je te zeggen als de man die op het punt staat met je naar bed te gaan je met complimenten overstelpt? 'Dank je wel' leek nogal stom.

Zijn blik week niet van de mijne terwijl zijn hand teder over mijn sleutelbeen schoof. 'Hier ook.'

Langzaam liet ik mijn adem ontsnappen, terwijl de opwinding door mijn strot stuiterde. Zijn aanraking wakkerde een nieuw vuur aan, waarvan ik niet eens wist dat het in mijn lichaam verborgen lag – tussen mijn benen, overal. Mijn ogen vielen dicht en ik concentreerde me op zijn aanraking.

Zijn handen schoven naar beneden, naar de V tussen mijn borsten. 'En hier,' mompelde hij. Het volgende moment tilde hij me van zijn schoot en zette me naast zich op de bank, waarna hij een bandje van mijn schouder schoof. Ik voelde de koele lucht tegen mijn blote borst.

Daar gaan we, dacht ik. Het was niet anders dan vanaf het hoogste punt in een achtbaan de diepte in kijken, vlak voordat je met volle snelheid naar beneden zou schieten. Mijn maag duvelde naar beneden.

Ik opende mijn ogen. Hij keek naar me terwijl zijn hand omhoogkwam om mijn borst te omvatten. Mijn adem siste tussen mijn tanden door en zijn ogen – als dat überhaupt mogelijk was – leken nog donkerder te worden.

Nog nooit eerder had ik mezelf aan een man tentoongesteld. Niet op deze manier. Lang geleden toen ik datete, was er het nodige gefriemel onder kleren geweest, in het donker terwijl we in de auto geparkeerd stonden op de bergkam of andere plekken die vaak door tieners werden bezocht. Verder dan dat was het nooit gekomen voordat ik overal mee was gekapt en had gezworen nooit meer te daten.

Hij liet zijn duim over de al stijve tepel gaan en zijn ademhaling versnelde. Ik stak mijn hand uit om zijn stropdas te pakken en zijn mond naar de mijne te trekken. Onmiddellijk verdiepte de kus. Zijn mond plette de mijne, beheerste de kus, zoals hij waarschijnlijk alles om zich heen beheerste, met zelfvertrouwen, zekerheid.

Zijn mond bleef echter niet lang op die van mij. Al snel duwde hij me achterover op de bank, zodat ik plat op mijn rug kwam te liggen. Hij hing boven me, maakte vlug zijn stropdas los en ontknoopte de bovenste drie knoopjes van zijn overhemd.

Met iedere beweging pinden zijn ogen me vast, alsof ze me bijna uitdaagden om weg te kijken. En dat kon ik niet. Ik was zo opgewonden dat ik bijna niet kon ademen. Het beklemmende gevoel tussen mijn benen nam toe, zodat het bijna pijnlijk werd.

Toen hij weer tegen me aan kwam liggen, drukte zijn erectie tegen mijn been. Ik sprong bijna overeind toen ik besefte wat het was. Ik lag inmiddels onder hem, me half afvragend of hij zelfs ook maar de moeite zou nemen ons naar het bed te verplaatsen voor de daadwerkelijk voltooiing van onze deal. Waarschijnlijk waren er wel ergere plekken om je maagdelijkheid te verliezen dan op de bank in de penthouse suite van het meest luxe hotel in Amsterdam.

Zijn mond lag op de mijne en hij duwde zijn tong dwingend naar binnen, verwoed. Hij tilde mijn lichaam net ver genoeg op om het andere bandje van mijn jurk naar beneden te trekken, waardoor hij me tot mijn middel ontblootte. Ik was veel te veel in de wolken door de sensaties die hij bij me opwekte om me beschaamd te voelen.

Toen lag zijn mond op mijn hals, mijn keel en via mijn sleutelbeen naar mijn tepel waar hij me likte en teder zoog.

Witheet vuur welde op vanuit mijn borst en naar adem happend kromde ik mijn rug. Zijn hand gleed langs mijn been naar boven. Als hij mijn rok omhoog zou duwen en het hier en nu zou doen, zou ik niets te klagen hebben. Ik kon niet veel langer meer wachten.

Ik was helemaal vergeten aan Heath te vragen hoelang het zou duren als we eenmaal waren begonnen.

Ik wilde dat het voor altijd zou duren.

Mijn vingers grepen hem bij zijn nek, want ik wilde zijn vaardige tong en hete mond over mijn borst voelen. De kloppende spanning binnen in me werd ongekend dwingend.

'Adam,' fluisterde ik. 'Ik wil...'

En toen... ging zijn telefoon over.

In eerste instantie verstijfde hij, maar kwam niet in beweging. Zijn mond lag nog steeds om mijn tepel, zijn lichaam verstrakte onder mijn handen.

Het geluid stopte. Nog geen tien tellen later begon het gerinkel weer. Hij tilde zijn hoofd op en kwam overeind om het apparaat uit zijn jasje te vissen.

Toen hij zag wie hem belde, ademde hij scherp uit. 'Fuck.' Vervolgens legde hij de telefoon tegen zijn oor.

'Wat?' blafte hij en ik had medelijden met degene aan de andere kant van de lijn.

Ik ging overeind zitten en trok de bandjes van mijn jurk over mijn schouders. Mijn hele lijf klopte door het gebrek aan ontlading. Adam keek naar me terwijl hij lange tijd zonder een woord te zeggen luisterde. Met iedere minuut die voorbijging, keek hij grimmiger. Ik strekte mijn arm uit en legde mijn hand geruststellend op zijn bovenbeen. Meteen stond hij op en liep naar het raam.

'Hoe erg is het?' zei hij uiteindelijk, zijn hele houding stijf, zijn schouders gespannen.

Ik kreeg het koud zonder zijn lichaamswarmte bij me, dus greep ik mijn sjaal van de bankleuning en trok hem rond mijn schouders.

'Walt, het is verdomme midden in de nacht hier, het team is nog steeds aan het werk. Ze hebben allemaal in hun contract staan dat ze verplicht kunnen worden over te werken. Vanavond maken ze behoorlijk wat late uurtjes.'

Hij draaide zich naar me toe en schudde verontschuldigend zijn hoofd. Ik haalde mijn schouders op en schonk hem een glimlach. Ik kon geduldig zijn. Hij kon dit afhandelen en dan bij me terugkomen. Vreemd genoeg was ik absoluut niet moe, ondanks het gebrek aan slaap in de afgelopen vierentwintig uur.

'Nee,' zei hij en het was een scherp en geïrriteerd geluid. 'Ik regel het. Dat is niet no… Ik zei dat ik het verdomme zou regelen, maar niemand gaat naar huis, is dat duidelijk? Als ze dat wel doen, kunnen ze hun bureau leegruimen en hun zooi mee naar huis nemen.'

Hij begon voor het raam heen en weer te lopen, waardoor hij me aan een poema deed denken. Zijn bewegingen waren gestroomlijnd, sierlijk. Ik zou uren kunnen kijken hoe hij heen en weer liep. Het zou alleen nog beter zijn als hij slechts die witte handdoek rond zijn heupen had.

'Geef me even een tel om in te loggen. Ja. Bel me over tien minuten terug.'

Hij legde zijn mobiel neer en keerde zich mijn kant op. 'Het spijt me. Dat was mijn operationeel manager. De servers stonden vandaag uit om een patch te installeren. Het team ontdekte een of andere corrupte code en de servers kunnen niet aangezet worden tot het is opgelost...'

'O, shit, ja, je wilt geen horde boze gamers die op je deur staan te rammen. Als ik niet hier was, zou ik een van hen zijn om te eisen dat je mijn game weer in de lucht bracht.'

Ondanks zijn verslechterde bui lachte hij. 'Ik ga mijn laptop pakken, zodat ik kan achterhalen wat er aan de hand is. Waarom pak je niet iets uit de bar voor jezelf? Het spijt me.'

Ik schraapte mijn keel. 'Gaat het lang duren?'

Hij zuchtte. 'Ja, waarschijnlijk wel. Ik denk dat onze nacht voorbij is.' Ondanks zijn duidelijke irritatie en teleurstelling, klonk hij opmerkelijk kalm.

Ik? Ik was zeer geïrriteerd. Al mijn hoop vervloog. Tot zover de veiling. Tot zover naar Amsterdam komen als een meisje en er als een vrouw vandaan komen. Tot zover...

Ik draaide me om en verliet de kamer. Een paar minuten later kwam hij naar beneden met een stijlvolle leren laptoptas, waaruit hij een van de platste, meest duur-uitziende apparaten trok die ik ooit had gezien.

Zijn naam stond op de roestvrijstalen bovenkant gegraveerd: *Adam Drake, Draco Multimedia Entertainment* en het logo van het bedrijf, een verzameling sterren die het sterrenbeeld Draak voorstelden. Sommige meiden waren gek op juwelen, anderen op designertassen. Ik, ik ging helemaal kwijlen van hardware. En hoewel de eerdere indruk van zijn *andere* hardware net indruk op me begon te maken, ging mijn hart serieus als een wilde tekeer van de stoute jongen die hij nu uit de tas trok. Dat sexy, kleine apparaat was waarschijnlijk tien keer sneller dan het mijne.

Adam zette de laptop op de tafel, opende hem en keek naar me. Toen hij zag waar mijn aandacht op was gericht, lachte hij droogjes. Als ik zijn password toch eens kon achterhalen... Ik vroeg me af hoeveel gamegeheimen dat ding met zich meedroeg.

'Waarom maak je het jezelf niet gemakkelijk? Ik zal afwisselend wel en niet bezig zijn en als je niet moe bent, zou ik je gezelschap op prijs stellen.'

Ik slenterde naar mijn kamer, waar de piccolo mijn tas had gezet. Ik verkleedde me in kleding die ik had meegenomen, een yogabroek en een topje. Vervolgens ging ik naar de minibar en pakte er een gekoeld glas en een Dr. Pepper voor mezelf uit. Nadat ik had gevraagd wat hij wilde drinken – koffie – rommelde ik aan het koffiezetapparaat en bracht hem een kopje. Toen ging ik op de bank zitten en keek hoe hij aan het werk was.

Eens in de zoveel tijd wierp hij een blik mijn kant op. 'Waarom kijk je niet of er iets op tv is?' vroeg hij terwijl zijn handen ondertussen vliegensvlug over het toetsenbord vlogen. 'Ik moet hier zo meteen een programma laten draaien en kan samen met je komen kijken terwijl ik wacht.'

Mijn mond vertrok. Ik vroeg me af of ze klokje rond herhalingen van *Friends* uitzonden in Amsterdam.

In de woonkamer zapte ik door de zenders tot ik een bekende B-film uit de jaren vijftig tegenkwam, *Forbidden Planet*. Ik had hem al meerdere keren gezien en zou hem met gemak hebben kunnen volgen als hij in het Nederlands nagesynchroniseerd zou zijn. Maar dit was de originele Engelstalige versie en Nederlands ondertiteld.

Twee telefoontjes en zo'n tien minuten later kwam Adam bij me op de bank zitten. Ik grimaste bij het besef dat ik er armzalig uitzag in mijn yogabroek en topje, een groot verschil met de stijlvolle zwarte jurk en glinsterende sandaaltjes van hiervoor.

Tijdens de reclame zei hij dat hij zo terug zou komen en liep de trap op. Toen hij terugkwam droeg hij een donkerblauwe pyjamabroek en een wit T-shirt. Weer kwam hij naast me op de bank zitten. Deze keer leunde ik tegen hem aan en nestelde me in de ronding van zijn arm. Hij legde zijn arm om mijn middel, eerst bijna aarzelend. Alsof hij terughoudend was me aan te raken.

Toen ik naar hem opkeek, hield zijn uitdrukking het midden tussen angst en verwondering. Had ik hem verrast met deze plotselinge blijk van genegenheid? Het was niet-seksueel, maar prettig, tenminste, voor mij. En ik had geen enkel idee of ik zou kunnen zeggen waardoor dat kwam.

Een uur later zat hij weer achter zijn laptop en al snel voelde ik mijn oogleden zwaarder worden terwijl bevelhebber John Adams en Altaira, elkaar stevig omhelzend, vanuit de ruimte toekeken hoe Altair IV explodeerde. Langzaam viel ik in slaap.

Ergens daarna had ik het gevoel door sterke armen opgetild te worden. Was dit het moment? Zou hij me op zijn bed leggen, me wakker maken en dan nu seks met me hebben?

Maar dat gebeurde niet en mijn korte vlaag van bewustzijn was snel weer verdwenen doordat ik terug in een gelukzalige slaap zakte. Ik droomde over Adam, over dansen op een wolk met het geluid van het orkest dat klonk uit een verzameling computers op de achtergrond.

HOOFDSTUK
ZES

DE VOLGENDE DAG VERLIETEN WE AMSTERDAM NA EEN brunch aangezien we allebei tot tien uur hadden uitgeslapen. Rond het middaguur checkten we uit en Adams auto bracht ons naar het vliegveld. Ondanks dat de afgelopen nacht ons nergens had gebracht, namen we onze terugvlucht zoals gepland. Adam liet duidelijk merken dat hij zo snel mogelijk terug naar zijn werk moest.

Ik wist nauwelijks wat ik tegen hem moest zeggen. We hadden over alles wat je maar kon bedenken gepraat, maar repten met geen woord over het feit dat onze afspraak niet was afgehandeld. Wat betekende dat? Ik zou het geld niet krijgen totdat we het hadden gedaan. Wilde hij dat nog steeds? Of had de bijna-ramp met de game zijn enthousiasme bekoeld?

Adam zat ongeveer de hele rit naar het vliegveld aan de telefoon, dus ik trok mijn MCAT-testboek uit mijn tas. Maar het lukte me niet me te concentreren. Mijn gedachten bleven maar naar zijn gesprek gaan. Hij was plannen aan het maken volgende maand een of andere vastgoedbelegging te bezoeken in St. Lucia, waar ik zelfs nog nooit van had gehoord.

Ik wierp hem een zijdelingse blik toe en dacht na over hem. Hij was opgegroeid zonder vader, opgevoed door een alcoholverslaafde moeder die, naar ik aannam, dermate ongeschikt was als ouder dat hij als tiener bij zijn oom twee staten verderop werd geplaatst.

Hoe was het mogelijk dat die combinatie tot een extreem succesvolle en uniek briljante man in zijn werkveld had geleid? Welke drive had hij om zichzelf uit zo'n slechte startpositie in het leven te kunnen trekken? En welke onvermoeibare energie hield hem gaande, dag na dag?

Niet lang voordat we het vliegveld bereikten, wendde ik me tot hem en hij legde zijn tablet neer toen hij merkte dat ik naar hem zat te kijken.

'Dus, wat nu?' vroeg ik.

Zijn kaak verstrakte zichtbaar en hij draaide mijn kant op. 'Wat bedoel je?'

Zijn manier van doen was zo kil dat het me van mijn stuk bracht en geïrriteerd perste ik mijn lippen op elkaar. Alsof hij het recht had zo bot tegen me te doen! Het was niet *mijn* schuld dat de deal niet was ingewilligd. Ik gluurde naar de chauffeur en Adam, die mijn gedachte oppikte, drukte op de knop om het scherm omhoog te laten komen voordat ik verder sprak.

'Nou, we hebben onze nacht samen gehad. Dat is wat er in het contract stond. Ik neem aan dat we het als voltooid kunnen beschouwen en onze wegen zich weer scheiden?' Ik wist wat hij ging zeggen nog voordat de woorden mijn mond zelfs maar hadden verlaten.

Met een schuin oog keek hij me aan. 'En dat betekent wat? We gaan uit elkaar in overeenstemming met wat erin het contract staat? Geen contact? Ons gedragen alsof we een straatverbod hebben?'

Ik trok een schouder op. Dat was toch waar we allebei mee hadden ingestemd?

'En dan wat? Je bent nog steeds maagd. Betekent dat een volgende veiling?'

Ik kantelde mijn hoofd een stukje opzij. Ammenooitniet dat dat een volgende veiling betekende. Ik ging mezelf daar niet nog een keer aan blootstellen. En ik was er honderd procent van overtuigd dat Heath zou weigeren nog een keer mee te werken. Ondanks dat fronste ik alsof ik diep nadacht. 'Dat is een fantastisch idee! Dan kan ik twee keer cashen.'

De blik in Adams ogen, toen ze verharden tot ik naar zwart ijs leek te kijken, stuurde een koude rilling van een niet al te best voorgevoel langs mijn ruggengraat. Hij stopte de tablet in de zak aan de stoel voor hem. 'Dacht het niet.'

Ik trok mijn wenkbrauw naar hem op. 'Wacht… Wat?'

Hij richtte zich op een zakelijke manier tot me, alsof we de weersvoorspelling aan het bespreken waren. 'Ik heb een product gekocht dat niet aan me is geleverd.'

Ik vouwde mijn armen over elkaar. 'Ik ben geen product. Ik ben een mens. Je hebt een nacht met me gekocht en dat was het. We hebben samen een nacht doorgebracht. Het lag niet aan mij dat ik nog… intact ben.'

'Daar ben ik het niet mee eens. Ik heb je maagdelijkheid gekocht. Dus dat komt mij toe. Je kunt het niet nog een keer verkopen.'

Nu voelde ik mijn wangen enigszins warm worden. Niet van schaamte, maar van boosheid. 'Dit was geen vleeshandel, meneer Drake.'

Zijn vuist klemde over zijn knie. 'Wat is prostitutie dan nog *meer* dan vleeshandel? Jouw maagdelijkheid is van mij en ik kan hem wegnemen wanneer ik wil. Of dat nu binnenkort is of over tien jaar, die eer behoort aan *mij*.'

Ik knipperde en schudde mijn hoofd, niet in staat mijn oren te geloven. 'Wil je nu zeggen dat ik mezelf voor jou moet bewaren tot jij nog eens besluit om langs te wippen en over de brug te komen? Dacht het niet.'

'Echt, dus je blijft bij je punt? Denk je serieus dat ons contract jouw mening steunt boven het mijne?'

Mijn hersenen maakten overuren doordat ik me probeerde te herinneren wat de precieze bewoordingen van het contract waren. Mijn bloed stroomde razendsnel door mijn aderen en ik vervloekte het feit dat ik me dusdanig afhankelijk van Heath en zijn maatje had opgesteld bij de omschrijving dat ik me nu niet eens meer kon herinneren wat er had gestaan. 'Het is sowieso niet bepaald een rechtsgeldig document.'

'Waarom is het dan opgesteld?'

Ik knarste met mijn tanden. Mijn wangen werden warm en mijn spieren verstrakten. 'Ter bescherming, om duidelijk te maken wat de overeenkomst inhield.'

'Voor wiens bescherming? De jouwe of de mijne?'

'Voor ons *allebei*.'

Hij vouwde zijn armen voor zijn borst over elkaar en leunde achterover. 'Nou dan, ik blijf bij mijn standpunt. De veiling ging over het recht je maagdelijkheid te nemen. Dat is niet gebeurd. Ik heb nog steeds die nacht tegoed.'

'Niet voor de rest van je leven. Er is een limiet van zes maanden in het contract opgenomen.'

Hij knikte. 'Klopt. Zal ik je dan over vijf en een halve maand maar bellen?'

Ik knipperde met mijn ogen. De opschorting van mijn moeders hypotheek was over twee maanden. 'Ben je bereid me nu alvast te betalen?'

'Natuurlijk niet.'

Ik draaide me zijn kant op. 'Vertrouw je me niet?'

'Ik maak er een gewoonte van nooit te kopen wat ik niet kan betalen en nooit te betalen voor wat ik niet direct in bezit kan krijgen. Het zorgt voor goede zaken.'

Ik zuchtte. 'Dan zullen we een compromis moeten bedenken. Want ik heb dat geld snel nodig.'

Hij hield zijn hoofd een tikkeltje scheef en bestudeerde me weer. 'Ik dacht dat dit over feministische idealen en het "nieuwe paradigma" ging.'

'Ik heb nooit beweerd dat het *alleen* om die idealen ging.'

Hij zei niets, keek me slechts aan met die ijskoude blik.

Ik schudde mijn hoofd. 'Je hebt niet het recht me te veroordelen. Niet tot je in mijn schoenen hebt gestaan.'

Hij keek geërgerd. 'Wie zegt dat dat niet zo is?'

Ik wapperde betekenisvol naar het interieur van de dure limousine die ons naar het vliegveld reed. We zaten zo ver uit elkaar als maar mogelijk was achter in die auto, maar alsnog knetterde er een energie tussen ons. Om de een of andere reden had ik gedacht dat gisteravond die spanning tussen ons had verholpen, maar het leek deze ochtend alleen maar sterker te zijn. Ik was me bewust van alles aan hem: zijn houding, zijn bewegingen, de manier waarop hij met zijn wijsvinger op zijn knie tikte als zijn hand daar lag. De manier waarop zijn gespierde lijf zijn kleren perfect vulde. Zijn schone, mannelijke geur. De manier waarop zijn donkere ogen naar me keken, berekenend. Onderzoekend.

'Volgende week dan.'

Een week? Een vlaag hitte schoot naar mijn gezicht, maar deze keer niet van frustratie of boosheid. Deze hitte werd veroorzaakt door verwachting. Want ondanks zijn irritante geklets over het 'bezitten' van mijn maagdelijkheid, staken de gevoelens die ik sinds gisteravond begon te voelen – de onvervulde sensaties die hij in me had opgewekt – de kop op, schreeuwend om te worden gehoord. Gisteravond was ik verdrietig geweest dat dit vandaag voorbij zou zijn. Nu had ik nog een week. Gemengde gevoelens kolkten door me heen en trokken mijn borst strak samen, als een wervelwind die op het punt stond los te komen van de grond.

Ik keek uit het raam om mijn reactie te verbergen. Het vliegtuig was vlakbij. 'Ben je volgende week weer op een of andere luxe locatie?'

'Dan ben ik gewoon thuis. Ik krijg een aantal gasten voor een etentje. Jij zou ook kunnen komen, dan varen we daarna met het jacht buiten de twaalfmijlszone.'

Ik draaide weer zijn kant op en mijn ergernis werd overduidelijk door het sarcasme in mijn stem. 'Want uiteraard heb je een jacht.'

Hij lachte. 'Uiteraard.'

Tijdens de gehele check-inprocedure zeiden we geen woord tegen elkaar. Adam was attent, droeg mijn tas voor me en loodste hem door de douane, maar zijn manier van doen was kortaf, efficiënt, koel en onpersoonlijk. Het was alsof we vreemden waren. En in wezen waren we dat ook.

Toen we naast elkaar plaatsnamen, begonnen we weer te praten. We kozen een neutraal, veilig onderwerp: de game. Normaal gesproken was hij terughoudend erover te praten, had ik gemerkt. Waarschijnlijk was hij bang dat ik weer zou proberen te vissen naar gamegeheimen. Maar ik wachtte tot nadat door een vriendelijke, blonde British Air stewardess – die zeer gefocust was op al Adams behoeftes, compleet vergezeld door haar eigen onsubtiele manier van flirten – een heerlijke lunch was geserveerd. Ik begon me af te vragen of hij dit effect op alle vrouwen in zijn omgeving had.

Tijdens het dessert richtte hij zich tot mij. 'Ik weet door je blog dat je met een Spirituele Toverfee speelt, maar je hebt nooit de naam van je personage verteld.'

Met een schuin oog keek ik hem aan. 'Natuurlijk niet. Als mijn lezers de naam van mijn personage kenden, zou het de game-ervaring kunnen beïnvloeden. Bedrijfsgeheimen moeten onder de tovenaarshoed worden gehouden.'

Hij lachte. 'Dus, hoe heet jouw personage?'

Ik wierp hem een achterdochtige blik toe. 'Waarom wil je dat weten?'

Hij haalde zijn schouders op. 'Gewoon nieuwsgierigheid.'

'Ga je me natrekken of zo?'

'Oké dan, op welke server speel je?'

'Omni.'

Hij keek peinzend. 'Hmm. Fanatiek, een *power gamer*.'

Ik trok mijn schouder op. 'Verbaast dat je?'

'Nee. Ik begin te beseffen dat je iets hebt met power en controle.'

'Wauw, nu klink ik net als een... meesteres. Misschien zou dat een nieuw soort personage moeten zijn bij de eerstvolgende uitbreiding.'

Hij schoot in de lach.

Verwachtingsvol keek ik naar hem op. 'Speel *jij*?' vroeg ik.

'DE?'

'Nee... *World of Warcraft*, nou goed,' zei ik met een sneer. 'Natuurlijk DE.'

'Ik heb een personage.'

'Een *geheim* personage? Buiten je publieke karakter Lord Sisyphus?'

Met een grijns wendde hij zijn blik af. 'Ja, ik heb een geheim personage.'

Mijn mond viel open. 'Daar komt de aap uit de mouw. Je bent net als Koning Hendrik V.'

'Wat?'

'O, ja, je bent gekapt met je geekstudie, dus je zult Shakespeare niet hebben gelezen. Hendrik V verkleedde zich als een doorsnee soldaat en liep zo rond in de krijgsgevangenenkampen om erachter te komen wie er over hem kwaadsprak.'

Hij schoot in de lach. 'Shit, als ik me zorgen maakte wie over me kwaadsprak, zou ik lang geleden al hebben moeten stoppen met dit werk.'

'Hoe vaak speel je dan? Speel je samen met andere spelers?'

'Eens per week en uiteraard. Je weet dat je niets noemenswaardigs voor elkaar kunt krijgen zonder een grote groep om je heen.'

'Waarom?' vroeg ik verbaasd. 'Waarom zou je willen spelen als je alle geheimen kent, van alle missies, van alle achtergrondverhalen? Is dat niet heel saai?'

Hij haalde zijn schouders op. 'Ik test mijn eigen product door te spelen. Kwestie van grondig zijn. Ik ben altijd heel grondig.' Hij leek me iets te willen zeggen, een beladen, dubbele bodem, maar ik vatte het niet. 'Ik vertel je de mijne als jij me de jouwe vertelt,' zei hij ineens.

'Personage?'

'Ja, maar je mag me niet verlinken op je blog.'

Ik schudde mijn hoofd. 'Natuurlijk niet. Ik heb geheimhouding beloofd, of niet dan? Zonder vervaldatum. Als je het zo graag wilt weten, kan je het dan niet opzoeken aan de hand van mijn accountinformatie? Daar staat mijn echte naam op.'

'Dat zou kunnen. Maar ik heb liever dat jij het me vertelt.'

'Ze heet Eloisa.'

Hij knikte. 'Oké. Misschien voeg ik je toe aan mijn lijst met vrienden.'

'En jij bent?' Ik trok mijn wenkbrauwen op.

Hij keek me aan en aarzelde. Toen schraapte hij zijn keel. 'Magnus.'

Uiteraard. Magnifiek. En delen van hem waren oprecht magnifiek. Terwijl andere delen donker, omfloerst en broeierig waren. Bij Adam wist ik nooit wat ik voor mijn neus zou krijgen.

Gedurende het laatste deel van onze vlucht lukte het hem een dutje te doen en ik keek toe hoe hij sliep, uitermate fascinerend was dat. Pas nadat we waren geland herinnerde ik me de mobiele telefoon die hij me in Amsterdam had gegeven. Ik viste het ding uit mijn jaszak en gaf 'm aan hem.

'Hier heb je je telefoon terug.'

'Eigenlijk is die van jou. Ik heb mijn eigen... irritante ding dat de neiging heeft te rinkelen op de meest ongewenste momenten,' zei hij met een grimas.

'Maar...'

'Je zei dat die van jou het niet deed. Ik wil je te pakken kunnen krijgen, dus ik regelde deze voor je en ik heb hem niet nodig. Hou hem en zorg dat hij is opgeladen. Ik wil je kunnen bereiken.'

'Ah, ik begrijp het. Is dit onderdeel van het hele gebeuren? Dat jij me in de gaten houdt tot de overeenkomst is nagekomen?'

Hij haalde zijn schouders op. 'Als je het zo wilt zien.' Ik keek naar hem, geneigd het verdraaide ding door zijn strot te duwen tot hij weer iets zei. 'Trouwens, je kunt de internetverbinding gebruiken om waar dan ook vandaan op opmerkingen op je blog te reageren.'

Nou, *dat* stond me wel aan. 'Hmm. Nou, ik kan hem wel houden tot we... klaar zijn met elkaar. Maar dan geef ik hem terug.'

De uitdrukking op zijn gezicht was ondoorgrondelijk. 'Als je erop staat.'

Toen hij me thuis afzette, liep hij met me mee naar de deur en stond erop mijn aftandse rugzak te dragen. Bij de deur stonden we elkaar een lang, ongemakkelijk moment aan te staren.

'Dus, ik neem aan dat ik je volgende week vrijdag zie?' zei ik.

'Ja, ik app je wel.'

'Ik weet niet zeker of mijn oude auto in Newport Beach wel wordt toegestaan op de weg, tussen al die schitterende Bentleys en Beemers. Zou zomaar kunnen dat ik word aangehouden zodra ik de bebouwde kom binnenrijd.'

Hij lachte. 'Ik zal zorgen dat er een auto op je staat te wachten om je op te halen.'

'Sjiek. Denk niet dat ik je kan overhalen om die avond je telefoon uit te zetten?'

'Daar zou ik zomaar voor in de verleiding kunnen komen.' Hij grijnsde die jongensachtige grijns van hem waar mijn hart een sprongetje van maakte.

'Denk eraan, eerst is dat etentje nog. Ik heb een aantal vrienden uitgenodigd, dus neem je beste manieren mee.'

Ik duwde mijn mondhoeken omhoog. 'Ik zal proberen er tegen die tijd een paar op te snorren.'

Hij zette een stap mijn kant op en bracht zijn hand omhoog om mijn haar uit mijn gezicht te strijken. Ik keek op in zijn ogen en er gierde een scheut hitte door me heen bij de herinnering aan het gevoel van zijn mond, zijn handen op mijn lichaam tijdens de korte nacht in Amsterdam.

De magie was ons naar huis gevolgd en wervelde om ons heen zoals we daar op de versleten rubberen mat voor mijn deur stonden, waarschijnlijk terwijl mijn huisbazin door de lamellen naar ons stond te gluren.

'Tot vrijdag, Emilia,' zei hij en hij liet zijn hoofd zakken om een kuis kusje op mijn lippen te drukken voordat hij zich van me lostrok en zich omdraaide om het trapje af te lopen naar de limousine. Ik keek hem na, mijn mond slap van verrassing. Ik had toch op z'n minst op een beetje tong gehoopt.

Het was zondagmiddag en ik was, uiteraard, afgepeigerd, maar ik wist dat ik Heath direct moest bellen – een strikt bevel van hem – om te laten weten hoe het weekend was verlopen.

'Wat?' gilde hij toen ik bij het gedeelte belandde van het telefoontje dat ons stoorde. Even wist ik niet of hij ongerust was over de bijna-crisis met de game patch of dat hij niet kon geloven dat Adam het hele gebeuren vanwege zaken had uitgesteld.

'Hij had je tot aan je middel uitgekleed op de bank, speelde met je vrouwelijke delen en nam toen gewoon de telefoon op? Hij is homo, kan niet anders.'

Ik lachte. 'Mocht je willen. Het was overduidelijk dat hij opgewonden was en niet stond te springen om de telefoon op te nemen. Blijkbaar was die kerel gewaarschuwd niet te bellen, tenzij het een noodgeval was.'

'Shit. En nu? Gaat hij je betalen? Hij heeft zijn nacht gehad.'

Ik schraapte mijn keel en wiebelde van de ene op de andere voet.

'Hallo? Ben je er nog?'

'Ja.'

'Dus...?'

'Ik denk dat hij dat nog wel gedaan zou hebben als ik niet met mijn grote mond voor de grap had gezegd dat ik de winst kon verdubbelen door nog een veilig te houden.'

'Amme-fucking-nooitniet dat ik nog een veilig regel, pop. Je staat nu al episch bij me in het krijt.'

'Het was een grapje. Ik probeerde grappig te zijn... Ha, ha. Het was ongemakkelijk. Hij gedroeg zich koud en afstandelijk, totaal niet als de nacht ervoor.'

'Oké, dus jij liep lollig te doen... En toen?'

'Nou, toen ging hij ineens heel raar doen en begon te zeggen dat ik niet het recht heb met iemand anders naar bed te gaan totdat het contract is nagekomen.'

'Ehh.'

'Is dat waar? Heeft hij gelijk?'

'Pop, je kunt doen wat je wilt... Het is niet alsof hij je kan aanklagen wegens contractbreuk. Het geld moet nog op je rekening worden gestort.'

'Wat als hij niet van plan is me ooit te betalen?'

'O, ik heb er wel voor gezorgd dat in de overeenkomst staat dat hij naar die geheimhoudingsverklaring kan fluiten als hij niet betaalt. Als hij dit doorzet en je niet betaalt, verkoop je je verhaal en is hij de lul.'

Ik nam een grote hap lucht. 'Maar hoe zit het met dat andere? Dat ik niet met iemand anders...'

'Was je dat van plan dan?'

'Nee.'

'Is hij van plan dit zes maanden lang te rekken en je niet te betalen?'

'Dat vroeg ik hem. Hij heeft plannen gemaakt voor vrijdagavond en... de daad op internationale wateren te doen op zijn jacht.'

'Hmm. Oké. Dat kan. Ik vraag me alleen wel af waarom hij het niet gewoon de volgende ochtend voor vertrek afhandelde.'

Ik haalde mijn schouders op. Misschien wilde hij dat het romantischer was? Maar ik kon niet anders dan daar mijn vraagtekens bij zetten. De dag dat we de toerist uithingen in Amsterdam en Adam me had gevraagd naar mijn date-gewoontes, had hij gemeld dat hij niet aan romantiek deed. Dat hij nog nooit een relatie had gehad en er ook niet bepaald in was geïnteresseerd. Weer iets wat we met elkaar gemeen hadden.

'Nou,' zei Heath, 'zolang hij een alternatief plan heeft... Maar je moet me bellen voordat je vertrekt en zodra je terug bent. Ik sta niet graag stil bij het idee dat hij je daar wurgt en overboord dumpt.'

Ik snoof. 'Sjee, dat is geruststellend.'

'Mia, ik geloof niet dat hij een slecht mens is, maar hij had een behoorlijk klote kindertijd.'

Nu zat ik rechtop, zeer geïnteresseerd. 'Wat weet jij daarvan?'

'Ik heb hem nagetrokken. Voornamelijk openbare gegevens, eigenlijk. Zijn moeder was alcoholist en hij kwam in de jeugdzorg terecht.'

'Ja, dat weet ik. Dat heeft hij me al zo'n beetje verteld.'

'Ja, nou, toen hij hier kwam en op een nieuwe middelbare school startte, was hij blijkbaar het slachtoffer van een van de meest beruchte treitergevallen in het land.'

Ik probeerde me voor te stellen welke suïcidale idioot gek genoeg was om te proberen een één-meter-tachtig, uitermate gespierde Adam neer te halen. Ik had hem aangeraakt; hij was stevig, atletisch, sterk. Mijn hart ging tekeer bij de herinnering aan zijn lichaam onder mijn trillende hand. Toen dacht ik aan wat hij me had gezegd toen ik hem had geplaagd met die spieren... Dat hij ervoor had gekozen spieren te kweken om pestgedrag af te schrikken.

'Wat is er gebeurd?'

'Atletiekteam. Volgens mij was hij hardloper...' Hij was hardloper! 'Een van de betere uit het team, maar hij was de nieuweling en een aantal van de oudere kinderen hadden het op hem gemunt. Ik heb in de bibliotheek verschillende oude krantenknipsels van de *OC Register* gevonden. Met een hele groep hebben ze hem in elkaar geslagen en vervolgens zijn handen, benen en mond met ducttape bewerkt. Ze hebben hem een hele nacht lang in een kluisje opgesloten. Hij heeft meer dan een week in kritieke toestand in het ziekenhuis gelegen. Er werd een rechtszaak aangespannen tegen de gemeente en de daders werden gearresteerd en belandden in de jeugdgevangenis.'

Sissend ontsnapte mijn adem uit mijn longen. 'Dat is vreselijk.'

'Inderdaad.'

'Maar dat betekent niet dat hij mij gaat wurgen en in de oceaan dumpt.'

'Dat weet ik. Ik zeg het alleen maar. Het maakt niet uit hoe rijk of machtig iemand is, ze hebben allemaal hun eigen demonen.'

'Weet je wie Sabrina is?'

'Huh?'

'Hij heeft een tatoeage, vlak boven zijn hart. Er staat "Sabrina". Was dat zijn vriendin?'

'Niets van wat ik over hem heb gelezen duidt erop dat hij ooit een relatie of een vriendin heeft gehad. Geen idee wat die tattoo betekent.'

'Misschien was het zijn hond.'

'Ik vind hem meer het kat-type, eerlijk gezegd.'

We kletsten nog een paar minuten voordat ik bijna omviel van vermoeidheid en in de douche sprong. Ondanks dat lukte het me nog om nog drie uurtjes studeren mee te pakken, waarbij ik kort werd onderbroken door het gebruikelijke geklop op mijn deur.

'Codewoord?' riep ik vanaf de bank. Ze hoorde me door het open raam.

'Ik streef ernaar me te misdragen,' zei Alex en ze opende de deur om als een *Tasmanian Devil* aan de cafeïne door de kamer te stuiteren en met een plof vlak naast me te belanden. Mijn oude bank kreunde protesterend tot op z'n houten frame.

'Weer aan 't studeren?'

Ik hield mijn *Gray's Anatomy*-boek bij wijze van antwoord omhoog.

Ze snoof. 'Waarom kijk je niet gewoon naar de tv-serie in plaats van die grote, dikke pil te lezen?'

Ik deed net of ik het naar haar gooide en ze week achteruit terwijl ze lachend haar handen omhoog bracht. 'Mam wil weten of je naar beneden komt om met ons mee te eten en *ik* wil weten wie die lekkere vent is die je vanmorgen heeft afgezet.'

Yep, haar moeder had absoluut door de lamellen zitten gluren.

'Ah, beetje de *chismosa* uithangen?' zei ik, haar plagend met het Spaanse woord voor roddeltante.

'Altijd. Dus, geef me de *chisme*,' reageerde ze en ze leunde naar voren om me met een blik van haar grote, donkere ogen vast te pinnen.

'Hij is gewoon een kerel die ik ken,' zei ik in een poging het weg te wuiven. Ik draaide me weg om het zware boek op een bijzettafeltje te leggen, gemaakt van een oude, houten katrol.

Ze keek me met een schuine blik aan. 'In een limousine met chauffeur?'

Shit. Hoe ging ik *dat* uitleggen? Ik ademde diep in en besloot in de aanval te gaan. 'Alejandra Carmen Arias. Zit je me te ondervragen?'

'Als dat is wat ervoor nodig is. Date je hem?'

Ik wierp haar een korte blik toe en keek toen weg terwijl ik mijn schouders ophaalde. Ik was me er terdege van bewust dat ik de slechtste leugenaar ooit was. Maar ze kon beter denken dat we dateten dan dat ze wist wat er echt speelde. Alex ging iedere week met haar moeder naar de mis en ik wist vrij zeker dat ze dit niet zou goedkeuren, feministische idealen of niet. 'Min of meer.'

'Mam zei dat hij heel knap was.'

Ik onderdrukte een grijns. 'Blij dat hij haar goedkeuring kan wegdragen.' Hoelang had ze eigenlijk tussen die lamellen door naar ons staan gluren?

'Kom op, Mia! Voor de dag ermee! Je maakt me gek.'

Ik stond op en klopte mijn spijkerbroek af. 'Nog niet. Binnenkort, oké? Ik wil de goden niet verzoeken.' Ik hoopte dat dat haar tevredenstelde. Alex had een bijgelovig trekje in zich. Voordat ze me een volgende vraag kon stellen, liep ik naar de deur en gebaarde dat ze me voor moest gaan. Wie was ik om een gratis, gegarandeerd heerlijke maaltijd af te slaan? 'Kun je vrijdagavond mijn haar doen? Ik heb een date en wil het opgestoken dragen.'

Ondeugendheid glinsterde in haar donkere ogen. 'Dat doe ik als jij me zijn naam vertelt.'

Ik pakte haar hand en schudde hem. 'Afgesproken. En nu eten. Ik sterf van de honger.'

HOOFDSTUK ZEVEN

D E WEEK SLEEPTE ZICH VOORT EN IK WORSTELDE ME door diensten in het ziekenhuis, posts voor mijn blog en een beetje grondiger studeren dan ik voorheen had gedaan. De droom van Amsterdam was een verre herinnering, zoals de glitters van een goedkoop souvenir vallen nadat het na een onwereldse vakantie als aandenken mee naar huis wordt genomen. Ik was slechts achtenveertig uur het land uit geweest, inclusief reistijd, maar ik wist dat ik terug wilde en snel ook.

Ik bleef de anticonceptiepil slikken en kocht een paar oudere edities van *Cosmo* om me te verdiepen in 'geweldige seks'-artikelen, me er zeer goed van bewust dat het belachelijk was om popcultuur te gebruiken als seksuele voorlichting. Tot aan mijn reis naar Nederland had ik me nooit bezig hoeven houden met het plezieren van een partner. Maar nu was ik vastbesloten hem net zo'n goed gevoel te bezorgen als hij mij had gegeven in die paar momenten dat we elkaar hadden gekust en aangeraakt.

Twee dagen voor het etentje arriveerde er een doos uit Nederland. Ik maakte hem open om alle drie de jurken aan te treffen die in de kast in mijn kamer in Amsterdam hadden gehangen. Mijn adem stokte. Op het kaartje stond slechts: *Draag vrijdag een van deze.*

Aangezien hij me al in die adembenemende zwarte jurk had gezien, koos ik de lange crèmekleurige. Het had een haltertop die om mijn nek liep en ook deze had een open rug. Ondanks dat de jurk lang was, voelde het alsof hij meer van me onthulde en ik wist niet hoe dit kwam. Het was een extreem vrouwelijke jurk, met een volle, geplooide rok van doorzichtig materiaal – het soort dat Marilyn Monroe droeg op het alom bekende moment in *The Seven Year Itch* waarin haar jurk boven het luchtrooster naar boven werd geblazen.

Ook bij deze jurk zaten bijpassende schoenen en de hele selectie van lingerie was meegestuurd. Aangezien een bh wederom niet mogelijk was, koos ik een klein wit, kanten slipje en liet verder alles in de doos liggen.

Mijn huisbazin, Lupe, kwam met Alex naar boven en samen probeerden ze allerlei geheimen uit me te ontfutselen terwijl ze mijn haren elegant opstaken.

Op een bepaald moment fluisterde Alex tegen me dat haar zus de geheimzinnige man ook had gezien en hem als 'absoluut jammie' had bestempeld.

Ik was het met haar eens. Ik had hem geproefd. En hij was, inderdaad, verrukkelijk. Maar er was een donker randje waarvan ik niet wist hoe ik het moest omschrijven. Zoals het bittere cacaopoeder dat over de buitenkant van een luxe chocoladetruffel was gestrooid. Misschien bracht het slechts nuances aan de smaak. Of misschien dreigde het een anders niet te versmaden lekkernij te verpesten.

Met het voorbijgaan van de week bleef ik maar aan dat pestverhaal denken. Als het zo heftig, zo bruut was geweest dat een rechtszaak, meerdere arrestaties en een paar artikelen in de krant het gevolg waren, moest het uiterst serieus zijn geweest.

Mijn hart ging naar hem uit. Ik was niet in staat me zelfs maar voor te stellen hoe het geweest moest zijn.

Behalve dan dat ik dat wel kon. Na mijn aanranding was ik bang geweest gepest te worden als ik voor mezelf opkwam en mijn zegje deed. Ik had nooit de moed gehad dat te doen.

Ik bekeek mezelf in de spiegel en vermeed daarbij mijn eigen ogen en dat gefluisterde woord ergens achter in mijn hoofd, dat heel veel weg had van *lafaard*.

Met de jurk, het opsteken van mijn haren en het zorgvuldig aanbrengen van mijn make-up had ik meer tijd aan mijn uiterlijk besteed dan normaal gesproken in drie dagen bij elkaar. Voor het volledige effect bestudeerde ik mezelf in de gebarsten hoge spiegel aan de binnenkant van mijn voordeur. Ik leek wel op een ouderwetse filmster. Ik draaide me rond en rond en keek hoe de rok rond mijn heupen omhoog waaierde terwijl ik giechelde als een klein meisje.

Ik viel bijna om toen er ineens werd geklopt. Adams chauffeur stond voor de deur. Hij leidde me naar de limousine en opende het portier. Het was half vijf in de middag en ondanks dat was de 55 in zuidelijke richting filevrij. We snelden langs de carpoolstrook en ik zag de onophoudelijke parade van dure hotels, billboards en megahoge palmbomen voorbij zoeven. De noordwaartse kant van de snelweg was, uiteraard, een ander verhaal, zoals altijd op dit tijdstip van de dag. Auto's stonden neus-aan-neus in de file en verschoven maar centimeter voor centimeter.

Ik was blij dat dat bij ons niet het geval was, want ik wilde niet te laat komen voor de grote avond. Ik lette goed op terwijl de chauffeur de snelweg helemaal afreed. Dus mijn gok klopte dat Adam in Balboa – ofwel op het eilandje zelf ofwel op de net zo indrukwekkende landtong – woonde.

Een smalle strook land strekte zich uit vanaf de haven en kapselde de luxe Newport Bay in. Balboa huisvestte de meest fancy huizen en hun rijke bewoners. Ik vroeg me af waarom de chauffeur de landtong afreed in plaats van vanaf het noorden naar het eiland te rijden, waar zich een brug bevond. Vanaf deze kant zou hij de kleine veerboot moeten nemen naar Balboa Island en daar stond op dit tijdstip van de dag vaak een lange rij.

Maar enkele straten voor de afslag naar de veerboot ging de chauffeur naar links, richting de baai. Nu kon ik echt even niet bedenken waar hij woonde, tenzij het midden in de baai was.

Op dat moment parkeerde de chauffeur in een klein straatje vlak bij een smal voetpad dat leidde naar wat het kleinste eiland leek te zijn dat ik ooit had gezien.

'Waar zijn we?'

'We gaan over de brug naar Bay Island, mevrouw. Ik breng u erheen. Maar we moeten parkeren en dan over de brug lopen. Er zijn geen auto's toegestaan op Bay Island.'

Het was een klein eilandje, vlak tegen Newport Back Bay gelegen. Ik was al heel vaak in dit gebied geweest, maar het was me nog nooit eerder opgevallen. Het gebied was in de zomer een populaire bestemming voor toeristen en mijn moeder reed vaak de twee uur durende rit hierheen om van de zon en de sfeer te genieten als de hitte in Anza voor ons allebei te erg werd.

Nooit geweten dat dit hier was. In heel Orange County was er geen dichter bevolkt gebied dan Newport Bay, met huizen op elkaar gepakt als soldaten die opgesteld stonden voor inspectie. Ondanks dat lag te midden van dat alles een privé-eiland.

De zilte geur en het schone oceaanbriesje vielen me het eerst op toen ik uit de limousine stapte. Ik keek op naar de late middagzon, nog uren verwijderd van het ondergaan, en mijn hart klopte sneller met iedere stap die ik over die brug zette.

Bay Island was een plek die mijn verbeelding te boven ging. Zo'n twintig huizen omringden de zandstranden, tennisbanen en een privépark. Het eiland had zelfs een eigen beheerder. De chauffeur toetste bij de poort een code in en ging me voor naar een van de golfkarretjes die vlakbij stonden te wachten. Ik vroeg me af waarom hij niet gewoon verder liep. Hoe ver kon dat huis nou eenmaal zijn op dit minuscule eilandje?

Maar uiteraard was het het huis dat het verst van de poort lag, met een eigen hoekstrand en grasveld. Ook was het een van de grootste huizen. Toen we dichterbij kwamen, nam ik het in me op en vroeg me af hoeveel triljoen het hem gekost moest hebben.

Dit allemaal voor één man alleen. Ik dacht terug aan wat Heath had ontdekt bij zijn achtergrondcheck. Adam had geen romantische relaties gehad. Waarom niet? Het was waar dat hij gedreven was en lange dagen maakte. Misschien maakte hij gewoon nergens anders tijd voor? Maar waarom zo hard werken zonder de tijd te nemen er echt van te kunnen genieten? En waarom niemand vinden om het mee te delen?

Misschien zag hij het nut niet in van een relatie of had hij er geen behoefte aan? Het kon niet liggen aan een gebrek aan vrouwen die hem wilden. Niet alleen was hij belachelijk rijk, hij was ook nog eens belachelijk lekker. En ik kon er natuurlijk niet over oordelen, maar ik stelde me zo voor dat hij goed in bed was, misschien zelfs wel fenomenaal. Of misschien hoopte ik dat alleen maar. Trouwens, ik had geen vergelijkingsmateriaal, dus hoe kon ik het weten?

Hij begroette me bij de deur, gekleed in een karamelkleurig colbertje met een strak overhemd en een bijpassende, zwarte pantalon. Hij zag er schandalig knap uit en verwelkomde me met een kus op mijn wang.

'Je ziet er prachtig uit,' fluisterde hij tegen mijn slaap toen de chauffeur zich omdraaide om met het golfkarretje de andere gasten op te gaan halen.

'Ik wilde als boerentrien uit het noorden van de County geen slechte indruk op je vrienden maken. Ik raad je aan om maar niet te melden dat mijn telefoonnummer met het kengetal 714 begint,' zei ik en direct had ik in de gaten hoe suf dat klonk, want wat maakte het uit wat voor indruk ik op zijn vrienden maakte? Ze zouden me toch nooit meer zien nadat Adam en ik later op de avond met elkaar naar bed waren gegaan.

Een rilling van opwinding liep langs mijn rug en er verscheen kippenvel op mijn armen bij alleen al de gedachte daaraan. Adams ogen vernauwden zich, alsof hij het opmerkte, maar hij zei er niets over. Hij ging verder met me rondleiden – kort, want een volledige rondleiding zou op z'n minst een uur in beslag nemen.

Het huis was opgebouwd rond een ruime, centrale hal met kamers die aan de zijkanten waren gelegen en een vide aan drie van de vier wanden van de bovenliggende verdieping. Daarboven liet een enorme koepel het zonlicht binnen en de ruimte was helder en licht, wat benadrukt werd door het witte meubilair. Ik was regelrecht een volgende droom ingestapt.

Als ik hier woonde, met mijn eigen strand en uitzicht over de baai, zou ik nooit in het vliegtuig naar Amsterdam of St. Lucia of wat dan ook stappen. Ik zou hier dankbaar voor zijn, voor mijn eigen kleine paradijs aan de baai, en veel te bang zijn dat het zou verdwijnen als ik er niet was.

Adam keek met een geamuseerde glimlach naar me terwijl ik rondkeek en her en der een opmerking maakte. Ik kon maar niet uit over dat privéstrand en hij mompelde – hij stond namelijk heel dichtbij – dat we er later op de avond misschien nog van konden genieten. Alleen.

Mijn hartslag sloeg op hol. 'Maar tegen die tijd zijn we op het jacht.' En, omdat ik er nu pas weer aan dacht keek ik in de richting van de baai en zag een lege aanlegsteiger met daarnaast een kleine, elektrische Duffy-boot die daar eenzaam dobberde.

'Ja, daarover gesproken,' zei hij, net op het moment dat de gasten bij de voordeur arriveerden, 'We zullen ons tochtje op het jacht moeten uitstellen. Ik heb het voor een kleine reparatie moeten wegbrengen.'

Ik opende mijn mond, klaar om hem te ondervragen, maar hij stapte naar voren en ontving de andere stellen – er waren in totaal zes mensen – en verwelkomde hen. Een stel was ouder dan Adam, in de dertig en veertig. Een van de mannen herkende ik van onze eerste ontmoeting als Adams advocaat.

Ik zag de herkenning in zijn ogen en hij wierp een vreemde blik naar Adam. Hitte kroop langs mijn nek omhoog. Ik wist wat er door zijn hoofd ging. *Waarom heb je je prostituee hier gebracht?*

Ik vroeg me af wie Adam normaal gesproken met zich meenam naar feestjes. Als hij geen langdurige relaties had gehad, wie was dan zijn introducee geweest?

Adam stond naast me om mensen voor te stellen. De knappere kerel, Jordan Fawkes, was Adams financieel directeur en blijkbaar niet op de hoogte van onze overeenkomst en anders wist hij zijn reactie zeer goed te verbergen. Hij stond naast een vrouw die eruitzag alsof ze een Victoria's Secret-model kon zijn. Ze had make-up van haar haargrens tot aan haar decolleté en haar lichaam was foutloos. Haar jurk was zo strak dat het weinig aan de verbeelding over liet. Ik verwachtte half dat ze zou gaan paraderen alsof ze over de catwalk liep. Ze was echter heel aardig en begroette me met een lach en een compliment over mijn jurk.

Een van de andere aanwezige vrouwen was een knappe blondine die halverwege de dertig leek te zijn. Haar echtgenoot leek een stuk ouder dan zij. Ze lachte breed naar Adam en kuste hem op beide wangen. Griezelig genoeg gluurde haar echtgenoot over haar schouder... naar mij! Zijn blik ging van top tot teen over mijn lichaam en bleef op mijn decolleté rusten. Hij keek naar me alsof ik een biefstuk was en hij al vier weken in hongerstaking was.

Ik had eerder dat soort blikken gehad en negeerde ze zonder er al te veel over na te denken. Ik was er altijd van uitgegaan dat het voor sommige mannen hun manier van een machtsspel was zonder een woord te hoeven zeggen of ook maar iets aan te raken. Ik tilde mijn kin hooghartig op en wendde mijn blik af. Hij was mijn aandacht niet waard.

Ook merkte ik op hoe zijn vrouw ieder woord en iedere beweging van Adam in de gaten hield. Ze was aan me geïntroduceerd als Lindsay Walker, een oude vriendin. Sterker nog, Adams precieze woorden waren: 'We waren lang geleden bevriend.' Maar de manier waarop ze hem aanraakte, suggereerde meer. Ze schonk me een plichtmatige – bijna minachtende – blik toen we aan elkaar werden voorgesteld en pakte vervolgens haar gesprek met hem op, waarbij ze regelmatig zijn schouder of zijn elleboog aanraakte.

Om eerlijk te zijn verveelde ik me de hele avond. Ik had niets gemeen met deze mensen en ze hoorden allemaal thuis hier in Newport Beach. Ik duidelijk *niet*. Ik was met gemak de jongste hier, met uitzondering van mevrouw Victoria's Secret. Ik gokte dat Adam ook een van de jongsten was. Een aantal mensen vroeg wat ik deed voor de kost en toen ik vertelde dat ik verpleegster was en hopelijk geneeskunde zou studeren, kletsten ze nog wat voordat ze zich uit de voeten maakten.

Die snobs konden me serieus niets schelen. Het was eigenlijk wel een opluchting. Zo voelde ik me tenminste ook niet verplicht om te proberen hen te vermaken. Tijdens de maaltijd – met toegewezen plekken aan een prachtige glazen tafel op de overdekte veranda die over de haven uitkeek – zat ik aan het andere einde van de tafel, tegenover Adam en zijn 'oude vriendin'. Lindsay was eerder dan de meeste gasten bij de tafel aangekomen en had snel de naamkaartjes verwisseld – ik had gezien dat ze het deed en was geschokt door haar brutaliteit – zodat ze naast Adam kwam te zitten. Ze was niet oud genoeg om een cougar te zijn, maar ze was duidelijk een paar jaar ouder dan hij. Terwijl ik hen tijdens het diner bestudeerde, begon ik te vermoeden dat ze een verleden hadden.

De kerel aan mijn rechterkant was bankier en de hele maaltijd in gesprek met de advocaat tegenover me. Ik zat in stilte en prikte in mijn eten, me afvragend waar deze avond toe zou leiden. Zonder het jacht zouden we niet buiten de twaalfmijlszone kunnen varen, waar we, in internationale wateren, niet langer aan de wet van het land zouden zijn onderworpen. Zeker weten dat we dat tripje niet in die Duffy-boot gingen maken, aangezien die was bedoeld om slechts een beetje rond de haven te tuffen.

Dus, wat dan? Werd het weer uitgesteld? Geïrriteerd keek ik naar Adam, die zijn hoofd naar Lindsay bracht om te luisteren naar wat ze zei, maar er onbeschrijflijk verveeld uitzag. Zijn blik schoof over de tafel en vond de mijne. Ik bevroor en hij lachte en gaf me een knipoog, voordat hij weer wegkeek.

De gasten bleven slechts tot een uur na de maaltijd – ze waren onderweg naar een concert in het Performing Arts Center in Costa Mesa. Lindsay en haar echtgenoot waren de laatsten die vertrokken en wederom ging haar kille blik van top tot teen over mijn lichaam. Het was meer dan ongemakkelijk. Haar gedrag was bezitterig. Ik wilde haar zeggen dat ze zich niet bedreigd hoefde te voelen. Een neukpartij en Adam en ik zouden klaar zijn met elkaar. Ze hoefde zich nergens zorgen over te maken. Maar vreemd genoeg koste het me de nodige moeite om de ergernis die ik voelde kwijt te raken. Ergernis vanwege zowel haar bezitterige houding tegenover hem als vanwege zijn openlijke acceptatie ervan. Misschien waren ze bevriend zoals Heath en ik dat waren, maar zo voelde het niet.

Ze raakte hem aan alsof ze dat al duizend keer eerder had gedaan. Alsof ze hem op een intieme manier kende. Als een geliefde.

Vreemd genoeg zorgde dat ervoor dat mijn klauwen tevoorschijn kwamen. Het was meer dan stom om me zo te voelen, maar ik was net een waakhond die zijn stekels opzette iedere keer dat ik haar mond tot vlak naast zijn oor zag bewegen om iets grappigs tegen hem te fluisteren.

Tot mijn opluchting was iedereen echter om acht uur vertrokken. Adam vroeg me of ik iets wilde drinken en schonk wat mineraalwater voor zichzelf en een glas gekoelde pinot grigio voor mij in.

'Laten we naar het strand gaan,' zei hij met een lach.

Hoe kon ik dat weerstaan? Er stonden loungestoelen met pluche, gewatteerde kussens en een kast met handdoeken en dekens. Hij zette de glazen op een lage tafel tussen twee stoelen en pakte fleecedekens. Hij had een complete loungeset, inclusief terrasverwarmer, zo'n grote industriële die ze bij restaurants op de terrassen plaatsen. Het was deze avond niet echt fris genoeg om hem aan te zetten.

Nadat de verlichting was gedimd, gingen we op onze loungestoelen zitten. Ik keek uit over de baai en keek hoe de gouden lichtjes dansten op het wateroppervlak. De zon was net ondergegaan en de lucht had een zeldzame lavendelkleur die in het water van de baai reflecteerde terwijl de duisternis snel viel, zoals altijd aan de kust. Boten kwamen terug van de oceaan, hun lichtjes flikkerden over het water. Het gedempte geluid van een feestje verderop, van een van de buren op Bay Island dreef onze kant op.

Ik keek naar Adam, zijn mobiel in zijn hand om e-mails te lezen die hij zo nu en dan beantwoordde. Terwijl ik hem bestudeerde, nipte ik van mijn wijn en kroop dieper onder de deken. Het was niet echt koud, maar zoals iedere lenteavond in Zuid-Californië werd het, ondanks dat de temperatuur overdag mild was, fris als de zon eenmaal was ondergegaan, vooral op het strand.

Zonder op te kijken van zijn werk, vroeg hij: 'Heb je het warm genoeg? Wil je dat ik de kachel aanzet?'

'Nee,' zei ik en ik kwam overeind van mijn loungestoel. 'Ik heb een beter idee om warm te blijven.'

Ik pakte mijn deken op, liep naar zijn loungestoel en plofte naast hem neer. Verrast keek hij naar me op, schoof toen opzij en zette zijn benen op de grond, aan allebei de kanten van de stoel een. Hij gebaarde dat ik tussen zijn benen kon gaan zitten, wat ik deed en ik liet me vervolgens tegen hem aan zakken.

In het begin merkte ik hem op dezelfde vreemde manier verstijven, alsof hij niet wist wat hij moest doen. Adam was duidelijk geen knuffelaar van nature. Maar *ik* wel. Ik was opgegroeid in een liefdevolle omgeving. En ik had geen idee waarom ik zo nodig contact met hem zocht. Man, soms knuffelde ik zelfs met Heath, als hij het toeliet. Het was gewoon wie ik was. Maar de indruk die ik van Adam kreeg was eerder aarzelend dan onwillig, alsof hij niet wist hoe hij ermee om moest gaan in plaats van dat hij er afkerig van was.

Adam rondde zijn laatste bericht af en legde zijn mobiel opzij. Ik leunde met mijn hoofd tegen zijn schouder en langzaam sloeg hij zijn armen om me heen, om me vervolgens stevig tegen zich aan te trekken. Lange tijd zaten we zo in stilte, terwijl de avond om ons heen steeds donkerder werd. Mijn hart klopte in mijn keel en een heerlijke spanning bouwde zich in het middelpunt van mijn lichaam op. Het voelde zo goed om hier simpelweg te zitten.

'Hoe gaat het op je werk? Alle rampen afgewend?'

'De eerdere rampen zijn opzijgeschoven door nieuwe, zoals gewoonlijk,' zei hij.

'Een van je gasten zei vanavond iets wat ik nogal opmerkelijk vond.'

'En dat was?'

'Ik hoop dat het een grapje was, maar hij zei zoiets als dat hij niet kon geloven dat je van je prachtige huis kon genieten aangezien je gemiddeld honderd uur per week werkt.'

'Honderd uur? Dat is een beetje overdreven.' Vermaak was in zijn stem te horen.

'Maar niet heel erg, durf ik te wedden, want hij zei ook dat je regelmatig in je kantoor slaapt.'

Hij bleef even stil. 'Ik heb nooit een van mijn werknemers harder gepusht dan dat ik mezelf push. Als zij weken van zeventig uur maken, maak ik er van negentig.'

Ik kantelde mijn hoofd om naar hem op te kijken. 'Maar waarom heb je dit dan allemaal, als je er toch niet van kunt genieten?'

'Wie zegt dat ik dat niet doe? Trouwens, Mevrouw Dokter, ik denk dat werkweken van negentig uur jou binnenkort ook niet vreemd zullen zijn.'

Ik haalde mijn schouders op. 'Ik denk dat ik mezelf daar al op heb voorbereid. Waarschijnlijk is dat ook de reden dat ik geen moeite deed voor een sociaal leven.'

'Dan hebben jij en ik dat met elkaar gemeen.'

Ik zuchtte en ging weer tegen hem aan liggen. De telefoon piepte. Adam pakte het apparaat op. Hij typte iets in met zijn ene hand, terwijl hij mij met de andere vasthield.

'Doe je dat ding weleens uit?'

Ik kon hem bijna horen glimlachen. 'Nooit.'

'Als ik je vroeg hem uit te zetten, zou je dat dan doen?'

Hij wachtte even en legde de telefoon neer. 'Als je me daar genoeg voor weet te prikkelen.'

Ik lachte. 'Ik weet zeker dat ik wel iets kan bedenken.'

Hij bracht zijn hand naar mijn haren. 'Ik vind het leuk als je haar is opgestoken. Maar los is het veel mooier.'

'Als je de speldjes er nu uithaalt, blijft het gewoon op dezelfde manier zitten, vrees ik. Mijn huisbazin heeft mijn haar gedaan en zij houdt wel van een goede dosis haarlak.'

'Haarlak of rubbercement?' lachte hij.

'Inderdaad, het gaat allemachtig veel zeer doen om het er weer uit te kammen.'

Hij was even stil. 'Ik hoop dat je het niet hebt opgestoken omdat je het gevoel had dat dat moest.'

Ik trok een schouder op, bereid hem te laten denken dat dat de reden was dat ik mijn haar had opgestoken en niet omdat ik er zeker van wilde zijn dat zijn handen ver uit de buurt van mijn haren bleven. Ik wilde *geen* herhaling van de hysterische balkonscène in Amsterdam. Ik ademde diep in. 'Ik weet dat het stom is, maar ik wilde echt indruk op je vrienden maken. Ik geloof alleen niet dat dat is gebeurd.'

'Integendeel, ik denk dat een aantal van hen behoorlijk onder de indruk van je was.'

Ik kon het niet laten. Ik moest het zeggen. 'Ik geloof niet dat dat voor Lindsay Walker gold.'

Een stilte. 'Daar zou ik me maar niet druk om maken.' Ik kon alleen niet goed inschatten wat dat betekende. Of hij bedoelde dat ik me er niet druk om moest maken omdat ik binnenkort toch uit zijn leven zou verdwijnen of omdat Lindsay's mening het niet waard was om me druk over te maken. Ik besloot er niet naar te vragen.

'Dus...' zei ik aarzelend. 'Zonder jacht hier denk ik dat dat een behoorlijke domper op onze avond is.'

Zijn hoofd zakte naar beneden, zijn mond zeer dicht bij mijn nek. 'Je ruikt heerlijk,' zei hij. Een dringende behoefte schoot door me heen bij die hees uitgesproken woorden. Ik draaide mijn hoofd naar het zijne en kantelde mijn hoofd achterover zodat ik vanuit mijn ooghoek in zijn ogen kon kijken. Zijn blik pinde me vast en ik likte mijn lippen. Ik wilde dat hij me weer kuste.

Maar hij trok zijn hoofd terug en liet het tegen de rugleuning van de stoel rusten. Na een lange tijd kuste hij mijn haar, vlak onder mijn slaap, vervolgens bracht hij zijn mond naar mijn oor. Toen hij sprak, streelde zijn adem me, wat huiveringen van verlangen naar al mijn zenuwuiteinden stuurde. 'We kunnen vanavond niet samen zijn.'

Maar ik wilde het en afgaande op de bult van opwinding die tegen mijn onderrug drukte, wilde hij het ook. Zonder een woord te zeggen, kantelde ik mijn hoofd om mijn hals bloot te leggen. Zijn mond zonk naar mijn nek en kuste me daar. Ik hijgde door de schok van genot die die aanraking veroorzaakte. Iedere cel van mijn huid kwam tot leven terwijl mijn lichaam zich klaarmaakte voor hem. Het zou vanavond niet gebeuren, maar mijn lijf wist niet beter. Het wilde wat het wilde. En deze avond was ik er ook meer dan klaar voor.

En daar piepte z'n mobiel weer. Ik verstijfde. Hij maakte zijn mond niet los van mijn hals, maar verdomd dat hij dat vervloekte ding niet oppakte om er weer op te kijken. Hij verstuurde een snel antwoord en toen hij hem neerlegde, klemde ik mijn hand over de zijne. 'Zet hem uit, verdomme,' kreunde ik terwijl hij op mijn nek zoog.

'Ben je bereid het de moeite waard te maken?' hijgde hij.

Zijn handen gleden over mijn schouders naar beneden, over mijn jurk om mijn borsten te omvatten en hij wreef met zijn handpalmen over mijn tepels die er meer dan klaar voor waren, keer op keer, tot ik het wel kon uitschreeuwen van opgekropte frustratie.

Ik kreunde, kneep mijn ogen stijf dicht terwijl ik mezelf verloor in het gevoel. 'Ja,' murmelde ik. Zijn handen gleden in het lijfje, onder mijn jurk, en hij liet mijn tepels tussen zijn duimen en wijsvingers rollen. Mijn lichaam gloeide zo erg, alsof ik in brand stond. Ik kromde mijn rug tegen hem aan. God, zijn handen waren pure magie op mijn lichaam.

Dat kloteding ging weer. Ik verstijfde en hij aarzelde. Zou hij hem oppakken? Het was bijna negen uur op een vrijdagavond, in godsnaam. Kon het niet wachten?

Hij reikte naar de telefoon, maar in plaats van het bericht te beantwoorden, drukte hij op de rode knop en gehoorzaam schakelde het apparaat uit.

'Zeg me wat je wilt,' zei hij, zijn stem ruw, hees.

'Ik wil *jou*.'

Dat leek iets in hem te doen knappen, want opeens draaide hij me in zijn armen om en zaten we met onze gezichten naar elkaar gedraaid. Ik ging schrijlings op hem zitten en met een verhitte kus drukte hij zijn mond op de mijne. Zijn hand schoof mijn rok omhoog. Tussen het kussen door zag ik zijn donkere ogen glinsteren in het flauwe licht. 'O, Emilia, ik wil jou ook.'

Onze monden landden weer op elkaar, snakkend naar contact, en zijn hand streelde de binnenkant van mijn dijbeen, hoger en hoger tot hij op mijn slipje kwam te liggen. Toen hij me daar streelde, leken mijn hersenen het een momentlang op te geven en alles draaide om me heen.

'Drijfnat,' zei hij met een hese stem en zonder nog een woord te zeggen, haakte hij zijn vinger achter de rand van mijn slipje en rukte eraan. De tere stof scheurde en het slipje was uit. Mijn opwinding schoot door het dak. Ineens stelde ik me voor dat hij op diezelfde manier mijn jurk van me af trok en me onder zich op het zand zou leggen...

'Fuck. Je maakt het me onmogelijk je te weerstaan,' bracht hij uit.

Hij bracht zijn hoofd omlaag en zijn mond landde op mijn tepel. Door de dunne stof heen zoog hij eraan, voordat hij het met een grom aan de kant schoof en op mijn blote huid belandde. Ik kromde me weer tegen hem aan. De bobbel van zijn erectie drukte tegen mijn dij en zijn hand deed inmiddels hele foute dingen met me.

Zijn duim streek zachtjes tegen mijn meest gevoelige plekjes. Even was ik niet in staat te ademen, alles in me verstrakte.

'Diep inademen, Emilia, geniet ervan.'

En ik ademde inderdaad diep in terwijl hij de druk op het bundeltje zenuwen verhoogde en iedere aanraking schokken van genot naar iedere hoek van mijn bewustzijn stuurde. Mijn hoofd duwde tegen zijn schouder en ik kreunde lang en laag. Zijn mond gleed over mijn hals naar beneden. 'Ik ga je laten klaarkomen.'

'Ja,' bevestigde ik. En snel ook, voor zover ik het kon beoordelen.

Hij stopte net lang genoeg met wrijven om een vinger in me te duwen. Eerst voorzichtig en toen dieper. Toen liet hij hem naar buiten en weer naar binnen glijden en ik hijgde in het ritme dat zijn hand aannam.

Ik was er zo dichtbij. Zo dichtbij. En uitzinnig van genot als ik was, had ik nauwelijks tijd om te beseffen waar zijn hand zich bevond en of ik al dan niet beschaamd of zelfbewust zou moeten zijn. 'Ik ga komen,' zei ik uiteindelijk.

Hij gaf geen antwoord, verhoogde slechts het ritme van zijn aanraking. Het was net genoeg om me verder omhoog en over de rand te duwen. Ik gooide mijn hoofd achterover en hapte naar adem terwijl ik de schokken van ontlading over me heen voelde spoelen als regendruppels in een woestijnstorm.

Hij bleef echter wrijven en wrijven tegen mijn overgevoelige vlees. 'Ik ga het nog een keer doen. En jij gaat mijn naam zeggen. Zo niet, ga ik door tot je het alsnog doet.'

Het genot was zo intens dat het bijna zeer deed. Ik probeerde hem weg te duwen. 'Nee, het is te veel.'

'Je gaat klaarkomen met mijn naam op je lippen,' zei hij fel tegen mijn oor. 'Kom op, Emilia.'

En het bouwde zich alweer op en God, ik kon het niet geloven, maar ik wilde het zo graag... alweer. Ik heb nooit geweten dat het zo snel nog een keer kon.

Ik verzette me echter nog steeds tegen hem en zijn hand, mijn lichaam verstijfde. Hij drukte zijn mond tegen mijn oor. 'Geef je aan me over,' commandeerde hij terwijl zijn vinger wederom naar binnen gleed. Toen waren er ineens twee vingers en ik viel slap tegen hem aan terwijl ik, uiteindelijk, besloot mezelf toe te staan hem te volgen waarheen hij me bracht.

'Je bent zo strak,' mompelde hij. 'Zo onschuldig.'

Ik was er alweer heel dichtbij en beet in zijn jasje om te voorkomen dat ik zou schreeuwen. 'Kom voor me, Emilia.'

Het was zo intens, zo veel intenser... Het vorige orgasme – hoe geweldig ook – was niets vergeleken bij deze, dat op me af denderde als een enorme golf van ver overzee en dreigde op de keien kapot te slaan. Ik kon me nauwelijks mijn eigen naam herinneren, laat staan de zijne toen hij me naar een hogere climax bracht dan ik ooit had gekend.

'O, God,' zei ik.

'Ik ben goed, maar ook weer niet zo goed.'

'Adam…' hijgde ik.

'Beter,' fluisterde hij. 'Zeg het nog eens.'

'Alsjeblieft.'

'Nog een keer, Emilia.'

'Adam. Adam. Adam.' En precies op het moment dat ik voelde dat de ontlading me in de greep kreeg, boog hij zijn hoofd en zette zijn tanden in mijn oorlel. Het genot en de scherpe pijn knalden op elkaar in.

Hijgend viel ik tegen zijn borst aan. Het duurde meerdere minuten voordat ik me herinnerde waar of zelfs wie ik was. Er was niets anders dan pijnlijke, najagende gelukzaligheid en het gevoel van zijn borstkas die onder me op en neer deinde – zeer snel bij iedere gehaaste ademhaling. Hij was enorm opgewonden en ik vroeg me af waarom hij dit überhaupt had gedaan, waarom hij hiermee was begonnen terwijl hij wist dat hij het voor zichzelf niet kon afmaken. Tenminste, niet vanavond.

Of misschien ook wel. Ik liet mijn hand over de harde lijn van zijn erectie gaan, met gemak van de basis tot de top te herkennen. Hij hield mijn hand vast, aarzelde. Een bijna onvrijwillige kreun ontsnapte aan zijn lippen. 'Nee,' hijgde hij. 'Morgenochtend heb ik de boot terug. We brengen de middag samen door, lunchen, gaan zwemmen, maken er een dagje van. Je kunt de nacht hier doorbrengen.'

Ik keek hem aan, de vraag in mijn ogen.

'Ik kan wachten, Emilia. Je bent het waard om op te wachten.'

De vriendelijkheid van die simpele woorden benam me de adem. *Je bent het waard om op te wachten.* Het was totaal het tegenovergestelde van wat ik had meegemaakt in mijn enige serieuze relatie, als een zelfingenomen middelbareschoolvriendje al als serieus kon worden beschouwd. Zack was niet van plan geweest te wachten. Had besloten de kwestie te forceren toen ik hem had gezegd dat ik er niet klaar voor was. Dat was niet het antwoord dat hij had gewild, dus had hij het alsnog gewoon genomen.

Ik huiverde tegen Adam aan en hij trok me tegen zich aan. 'Dank je wel,' zei ik met een stem die trilde van een emotie die ik niet helemaal kon uitleggen.

Toen hij vlak daarna zijn mobiel aanzette, had hij vier berichtjes en een gemiste oproep. Adam vloekte zachtjes, maar nam de tijd om ze allemaal te beantwoorden terwijl ik naast hem zat, lekker onder de deken gekropen.

Enige tijd later bracht zijn chauffeur me naar huis. Rusteloos maar uitgeput liet ik me achterover tegen het leer van achterbank zakken, terwijl mijn gedachten afdwaalden naar de gebeurtenissen van vanavond. Hopelijk konden we morgen de daad voltooien. Maar die scherf van verlangen kwam met een dubbel randje, want het betekende dat morgenavond onze laatste avond zou zijn. En hoezeer zijn handen op mijn lichaam me naar nieuwe en onontdekte plaatsen van genot mochten leiden, ineens realiseerde ik me hoe erg ik hem zou missen en dan bedoelde ik niet alleen zijn handen. De gesprekken, zijn jongensachtige lach, zijn zorgzame houding, zijn scherpe oplettendheid, zijn frisse oceaangeur. Ik deed mijn uiterste best de pijn in het midden van mijn borst, die daar zat sinds hij die eenvoudige zin *Je bent het waard om op te wachten* had uitgesproken, te negeren.

Ik moest mezelf er echter aan herinneren dat een relatie met iemand als Adam onmogelijk zou zijn. Ik zou mezelf niet toestaan daarvan te dromen. Aan de buitenkant leek hij perfect. Maar vanbinnen was hij een man, net als al die anderen. En ze waren niet te vertrouwen.

Eenmaal thuis checkte ik mijn berichten. Alex had er twee ingesproken en eiste onmiddellijk alle *chisme* te horen. Heath had gebeld en me opgedragen hem te bellen zodra ik thuis was. Ik keek op de klok. Het was net na middernacht, dus bellen viel af.

In plaats daarvan drentelde ik door het appartement. Ik waste een paar borden af, pakte mijn studieboeken op en gooide ze net zo snel weer neer. Naar bed gaan kwam niet eens in mijn hoofd op. Ik wist dat dat alleen maar zou leiden tot uren van draaien en keren.

Ik was veel te opgewonden bij de gedachte aan Adams handen en de heerlijke sensaties die ze in me hadden aangewakkerd. Aan de herinnering aan zijn stem die me opdroeg tot een hoogtepunt te komen, zijn naam te zeggen. Huiveringen trokken door mijn hele lijf bij de herinnering.

Dus ik deed wat ik altijd deed als ik niet kon slapen. Ik logde in het spel in om een paar uur tijd te verdrijven. Heath was niet ingelogd en mijn twee andere gamemaatjes, Persephone of FallenOne, ook niet. FallenOne was niet meer online geweest sinds we samen hadden gegamed, drie weken daarvoor. Een uur later, toen ik op het punt stond uit te loggen, flitste er een bericht over mijn scherm.

**Magnus: Waarom ben je nog steeds wakker?*

*Magnus. De enige echte. Ik toetste een commando in om Magnus' klasse en level te achterhalen.

/whois Magnus

Gehoorzaam vertelde de game me: *Magnus is een level 75 Vuur Magiër.* Want uiteraard was hij een Vuur Magiër. Vuur Magiërs waren de meest onverholen machtige karakterklasse in het spel. Ze hadden het element vuur tot hun beschikking, konden vuurballen gooien en vlammen op de hoofden van hun vijanden laten dansen, of ze langzaam met de grond gelijk maken door hitteschade. Ik beet op mijn lip, in een poging niet te giechelen bij de ironie; de gedachte aan zijn hete handen brandde nog steeds in mijn geheugen. Hoe toepasselijk.

**Ik: Een Vuur Magiër? Serieus? Geen wonder dat je magische handen hebt.*
**Magnus: Tot uw dienst.*
**Ik: Brengt me bij de vraag... wat doe jij zo laat nog op? Nog steeds aan 't werk?*
**Magnus: Doe je headset op.*
**Ik: Doet het niet goed. Maakt de game traag als ik spraak gebruik.*
**Magnum: Hoe kun je spelen op dat antieke geval van je?*
**Ik: Beledig mijn Franken-puter niet, het meest betrouwbare geval ooit.*
**Magnus: Zorg dat je wat slaapt krijgt, anders ben je morgen uitgeput. Ik wil je goed uitgerust hebben.*

Een verwachtingsvolle rilling schoot door me heen. Morgen zou eindelijk de nacht zijn waarin het gebeurde.

**Ik: Bazig. Ik wilde net uitloggen. Genoeg gerekt voor vanavond.*
**Magnus: Pik je om 11 uur precies op.*

Ik ging in bed liggen met een fijn, droog studieboek om me in slaap te laten sukkelen, in de hoop dat het hielp mijn gedachten af te leiden van wat er de volgende dag zou gebeuren. Het duurde een uur, maar uiteindelijk werkte het.

HOOFDSTUK
ACHT

O M ELF UUR PRECIES VERSCHEEN ADAM AAN MIJN DEUR. Op de een of andere manier wist ik dat hij het type was om stipt op tijd te zijn, ondanks dat hij op onze eerste ontmoeting te laat was. Hij droeg een kakibroek, witte bootschoenen en een vrijetijdsblouse met korte mouwen. En, uiteraard, die sexy pilotenzonnebril.

Hij had zijn alomtegenwoordige mobiele telefoon in zijn hand en een kartonnen doos onder zijn arm. Ik trok de deur open. 'Ik kom eraan. Wacht hier,' zei ik en ik liet de deur open staan om mijn toilettas uit de badkamer te pakken.

Toen ik terugkwam, stond hij midden in mijn studio de doos open te maken. Uiteraard.

'Gast, wat doe je? Het is hier een puinhoop. Ik zei dat je buiten moest wachten.'

'Is dat zo?' vroeg hij en hij klonk afwezig. 'Was me niet opgevallen.'

Met de rug van mijn hand gaf ik hem een mep op zijn harde arm, verbijsterd dat het voelde alsof ik mijn knokkels tegen een steen had geramd. 'Heel grappig. Wat ben je in hemelsnaam aan het doen?'

'Dat apparaat van jou is een oude roestbak.'

'En bedankt,' reageerde ik wrang.

'Ik had deze nog ergens liggen. Dacht dat je hem wel wilde lenen.'

Hij trok een gestroomlijnde, nieuwe laptop uit de doos. Een waarvan mijn hart onmiddellijk harder begon te kloppen door speeltjes-begeerte. Hij was ultradun, gemaakt van mat, donker metaal.

'Wat…? Wat bedoel je met lenen?'

Hij sprak langzaam, alsof hij het tegen een kleuter had. 'Ik bedoel dat ik hem aan je leen en jij hem een poosje gebruikt, en dan geef je hem aan me terug als je hem niet meer nodig hebt.'

Ik trok een gezicht naar hem. Alsof ik dat geweldige ding ging teruggeven. Ammenooitniet. Hij had hem net opengeklapt en opgestart. Hij was al volledig geïnstalleerd. Mijn hartkloppingen veranderden in regelrecht gefladder. Mijn God. Dit was echt een meesterstuk. Het was een game-apparaat, compleet uitgerust met al de belangrijkste functies en een zeventien-inch hoog-resolutiescherm dat zo'n helder beeld gaf dat het leek alsof je door het raam keek.

'Dit lijkt op de laptop die je in Nederland gebruikte.'

'Bijna dezelfde. Maar niet zo krachtig. Het is mijn reserve, maar ik gebruik hem nooit.'

Het viel me op dat er geen inlog-veld voor hem was. Hij had hem al helemaal voor me geconfigureerd en zelfs een account aangemaakt. 'Welk password heb je ingevoerd?'

Hij haalde zijn schouders op. '*Magnus heerst.* Je kunt het later veranderen, als je dat per se wilt.'

Ik grijnsde. 'O, ik denk dat ik dat zeker "per se wil".'

Het apparaat was prachtig en kostte met gemak een paar duizend dollar. Ik wist dat ik het moest weigeren. Tenslotte zouden we elkaar na vannacht nooit meer zien, dus hoe zou ik het ding kunnen teruggeven?

'Hoe kan ik zorgen dat hij bij jou terugkomt?' vroeg ik dan ook.

Hij bleef stil en ik kon niet opmaken of hij geen antwoord op die vraag had, de vraag niet wilde beantwoorden of de vraag niet eens had gehoord. Zijn vingers vlogen over het elegante, zwart-oplichtende toetsenbord.

Ik stond net op het punt mijn vraag te herhalen, toen hij zonder naar me te kijken zei: 'Geef hem maar gewoon aan Bowman. Hij kan hem naar het bedrijf brengen. Ik heb hem toch nog een rondleiding beloofd.'

Shit, een rondleiding op het hoofdkwartier van Draco Multimedia? Mazzelkont. 'Dat heeft die eikel niet eens tegen me gezegd,' gromde ik.

Hij keek me aan. 'Jij kunt er ook een krijgen.'

Onze blikken hielden elkaar vast en mijn hart bonkte. Dat was niet mogelijk. Als we vanavond zouden gaan... Dan zou ik daarna niet in de buurt van zijn werkplek moeten komen.

Ik slikte. Hij moet hebben geweten wat ik dacht. Ik denk dat hij wachtte tot ik iets zou zeggen, misschien verwachtte hij dat ik zou terugkrabbelen over vanavond. Ik rechtte mijn rug. Ik ging niet terugkrabbelen. Dat kon ik niet. Dus ik schudde slechts mijn hoofd.

Hij keek weg, zijn gelaatstrekken donker, maar ik wist niet of hij baalde of gewoon in gedachten was. Bij mij was inmiddels sprake van beide. Ik baalde van ons onvermijdelijke afscheid na deze avond en mijn gedachten gingen steeds weer naar hoe het vannacht allemaal zou gaan, uiteindelijk.

Als alles volgens plan gegaan was, zou dit een week geleden al achter de rug zijn geweest en zouden we nu gewoon weer vreemden voor elkaar zijn. Van tevoren had dat absoluut het meest verstandige geleken, maar nu... Het was vreemd onlogisch. Ik wilde alles over hem weten voordat we elkaar nooit meer zouden zien.

Nog geen half uur later liepen we net de trap af om te vertrekken toen Alex verscheen. Toen ze opkeek en Adam zag, viel haar mond open en met grote ogen schoot haar blik naar mij. Subtiel was ze *niet*. Ik vroeg me af hoe ze het had gepresteerd om vanaf haar appartement in Fullerton zo snel hier te komen nadat haar moeder had gebeld om te zeggen dat hij hier was.

Ik zuchtte en stelde ze aan elkaar voor. 'Leuk je te ontmoeten.' Alex lachte en leunde naar voren om zijn hand te schudden en met haar grote ogen naar hem te lonken. 'Mia heeft al zoveel over je verteld!'

Ik perste mijn lippen op elkaar. Wat een leugenaar. Adam glimlachte en wierp me een zijdelingse blik toe. Ik haalde mijn schouders op en gooide mijn handen in de lucht. 'We moeten gaan.'

Alex keek ons na en toen ik een blik over mijn schouder wierp, wapperde ze met haar hand voor haar gezicht om zichzelf koelte toe te wuiven, een duidelijk teken dat ze hem sexy vond. Vervolgens legde ze haar hand tegen haar oor, alsof ze een telefoon vasthield, en mimede een overdreven *Bel me*.

We reden weg en ik slaakte een zucht van verlichting. Dat was op het nippertje geweest. Hoe meer ik Adam uit de buurt van mijn vrienden hield, hoe minder ongemakkelijke vragen ik later zou moeten beantwoorden. Toen ik een blik op hem wierp, had hij een grijns op zijn gezicht.

'Wat?' vroeg ik.

'Je hebt al heel veel over me verteld, huh?'

Ik wendde mijn blik af, mijn wangen rood. 'Ze is een hopeloze leugenaar,' mompelde ik.

***

Het was oprecht een prachtige dag. Ik was ervan overtuigd dat we geen mooier weer hadden kunnen treffen dan waar Zuid-Californië ons in mei op trakteerde. De geur van witte jasmijnstruiken die overal waren gepland, gecombineerd met de bloesem van de sinaasappelbomen die de lucht doordrenkte met een honingachtige geur. Het was te vroeg voor *June Gloom*, het typische Zuid-Californische verschijnsel waarbij de ochtenden bewolkt waren tot ze oplosten in warme middagen. In mei was iedere dag fris, helder en zonnig.

In zijn cabriolet – een donkerblauwe Porsche-klassieker uit 1950 – zoefden we over de carpoolstrook van de snelweg het zaterdag-strandverkeer voorbij.

Ik had mijn haar zo goed mogelijk met een elastiek vastgebonden, in een rommelige knot. Toch wapperden er meerdere losse plukken rond mijn gezicht en in mijn ogen terwijl ik met toegeknepen ogen door mijn goedkope zonnebril uit de drogisterij keek en met mijn voet op de maat van *Pleasure Little Treasure* van Depeche Mode mee tikte. Dus hij hield van dezelfde soort muziek als auto's: klassiekers. Ik begon me te realiseren dat Adam de rockstar van de computernerds was. En blijkbaar waren een hoop techniektijdschriften het met me eens.

Adam parkeerde in een kleine ondergrondse parkeergarage, een paar straten bij de brug vandaan en we liepen het laatste stukje. Hij stond erop mijn tas te dragen, die helemaal niet zwaar was. In eerste instantie weigerde ik, maar hij rukte hem praktisch uit mijn handen.

'Je moeder heeft je keurig opgevoed,' zei ik en meteen had ik spijt van mijn woorden zodra ik zag dat zijn kaak verstrakte. Hoe kon ik dat nou vergeten? Ik bleef staan en legde mijn hand op zijn gespierde bovenarm. 'Sorry.'

Hij schudde zijn hoofd. 'Geen probleem, Emilia.' Maar die donkere wenkbrauwen fronsten boven zijn met zonnebrilglazen bedekte ogen.

Ik schraapte mijn keel, voelde me nog steeds vreselijk. Na diep ingeademd te hebben, begon ik weer te lopen. Ik begon de ongemakkelijke sfeer te verdrijven door over een onderwerp te beginnen waar ik ook een gloeiende hekel aan had. 'Nu weet ik hoe het voelt als iemand over mijn vader begint of naar hem vraagt. Ik heb nooit een vader gehad. Ik weet niet eens hoe hij heet, dus ik noem hem de Biologische Spermadonor, want meer betekent hij niet voor me.'

Hij keek naar me. 'Heb je hem nooit willen ontmoeten?'

Ik trok mijn schouders op. 'Hij wilde mij niet, dus waarom zou ik hem willen?' Zo liepen we verder, langs de parktuinen van Bay Island, vol met heldere paarse en levendige gele lentekleuren in de bloembedden. 'Hij was getrouwd, had een gezin, en had nooit de moeite genomen dat kleine detail aan mijn moeder te vertellen totdat hij haar zwanger maakte. Toen ze zei dat ze zwanger was, gaf hij haar een grote som geld zodat ze haar mond hield en om het "op te lossen."'

'Ah, een regelrechte rotzak dus.'

'Yep. Dus het maakt me geen zak uit wie hij is.'

Hij keek weer naar me. 'Maar hij is welgesteld. Je had, je weet wel, kunnen proberen het geld dat je nodig hebt van hem te krijgen.'

Nu was het mijn beurt om mijn kaak te verstrakken. 'Waarom zou ik hem iets vragen wat ik zelf kan regelen?'

Ik merkte dat hij meer wilde zeggen, maar hij hield zich in en schudde lichtjes zijn hoofd. Ik zag zijn greep op mijn tas verstevigen. Was hij nou serieus boos?

Ik zei niets en nam hem uitgebreid in me op. Dit was niet de eerste keer dat ik de indruk had gekregen dat hij gemengde gevoelens over de veiling had, over deze hele regeling. Ik herinnerde me de beledigingen die hij naar mijn hoofd slingerde toen we elkaar voor het eerst ontmoetten en een aantal andere terloopse opmerkingen die hij had gemaakt tijdens onze korte tijd in Nederland. Steeds had hij vraagtekens gezet bij mijn beoordelingsvermogen en de redenen waarom ik überhaupt aan die veiling was begonnen.

Als hij het er niet mee eens was, waarom had hij er dan op geboden?

Maar ik was niet van plan hem die vraag nu te stellen. Eerlijk gezegd was ik blij dat hij had geboden. Maar ik kreeg zo'n raar, strak gevoel in mijn buik. Alsof er een koude steen zat die maar niet wegging. Het had iets te maken met het feit dat ik toestond dat er gevoelens bij kwamen kijken. Ja, ik wilde het geld graag. Ja, ik wilde *hem* graag. Maar ik merkte dat ik niet wilde dat dit al voorbij zou zijn.

Er was nog te veel om voordien te ontdekken. Ik wilde weten wat hem dreef. Wat zijn angsten waren. Wat zijn doelen waren. Had hij op de rijpe leeftijd van zesentwintig alles al bereikt of streefde hij naar meer en zo ja, hoeveel meer kon hij nog bereiken? En hoe zat het met zijn privéleven? Waarom was hij nog steeds gedreven, terwijl hij al zo succesvol was, om negentig uur per week in zijn kantoor en de helft van zijn leven in vliegtuigen en hotels door te brengen?

Dan waren er nog de persoonlijke details. Was hij ooit verliefd geweest? Wie was Sabrina? Waarom had hij haar naam voor altijd over zijn hart gegraveerd?

Dat waren dingen die ik niet zou weten, nooit, als we vanavond met elkaar naar bed gingen.

Maar er was nog een ander stemmetje in mijn hoofd, naast dat ik doodging van nieuwsgierigheid om hem beter te willen leren kennen. Een verstandige stem. Die me zei dat een man als Adam me uiteindelijk alleen maar pijn zou doen als ik me openstelde. Net als de Biologische Spermadonor bij mijn moeder had gedaan. Hij had haar kapotgemaakt en ze was nooit in staat geweest verder te gaan. Als ik ook maar één zwakke plek in mijn muren zou laten zien, zou Adam met mij hetzelfde doen.

Met nieuwe vastberadenheid zwoer ik de oorspronkelijke voorwaarden van onze overeenkomst na te leven, ongeacht wat ik vanbinnen voelde.

***

De boot was prachtig, uiteraard, net als alle andere dingen waarmee hij zich omringde. Een dertig meter lang jacht, uitgerust met de meest stijlvolle details. Chromen en marmeren aanrechtbladen, houten lambrisering en ingebouwde verlichting. Het was mooier dan het mooiste huis waar ik ooit voet in had gezet, met uitzondering van dat van Adam. Er was een grote keuken, de 'kombuis' genaamd, van waaruit Adams chef-kok/huishoudster werkte. Ze was met de kapitein meegekomen en naast ons waren zij de enige twee aan boord, wat betekende dat we behoorlijk wat ruimte hadden om ons te begeven.

Adam vertelde me dat hij vaak feestjes voor zijn werknemers gaf op het jacht en het gebruikte voor andere zaken, waar hij verder een beetje vaag over deed. Tijdens ons gesprek kreeg ik de indruk dat zijn zakelijke interesses nogal divers waren. Hij had investeringen in het ziekenhuiswezen en technische hardware buiten zijn eigen bedrijf. Draco Multimedia, met name Dragon Epoch, was zijn belangrijkste inkomstenbron, maar hij begon uit te breiden.

We begonnen direct met een gastronomische lunch – gepocheerde zalm op een knapperig bedje sla. Vervolgens liet Adam me de rest van de boot zien. En ik weet niet of het bewust was of bij toeval, maar de laatste kamer die hij me liet zien was de zijne. Een kamer die bijna net zo groot was als mijn studio, met een overdadig tweepersoonsbed.

Ongemakkelijk staarden we elkaar in de deuropening aan en hij keek bijna beschaamd. 'Het was echt niet mijn bedoeling hier te eindigen. Nog niet, tenminste.'

Ik lachte. 'Ik durf te wedden dat je dat tegen alle vrouwen zegt die je naar je jacht meeneemt.'

'Eerlijk gezegd zou je de eerste zijn.'

Ik wierp hem een plagende blik toe. 'Nieuw jacht?'

Schaapachtig haalde hij zijn schouders op. 'Hij is niet *oud*.'

'Dus je hebt Lindsay hier nooit mee naartoe genomen?'

Scherp keek hij me aan. 'Lindsay? Nee… nee. Nee.'

Ik lachte om zijn felle protest. 'Het is al goed. Ik realiseer me dat jullie twee een geschiedenis hebben waar ik niets van afweet.'

Hij schuifelde van de ene op de andere voet, duidelijk niet op zijn gemak. 'Lindsay en ik kennen elkaar al heel lang.'

Ik kon het niet laten. Niet nu het zo voor mijn neus bungelde. 'Hoelang geleden? En was er een slaapkamer bij betrokken?'

Vanuit zijn ooghoek keek hij me aan en hij veinsde een nonchalante houding door zijn hand in zijn zak te steken. 'We hebben een verleden als sekspartners.'

'Interessant.' Ik vouwde mijn armen over elkaar en leunde achterover tegen de deurpost. 'Je gebruikt niet het woord "geliefden".'

Hij snoof. 'Het had niets met liefde te maken.'

'Was ze getrouwd dan?'

Adams uitdrukking werd zo ontzet dat ik bijna moest lachen. 'God, nee. Het was zo'n tien jaar geleden.' Dat betekende dat hij nog maar een tiener was geweest.

Ik trok mijn neus op. Ik was als een hond met een bot, niet van plan los te laten. 'Mag ik vragen of zij je eerste was?'

Hij bloosde warempel en meer hoefde ik niet te weten. Weer haalde hij op zo'n nep-nonchalante manier zijn schouders op. 'Je kunt het altijd *vragen.*'

Ik negeerde de uitvlucht, want ik had al antwoord op mijn vraag. Lindsay was degene die Adam had ontmaagd. 'Dus, gedraagt ze zich altijd zo tegenover je?'

Hij fronste. 'Hoe?'

'Alsof jullie twee nog steeds een stel zijn.'

Hij keek me aan alsof ik een buitenaards wezen was. 'Ten eerste, we zijn *nooit* een stel geweest. We kwamen bij elkaar en neukten en dat was het wel zo'n beetje. We gingen niet uit met elkaar. Zij had het te druk met haar carrière en ik was niet echt geïnteresseerd in relaties. Daar was ik nog veel te jong voor. We zijn nu vrienden. Ze is partner in het bedrijf van mijn oom.'

Ik was niet geheel overtuigd van Adams onwetendheid. Hij was veel te opmerkzaam om Lindsay's flirterige gedrag niet op te merken. Daarnaast was ik een beetje van slag door hoe veel het me deed. Waarom zou het mij iets uitmaken met wie Adam in het verleden naar bed was geweest?

Hij kende mijn seksuele achtergrond – nou, het meeste ervan in ieder geval. Dan had ik toch ook het recht de zijne te kennen?

Een grijns flitste rond zijn weelderige mond. 'Vanwaar al deze vragen? Je bent toch niet jaloers?'

Ik sperde mijn ogen open. 'O, nee. Nee, nee. God, nee,' ratelde ik, blozend. Wie reageerde er *nu* overdreven? 'Waarom zou ik jaloers moeten zijn? Jij en ik hebben een zakelijke overeenkomst, niets meer dan dat.'

Toen ik sprak was mijn stem echter een beetje te onvast terwijl zijn gezicht verstoken was van iedere emotie. Hij draaide zich om en begaf zich in de richting van een binnendeur. 'Daar is de badkamer, voor het geval je je zwemkleding wilt aantrekken. Als we eenmaal stilliggen ga ik zwemmen.'

'Gewoon… midden in de oceaan?'

Hij schonk me een verwarde blik, alsof ik in het Mandarijn had gesproken. 'Ja.'

'Maar ben je niet bang dat je kont eraf vriest? Het water is koud.'

Hij trok zijn schouders op. 'We hebben een jacuzzi aan boord. Als we het te koud krijgen, komen we eruit en springen in het warme water.'

Ik beet op mijn lip. 'Misschien kijk ik vanaf de rand toe.'

Hij raapte mijn tas op van de tafel en gooide hem mijn kant op. 'Trek je zwemkleding aan.'

Ik greep de tas beet en ging de badkamer in. Daar trok ik mijn vertrouwde badpak aan. Het was niet die chique bikini waarin ik voor de veiling had geposeerd, maar het was alsnog een leuk badpak. En nog in zijn lievelingskleur ook. Blauw.

Toen ik op het punt stond de deur te openen, hoorde ik hem in de slaapkamer rondscharrelen en ik besefte dat hij zich waarschijnlijk ook aan het omkleden was. Aangezien ik niet uit was op een ongemakkelijk herhaling van onze eerste middag in Amsterdam klopte ik op de deur en hij reageerde dat ik kon binnenkomen.

Hij had geen shirt aan en zijn zwembroek, een lange short, hing op zijn heupen. Ik glimlachte en liep de kamer in. Waarderend liet hij zijn blik over mijn lichaam gaan en liet weer een goedkeurend fluitje horen. Ik kon niet anders dan de aanblik van zijn lichaam verslinden. Zijn middel was smal en hij had stevige schouders, iedere spier duidelijk gedefinieerd, van stevige borstspieren tot keiharde buikspieren. Hij was niet zo gebruind als ik zou verwachten van een inwoner van Newport Beach, maar hij bracht dan ook de meeste tijd van zijn leven door onder de tl-verlichting in een kantoor in Irvine, dus dat was logisch. Zijn prachtig gebeeldhouwde borstkas was bedekt met een klein laagje donker haar, met een smal spoor dat naar zijn navel en daaronder leidde.

Ik keek weer naar zijn tattoo. Hij deed geen poging hem te verbergen, maar hij zei ook niets toen ik hem bestudeerde.

'Klaar om te gaan?' vroeg hij.

'Zo klaar als ik ooit zal zijn.'

Hij leidde ons aan dek naar de ladder die ons naar de waterspiegel bracht. Na een jongensachtige grijns mijn kant op te hebben geworpen, dook hij erin. Ik liet mijn voeten overboord hangen en duwde mijn tenen in het water, wat ervoor zorgde dat een schok van de kou door mijn benen schoot. Ik gaf een gil toen hij me nat spetterde.

'Kom erin. Gewoon in een keer springen. Dan heb je het maar gehad. Na een minuutje voelt het heerlijk.'

'Ik ga niet duiken. Hoe weet je dat er hier geen haaien zijn?'

Hij lachte en keek naar me terwijl hij watertrappelde. 'Dat weet ik niet. Kom op.'

Meer dan een uur zwommen we en het was hartstikke leuk. Adam wees me op bultrugwalvissen die spoten in de verte. Verderop zag ik een school dolfijnen uit het water springen. Toen het te koud werd om nog langer in het water te blijven, mijn hele lichaam beefde oncontroleerbaar, klom Adam eerst de ladder op. Terwijl hij zelf ook nog druppelde, pakte hij uit de speciale kast een voorverwarmde handdoek van de stapel en hield hem voor me open, zodat ik er zo in kon lopen zodra ik het trapje was opgeklommen.

Het voelde heerlijk en ik bedankte hem terwijl hij vooroverboog om er voor zichzelf ook een te pakken. 'Laten we opwarmen in de jacuzzi.'

Van achter op het middendek, in de openlucht, lieten we ons in de warmte van de masserende bubbels zaken terwijl de chef ons champagne en hapjes bracht. De kapitein keerde de boot, zodat we de zon konden zien ondergaan in de oceaan.

We kletsten en propten ons vol met overheerlijke hapjes van de chef: sint-jakobsschelpen in bacon gewikkeld, gegrilde brie en allerlei andere lekkere dingen. We aten zo veel dat we geen trek meer hadden in het avondeten. Vriendelijk zei de chef dat ze een koude picknick voor ons zou inpakken, die we mee konden nemen naar het bovendek voor het geval we later honger kregen.

Toen waren we alleen en keken hoe de zonsondergang de lucht dieprood en oranje kleurde, kleuren die werden weerspiegeld door de oceaan. 'Dus dit is hoe je al die overvloedige vrijetijd van je doorbrengt?'

Hij lachte. 'Ik probeer de boot minstens een keer per maand te gebruiken. Soms naar Catalina, Mexico of gewoon het water op.'

'En uiteraard neem je dan je werk mee.'

Hij hield zijn blik op de horizon gericht. 'Misschien.'

Ik kneep mijn ogen samen. 'Uh-huh. Met je satellietinternet. Ik zag dat grote kantoor van je benedendeks. Dat is niet om hier vrouwen mee naartoe te nemen.'

'Ik zei al dat ik hier geen vrouwen mee naartoe neem.'

'Je hebt mij meegenomen.'

Hij keek naar me. 'Ja, maar jij bent een uitzondering.'

'Heb je ooit een lange relatie gehad?' vroeg ik.

Zijn donkere ogen tuurden weer over de oceaan. 'Nee. Ik heb er nooit tijd voor gehad.'

'Ah. Dus je hebt alleen... fuckbuddy's.'

Hij reageerde geamuseerd. 'Als jij ze zo wilt noemen. En hoe zit het met jou? Duidelijk geen fuckbuddy's, maar je date ook niet.'

Ik schudde mijn hoofd. 'Nope. Heb het geprobeerd. Beviel me niets.' Ik haalde mijn schouders op.

Hij bekeek me aandachtig. 'Hoe oud was je toen je tot dat besluit kwam?'

'Zestien.'

Hij vloekte zachtjes.

'Hoe dan ook, laten we het ergens anders over hebben!' zei ik stralend.

Hij schudde zijn hoofd. 'Nee, ik wil hier nog even over doorpraten.' Ik schudde direct mijn hoofd. Zijn blik verhardde. 'Doe niet zo, Emilia. Ik denk dat het belangrijk is dat ik weet of je iets pijnlijks hebt meegemaakt. Ik wil doen wat ik kan om jou je op je gemak te laten voelen. Wat er in Amsterdam is gebeurd...'

'Dat gebeurt niet nog een keer... Maak je geen zorgen. Ik heb heel wat therapie gehad.'

'Daar ben ik het niet mee eens. Ik moet me *wel degelijk* zorgen maken.'

Ik zuchtte en keek weg. 'Ik had een vriendje op de middelbare school. Hij was een footballster, zat in het eindexamenjaar, en ik was een domme, kleine vierdeklasser met sterretjes in mijn ogen. Hij behandelde me als een stuk stront. Op een avond werd hij dronken en viel me aan. Ik maakte het uit. Einde verhaal.'

Nu stond zijn gezicht grimmig. 'Hij viel je aan... Seksueel?'

Mijn ademhaling bevroor. Ik had hier nooit met veel mensen over gesproken. Heath wist alles. Mijn therapeut ook. Mijn moeder wist een deel, maar ik had geweigerd er meer over te zeggen toen ze was begonnen over naar de politie gaan. Ze liet het gaan en regelde in plaats daarvan de therapeut om mee te praten.

Ik ademde diep in en waagde de sprong. Om de een of andere reden dwongen die donkere ogen me ertoe. Soms was ik een lafaard, *meestal* was ik dat. Maar vandaag kon ik moedig zijn. Alleen vandaag. En hierover praten vereiste zo'n beetje alle moed die ik had.

'Hij wilde seks met me hebben en ik zei nee. Hij werd pissig en ramde mijn hoofd tegen het stuur. We stonden op de bergkam geparkeerd, in het voorgebergte. Ik had gereden, want hij was straalbezopen van het feest waar we waren geweest. Ik wist uit de auto te komen en rende ervandoor. Hij kreeg me te pakken en...'

Mijn stem trilde en kapte ermee. Adam keek naar me, zijn uitdrukking grimmig, maar hij zat doodstil, zei geen woord en wachtte geduldig tot ik mezelf had herpakt. Ik nam een diepe, maar beverige hap lucht.

'Hij greep me bij mijn haren, trok me op mijn knieën en dwong me hem te pijpen.' *Neem me, bitch*, had hij geslist terwijl ik huilde. De herinnering aan de angst kneep mijn keel dicht. Ik zei niets over de littekens op mijn schedel, waar hij zo hard aan mijn haren had gerukt dat hij er kleine plukken had uitgetrokken. Het zou jaren duren voordat er op die plekjes weer haar groeide.

'Ik hoop dat hij voor heel wat jaren de bak in is gegaan,' zei Adam en mijn borstkas trok samen.

Ik vermeed zijn ogen. Dit is waar Mia liet zien wat voor laffe slappeling ze was. Ik slikte. 'Hij is niet de bak in gegaan.'

Adam keek boos. '*Wat?*'

Ik slikte nog een keer moeizaam. 'Ik heb geen aangifte gedaan.'

Stilte. Hij zei niets en verroerde geen vin. Ik wist wat hij dacht. Want ik dacht precies hetzelfde, elke dag weer. *Lafaard. Mia is een lafaard.*

'Ik weet dat je je afvraagt waarom...'

Hij schudde slechts zijn hoofd. 'Je hoeft het me niet te vertellen.'

Maar ik kon niet stoppen. Het was alsof er een schuif in een dam was opengeschoten. 'Ik was te bang. Hij was populair en de quarterback van het footballteam. Iedereen verafgoodde hem. Ik dacht niet dat iemand me zou geloven.' Mijn stem stierf weg en ik walgde van het gejammer in mijn eigen stem. Ik rechtte mijn rug.

Hij keek even weg, alsof hij zich bijeen moest rapen. 'Ik begrijp het.'

En ik wist dat hij dat deed, gezien zijn ervaring met gepest worden.

Ik liet de adem los die ik had ingehouden. 'Dank je wel dat je me niet veroordeelt.'

Zijn ogen fixeerden zich weer op de mijne en hij hield mijn blik net zo stevig vast als een fysieke greep. 'Ik heb niet het recht je te veroordelen.'

Meerdere, lange, gespannen minuten gingen in stilte voorbij. Toen schraapte ik mijn keel en verzamelde moed. 'Wil jij me nu iets vertellen?'

Hij ademde diep in, bijna alsof hij zichzelf schrap zette. Ik had de plotselinge drang om naast hem te gaan zitten. Ik onderdrukte het.

'Wie is Sabrina?'

Er trilde een spiertje in zijn kaak en hij wendde zijn blik af. 'Mijn zus.'

Mijn mond viel open. Dat was zo ontzettend niet het antwoord dat ik had verwacht. En ik kon de reactie die in me opwelde niet beschrijven. Verrassing, opluchting, verwarring. Wie laat de naam van zijn zus nou op zijn borstkas tatoeëren? 'O. Wat leuk. Ik wist niet dat je een zus hebt.'

'Had.' Hij draaide weer mijn kant op, zijn gezicht en stem volledig emotieloos. '*Had* een zus. Ze is dood.'

Ik zakte achteruit, alle zuurstof uit mijn longen geslagen. Geschrokken door zowel de boodschap als de gevoelloze manier waarop hij die bracht. Voordat ik kon reageren leunde hij naar voren, klaar om de jacuzzi te verlaten. 'Laten we ons afspoelen en vanaf het bovendek naar de sterren kijken. Het uitzicht op de kustlijn is prachtig nu het donker is.'

Er was slechts één douche in de grootste badkamer en we waren met zijn tweeën. Adam pakte twee badstoffen badjassen met initialen erop en gaf er een aan mij. 'Ik stap wel even in een van logeerkamers onder de douche.'

'Dat hoeft niet,' zei ik met bevende stem.

Hij bevroor en keerde zich naar me om.

'Je kunt samen met mij douchen. Ik heb die badkamer gezien. Hij is enorm.'

Zijn ogen lichtten op, maar ik kon zien dat hij dacht dat ik een grapje maakte. Tegelijkertijd wond de gedachte me ook op. Het beeld van mijn blote handen die zeep over zijn buikspieren smeren liet mijn hart een beetje harder kloppen.

'Emilia, als ik met jou ga douchen, belanden we nooit meer op dat bovendek.'

In plaats van antwoord te geven, liet ik mijn handdoek vallen en stroopte met twee soepele, snelle bewegingen mijn natte zwempak van me af. Toen wierp ik hem een grijns toe en liep de badkamer in. 'Je moet me trouwens toch laten zien hoe dit verdraaide ding werkt.'

Een koude sensatie klopte in mijn keel toen zijn hongerige blik over mijn naakte lichaam gleed. Ik voelde me dapper, brutaal, krachtig, *begeerd.*

Tegen de tijd dat Adam zijn zwemshort had uitgetrokken, was hij volledig opgewonden. Ik probeerde niet te kijken, niet veel, maar ik moest toegeven dat mijn nieuwsgierigheid het overwon. Zijn lichaam was prachtig, magnifiek en... Nou, ik probeerde zijn grootte me niet de stuipen op het lijf te laten jagen.

Ik stapte achteruit onder de hete straal. De douche had twee koppen, een aan beide kanten, dus we hadden ieder een eigen straal. De eerste paar minuten stonden we aan tegenovergestelde kanten van de douche, ongemakkelijk onder onze eigen straal op te warmen terwijl we behoedzaam naar de ander stonden te kijken.

Ik deed shampoo in mijn haren voordat ik de fles aan hem gaf. Voordat hij ernaar reikte, spoot ik ineens shampoo in mijn eigen handpalm en smeerde het boven op zijn hoofd om vervolgens de fles weg te zetten zodat ik de shampoo in zijn haar kon masseren. Hij keek naar me met een geduldige, verdraagzame uitdrukking, maar zijn ogen waren donker van verlangen. Zijn strakke, lekkere, naakte lijf was slechts centimeters van het mijne verwijderd en ik beefde van verlangen met bloed dat vijf keer zo snel als normaal door mijn aderen schoot.

Terwijl ik slikte, mijn keel dichtgeknepen, schoof ik dichterbij. Ik ging op mijn tenen staan om bij de bovenkant van zijn hoofd te kunnen en hij bewaarde mijn evenwicht door zijn handen op mijn middel te leggen. Toen liet hij zijn hoofd zakken, zodat ik er beter bij kon. Zijn handen, waar ze me vasthielden, raakten me eerst licht aan, maar toen ik doorging met het masseren van zijn schedel verstevigde zijn greep en boordden zijn vingertoppen zich in mijn vlees. Zinderingen dansten over mijn huid. Ik wilde mijn lichaam tegen het zijne drukken, maar ik herinnerde me zijn waarschuwing, over dat we dan niet op het bovendek zouden belanden. Wilde ik dat onze eerste keer hier gebeurde?

Ik trok me terug en schoof naar mijn kant van de douche om mijn haren uit te spoelen, mijn ogen gesloten. Hij kwam echter vlak achter me staan.

Hij pakte de fles douchegel en spoot wat in zijn hand. Ik draaide mijn bovenlijf om naar hem te kijken, klaar om me te verlekkeren aan het zicht van deze prachtige man die zijn buikspieren inzeepte.

'Sta stil, dan was ik je rug,' zei hij.

Ik haalde diep adem en deed wat hij zei. Zijn warme handen gleden van mijn schouders naar beneden, over mijn deltaspieren en monnikskapspier naar mijn onderrug. Iedere centimeter die hij aanraakte kwam tot leven en ik trilde. De zeep veroorzaakte precies de juiste hoeveelheid tegendruk en de sensatie van zijn sterke handen die over mijn huid gleden, zette mijn binnenste met een onmogelijke hitte in vuur en vlam. Toen reikte hij naar voren en wreef sop over mijn buik, mijn heupen. Zijn handen ontweken mijn schaamstreek voordat ze naar mijn borsten schoven en blijkbaar dacht hij dat die hoognodig aan een wasbeurt toe waren, want zijn handen bleven daar behoorlijk lang dralen. Mijn tepels waren stijf en gevoelig onder zijn aanraking, iedere streling van zijn handen drong met steken van verlangen door tot in mijn kern.

Ik hijgde, leunde tegen hem aan. Zijn erectie drukte tegen mijn onderrug, heet en hard. Zijn hoofd zakte om mijn oor in zijn mond te nemen. Waterdruppels bekogelden ons. 'Emilia, als ik geen heer was, zou ik je nu ter plekke tegen die muur pinnen en je neuken.'

Mijn adem stokte. 'Wie zei dat je een heer moest zijn?' Zijn mond lag nu op mijn nek, maar ik draaide me uit zijn armen en spoot wat douchegel in mijn handen. 'Die mond van je bewijst maar weer eens wat voor vies, vies mannetje je bent...' zei ik suggestief. Hij lachte en draaide zich om. Ik begon met zijn schouders en rug en zijn lijf verstrakte. Mijn handen gleden over zijn perfect gedefinieerde spieren en zakten naar zijn middel, toen verder naar beneden naar zijn harde kont.

Ik draaide me om, pakte wat extra douchegel en ging verder met de voorkant. Zijn lichaam voelde verrukkelijk onder mijn vingers. Een stille kreun ontsnapte uit zijn mond terwijl hij zijn ogen sloot, genietend van mijn aanraking. Ik boog mijn hoofd om hem te kussen, maar weerhield mezelf daarvan. Was ik er klaar voor om het hier in gang te zetten, ondanks wat hij net tegen me had gezegd? Ik stapte bij hem vandaan, zodat hij zichzelf kon afspoelen.

Mijn lichaam zong nog steeds van zijn strelingen terwijl ik uit de douche stapte. Ik huiverde bij de verwachting van wat er later vanavond zou gebeuren, misschien zelfs op het bovendek, onder de sterren. We droogden ons af en trokken vrijetijdskleding aan om naar boven te gaan.

Heel Orange County liep langs een zuidelijke kust, de ronding waar Zuid-Californië zich richting Mexico draaide. Vanaf deze afstand van de kust waren de overvloedige lichtjes van Orange County en Los Angeles slechts een gloed aan de horizon.

De maan was een smal strookje van een nieuwe maan en daardoor bood hij maar weinig concurrentie aan de sterren. De lichtjes van de kustlijn voorkwamen echter een maximale kijkervaring. Toch was het nog steeds veel beter dan sterrenkijken vanaf het land. De lichtvervuiling over de metropool Los Angeles was behoorlijk en zelfs op een goede avond was het moeilijk om meer dan een dozijn sterren te ontdekken. Het was niet zoals de hemel in Anza, die zo donker en helder was dat je satellieten door de stille nachtluchten kon zien glijden. Maar hier kon je bijna net zo veel zien.

Adam was zijn kantoor in gestapt om zijn e-mails te checken en ik slenterde naar het dek, alleen, terwijl ik probeerde me niet te ergeren. Het was al een wonder dat hij het zo lang had genegeerd. Ik kon geen wonder verwachten. Dus wachtte ik bijna een uur lang op hem. Hij kwam naar boven met twee grote dekens en, uiteraard, zijn mobiel in zijn zak gestoken.

Nadat we de meest herkenbare sterrenbeelden hadden gevonden, gingen we naast elkaar op een brede gestoffeerde bank liggen en keken op naar de zwarte koepel boven ons.

'Ik kan nog steeds niet geloven dat je daarboven bent geweest.'

'Yep. Tien dagen lang. En als ik het voor het zeggen heb, ga ik nog een keer.'

'Hoe heb je zo lang zonder je werk kunnen doen?'

Hij haalde zijn schouders op. 'Niet. Ik werkte iedere dag een paar uur via de satelliet. Maar ik moest ook deelnemen aan wetenschappelijke experimenten. Dat vond ik echt heel leuk.'

Hiervandaan strekte de zwarte zee zich om ons heen uit, kalm, rustig deinend.

Ik zuchtte. 'Het moet zo bevredigend zijn om je grootste dromen uit te zien komen.'

Lange tijd was hij stil. 'Wat zijn jouw dromen, Emilia?'

Ik trok mijn schouders op. 'Weet je, ik heb daar niet echt een antwoord op, behalve "de beste dokter ooit worden, verdomme".' Ik fronste, blij dat de duisternis mijn gezicht verborg. Hij kon de zorgrimpel die zich in mijn voorhoofd had genesteld niet zien. Hoewel ik mijn vooropleiding medicijnen had afgerond, was ik nog steeds ver van die droom verwijderd. Het was triest dat ene dat ik het liefst in de hele wereld wilde, net buiten mijn bereik te zien. Dat ene obstakel was iets waar ik meer dan wat dan ook bang voor was – om te mislukken, wederom. Het had me verlamd, me ervan weerhouden die test keer op keer opnieuw te maken tot ik het haalde. Nee, ik zou hem pas maken als ik de prijs met bloed, zweet en tranen had betaald door uren en uren per dag te studeren tot ik de lesstof als een deel van het weefsel van mijn hersenen had ingeprent.

'Dat lijkt me een waardige droom,' mompelde hij. 'Maar er moet toch ook iets diep vanbinnen zijn, iets wat je altijd hebt willen doen of zien.'

'Dankzij jou denk ik dat ik een paar dingen kan schrappen van de lijst waarvan ik niet eens wist dat ik hem had.'

Hij draaide zijn hoofd en keek me aan. 'Dat reisje naar Europa telt niet echt mee. Je verdient het terug te gaan, ervan te genieten zoals je ervan zou moeten kunnen genieten.'

Ik zuchtte. 'Misschien doe ik dat ook wel.'

'Dus, met welke dingen heb ik je nog meer geholpen?'

'Hmm. Eerste klas vliegen. Met dolfijnen zwemmen. De dag doorbrengen op een triljoenlang jacht...' Ik ademde diep in. 'De meest geweldige kus ooit ervaren.'

Hij keek nog steeds naar me en in het flauwe licht zag ik dat hij glimlachte. Maar als hij nu een sarcastische opmerking zou maken, wist ik zeker dat ik dood zou gaan van schaamte. Ik was nog steeds aan het bijkomen van het feit dat ik dat eruit had geflapt. Hij schraapte zijn keel. 'Wat een toeval,' zei hij zachtjes. 'Dat had ik ook op mijn lijst.'

Ik draaide mijn hoofd zijn kant op. 'Had?'

'Ja. Ik kan het nu ook afvinken.' Hij rolde op zijn zij en bleef me aankijken. 'Maar dat betekent niet dat ik niet ga proberen te doen wat ik altijd doe.'

'O? En wat is dat?'

Hij streek met zijn vinger langs mijn kaaklijn voordat hij de vorm van mijn lippen volgde. Zijn aanraking was heet en koud tegelijkertijd en mijn lippen trilden.

'Ik probeer altijd mijn persoonlijk record te overtreffen,' zei hij zachtjes.

Toen hij naar voren leunde en me kuste, was het met de kracht van alle onderdrukte spanning die gedurende de hele dag tussen ons was opgebouwd. Het gesprek in de jacuzzi had ons dichter bij elkaar gebracht en die douche had ervoor gezorgd dat onze motoren draaiden en de remmen losgingen tegen de tijd dat hij me voor het eerst kuste.

Hij rolde boven op me en drukte me in de kussens. Zijn handen en mond waren overal. En hij ging snel, knoopte mijn bloesje open en bracht zijn hand naar binnen. Ik huiverde en hij stopte alleen om een van de dekens te pakken en over ons heen te leggen.

Onmiddellijk ging hij verder met mijn broek en ritste hem open, waarna ook daar zijn hand naar binnen gleed. Ik liet mijn hoofd achterovervallen, hapte naar adem door de plotselinge, maar niet onwelkome, invasie. Hij wist hoe opgewonden en nat ik was, mompelde verhitte woordjes over hoe klaar ik ervoor was. Hij trok mijn spijkerbroek over mijn heupen en ik tilde ze omhoog zodat hij hem kon uittrekken. Toen gooide hij hem, samen met mijn slipje, aan de kant.

'Emilia, je maakt me helemaal gek,' zei hij terwijl hij zijn lichaam tegen het mijne perste. Mijn handen vlogen omhoog om zijn overhemd los te knopen en open te trekken. Onmiddellijk drukte hij zijn blote borstkas tegen die van mij en we zuchtten eensgezind. Het was overweldigend; zijn harde, mannelijke lichaam duwde tegen mijn borsten, de wanhopige behoefte tussen mijn benen.

'Adam, ik wil je.'

Hij kuste me, zijn bewegingen werden dwingender, als dat mogelijk was.

Zijn hoofd verschoof naar mijn tepels, hij zoog beurtelings aan allebei terwijl ik mijn rug kromde om hem tegemoet te komen, mijn lichaam brandde verzengender met iedere minuut die verstreek. Toen kuste hij een spoor naar mijn buik, over mijn navel. En lager.

Zijn hoofd bevond zich tussen mijn benen en hij duwde ze open terwijl zijn hete tong en mond zich een weg over de binnenkant van mijn dijen naar boven trokken. Elk deel van me begon te kloppen in hetzelfde ritme als mijn eigen gejaagde hartslag. Ik wist wat er zou volgen.

Adam stond op het punt me te beffen. Ineens verstijfde ik bij de gedachte aan hem zo dicht bij een van mijn meest intieme delen. Ik had niet gedacht dat dit moeilijk voor me zou zijn, aangezien dit niets te maken had met wat me was overkomen, maar mijn angst dat er iets kon gebeuren, hield me tegen.

Hij merkte het meteen en zijn hoofd kwam omhoog. 'Alles goed?'

Ik nam een diepe teug lucht, dwong mezelf te ontspannen en liet mijn knieën wijd openvallen. 'Alles goed.'

Hij bracht zijn hoofd weer naar mijn geslachtsdeel, zijn hete adem streelde mijn dijbenen. Ik sloot mijn ogen, dwong mezelf kalm te blijven, om rustig te blijven liggen en te genieten van wat er stond te gebeuren, maar de spanning van de verwachting hielp niet bepaald. Ik voelde zijn vinger eerst, die spreidde me open terwijl hij mijn dijen kuste. Hij duwde hem naar binnen, kromde hem langzaam zodat er druk op een bepaalde plek ontstond – een plek die hij blijkbaar goed kende – en meteen begon ik te hijgen en kromde mijn rug.

Hij trok zijn hoofd op. 'Bingo. Gevonden.'

Ik kon alleen maar lachen. Hij had de befaamde g-spot gevonden.

'Daar zouden ze medailles voor moeten uitreiken,' zei hij.

Ik hapte naar adem toen zijn vinger weer bewoog. 'Ik geef je een fucking gouden medaille als je wilt, als je maar niet stopt.'

'Emilia, ik ben nog maar net begonnen,' zei hij en zijn mond zonk weer op mijn geslacht, likte me terwijl ik er al helemaal klaar voor was, voordat hij het meest gevoelige plekje vond, mijn clitoris, en haar in zijn mond zoog.

Het was een onbeschrijflijk gevoel. Alsof zijn mond van vuur was gemaakt en me verschroeide met de meest verrukkelijke pijn en een onwerkelijk genot tegelijkertijd. Ik stopte met ademen en gaf toen een gilletje dat zeker weten iedereen binnen een straal van een kilometer gehoord moest hebben.

Ik kwam klaar voordat ik zelfs maar besefte wat er gebeurde. De spiertrekkingen volgden elkaar in korte, intense golven op en duurden minutenlang. Net toen ik dacht dat ze zouden stoppen, drukte hij zichzelf harder tegen me aan of veranderde de positie van zijn hoofd. Mijn rug kwam van de bank en – tot mijn enorme schaamte – ik gilde!

Ik kon het niet helpen. Het was gewoon zo lekker.

Maar ook al voelde ik me als een natte dweil die net was uitgewrongen, ik realiseerde me, toen hij weer naast me kwam liggen, dat hij gelijk had. We waren nog maar net begonnen. En nu was het zijn beurt om genot van mij te ontvangen.

'Dat vond je lekker, of niet?' zei hij en hij leek behoorlijk tevreden met zichzelf.

Ik lachte. 'Nee. Haatte iedere minuut ervan.'

Hij leunde naar me toe en kuste me. Een diepe, intense kus. Hij duurde lang en met iedere seconde die voorbijging, kon ik de behoefte in hem voelen opbouwen. Ik liet mijn hand over de soepele richels van zijn borstkas gaan, rondom naar zijn rug, pakte zijn schouderbladen beet en trok hem boven op me.

Hij verbrak de kus niet om zijn kakibroek open te knopen. Het was zo stil hier, met alleen de geluiden van de boot en het deinen van de oceaan om ons heen. Ik hoorde zijn rits en een ijzige vleug angst schoot door me heen. Het zeurde – lichtjes – maar ik probeerde niet te denken aan wat er stond te gebeuren. Ik wist dat mijn angst belachelijk was, ongegrond. Ik wist dat ik nadien opgelucht zou zijn dat het achter de rug was.

Nadat ik diep adem had gehaald, opende ik mijn benen zodat hij er tussenin kon gaan liggen. Hij bedwong zichzelf om zijn handen uit mijn haren te houden, dat kon ik merken. Dan kwam een hand omhoog naar mijn haargrens en zakte vervolgens naar mijn schouder of rug. Ik waardeerde het, al haalde het feit dat hij er steeds aan moest blijven denken hem waarschijnlijk uit het moment. Ik opende mijn ogen en zag hem naar me kijken. Toen onze blikken elkaar vonden, trok hij zich terug en verbrak de kus.

Hij ademde zwaar. 'Emilia,' zei hij en hij kuste me weer, trok me dichter tegen zich aan. Zijn erectie duwde tegen de binnenkant van mijn dij en hij gromde, zijn armen sloten zich strakker om me heen. Ik verplaatste mijn heupen onder hem, vroeg me af waarom hij aarzelde.

'Neuk me, Adam,' zei ik tussen opeengeklemde tanden door.

Weer een grom en hij verschoof. Hij stond op het punt bij me binnen te dringen. Zijn top streek langs mijn hitte, maar toen verstijfde hij en maakte zich los uit mijn armen.

Ik ging rechtop zitten, keek hem geschrokken aan terwijl hij zijn boxershort en kakibroek pakte. Met een ijzige blik die iets weghad van walging trok hij ze aan.

'Wat de hel?' zei ik, nog steeds compleet naakt onder de deken.

Hij schudde zijn hoofd, greep zijn schoenen en ging overeind staan, zijn overhemd nog steeds helemaal open waardoor zijn perfecte borstkas werd tentoongesteld.

'Dit gaat niet gebeuren,' zei hij op afstandelijke toon. 'Kleed je aan. Je kunt in een van de logeerkamers slapen.'

Zonder op een reactie van mijn kant te wachten, draaide hij zich om en liep de trap af naar een lager dek terwijl hij mij in shock en met open mond achterliet. Ik keek hem na, totaal verloren. Mijn hele lichaam beefde en mijn gezicht brandde van vernedering. Mijn ademhaling versnelde en een verhitte steek van boosheid schoot door mijn ingewanden. Hoe de fuck *durfde* hij?

Met nijdige bewegingen trok ik mijn kleren aan en probeerde het verpletterende gevoel te negeren dat maakte dat ik wenste dat de zee zou opkomen en me hier ter plekke zou opslokken.

Had ik iets verkeerd gedaan? Had ik niet gereageerd op de manier die hij wilde? In gedachten ging ik alles na wat had geleid tot het moment waarop hij was verstijfd en zich had teruggetrokken. Had ik hem ergens aangeraakt wat hij niet prettig vond of – o, God – had hij over iemand anders gefantaseerd? Mijn handen trilden van woede terwijl ik me aankleedde.

***

Wat was er in godsnaam gebeurd? Ik kon niet anders dan het me steeds weer afvragen. Het was nog niet eens tien uur zag ik toen ik op de klok in mijn kamer keek – de logeerkamer vlak bij die van hem. Zijn deur stond open, het licht was uit, dus ik nam aan dat hij daar niet was.

Waardoor had hij zo heftig gereageerd? Waarom had hij zo'n blik van afkeer op zijn gezicht gehad? Was Adam verknipt als het op seks aankwam? Misschien was hij als kind of tiener misbruikt. Die gedachte zorgde ervoor dat mijn maag zich omdraaide, maar het verdreef ook een deel van mijn boosheid. Wat als hij er niets aan kon doen? Hij had echter duidelijk seksuele relaties met andere vrouwen gehad – in ieder geval een die ik had ontmoet, Lindsay. Misschien had het er iets mee te maken dat ik maagd was? Maar als hij daar een probleem mee had, waarom had hij dan aan die veiling meegedaan?

Een poosje banjerde ik in een klein rondje door mijn kamer, voordat ik besloot dat ik me met geen mogelijkheid gedeisd kon houden. Ik trok mijn sportbroekje en hardloopschoenen aan en vertrok naar de kleine sportruimte van het jacht. Adam had het me vanmiddag tijdens de rondleiding laten zien. Een ruimte met een loopband, cross-trainer, gewichten. Ik kon wel een hardloopsessie gebruiken om mijn hoofd leeg te maken.

Met mijn vertrouwde mp3-speler en oordopjes in mijn oren nam ik de trap naar een lagergelegen dek en na een paar verkeerde richtingen vond ik uiteindelijk de kamer die ik zocht. Dankzij het licht dat uit de deuropening kwam had ik het kunnen vinden. Dus hij was hier ook heen gevlucht.

Onverstoorbaar zette ik mijn hardloopplaylist op en liep rechtstreeks naar de niet-bezette loopband. Ik ving een glimp van hem op in de hoek – in een hardloopbroekje en een zwarte tanktop – bij de pull up bar. Ik was blijkbaar niet de enige die had besloten zijn seksuele frustratie te lozen door te gaan sporten.

Zijn hoofd draaide met een ruk mijn kant op, net op het moment dat ik mijn rug naar hem keerde en op de loopband stapte.

Ik zette hem aan en vond al snel mijn ritme, waarna ik het tempo waarschijnlijk sneller verhoogde dan ik zou moeten doen. Ik wilde die energie zo snel mogelijk zien te lozen. Misschien, als ik uitgeput was, zou ik daarna de moed hebben om met hem te praten.

Ik rende als een bezetene – Christina Aguilera's *Keeps Getting Better* dreunde door mijn oren – toen hij in mijn gezichtsveld verscheen door vlak voor me te gaan staan. Zijn lippen bewogen geluidloos en hij schudde streng zijn hoofd. Ik schudde mijn hoofd terug en keek naar beneden. *Nu* wilde hij praten? Echt niet. Hij kon wachten. Net zoals ik boven op het dek had gewacht terwijl hij zich met zijn werk had beziggehouden.

Hij verroerde geen vin toen ik weigerde te stoppen met rennen of naar hem te kijken. Ineens strekte hij zijn arm en zette de loopband uit. Het beveiligingsmechanisme trad in werking en geleidelijk stopte hij. Als ik hem weer zou aanzetten, zou ik alleen maar vallen, doordat hij met een veel lager tempo zou beginnen dan wat ik nu liep.

Zodra de band tot stilstand was gekomen, rukte ik mijn oortjes uit. 'Wat de hel was dat?'

Hij keek me boos aan. 'Je gaat veel te hard. Je hebt niet eens een warming-up gedaan.'

'Wil je alsjeblieft je fucking neus niet in mijn trainingsgewoontes steken?'

'Ik ga hier niet staan toekijken hoe je jezelf blesseert. Je kan jezelf op die manier behoorlijk verkloten.'

'Nou, misschien ben ik pissig en heb ik een flink partijtje hardlopen nodig.'

'Doe dat dan in ieder geval verstandig.'

Heath had me verteld dat Adam ooit een hardloper was – waarschijnlijk nog steeds – maar dat gaf hem niet het recht zich ermee te bemoeien.

Ik stapte van de loopband af en stond op het punt te vertrekken. Ik wilde dat ik mijn computer en een internetverbinding had, zodat ik kon inloggen en een paar honderd orks kon afslachten.

'Emilia.'

Ik draaide me met een ruk om, mijn gezicht loeiheet. '*Wat?*'

'Je bent er nog niet klaar voor.'

Ik wist dat hij het nu niet over het hardlopen had. Ik verstijfde. 'En wie ben *jij* om dat te bepalen? Het is *mijn* beslissing. Mijn lichaam. Ik ben tweeëntwintig jaar oud, in godsnaam. Ik kan morgen met wie dan ook uitgaan en...'

'Nee, dat kun je niet,' zei hij botweg en zijn handen balden zich langs zijn zij.

Ik schudde mijn hoofd. 'We hebben geen overeenkomst als *jij* weigert ermee door te gaan.'

'O? Dus je hebt besloten afstand te doen van onze naderende banktransactie?'

Ik slikte, mijn keel strak dichtgeknepen. Ik had dat geld *nodig*, verdomme. Ik haalde mijn schouders op. 'Wie zegt dat je überhaupt van plan was me te betalen?'

Zijn kaak verstrakte. 'Ik kom altijd mijn beloftes na.'

Ik schudde mijn hoofd. 'Ik kan dit niet. Ik heb me voor je opengesteld. Je vroeg me eerlijk te zijn en dat was ik en nu...' Ik gebaarde wild met mijn armen. 'Het is net alsof je me straft omdat ik je over mijn verleden heb verteld.'

Hij kwam dichterbij, stak zijn hand uit om mijn wang aan te raken. Ik sloot mijn ogen en rukte mijn hoofd bij zijn hand vandaan. 'Emilia. Kijk me eens aan.'

Ik opende mijn ogen.

'Als ik niet om je gaf, zou het me geen zak uitmaken. Zou ik het gewoon doen. Maar ik ben er niet van overtuigd dat het je niet op een bepaalde manier kwaad zou doen. Dat zou ik mezelf nooit vergeven.'

Ik sloeg mijn armen voor mijn borst over elkaar. 'Dus als het nu niet is, wanneer dan wel? Nooit? Adam, ik heb dat geld nodig.'

Hij kantelde zijn hoofd opzij en keek me aandachtig aan. 'Je hebt je nog niet eens ingeschreven voor geneeskunde.'

Ik keek weg. Kon ik het me veroorloven hem de echte reden te vertellen? De ranch was letterlijk in de problemen. Het klonk als een suf filmplot uit de jaren tachtig, maar als mijn moeder de ranch en de bed and breakfast die erbij hoorde kwijtraakte, zou ze haar inkomstenbron verliezen. En als dat gebeurde, zou er zeker geen kankerbehandeling meer zijn. Ik had me net opengesteld over mijn persoonlijke leven en hij had de beslissing van me afgenomen. Ik kon er niet op vertrouwen dat hij dat niet weer zou doen als ik hem vertelde waar ik het geld echt voor nodig had.

'Ik ken niet het hele verhaal, neem ik aan. Waarvoor heb je het geld nodig?'

Ik verstijfde. 'Waarom zou ik jou dat vertellen? Zodat je het tegen me kunt gebruiken?'

Die donkere ogen stonden hard. Streng. Ik tilde mijn kin op, staarde hem recht aan. Had ik een andere keuze dan mee te gaan in zijn beslissingen? Langzaam liet ik mijn adem ontsnappen.

Zijn blik week niet terwijl hij me doordringend aankeek. 'Je dacht dat jij degene was die de controle had. Nu besef je dat dat niet langer het geval is.'

Mijn adem ontsnapte in een keer, alsof hij me een stomp in mijn maag had gegeven. 'Ik had geen moment de controle, of wel? Je gaf me alleen de indruk dat dat zo was. Ik heb mezelf altijd als een slim mens beschouwd. Slim genoeg om een beurs te krijgen en de cijfers te halen waarmee ik geneeskunde kan studeren. Maar ik ben geen geniaal wonderkind en ik ga mezelf niet vermoeien door te proberen je te slim af te zijn. Ben ik gewoon een of ander speeltje om jezelf mee te vermaken tot je verveeld raakt?'

Hij knipperde met zijn ogen en zijn armen spanden zich aan. 'Nee.'

'Want dat is jouw probleem, weet je? Je verveelt je. Je bent *leeg*. Het enige wat je doet is werken. Je omringt jezelf met alle denkbare dure speeltjes en houdt mensen op een afstand. Houdt er iemand van je? Hou jij van iemand?'

Ik weet niet of het mijn verbeelding was, maar hij leek wat bleker te worden. Hij verplaatste zijn gewicht en haalde een hand door zijn donkere haar. Maar ik keerde me om en vluchtte terug naar mijn kamer. Ik wilde dit niet meer.

Hij haalde me vlak voor mijn slaapkamerdeur in, klemde zijn hand om mijn bovenarm en draaide me om zodat ik hem moest aankijken.

Zijn mond vond de mijne en ondanks dat hij boos was, liet ik hem me kussen. Zijn armen gleden om me heen en trokken me dicht tegen zich aan. Toen de kus werd verbroken, was zijn ademhaling zwaar en zijn stem klonk donker, hees. 'Nog één nacht, Emilia.'

Ik zei niets, keek in zijn ogen. Ik bracht mijn handen omhoog om hem van me af te duwen en hij verstevigde zijn greep om mijn middel. 'Alsjeblieft.'

Ik ademde diep in. 'Ik moet iets... enige vorm van.... We kunnen hier niet zo mee door blijven gaan.'

Hij liet zijn voorhoofd tegen het mijne zakken, kneep zijn ogen stijf dicht en opende ze toen weer. Mijn keel kneep samen bij de vastberadenheid in zijn ogen. 'Nog één nacht. Ik zal de helft van het geld maandag aan je overmaken.'

Ik huiverde. Toen ik sprak, was dat met een bevende stem. 'Oké...' Ik aarzelde. 'Als je me nog steeds wilt.'

Langzaam liet hij me los en stapte achteruit. Hij nam een diepe hap lucht en zijn rechterhand balde tot een vuist. 'Twijfelde je daaraan voordat ik stopte?'

Ik schudde mijn hoofd.

'Sta jezelf dan niet toe iets anders te denken. Ik wil je. Heel graag.'

Mijn hart klopte in mijn keel. Hij wilde me… voor één nacht. En dan wat? Voor het eerst sinds ik dit smerige plannetje had ingezet, begon ik te geloven dat ik een hele, hele grote fout had gemaakt. Met mijn strikte regels, mijn verwoede pogingen tot controle, had ik mezelf in een onmogelijke situatie gebracht, want mijn gevoelens voor hem begonnen veel te sterk te worden voor slechts een nacht. Nog één nacht.

Hij stapte naar voren om een zedig kusje op mijn wang te drukken. 'Welterusten.' Toen liep hij door de gang naar zijn kamer.

Het deed pijn om te ademen. Uitgeput liet ik me op mijn bed vallen, rolde me op tot een balletje en sliep.

***

De volgende ochtend, toen ik wakker werd, lagen we veilig aangemeerd aan de steiger in Bay Island, gelegen tegen Adams huis. We nuttigden in zijn keuken een kort, eenvoudig ontbijt van vers fruit en warme pannenkoekjes, klaargemaakt door zijn chef.

Hij wierp verschillende keren een blik in mijn richting, maar ik hield me voornamelijk stil, omdat ik me nog steeds ongemakkelijk voelde en totaal niet begreep wat er de vorige avond tussen ons was gebeurd.

'Heb je plannen voor later?' vroeg hij uiteindelijk.

Ik trok mijn schouders op. 'Blijkbaar sta ik tot je beschikking.'

'Nee, ik bedoel voor het avondeten. Alleen een etentje.'

'Vanavond?' Ik dacht even na. Ik moest pas morgen weer voor een late dienst op mijn werk zijn. Ik had nog geen kans gehad om Heath te bellen, maar dat kon ik vanmiddag afhandelen. 'Ik moet aan mijn posts van volgende week voor mijn blog werken.'

'Het is maar voor een paar uurtjes.'

Ik zuchtte. 'Niet als ik een uur of twee nodig heb om me op te tutten.'

'O, nee, niet zo'n etentje. Het is een familieding bij mijn oom thuis. Barbecue.'

Vanuit mijn ooghoek wierp ik een blik zijn kant op. Een familieding? Had ik dat goed gehoord? Opeens greep dat oude beestje, nieuwsgierigheid, me bij de strot en weigerde los te laten. 'Oké.'

Hij reed me naar huis en, zoals altijd, liep met me mee naar de deur terwijl hij mijn tas droeg. Ik ging naar binnen en merkte een plotselinge beweging bij mijn bank op. Geschrokken gaf ik een gil.

Adam spurtte langs me naar binnen en trok me achter zich.

'Wat de...' Heath sprong overeind van de bank. 'Fuck. Lekkere manier om me de stuipen op het lijf te jagen.'

Ik slaakte een diepe zucht van verlichting en begon te lachen. 'Heath, wat doe je hier?'

'Je was spoorloos verdwenen. Ik kwam hierheen om je op te sporen.'

Heath en Adam wisselden voornamelijk begroetende knikken uit. 'Drake.'

'Bowman.'

Heath draaide zich weer naar mij, met de vreemdste blik ooit op zijn gezicht. 'Ben je het hele weekend weggeweest?'

Ik gluurde naar Adam. 'Min of meer.'

'Ah. Oké.'

Adam schoof heen en weer en voelde duidelijk het ongemakkelijke moment aan. 'Ik zal maar eens gaan dan.' Hij draaide zich mijn kant op en gaf me een kus op mijn wang waarna hij me mijn tas aangaf. 'Ik zie je om zes uur.'

Met samengeknepen ogen en open mond staarde Heath naar de deur, bijna een minuut lang nadat Adam hem had dichtgetrokken.

'Het spijt me dat ik je bericht niet hebt beantwoord. Toen ik het vrijdagavond hoorde, was het veel te laat om te bellen en zaterdagochtend ben ik het totaal vergeten doordat ik laat wakker werd en druk aan het heen en weer rennen was om me klaar te maken.'

Heath, nog steeds naar de deur starend, schudde zijn hoofd en knipperde met zijn ogen. 'Kun je me vertellen wat hier in godsnaam gaande is?'

Ik liet mijn tas op de dichtstbijzijnde stoel vallen en liep naar de koelkast in de hoek van de studio, waar mijn ieniemieniekeuken was. 'Wil je wat water? Ik denk dat ik een Dr. Pepper neem.'

'Ik hoef niets. Ik heb koffie gekocht onderweg hierheen. Ik weet wel beter dan hierheen te komen en te verwachten dat er iets in je koelkast ligt.'

'Waarom ben je hier?'

Heaths gezicht betrok. 'Omdat ik fucking *ongerust* was. Je moeder blijft me maar bellen omdat ze je niet te pakken krijgt en ik word er helemaal gek van en wat de fuck is er gaande tussen jou en Drake?'

Mijn hoofd duizelde ervan. Dat was allemaal in minder dan tien seconden uit zijn mond gekomen en ik probeerde het nog steeds te verwerken. 'Ik heb een nieuwe mobiele telefoon. Ik heb er nog geen nummers in opgeslagen.' Ik trok het ding tevoorschijn en gaf het aan hem. 'Kun je jouw nummer erin zetten? Ik zal je bellen zodat je...'

'Hoe kom je hieraan? Dit is een gloednieuwe Galaxy. Mensen staan hiervoor op een wachtlijst.'

'Adam gaf hem aan me.'

Heath wierp me een betekenisvolle blik toe en richtte zich er vervolgens op om zijn nummer in de mobiel te zetten. Toen belde hij het nummer, liet zijn mobiel overgaan en hing op.

'Dus, zijn jullie twee al aan het neuken of wat?'

Ik pakte de telefoon van hem terug en perste mijn lippen op elkaar. 'Of wat.'

'Wat is zijn probleem? Kan hij hem niet omhoog krijgen? Je hebt het hele weekend met hem doorgebracht en hij is niet zijn gang gegaan?'

Ik ademde diep in. 'Vrijdag kon het niet. De boot was er niet. Dus we zijn gisteravond voor een nacht vertrokken en...'

'*En?*'

'En niets.'

'Shit. Ik *wist* dat hij homo was.'

'Wat? Nee... Nee, hij is geen homo.'

'Hoe weet je dat?'

'Ik treed niet in detail. Ik weet het gewoon.'

'Wat dan?'

'Er komt gewoon steeds iets tussen en gisteravond...' Ik draaide de dop van de fles water los en nam een grote slok.

'Wat is er gisteravond gebeurd?'

'We brachten de dag samen door... Hadden een geweldige tijd. En gisteravond voor het eten zaten we te praten in de jacuzzi. Hij vroeg aan me wat er op de middelbare school was gebeurd.'

Heath fronste. 'Hoeveel heb je hem verteld?'

Ik haalde mijn schouders op. 'Alles. Het was makkelijker om het hem te vertellen dan ik had gedacht. Het kwam er gewoon allemaal uit.'

'Oké, dus wat heeft dat te maken met niet...' Toen kleurde zijn gezicht rood en hij grimaste. 'O, ik snap het al. Hij wil je niet aanraken omdat je beschadigde waar bent?'

'Wat? Nee. Nee. Ik denk dat het hem om de tegenovergestelde reden de stuipen op het lijf joeg. Hij zei dat hij niet zeker wist of ik er wel klaar voor was. Hij zei dat hij het zichzelf nooit zou vergeven als ik erdoor zou flippen.'

'Weet je zeker dat hij niet gewoon aan het uitstellen is? Misschien is het een smoes om je niet te hoeven betalen.'

Eigenwijs trok ik mijn schouder op. 'Ik geloof echt niet dat dat het is. Ik weet het gewoon niet.'

Heath schudde zijn hoofd. 'Zijn jullie twee aan het daten of zo? Hij haalt je om zes uur op?'

'Voor een familiebarbecue.'

Heath vloekte.

'Wat?' vroeg ik.

'Hij speelt een spelletje met je, Mia. Dit was een deal voor één nacht. Nu behandelt hij je als zijn persoonlijke callgirl.'

Verontwaardigd schudde ik mijn hoofd. 'Dat is niet waar. We hebben niet...'

'Jullie hebben niet geneukt. Maar je hebt andere dingen gedaan,' zei Heath. 'Dat hoef je me niet eens te vertellen. Dat weet ik gewoon.'

Weer schudde ik mijn hoofd. 'Dat slaat nergens op. Hij was zelfs niet...'

Heath gooide zijn handen in de lucht. 'Dat kan op allerlei manieren. Misschien geilt hij er wel op om het zichzelf te ontzeggen.'

'Hou je kop, Heath. Stop ermee dit iets zieks te laten lijken.'

'Meisje, het begon al ziek. Het wordt alleen maar erger.'

Ik plofte neer aan mijn keukentafel en Heaths blik schoot naar de nieuwe laptop. Hij wapperde er met zijn hand naar. 'Nieuwe telefoon. Nieuwe computer. Een chique overnachting op een jacht. Wat is het volgende? Een auto? Wat probeert hij met al die dure cadeaus te kopen? Hij wil iets. Hij wil meer dan een nacht.'

Ik wreef over mijn voorhoofd. Op dit moment voelde ik me zo dom, niet langer in staat om de simpelste dingen te begrijpen. Gebruikte Adam me? Waarvoor? Ik kon dat beeld van zijn gezichtsuitdrukking maar niet uit mijn hoofd krijgen, van vlak nadat hij zich had tegengehouden en zich van me had losgemaakt. Hij had zo verafschuwd gekeken.

'*Jij* hebt hem uitgekozen, Heath. *Jij* zei dat hij de beste keuze was.'

'En dat was niet gelogen. Dat was hij ook. Maar dit hele gebeuren begon in Lijpowereld en nam al heel snel een scherpe bocht naar links naar Fucked-up-land.'

Aangezien er geen scherpe opmerking bij me opkwam, schudde ik slechts mijn hoofd. Blijkbaar was ik uit mijn doen.

Nadat hij me een paar gespannen minuten had aangestaard, blies Heath uiteindelijk zijn adem uit. 'Luister, je bent een grote meid. Ik hou van je, maar ik kan niet simpelweg toekijken hoe je je door die kerel laat fucken – op meer manieren dan de oorspronkelijk bedoelde manier.'

Ik kon nauwelijks ademhalen, ineens bijna in tranen. 'Heath, waarom doe je zo kwetsend?' Heaths woorden bevestigden slechts mijn ergste angst. Adam gebruikte me. Adam wilde iets van me. Adam zou me als afval lozen zodra hij klaar met me was. Net als de Biologische Spermadonor met mijn moeder had gedaan. Ze waren allemaal hetzelfde.

'Omdat ik me zorgen om je maak. Je begint toch niet echt gevoelens voor hem te krijgen, of wel? Een kerel als hij verslindt je en spuugt je uit.'

Ik keek in Heaths ogen en schudde mijn hoofd. 'Ik moet de kans wagen, Heath.'

Hij gooide zijn handen wijd uit elkaar. 'Prima. Je hoeft niet naar me te luisteren. Maar ik ga niet langer je moeders telefoontjes opvangen. Regel dat maar zelf. Regel alles maar zelf. Ik ben weg.'

En met een verafschuwende beweging met zijn arm, draaide hij zich om en vertrok, de deur hard achter zich dicht slaand.

Ik had mijn hoofd neer kunnen leggen om een potje te janken. Daar had ik in ieder geval wel zin in. Maar dat deed ik niet. In plaats daarvan logde ik in en schakelde ik meer dan twintig orks uit, terwijl ik ondertussen minimaal tien keer checkte of mijn vrienden FallenOne of Persephone online waren. Fallen had niet ingelogd sinds de dag dat we met elkaar hadden gechat, weken geleden. Ik stuurde hem snel een e-mail om te vragen hoe het met hem ging en wanneer hij weer mee zou spelen en vervolgens begon ik aan een artikel voor mijn blog.

Heaths woorden maalden keer op keer door mijn hoofd en ik kon me nauwelijks concentreren op alle dingen die ik moest doen. Speelde Adam een spelletje met me? Waarom? Was waar we mee bezig waren inderdaad ziek? Ik kon er geen antwoord op geven. Iedere keer dat ik aan Adam dacht, kwamen er vreemde gevoelens in mijn borst op die dreigden al het andere te verdringen. Het maakte het moeilijk helder na te denken, moeilijk om te ademen.

Met een bevende zucht bewoog ik me als een hersenloze robot door het appartement om de dingen te doen die gedaan moesten worden, voordat ik me in een witte capribroek hees en een lichtblauw T-shirt aantrok voor de barbecue.

***

Wederom was Adam stipt op tijd toen hij me kwam ophalen om naar het huis van zijn oom te gaan. Hij opende het portier voor me en ik nestelde me in de klassieke lederen stoelen van zijn Porsche.

Zijn oom woonde in de eerste stad naast de mijne, Tustin, vlak bij de golvende heuvels die naar de canyons in het achterland van Orange County liepen. De huizen hier waren mooi. Niet van die landhuizen als in Newport, maar huizen van de hogere middenklasse met welgestelde, maar niet echt rijke inwoners. Het was op de lange, witte oprit van een van die huizen dat Adam zijn auto parkeerde.

We waren nog maar nauwelijks uit de auto of twee jongens, niet ouder dan zes en acht jaar, kwam het huis uit rennen. 'Adam!' schreeuwden ze, duidelijk opgewonden.

Adam bukte en schepte ze allebei met een gespierde arm van de grond af. 'Allemachtig!' zei hij met een overdreven kreun. 'Jullie twee beginnen zwaar te worden.'

'Zet me neer!' zei een van hen. Ik schatte hem een paar jaar ouder dan zijn broertje, aangezien hij iets groter was. Buiten dat was het moeilijk ze uit elkaar te houden. Ze hadden hetzelfde uiterlijk en hun haren hadden precies dezelfde kleur. 'DJ, ik mag eerst rijden!'

Maar het jongere ventje had mij in het oog gekregen en probeerde zich uit Adams greep te wurmen, zijn ogen groot en zijn kaak zakte naar beneden. 'Adam heeft een *meisje* meegenomen,' zei hij vol ongeloof.

Ik schoot in de lach – ik kon het niet helpen – vooral toen Adam met zijn ogen rolde terwijl hij allebei de jongens neerzette en zijn handen op hun hoofden legde. 'Deze twee leeghoofden zijn Gareth en Dylan – we noemen hem DJ. Het zijn de kinderen van mijn nicht Britt.'

DJ staarde me nog steeds verwonderd aan en kwam dichterbij terwijl zijn broer Gareth in Adams auto sprong, net deed alsof hij motorgeluiden maakte en aan het stuur trok. 'Hoi,' zei hij met een brede lach. 'Je bent mooi.'

'Nou, dank je wel,' zei ik lachend.

'Ben je Adams vriendin?'

'Ehh,' zei ik met een schuine blik op Adam, die meer geamuseerd dan beschaamd leek te zijn.

'Stop met het versieren van Emilia, DJ.'

DJ wendde zich tot zijn neef. 'Waarom heb je een meisje meegenomen? Je neemt nooit meisjes mee.'

'Pardon? Ben je je antiluizenspray vergeten of zo?' vroeg Adam.

Snel leidde Adam me naar binnen en hij liet zijn neefjes op de oprit achter om net te doen alsof ze aan het autorijden waren, nadat hij ze de duidelijke opdracht had gegeven dat ze niet aan de versnellingspook en handrem mochten zitten. Blijkbaar vertrouwde hij hen en hadden ze niet meer toezicht nodig. Ik kon nauwelijks geloven dat hij die jochies in zijn auto, die duidelijk een fortuin waard was, liet klooien.

'Maak je geen zorgen. Ze zijn het over een minuut of tien beu,' zei hij.

In rap tempo werd ik voorgesteld aan nog vier mensen, allemaal volwassenen. De eerste twee waren Britt, Adams nicht, en Rik, haar echtgenoot – de ouders van de twee apen buiten.

Na een eerste introductie bedankte ik Britt dat ze Adam had leren dansen. 'Hij leerde me de foxtrot en hield jou daar verantwoordelijk voor,' zei ik met een grijns en Britt schonk Adam een geamuseerde blik.

'Al dat geklaag en toch herinnert hij zich al die dansen. En hij gebruikt ze nog ook, om indruk op de dames te maken. Waarom verbaast dat me nou niets?'

'Hé, ik klaagde over de druk die je op me uitoefende... en dan bedoel ik letterlijk.' Adam wendde zich tot mij. 'Ze ging gewoon boven op me zitten, draaide mijn arm op m'n rug en drukte die net zolang aan tot ik ermee instemde haar partner te zijn.'

Britt snoof. 'Laten we het erop houden dat ik in die tijd een beetje meer woog dan Adam.'

Ik kon niet anders dan giechelen bij het beeld in mijn hoofd.

Daarna stelde Adam me voor aan zijn oom, Peter Drake. Een lange, slanke en zachtaardige man. Hij droeg een gek barbecueschort met daarop de tekst: 'Ik ben de getuige aan het grillen.' Adams oom Peter moet hebben geweten dat ik meekwam, want hij leek totaal niet verrast dat ik er was.

'Welkom,' zei hij. 'Hoe wil je je biefstuk?'

'Medium doorbakken,' antwoordde ik. En vervolgens schuifelde hij met een schaal rauw vlees de achterdeur uit.

Adam werd weggeroepen om een telefoontje te plegen, wat me niet verbaasde. Hij werkte zelfs op zondag tijdens een familie-etentje. Ik had geen idee hoelang hij bezig zou zijn, dus ik slenterde wat rond om te zien hoe ik mezelf in de problemen kon brengen.

Ik wist dat Adam nog een neef had van zijn eigen leeftijd, maar ik zag hem pas toen ik de gang in liep om naar het toilet te gaan. Op de terugweg zag ik beweging in een van de slaapkamers en stak mijn hoofd naar binnen.

'Hoi,' zei ik.

Een lange man van halverwege de twintig zat aan een L-vormige tafel waarop twee technisch vernuftige computers stonden. Hij zat over iets kleins gebogen en had een penseel in zijn ene hand. Hij keek naar me op en wendde net zo snel zijn ogen weer af. Hij was een knappe man – duidelijk een eigenschap die bij Adams familie hoorde – maar ging typisch gekleed met een trui die totaal niet bij zijn geruite overhemd paste.

'Hoi. Jij bent Emilia,' zei hij op een monotone toon, waarna hij zijn aandacht weer op zijn gedetailleerde schilderwerk richtte.

Ik knikte. 'Ja. Hoe wist je dat?'

'Adam heeft me over je verteld.'

Ik was verrast. Hij deed er zo feitelijk over. Ik vroeg me af wanneer Adam hem over me had verteld en in welke context.

'Hoe heet jij?' vroeg ik terwijl ik de kamer in stapte. Het zag eruit als zijn slaapkamer, maar hij woonde hier duidelijk niet. De ruimte was onberispelijk en er stond geen bed in.

'Ik ben William Drake, Peter Drake's zoon,' zei hij plechtig.

'Leuk je te ontmoeten,' piepte ik. Adam had laten vallen dat hij een neef in het spectrum had. Voor een deel van mijn kwalificaties voor mijn studie geneeskunde had ik me als vrijwilliger opgegeven in het werk met tieners en adolescenten met een beperking. De meeste van hen hadden het aspergersyndroom of een andere vorm van autisme. Ik sloop dichterbij om beter naar zijn vakwerk te kunnen kijken.

'Mag ik vragen wat je aan het doen bent?'

'Beeldjes aan het verven,' antwoordde hij, alsof dat niet het meest duidelijke ding ooit was. Mijn blik schoot naar de planken boven zijn hoofd, die tjokvol tinnen beeldjes stonden. Het waren allerlei soorten fantasyhelden – tovenaars, dieven, magiërs, krijgers, elven en dwergen.

'Wauw, die zijn fantastisch,' zei ik terwijl ik naar voren stapte om ze beter te kunnen bekijken. De beeldjes waren niet meer dan ruim twee centimeter groot, gemaakt van tin en allemaal tot in detail beschilderd, soms zelfs met familiewapens op de schilden en subtiel weergegeven gezichtsuitdrukkingen, wat uren van zorgvuldig schilderwerk moet hebben gekost om aan te brengen. 'Je moet er hier wel meer dan honderden hebben staan.'

'We gebruiken ze niet meer. Adam speelt nooit meer D and D zoals hij deed toen hij op de middelbare school zat.'

'O, zijn deze voor Dungeons and Dragons? Dat heb ik nog nooit gespeeld.'

'Wij speelden het heel vaak. Met een grote groep. Adam was de GM.' Huh? Adam was de Game Master geweest. Waarom verbaasde het me niet dat te horen? De Game Master was degene die het verhaal en de game-omgeving voor de andere spelers bepaalde door hun personages binnen die wereld te verplaatsen. Met zijn neiging naar controle verbaasde het me niets dat Adam die rol in zijn vriendengroep had gespeeld.

'En jij hebt alle beeldjes beschilderd?'

'Ik schilder ook voor mijn werk. Ik werk op de afdeling vormgeving bij Dragon Epoch.'

Ik ging tegenover hem zitten en volgde zijn verfijnde bewegingen. Hij schilderde een tovenares in een golvend, paars gewaad, bedekt met gouden symbolen. 'Dan zie je Adam vast heel vaak, als je met hem werkt.'

Vanuit zijn ooghoek gluurde hij naar me, maar hij werkte ondertussen stug door, zijn hoofd gebogen. 'Nee, bijna nooit. Ik zie hem bijna helemaal niet meer.'

Ik was even stil om over zijn woorden na te denken. Vooral omdat dit de eerste keer tijdens het hele gesprek was dat William een emotie had laten blijken – spijt. Ik keek naar hem terwijl hij stilletjes doorging met zijn werk. Hij zag er verdrietig uit, eenzaam. Hij miste zijn neef, die waarschijnlijk een van zijn beste vrienden was, terwijl ze elke dag in hetzelfde gebouw werkten! Wat zei dat over Adam? Waarom een neef in dienst nemen, iemand die ooit een goede vriend was, en vervolgens nooit tijd met hem doorbrengen?

Het was waar dat Adams werk hem immens in beslag nam, maar ik wist zeker dat hij best eens per week een half uur kon vrijmaken om samen met William te lunchen.

Ik besloot van onderwerp te veranderen. 'Ik speel DE. Heb jij iets ontworpen dat ik ken?'

'Ik ben colorist. Ik vul de kleuren in van andermans ontwerp.'

'Heb je dan aan een ontwerp gewerkt dat ik ken?'

'Waarschijnlijk,' zei hij en ik kon niet anders dan glimlachen.

'Vertel haar geen gamegeheimen, Liam. Ze probeert zoveel mogelijk uit je te ontfutselen,' klonk een droge stem vanuit de deuropening en ik draaide me om naar Adam, die naar ons stond te kijken.

William keek niet eens op toen zijn neef sprak. Hij haalde slechts zijn schouders op. 'Ik ken er geen.'

Adam kwam de kamer in en ging achter zijn neef staan om te kijken wat hij aan het doen was. 'O, ik herinner me haar. Had je haar eerst niet iets geels laten dragen?'

'Ander personage,' gromde William.

'Zeg, Adam, ik hoorde dat jij vroeger de GM van Dungeons and Dragons was.'

Hij wierp een blik op de plank boven Williams hoofd. 'Inderdaad, lang geleden. Liam vindt het leuk de beeldjes te blijven verven, ook al hebben we al meer dan tien jaar niet meer gespeeld.'

'Hij is er onwijs goed in. Misschien zouden jullie het weer eens moeten spelen.' Adam wierp me een nieuwsgierige blik toe, maar zei niets. Ik kon zijn uitdrukking echter lezen. Die zei zoiets als: *Alsof ik daar tijd voor heb?*

We werden geroepen voor het eten en zaten in de achtertuin op het terras rond een prachtig zwembad. Britt trakteerde me op nog een aantal grappige verhalen uit Adams puberteit terwijl hij de bekende familievernedering stoïcijns onderging.

DJ wist echter een blos op allebei onze gezichten te toveren door Adam te vragen of hij me al had gekust. Britt jaagde hem weg voordat Adam kon reageren.

Ik bood aan te helpen met de afwas en Adam verzamelde alle vaat, waarna hij schouder aan schouder met me in de keuken stond om te spoelen en af te drogen wat ik had afgewassen. We spraken niet veel. Ik zat om woorden verlegen. De vragen kolkten door mijn hoofd en hoopten onder in mijn strot door forse verwarring samen. Waarom had Adam me hier mee naartoe genomen? Waarom het risico lopen me aan zijn hele familie voor te stellen terwijl hij verdomde goed wist dat ik nooit in zijn leven zou zijn zodra ons contract eenmaal was voltooid? Het was een gezellige familie en ik was blij te merken dat hij na de ellende van zijn jeugd ook gelukkige tijden had gekend.

Toen we gedag aan het zeggen waren, op het punt stonden de deur uit te lopen, hield William me tegen en legde iets kleins in mijn hand. Het was een van de beeldjes die ik eerder had bewonderd. 'Adam zegt dat je in DE met een Spirituele Toverfee speelt. Ik dacht dat je deze misschien wel leuk zou vinden,' zei hij terwijl zijn ogen nooit de mijne ontmoetten.

Ik keek in het flauwe licht naar het figuurtje en waarachtig, het was een niet-schaars geklede tovenares die een enorme staf boven haar hoofd rondzwaaide ter voorbereiding op het uitspreken van een toverspreuk. Ze had lang, zwart haar en een rode mantel die om haar heen wapperde. Ze was gedetailleerd ingekleurd, een waar, klein kunstwerk.

'Dank je wel, William. Ze is perfect.'

Adam wikkelde zijn hand om de mijne en nadat we iedereen gedag hadden gezegd, trok hij me mee naar zijn auto.

Bij mijn huis aangekomen, na bijna een hele rit stilte, liep hij met me naar de deur. We stonden bij de drempel en hij keek in mijn ogen. 'Bedankt dat je vanavond met me meekwam, Emilia,' zei hij.

'Ik vond het gezellig, maar...' Ik schudde mijn hoofd. Hij richtte zijn hoofd naar me op, stelde de vraag zonder hem uit te spreken, dus ik gaf antwoord. 'Waarom wilde je me aan je familie voorstellen? Zullen ze zich niet afvragen wat er is gebeurd als we eenmaal...?'

Zijn ogen waren op de mijne gefixeerd, serieus, oprecht. 'Omdat je het me vroeg en ik wilde het je laten zien.'

'Je wat vroeg?'

'Je vroeg me van wie ik hou. Zij zijn degenen van wie ik hou.'

Hij bukte en kuste mijn wang, wachtte bij de drempel terwijl ik mezelf binnenliet en de lichten aandeed. Toen verdween hij in de duisternis. Die pijn onder in mijn keel kwam weer op. Ik zag evenzeer op tegen de volgende keer dat hij me zou bellen als dat ik ernaar uitkeek, want ik wist dat hij tussen nu en dat moment niet lang uit mijn gedachten zou zijn. Ik zou aan hem denken terwijl ik mijn saaie taken op mijn werk uitvoerde. Ik zou aan hem denken terwijl ik mijn blog schreef. Ik zou aan hem denken als ik boodschappen deed en het huis schoonmaakte. En ik zou me zorgen maken. Ik zou me zorgen maken over hoe ik de scherven moest opruimen als dit allemaal voorbij was.

HOOFDSTUK
NEGEN

MAANDAGAVOND WAS STUDIEGROEPAVOND BIJ JON. Gezien het weekend dat ik achter de rug had, was ik bedroevend slecht voorbereid op het onderwerp van deze week: melkzuurderivaten. Ik had bijna gebeld met de smoes dat ik een zere keel had, maar ik moest om middernacht toch naar mijn werk en vond dat ik de vernedering van onvoorbereid zijn net zo goed kon gebruiken als een stimulans om voor de volgende keer harder te studeren. Alsof de eerste keer zakken voor het hele gebeuren nog niet erg genoeg was. Sommige mensen kicken erop in de problemen te raken. Het leek erop dat ik kickte op vernedering.

Maar toen ik daar aankwam, wachtte me een verrassing. Alleen Jon was er. De andere drie hadden om verschillende redenen afgemeld en hij had besloten het door te laten gaan, omdat hij echt veel bij te werken had. We sloegen onze boeken open en gingen aan het werk.

Ik had moeten weten dat we in een ongemakkelijke situatie zouden belanden zodra Jon een fles wijn opende en een beetje te dicht bij me op de bank kwam zitten in plaats van tegenover me. Ik zat flashcards te maken met belangrijke termen en hij leek onrustig en nerveus.

'Ben je zenuwachtig voor de test?' vroeg ik, zonder op te kijken van mijn kaartjes.

Hij haalde zijn schouders op. 'Neuh. Volgens mij heb ik hem wel in de pocket.'

Ik ademde diep in en liet de lucht weer ontsnappen terwijl ik me dat gevoel van opperste vertrouwen van vorig jaar herinnerde, toen ik naar binnen was gelopen om de test voor de eerste keer te maken. Sindsdien had ik hem wel meer dan tien keer over kunnen doen om mijn score te verbeteren, maar ik bleef het steeds uitstellen omdat ik er zeker van was dat ik niet goed genoeg voorbereid was en mezelf niet nog een keer wilde blootstellen aan de ondergang als ik gelijk had.

'Ik wilde dat ik zo zeker van mezelf was,' mompelde ik.

'Je gaat het fantastisch doen. Je bent zo slim.'

Ik reageerde niet. Jon wist niet van mijn eerdere afgang, aangezien ik het alleen had verteld aan mensen met wie ik niet naar school ging – hechte vrienden uit het dagelijks leven, zoals Heath, Alex en Jenna, en mijn bff's online, Fallen en Persephone. Ik kon hier vanavond niet over nadenken. Kon er niet over blijven piekeren. Ik greep het wijnglas dat hij voor me had ingeschonken en nam, afwezig, een slokje.

Zoals altijd was mijn hoofd een grote, drukke warboel. Iedere keer dat ik de boel op een rijtje probeerde te krijgen, schoot een gedachte aan Adam door me heen of een herinnering aan het weekend en was het weer een grote chaos in mijn kop.

Ook bleef ik maar denken aan Heaths woorden van de dag ervoor. Zijn beschuldigingen met betrekking tot Adams snode plannen. Had Heath gelijk? Manipuleerde Adam me? Ik vroeg het me af, want wat zou hij er uiteindelijk mee opschieten? Adam gedroeg zich alsof we met elkaar dateten, maar hij wist heel goed dat ik daar niet aan deed. En hij net zomin. Kickte hij erop om me onder de duim te houden? Was dit zijn eigen, typische manier van kinky?

Onze deal was nog steeds niet ingelost. Die eerste nacht in Amsterdam was niet zijn schuld geweest. Zijn werk was ertussen gekomen. En vrijdag was zijn jacht weggeweest voor reparatie, of dat beweerde hij althans.

Hoe meer ik alles bleef overdenken, hoe meer wijn ik dronk. En die kleine griezel van een Jon moest stilletjes mijn glas steeds hebben bijgevuld, want toen ik opkeek was de fles leeg. Ik had geen enkele keer gevraagd nog eens bij te schenken. Mijn aantekeningenkaartjes dansten inmiddels voor mijn ogen.

'Wow… dat was geen goed idee,' zei ik.

'Wat?' vroeg Jon en hij keek op van zijn studiemateriaal.

'De wijn.'

Hij kneep zijn ogen tot spleetjes en tuurde naar de fles. 'Shit, we hebben al twee flessen soldaat gemaakt.'

Ik checkte de tijd op mijn mobiel. 'Ja, en nu voel ik me behoorlijk waardeloos. Van studeren gaat niets meer komen. Over drie uur moet ik naar mijn werk.'

Hij legde zijn boek opzij. 'Je kunt niet naar huis rijden. Je kunt beter hier blijven.'

'Hoeveel heb jij gedronken? Kun jij me niet naar huis brengen? Dan haal ik morgenochtend mijn auto op.'

'Ik ga de komende paar uur nergens heen. Waarom doe je niet even een dutje op de bank? Ik zal een kussen voor je pakken.'

Echt niet dat ik hier ging blijven, zeker niet in deze staat. Jon leek me een aardig kerel, maar zo goed kende ik hem nu ook weer niet en hij had maandenlang achter me aan gezeten. En nu was hij tipsy. Hij leek me aardig, maar dat was bij een heleboel mensen zo tot ze een paar glaasjes op hadden. Zelfs ondanks de wijn die ik achter mijn kiezen had, vermoedde ik een vooropgezet plan dat nu wel heel goed uitkwam.

'Ik denk dat ik maar ga.'

Hij nam mijn hand in de zijne terwijl ik probeerde mijn flashcards in mijn rugzak te stoppen. 'Blijf, Mia. Het is oké. Meld je ziek en blijf bij mij op de bank slapen.'

Ik schudde mijn hoofd. 'Daar voel ik me niet prettig bij.' Ik propte de rest van mijn spullen in mijn tas en kwam wankelend overeind.

Mijn hoofd draaide en hij pakte mijn arm beet alsof hij me wilde tegenhouden. 'Kom op, je kunt zo niet rijden.'

'Ik ga Heath bellen om me op te komen halen. Het lukt wel. Bedankt, Jon.'

Ik trok mijn arm uit zijn greep en liep wankelend de deur uit, beende over het trottoir naar mijn auto en stapte in terwijl hij me vanuit de deuropening van zijn appartement nakeek.

Met onvaste hand trok ik mijn mobiel tevoorschijn en opende mijn contacten om op Heaths nummer te drukken, dankbaar dat hij het de dag ervoor erin had gezet. Hij zou, uiteraard, pissig zijn, maar ik wist dat hij zou komen. Dat doen beste vrienden nu eenmaal.

De telefoon ging twee keer over voordat hij opnam. 'Heath, ik heb je hulp nodig.'

'Emilia? Alles goed met je?' *Adam.* Shit. Ik had het verkeerde nummer gebeld. Twee contacten in deze telefoon... Twee verdomde contacten en ik had het nog voor elkaar gekregen het verkeerde te bellen! Ik was meer dronken dan ik dacht.

'Eh. Hoi...'

'Wat is er aan de hand?'

'Ik dacht dat ik Heath belde, maar jij was het per ongeluk.'

Een stilte. 'Ben je dronken?'

Shit. 'Nee. Natuurlijk niet. Ik was gewoon aan het studeren. Hij had wijn, dus ik dronk wat en ik besefte niet dat ik zoveel dronk doordat hij mijn glas steeds bleef bijvullen.' Ik realiseerde me dat ik aan het ratelen was, dus ik liet me achterovervallen en zuchtte. 'Hij komt me halen en brengt me naar huis. Heath, bedoel ik.'

'Waar ben je? Ik kom je wel halen.'

'Nee.'

'Emilia, zeg me waar je bent.'

'Ik ben in Orange. Dat is veel te ver voor je.'

'Ik heb een snelle auto. Open de gps-app en stuur me je locatie. Lukt je dat?'

Die app had ik nog niet gebruikt. 'Is het makkelijk in gebruik?'

'Ik praat je er wel doorheen.' Hij legde uit hoe ik het moest doen. 'Waag het niet die auto te starten, Mia,' zei hij voordat hij ophing. Ik fronste en vroeg me af hoe ik in hemelsnaam in deze situatie was beland toen ik een harde klop op mijn raam hoorde en opschrok.

Jon stond daar en gebaarde dat ik mijn portier voor hem moest openmaken. In plaats daarvan liet ik het raam naar beneden zakken. 'Het spijt me, Mia. Ik had geen idee dat je zoveel had gedronken.'

Ik knipperde met mijn ogen en de wereld draaide een beetje. 'Jij bent degene die mijn glas bleef bijvullen.'

'Kom naar binnen. Serieus, je kunt hier je roes uitslapen.'

'Uh-huh, sorry.' Toen slikte ik. 'Ik moet overgeven.'

'Mia, doe niet zo dom en kom naar binnen. Het spijt me. Kom gewoon naar binnen.'

'Ik zei nee, Jon. Nee betekent nee.' Ik draaide het raam omhoog.

Hij verdween en kwam een paar minuten later weer terug. Door het raam heen probeerde hij met me te praten, maar ik negeerde hem. Ongedurig tikte ik met mijn voet en checkte de tijd op het dashboard. Ik vroeg me af hoelang het Adam en zijn snelle auto zou kosten hier te komen.

Mijn binnenste trok samen en stuurde me de alom bekende waarschuwing dat ze op het punt stond in opstand te komen. Misselijkheid brandde in mijn slokdarm. Zo dronken was ik op zich niet, maar ik had de hele dag niet veel gegeten en de wijn irriteerde mijn maag ontiegelijk. Ik rolde de auto uit en strompelde naar de goot, waar ik voorover klapte. Ik kreunde een paar keer, maar kreeg het voor elkaar alles binnen te houden, al zou het me op dit moment een beter gevoel hebben gegeven als ik alles eruit kotste.

Zodra ik overeind kwam, stond Jon weer naast me. Hij had een paar boeken in zijn hand en stak ze naar me uit. 'Het spijt me enorm, Mia. Ik voel me hartstikke schuldig. Wil je een paar boeken van me lenen om je te helpen de stof onder de knie te krijgen?'

Ik keek naar de boeken. Het waren dure studiehulpmiddelen die ik me niet kon veroorloven. Ze zouden goed van pas komen. Ze dansten voor mijn onvaste blik en ik strekte mijn arm om ze te pakken, wat bij een ervan lukte, maar de rest trok hij opzij. 'Laat me ze voor je in de auto leggen. Kom daarna mee naar binnen, dan zet ik koffie voor je.'

'Nee... Het gaat wel. Ik word zo opgehaald.'

Hij pakte me bij mijn arm. 'Kom op. Ik wil niet dat je probeert naar huis te rijden.'

Ik verzette me tegen zijn greep. 'Dat doe ik ook niet. Ik word door iemand opgehaald. Stop met zo aan me te trekken, want anders kots ik je helemaal onder.'

Zijn greep verstevigde en hij trok zijn bovenlip op terwijl hij aan mijn arm trok. 'Mia, doe niet zo koppig. Laat me gewoon voor je zorgen.' Zijn grip werd pijnlijk strak.

'Je doet me pijn… Laat los!' Mijn hartslag bonkte in mijn oren en ik werd duizelig van een plotselinge angst. Wat probeerde deze klootzak te doen? Wat wilde hij van me?

Ik zwaaide met het boek in mijn hand en smeet het over zijn hoofd. Sissend draaide hij zich met een ruk naar me toe. 'Wat de fuck, bitch?' Hij bracht zijn hand omhoog, alsof hij van plan was me te gaan slaan en met al mijn kracht verzette ik me tegen zijn greep. Ik viel op mijn kont en tilde mijn hand op om mijn gezicht af te schermen. Mijn val trok hem mee doordat hij mijn arm nog beet had en hij viel over me heen.

Beelden van die avond met Zack op de bergkam doemden op door Jons dreiging met geweld. Ik had bloed op mijn gezicht gehad, maar dat interesseerde hem niet. Het liep over mijn kin, mijn mond in. De bittere, metaalachtige smaak vermengde zich met mijn zoutige tranen. *Nee!*

Ik deinsde achteruit, probeerde bij hem uit de buurt te komen. 'Laat me verdomme los!'

Ik draaide me om, om weg te rennen, om door de straat om hulp te schreeuwen. Twee wazige vlekken verschenen weer aan de rand van mijn gezichtsveld en ik wist dat ik veel erger in paniek zou zijn geraakt als ik niet afgeremd zou zijn door de wijn. Daar was ik dankbaar voor.

Precies op dat moment parkeerde Adam zijn auto achter de mijne langs het trottoir. Zijn blik was op mij gefixeerd en verschoof vervolgens naar Jon. Hij had alles gezien.

In een fractie van een seconde was hij zijn auto uit en hij bewoog zo snel dat hij een waas was. Ik kreeg de voormalig hardloop-ster in al zijn glorie te zien. Binnen een paar tellen stond hij tussen ons in.

'Kap daarmee en laat haar los!' beval Adam.

'Ik help haar. Ze is van plan dronken in de auto te stappen,' sliste Jon met dubbele tong. Ik probeerde me nog een keer los te rukken. Hij had me net zo stevig vast als daarvoor.

Adam greep Jon bij zijn vrije arm beet en draaide die op z'n rug. Jon klapte dubbel, jammerend van de pijn. 'Ik. Zei. Laat. Haar. Los.'

'Wie de fuck ben jij?' gilde Jon en alsof hij zichzelf aan me had gebrand, trok hij zijn hand bij me vandaan. Ik viel achterover op de grond en wreef over de plek waar hij me had vastgepakt.

'Gaat het met je?' vroeg Adam aan me. Ik zei geen woord, wiegde heen en weer terwijl ik mezelf vasthield in een poging de paniek te verminderen. 'Emilia...'

'Ik ben oké,' zei ik uiteindelijk en ik keek naar hem op. Zijn blik op mij was indringend en hij pakte Jon op een andere manier vast.

'Bied je excuses aan haar aan, kloothommel.'

'Wat de... Auw!' schreeuwde hij van de pijn toen Adam zijn greep op Jons arm verstevigde. 'Het spijt me... Het spijt me!'

Adam liet Jon los en zette een stap naar achteren. Jon draaide zich om, nam een bredere houding aan, alsof hij iets wilde beginnen. Adam verroerde geen vin, zijn ogen strak op Jon gericht. Hij gaf hem een 'dodelijke blik', zoals we dat op school noemden.

'Waar was je in godsnaam mee bezig, haar dronken proberen te voeren?' gromde hij tussen opeengeklemde kaken door.

'Gast, ik vulde gewoon haar glas bij.'

'Adam, laten we gaan,' zei ik, ongerust dat hij zich niet zou kunnen beheersen.

Adams handen balden zich langs zijn zijdes tot vuisten. Hij was op zijn minst tien centimeter en vijftien kilo in het voordeel op Jon. 'Als je dat nog een keer flikt, ransel ik je compleet in elkaar.'

Jons houding straalde een en al angst uit. Hij wankelde op zijn benen en keek onzeker.

Adam zette een stap naar voren. 'Waag het niet haar *ooit* nog aan te raken, begrepen?'

Jons gezicht werd rood van woede en hij nam een dreigendere houding aan. 'Wie ben jij, haar fucking vriendje? Ze *houdt* niet van mannen, weet je?'

Adam was niet in het minst onder de indruk van zijn optreden. Hij schoof dichter naar Jon en ging vlak voor hem staan. 'Ze houdt wel degelijk van *mannen*. Misschien houdt ze niet van *jou* omdat je een klootzak bent.'

Jon haalde uit naar Adam, maar Adam duwde hem weg voordat zijn vuist hem raakte en die idioot viel op z'n rug. Met open mond staarde hij Adam geschrokken aan.

Adam zette weer een stap dichterbij. 'En een pestkop. Ik haat pestkoppen,' zei hij, een gevaarlijke glinstering in zijn ogen.

Ik duwde mezelf overeind en pakte hem bij zijn arm. 'Adam, alsjeblieft, laten we gaan.' Hij reageerde niet, zijn arm stijf van woede. Hij trok me met zich mee naar voren. 'Adam,' zei ik en ik ging voor hem staan. De uitdrukking op zijn gezicht... die ijskoude blik in zijn ogen maakte me daadwerkelijk koud vanbinnen en zorgde ervoor dat ik me afvroeg waartoe hij in staat was. Ik duwde tegen zijn borstkas. 'Alsjeblieft, het is voorbij.'

Maar hij schoof nog verder naar voren en terwijl ik een stap achteruitzette, struikelde ik. Hij voorkwam dat ik viel door zijn armen om me heen te slaan. Jon krabbelde overeind van de grond en maakte er gebruik van dat Adam was afgeleid door naar binnen te vluchten. Met een klap sloeg hij de deur dicht en vergrendelde hem luidruchtig.

Adam staarde naar de deur alsof hij in dubio stond wat hij ging doen. 'Adam, alsjeblieft, het is voorbij. Bedankt dat je me te hulp bent geschoten.' Ik duwde me op mijn tenen en kuste hem op zijn wang nadat ik mijn handen voor mijn evenwicht op zijn sterke schouders had gelegd.

Zijn armspieren ontspanden zich en eindelijk keek hij op me neer, verontrust. 'Hij heeft je pijn gedaan,' zei hij.

'Niet heel erg. Het is oké.'

Hij schudde zijn hoofd. 'Het is *niet* oké.'

'Nou, je hebt hem zo de stuipen op het lijf gejaagd dat ik zeker weet dat hij de volgende keer dat hij me ziet in zijn broek schijt.'

'Hij gaat je geen volgende keer zien, want je komt niet meer in zijn buurt,' zei hij met opeengeklemde kaken.

Ik zette een stap naar achteren en besloot de vaste studiegroep maar niet te noemen. Het was waar, ik zou nooit meer naar Jon gaan. Ik besloot het met de anderen van onze studiegroep te hebben over het vinden van een andere locatie voor onze bijeenkomsten.

Adam vloekte toen ik trilde in zijn armen. 'Het gaat helemaal niet met je, Emilia.' Hij leidde me naar zijn auto. Aan de manier waarop hij me vasthield, kon ik merken dat hij gespannen was en aan zijn zij hield hij nog steeds een gebalde vuist.

'Het spijt me dat je helemaal van Newport hierheen moest komen,' zei ik in een poging van onderwerp te veranderen, bang dat hij het in zijn hoofd zou halen om Jons deur in te trappen en hem alsnog af te maken.

'Ik was nog in Irvine.'

'Het is na negenen. Waarom verbaast het me niets dat je nog steeds aan het werk was?'

Hij hielp me naar de auto. 'Gaat het? Ben je misselijk?'

'Nee. Het zal wel gaan.'

'Want als je mijn auto onder kotst, laat ik het je met een wattenstaafje schoonmaken.'

Ik snoof.

'Moet ik nog iets uit je auto pakken?'

'Ja. Mijn rugzak en mijn boeken, alsjeblieft? Ik loop zo achter met mijn studeerwerk.' Ik gaf hem mijn sleutels zodat hij mijn auto kon afsluiten.

In zijn auto liet ik mijn hoofd tegen de hoofdsteun vallen, blij dat het dak open was en ik van de frisse avondlucht kon happen. Het hielp de misselijkheid te onderdrukken.

'Heb je die test nog niet opnieuw gemaakt?' mompelde hij toen hij mijn boeken op de grond naast mijn voeten zette. 'Als je dat steeds blijft uitstellen, komt het er nooit van.' Ik gaf hem een scherpe blik en vroeg me af hoe hij wist dat het bij mij om een herkansing van de MCAT ging. Niemand wist dat, buiten de mensen die het dichtst bij me stonden, zelfs mijn moeder niet! Had Heath zijn mond voorbijgepraat? Terwijl de gedachten door mijn hoofd joegen, liet ik mijn hoofd weer tegen de hoofdsteun rusten. Ik nam me heilig voor Heath de volgende keer dat ik hem zag ervan langs te geven voor die verspreking.

De hele weg naar huis was Adam stil. We luisterden hoe Alison Moyet van Yazoo haar geliefde smeekte niet bij haar liefde vandaan te lopen. Plotseling voelde ik een vleug melancholie over me heen komen toen de lichten van Orange's antieke straatlantaarns aan ons voorbijtrokken. Ik hield er niet van om gered te worden. Gewoonlijk redde ik mezelf, maar hier zat ik dan en liet Adam zich ermee bemoeien en alles regelen. En het ergste van dit alles? Ik merkte dat ik ervan genoot.

Toen hij de auto parkeerde, klonken in de verte de daverende knallen van het vuurwerk van Disneyland, een teken dat het even na half tien was. Adam hielp me de auto uit en nam mijn tas en spullen in zijn andere hand. 'Ik kan heus wel zelf lopen.'

Desondanks leidde hij me de trap op en toen we in het appartement kwamen, was het eerste wat ik zag de klok. Bijna tien uur en ik moest om middernacht op mijn werk zijn. Ik zuchtte, ging zitten en legde mijn hoofd in mijn handen.

'Wat is er?' vroeg hij.

'Over twee uur moet ik op mijn werk zijn.'

'Dat gaat niet.'

'Ik zet wel een bak koffie. Het komt wel goed.'

'Je gaat niet naar je werk. Meld je maar ziek.'

Ik schudde mijn hoofd. 'Ik kan mijn dienst niet opzeggen... Ik heb het geld nodig.'

Hij liep naar mijn telefoon en pakte hem op terwijl hij door mijn lijst met belangrijke telefoonnummers bladerde. Het was niet moeilijk te vinden, aangezien het er onder 'werk' in stond. Zonder er verder nog een woord aan vuil te maken, draaide hij het nummer. 'Ja, hallo, dit is Adam Drake, een vriend van Mia. Ik wilde u laten weten dat ze zich niet goed voelt en vanavond niet kan komen werken. Ja. Ja, zal ik doen. Dank u.' Hij hing op en draaide zich mijn kant op. 'Zie je? Simpel genoeg.'

'Ik weet zeker dat *jij* er geen enkel probleem mee hebt je op *jouw* werk ziek te melden.'

Hij haalde zijn schouders op. 'Dat ligt een beetje anders.'

Ik wreef over mijn slapen. Mijn hoofd begon echt te bonken. 'Ja, dat kun jij makkelijk zeggen met die vette bankrekening van je.'

'Als alles gaat zoals het hoort, is jouw rekening ook aanzienlijk meer gevuld.'

Ik keek naar hem op, al deed het zeer aan mijn oogballen. 'Heb je geld naar me overgemaakt?'

'Dat had ik je beloofd.'

Ik fronste. 'Maar ik heb nog helemaal niet... We hebben nog helemaal niet.'

'Ik zei dat ik altijd mijn afspraken nakwam. Nou... Waar staat je koffie?'

Ik dacht even na. 'O, shit. Ik heb vrijdag het laatste opgemaakt en nog geen nieuwe gekocht.'

'Water dan? En paracetamol? Anders ga je je echt ontzettend klote voelen.'

'Sinds wanneer ben jij een expert op het gebied van katers? Ik dacht dat je niet dronk.'

'Ik heb een kater of twee gehad in mijn leven. Niet leuk.'

Ik drukte mijn handen tegen mijn ogen en mijn gedachten sprongen naar het onderwerp dat daar was blijven hangen sinds mijn ruzie met Heath de dag ervoor. 'Adam, gebruik je mij?'

Hij had mijn keukenkastjes opengetrokken en keek er met samengeknepen ogen in, met een duidelijke afkeur van wat hij zag – waarschijnlijk een oude doos rijst en een stapel stofnesten, als ik het me goed herinnerde. En met deze hoeveelheid wijn in mijn brein, twijfelde ik er *behoorlijk* aan of ik het me goed herinnerde.

'Je gebruiken? Wat bedoel je?'

'Heath zei dat je me manipuleert. Hij denkt dat je dit hele gedoe bewust uitstelt.'

Adam bevroor, slechts een fractie van een seconde, maar zelfs in mijn benevelde toestand merkte ik het op.

'Doe je dat?' herhaalde ik.

'Hier heb je een flesje water. Ligt je paracetamol in de badkamer?'

Ik staarde naar zijn rug toen hij de badkamer in verdween. Ik nam mijn paracetamol in en dronk het water op. Toen stond ik op en liep naar hem toe. 'We kunnen het ook nu direct afhandelen?'

Hij perste zijn lippen op elkaar. 'Je bent dronken, Emilia.'

'Dus...? Dat was trouwens oorspronkelijk toch al het plan. Een heleboel wijn drinken en dan achterover gaan liggen en aan mijn studie geneeskunde denken.' Ik snoof, al was ik me er ergens in mijn achterhoofd van bewust dat ik dat niet had moeten zeggen. Waarschijnlijk had ik ook niet moeten snuiven.

Zijn donkere ogen glinsterden in het zwakke licht. 'Wat wilde je doen? Achterover gaan liggen en aan je studie geneeskunde denken? Was dat je idee van hoe dit zou gaan?'

Ik haalde mijn schouder op en zette nog een stap naar voren, tot we elkaar raakten, borst tegen borst. 'Misschien. Was je van plan me te laten zien dat het anders kon gaan?'

Hij bewoog zich niet, keek me slechts recht in de ogen. 'Als het moment daar is, zul je zien dat het heel anders is.'

Flirtend tilde ik mijn hoofd naar hem op. 'Laat maar zien.' En ik drukte mijn lippen met een open-mondkus op de zijne. Hij beantwoordde de kus en liet zijn tong in mijn mond glijden voordat hij zich terugtrok.

'Ik zal het je laten zien, alleen niet als je ruikt als Ernest en Julia Gallo's wijnkelder.'

Met wilde overgave gooide ik mijn armen rond zijn nek. 'Kom op. Mijn bed staat daar.'

'Je hebt gelijk. Vooruit met de geit.' Met een zwier tilde hij me op en verrast slaakte ik een gilletje. Hij tilde me naar mijn twijfelaar en legde me erop neer. 'Tijd om te gaan slapen, Emilia.'

Daar lag ik, mijn ogen samengeknepen doordat ik tegen het licht in keek. 'Waarom stel je dit steeds uit?' vroeg ik zachtjes.

Hij streek mijn haar uit mijn gezicht terwijl hij naast me op de rand van het bed zat en lange tijd zei hij niets. 'Laten we het erover hebben als je je beter voelt.'

Mijn ogen vielen langzaam dicht. Ik moest toegeven dat mijn hoofd bonkte en het enige waaraan ik kon denken was hoe moe ik me voelde. 'Het spijt me,' fluisterde ik uiteindelijk.

'Waarvoor?'

De slaap dreigde me mee te nemen. 'Dat ik zei dat je leeg was.'

Van daarna herinner ik me niet veel meer, behalve de vage indruk dat hij, minuten later, over me heen boog om mijn wang te kussen en tegen mijn huid mompelde: 'Je had gelijk.'

HOOFDSTUK

TIEN

RIJ VROEG, ROND EEN UUR OF ZEVEN, WERD IK WAKKER en het kostte me een paar minuten om de watten uit mijn hoofd te verdrijven, maar gelukkig had ik geen hoofdpijn. Met een plotselinge klap herinnerde ik me alles wat er de vorige avond was gebeurd. Ik vervloekte mezelf voor het feit dat ik zo veel wijn had gedronken op een studiedate en rolde mijn bed uit om de knopen in mijn nek en rug eruit te rekken voordat ik mijn korte ochtendroutine afwerkte. Douche, aankleden, ontbijt.

Ik startte de computer op en ging naar de website van mijn Kaaimanbankrekening om het saldo te checken. Het was niet dat ik hem niet vertrouwde, maar ik was nieuwsgierig. En het bleek precies zoals hij had gezegd. Overgeboekt van zijn rekening naar de mijne, de dag ervoor. Direct op maandagochtend. Ik schudde mijn hoofd en probeerde uit te vogelen wat er in hemelsnaam allemaal gaande was. Er overviel me een vreemd gevoel dat ik mezelf dieper en dieper ingroef in een gat waarvan ik geen flauw benul had of het me aanstond of niet.

Ik had de helft van het geld. Zou ik niet blij moeten zijn? Maar om de een of andere onbehaaglijke reden was ik dat niet. Deze betaling representeerde een barrière tussen ons, als een muur, half gebouwd. De balans van onze transactie zou die barricade alleen maar compleet maken en ons voor altijd van elkaar scheiden. Na zijn vriendelijkheid van de vorige avond moest ik tot mijn spijt toegeven – al stond ik mezelf heel even toe erin te blijven zwelgen voordat mijn besluit dat het zo moest gaan alleen maar werd versterkt – dat het zo moest gaan. Zowel voor zijn bestwil als de mijne. We waren in staat elkaar pijn te doen. Met deze garantie stevig op z'n plek kon dat nooit gebeuren. We wisten allebei dat er een eind aan zou komen en *wanneer* er een eind aan zou komen. Dat hoopte ik althans. Nog steeds knaagde het aan me waarom hij het bleef uitstellen.

Ik boog mijn hoofd en liet lange tijd mijn voorhoofd in mijn hand rusten. Toen ik mijn ogen opende, zag ik de sleutel op de tafel naast mijn computer liggen. Die was niet van mij. Er hing een kaartje aan met daarop een net, gelijkmatig handschrift dat ik niet herkende. Het was een adres, ergens vlakbij, in de buurt van het oude centrum van Orange. Ik staarde ernaar, verward, en begon Heaths beschrijving van waar we ons bevonden te begrijpen: *lijpowereld met een scherpe bocht naar links naar fucked-up-land.* Toen ik inademde, voelde mijn borst gespannen, mijn hartslag hamerde. Was deze sleutel van een huis? Waarom het adres in Orange?

Op dat moment begon mijn telefoon te rinkelen. Ik keek wie het was, blies mijn adem uit en nam op. 'Hoi, mam!'

'Mia, waar heb je het hele weekend gezeten? Ik was doodongerust.'

Ik was even stil en schraapte mijn keel. 'Het spijt me. Ik had het superdruk. Extra diensten.'

'Ik heb je werk gebeld.' Haar stem trilde toen ze de woorden uitsprak.

Fuck. Stilte. Betrapt op een leugen. Ik loog nooit tegen haar. Ik kneep mijn ogen dicht, bevend. 'Het spijt me.'

'Wat is er aan de hand? Waarom lieg je tegen me?'

Ik slikte. 'Ik… Alles is in orde, oké? Je hoeft je geen zorgen…'

'Ik ben moeder. Ik maak me zorgen. Als ik je niet te pakken kan krijgen, probeer ik uit te zoeken wat er in godsnaam aan de hand is. Heath…'

'Mam, alsjeblieft, niet meer naar Heath bellen. Het botert de laatste tijd niet echt tussen ons.'

'Oké, nu maak ik me pas *echt* zorgen. Kan ik naar je toe komen?'

Haperend ademde ik in. 'Het spijt me, mam. Ik ben gewoon… Ik ben er niet aan toe om er al over te praten.'

'Ga je… Ga je met iemand uit? Is dat het?'

Ik beet op mijn lip. 'Ehm.'

'Mia, heb je een vriend?'

'Nee.'

'Wat dan?'

'Er is iemand. Maar ik wil het er nog niet over hebben, oké?' En tegen de tijd dat ik er klaar voor was om erover te praten, zou hij al lang weer uit mijn leven zijn, dus het maakte toch niet uit.

Een lange stilte. 'Is het serieus?'

Ik schraapte mijn keel. 'Nee. Niet eens serieus genoeg er iets over te zeggen, precies de reden waarom ik dat niet heb gedaan. Het spijt me dat ik tegen je heb gelogen.'

'Mia, dit is iets goeds. Ik ben blij dat je aan het daten bent.'

Daten. Een grote bal misselijkheid verscheen in mijn maag, maar of dit nu was door de gedachte aan daadwerkelijk daten of vanwege het tegen mijn moeder liegen over daten, wist ik niet.

'Mam, ik beloof dat als er iets te vertellen valt, ik dat zal doen. Maar... laat me gewoon mijn eigen weg hierin zoeken, oké? Alsjeblieft?'

'Op één voorwaarde. Dat je me laat weten waar je bent.'

'Natuurlijk. Ik heb een nieuwe mobiel. Ik app je het nummer, oké?'

Vlak daarna namen we afscheid. Ze had nog steeds die afstandelijke, gekwetste toon in haar stem en ik voelde me een vreselijk mens omdat ik degene was die dat had veroorzaakt. Maar het nieuws dat ik aan het 'daten' was, was waarschijnlijk op zichzelf al schokkend genoeg. Ze had me er jarenlang over aan mijn kop gezeurd, ondanks dat ze haar eigen advies nooit opvolgde.

Nadat ik me had aangekleed, legde ik de sleutel aan de kant en ging weer achter de computer zitten. Met deze onverwachte vrije tijd – normaal gesproken zou ik nu net thuiskomen na mijn dienst en uitgeput in bed rollen – besloot ik wat tijd te verdrijven door een paar uur te gamen.

Katya, ons vierde groepslid die een genezer was, stuurde me een bericht.

*Persephone: Hoi Mia.

*Ik: Kat! Laten we gaan moorden.

*Persephone: Kan niet. Ik log net uit. Ik moest vannacht babysitten bij mijn mainframes.

*Ik: Waar heb je gezeten? Ik begon al ongerust te raken dat je net als FallenOne was verdwenen.

*Persephone: Wat is er met FallenOne aan de hand? Heb je de laatste tijd niet met hem gesproken?

*Ik: Nee. Hij doet een beetje vreemd. Volgens mij heeft het met mijn veiling te maken.

*Persephone: Nou, ja... duh. Hij is waarschijnlijk hartstikke jaloers.

*Ik: Echt?

*Persephone: Duh, Mia. Hij is helemaal weg van je. Hij geeft je altijd uitrusting en magische spullen. Jullie twee kletsen met elkaar en hebben insidersgrapjes die ik niet eens begrijp. Sinds je er zo op bent gebrand je maagdelijkheid te verliezen, is hij er waarschijnlijk kapot van dat je hem niet hebt gevraagd in het vliegtuig te stappen om het te komen regelen.

Met een zucht leunde ik achterover, een zware druk verscheen op mijn borst. Ik vond Fallen leuk. Heel erg. En ja, zo af en toe voelde ik een soort verliefdheid voor hem, maar er was geen toekomst met hem mogelijk. Hij was gewoon een vriend. Echt, ik wist zo weinig over hem. Hij kon wel vijftig jaar oud zijn, getrouwd, opa. Ik realiseerde me dat ik meer weg was van het idee wat Fallen voor me zou kunnen zijn dan van de echte persoon, aangezien ik zo weinig van hem wist.

Mannen als vrienden was veel veiliger. Een oerkracht in de vorm van een man die dreigde mijn ideologieën bij de wortel te vernietigen, was geen optie. Ik schoof die gedachte aan Adam opzij en antwoordde naar Katya.

*Ik: Heeft hij dat tegen je gezegd?

*Persephone: Iedere keer dat ik de veiling ter sprake breng, weigert hij erover te praten. Wat, voor alle duidelijkheid, niet vaak gebeurt. Maar you go, girl. Meer macht voor jou. Ik hoop dat je heel veel $$$ vangt.

Ik: Hé, even wat anders, weet je nog dat ik je vroeg een gastpost over Dragon Epoch voor mijn blog te schrijven? Ik heb vrijdag een eerste column nodig. Lukt je dat?

Persephone: Ja, komt goed. Zeg, ik ga je mijn aantekeningen sturen van dingen die ik vanmorgen heb gedaan. Volgens mij ben ik dicht in de buurt om een nieuwe aanwijzing te vinden in de Golden Mountains *quest.*

Ik snoof en onderdrukte een lach terwijl ik hardop sprak in plaats van te typen, zodat ze mijn sarcastische reactie niet kon zien. 'Ja, veel succes daarmee, Kat.' Volgens Adam was die opdracht vrijwel onmogelijk.

Nadat ze was uitgelogd, speelde ik een poosje, maar ik kon me niet concentreren en mijn personage werd steeds vermoord. Ik logde uit en checkte mijn blog, antwoordde op reacties. Er waren klachten over het feit dat ik mijn wekelijkse DE-update al twee keer op rij niet had gedaan.

Een poosje later piepte mijn mobiel dat er een nieuw berichtje was. Het was Adam.

Goedemorgen. Hoe voel je je?

Niet verkeerd. Jij?

Heb je de sleutel en het adres gezien?

Ik toetste in: **Ja, waarvoor is het?**

Zie ik je om twaalf uur daar? Daarna kunnen we een snelle lunch pakken.

Ik moet mijn auto nog halen.

Kijk uit je raam.

Dat deed ik. En daar, geparkeerd langs het trottoir op zijn gebruikelijke plek, stond mijn kleine, gammele, lichtgroene Honda Civic uit 1993. Hij was de vorige avond teruggelopen naar Jons huis en had mijn auto terug hierheen gereden?

OMG, ik kan niet geloven dat je dat hebt gedaan.

Heb liever niet dat je nog een keer met die kl..zak werd geconfronteerd.

Dank je wel.

Twaalf uur, oké?

Oké.

Het adres bleek, toen ik het opzocht, op loopafstand van mijn kleine studio te liggen en regelrecht in het midden van het historische oude centrum, dat dienstdeed als attractie voor zo'n beetje het hele land. Er waren daar films opgenomen en het hele gebied leek wel een tijdscapsule. Het gaf een glimp van het begin van de twintigste eeuw, compleet met een Watsons – een drogisterij en café in jarenvijftigstijl – waar al meer dan zestig jaar niets was veranderd.

Het stadje lag gesitueerd rond het Plaza, een van de laatste rotondes in Californië, met een rond park in het midden dat stampvol fonteinen en eeuwenoude bomen stond.

Boven al die brocante winkels en trendy eettentjes bevonden zich in de oude rode bakstenen gebouwen klassieke appartementen. En ik stond in een smal steegje onderaan de trap die me naar een daarvan zou leiden.

Ik was in de war. De sleutel was duidelijk van een appartement, maar waarom had hij hem in godsnaam aan me gegeven en me gezegd hem hier te ontmoeten? Misschien was het een van zijn andere onderkomens? Ik kon me echter niet voorstellen dat hij nog een andere woning had die slechts twintig kilometer van zijn huis in Newport lag, waar hij ook al nauwelijks tijd doorbracht.

Ik beklom de trap en maakte de deur open. Aangezien ik een beetje laat was, was hij uiteraard al binnen. Met zijn mobiel aan zijn oor stond hij bij het raam. Te horen aan het gesprek was het zijn assistent. Hij draaide zich om en lachte.

Zoals altijd benam die lach me mijn adem. Hij droeg een pantalon, een kraakwit overhemd en een smalle, donkerblauwe stropdas. Het was overduidelijk dat hij zichzelf aan vergaderingen of iets anders belangrijks op zijn werk had onttrokken om hier te zijn. Ik ademende scherp uit en beantwoordde zijn lach. Ik wilde niets liever dan mezelf in zijn armen werpen en die overheerlijke mond op de mijne drukken. Het was alsof ik verslaafd was aan zijn smaak en geur.

Maar het lukte me mezelf in te houden... met moeite.

Adam dreunde nog een paar bevelen op en stopte zijn telefoon weg. 'Hoe voel je je vanmorgen?' vroeg hij.

'Goed. Prima. Geen kater, godzijdank.'

'Daar ben ik blij om.'

'Dank je. Ik had je echt niet willen bellen gisteravond.'

Zijn uitdrukking werd serieus. 'Ik ben blij dat je dat toch hebt gedaan.'

'Ook bedankt voor het ophalen van mijn auto.' Hij glimlachte slechts als reactie.

Ik stapte de kamer binnen en keek om me heen. De buitenkant van het gebouw mocht dan klassiek zijn, uit de jaren twintig, de binnenkant was juist heel modern. Roestvrijstalen keuken met donkere granieten bladen en ingebouwde verlichting. Prachtige kroonlijsten. Achter de keuken een woonkamer, en een deur die leidde naar wat een grote slaapkamer leek te zijn. Hij was echter volledig leeg.

Zijn mobiel piepte. Hij checkte hem en stopte hem vervolgens terug in zijn zak. Ik trok een wenkbrauw naar hem op. 'Hoor jij op dit moment niet verschanst in je kantoor te zitten en achter je bureau de twaalf stappen van Anonieme Workaholics op te dreunen?'

Hij grijnsde. 'Zelfs workaholics nemen op een blauwe maandag een lunchpauze.'

Ik ging naast hem staan en deelde het uitzicht uit het raam. 'Mooi appartement,' zei ik. 'Van jou?'

'Ja.' Want *uiteraard* was het van hem. 'Recent aangekocht. Vastgoedbelegging.'

'En het appartement staat leeg omdat...?'

'Het tussen twee huurders is.' Hij wierp een blik mijn kant op en vervolgens keek hij uit het raam terwijl hij nonchalant zijn schouder optrok. 'Ik heb een managementbedrijf dat mijn bezittingen voor me regelt. Maar voor deze locatie heb ik iemand in gedachten.'

Hij keerde zich weer naar mij, met een betekenisvolle blik, implicerend dat ik die 'iemand' was. Zijn implicatie raakte me als een gebalde vuist. Haperend ademde ik in en wendde me van hem af zodat hij mijn gezichtsuitdrukking niet zou zien.

Ik kon mijn reactie echter niet lang verbergen, want Adam was zo scherp als een mes.

'Wat is er, Emilia?'

Mijn kaak verstrakte, maar ik draaide me niet naar hem toe. 'Ik hoop dat je niet op mij doelt.'

Hij bleef even stil. 'En als dat wel zo was?'

Ik draaide me om en keek hem aan. 'Ik kan me de huur niet veroorloven die je zult vragen.'

'Nu wel.'

Ik nam een diepe hap lucht en ademde langzaam uit. Een klein stemmetje in mijn achterhoofd – de stem van gezond verstand – zei me dat hij een goede daad deed. Hij hielp me uit de brand. Hij was…

Nee. *Gewoon nee.*

Mijn ruggengraat verstijfde en er ontstond een plotselinge spanning tussen ons. 'Is dit het deel waar je me een stapel honderdjes overhandigt en me zegt dat ik iets moois mag gaan kopen?'

Zijn voorkomen verstrakte, bijna onmerkbaar. 'Ik wilde het je aanbieden voor de huur die je momenteel voor je studio betaalt. Deze plek is veiliger dan jouw buurt. Het zou me geruststellen.'

'Dat is onmogelijk. Je zou er een enorm verlies op lijden.'

Hij keek weg. 'De winst kan me nu niet schelen.' Zijn telefoon piepte weer. Hij stak zijn hand in zijn zak, maar bevroor toen hij de blik op mijn gezicht zag. Zijn uitdrukking stond grimmig toen hij het verdraaide ding toch tevoorschijn trok en erop keek. Deze keer nam hij de tijd om een bericht terug te sturen.

Ik vouwde mijn armen over elkaar en begon te ijsberen.

'Emilia… Denk er gewoon…'

Ik draaide me van hem af, mijn schouders en rug zo gespannen dat ik ze bijna verrekte door de beweging. 'Ik kan hier niet wonen. Dat weet jij net zo goed als ik.'

'Is dat zo?'

'Ik kan niet in je appartement wonen vanwege wat er gebeurt nadat we...' Mijn stem stierf weg toen onze blikken elkaar vonden. Zijn houding verkilde. Hij ramde een vuist in zijn zak en zijn blik schoot weer naar het raam.

Ik kon er niets aan doen, maar hoorde de woorden die Heath een paar dagen daarvoor had uitgesproken weer. *Wat probeert hij met al die dure cadeaus te kopen? Hij wil meer dan een nacht...*

'Adam, waar ben je mee bezig?'

'Waar denk je dat ik mee bezig ben?'

'Ik zou zeggen dat ik vermoed dat je me in een neukhol probeert onder te brengen, maar we neuken niet. Dus dat kan het niet zijn.'

'En als ik nou eens zei dat ik je wilde helpen, zou je me dan geloven of zou je het in iets veranderen wat het niet is?'

Ik schudde mijn hoofd, vuisten gebald. 'Ik hoef niet gered te worden. Ik kan mezelf wel redden.'

'O, dat is waar ook,' zei hij zachtjes terwijl hij naar me toe liep en me met een harde blik aankeek. 'Dat is waar die hele veiling over ging. Jij die jezelf "redt".'

Ik staarde hem aan toen hij een paar centimeters voor me tot stilstand kwam. Ik kon hem ruiken. Dat warme, mannelijke lichaam van hem dat rook naar oceaanwind. Ik slikte, wilde dat ik mijn neusvleugels kon dichtknijpen. Zelfs als ik me aan hem ergerde, had hij nog invloed op me zoals niemand ooit had gehad.

'Als je inderdaad ooit van plan was die veiling serieus te nemen...'

Hij schudde zijn hoofd. 'En die driehonderdvijfenzeventigduizend op je bankrekening betekent, wat precies? Ik heb je betaald voor het genoegen de afgelopen drie weken van je gezelschap te mogen genieten?'

Ik haalde mijn schouders op. 'Ik heb geen idee. Alleen jij weet het antwoord daarop. En dat lijk je niet te willen delen.'

Nu keek hij uitermate geërgerd. 'Moeten we ons dan maar gewoon op de vloer laten vallen en nu gaan neuken?'

Ik duwde mijn kin omhoog en keek hem recht in zijn ogen. 'Prima, leef je uit. Dan is het maar achter de rug.'

'Is dat wat je wilt? Dat je het achter de rug hebt?'

Mijn mond opende om de scherpe reactie die op het puntje van mijn tong lag eruit te gooien, maar er kwam niets. Ik perste mijn lippen stijf op elkaar. Mijn schouders beefden, dus ik greep mijn armen beet en kruiste ze over mijn borst. Mijn aarzeling verwarde me. Waarom zei ik niet gewoon ja? Omdat ik niet wilde dat het achter de rug was. Nog niet.

'Waarom stel je het steeds uit?' vroeg ik uiteindelijk, mijn stem nauwelijks meer dan een fluistering. Ik was me ervan bewust dat ik een bepaald antwoord van hem wilde. Ik wist niet precies welk antwoord dat was. Maar zou hij me vertellen wat in dat ultra-intelligente brein van hem omging? Of zou hij zich weer achter die kille façade verbergen?

'Ik hoef mijn redenen niet met jou te delen. Ik ben in deze deal degene met de portemonnee, weet je nog?'

Oké dan. Dat was niet de reactie waar ik naar zocht. Absoluut niet. Hitte kroop langs mijn nek omhoog en drong tot mijn wangen door.

'Ik ben geen callgirl. Ik ben niet je minnares. Dus stop ermee te proberen me als dusdanig te behandelen.'

'Kijk, nu doe je het weer. Jij maakt er iets van wat het niet is.'

Ik klemde mijn tanden op elkaar. 'Ik verhuis niet naar jouw fucking appartement.'

Zijn uitdrukking veranderde niet en hij bewoog geen spier. 'Vertel me waarom niet.'

'Ik hoef mijn redenen niet met jou te delen,' kaatste ik zijn woorden terug.

'Omdat je denkt dat het betekent dat ik je als een minnares behandel?'

Ik verstijfde en dacht aan mijn moeders verhaal. Een met een verdrietig eind voor iemand waar ik het meest in de wereld van hield. Ze was jong, verfrissend en naïef. Ze dacht dat ze de man van haar dromen had gevonden. Het bleek dat hij haar alleen had gebruikt en haar vervolgens had afgedankt. Hij had haar verlaten en ze moest het maar zelf uitzoeken, met een baby op de koop toe. Mijn handen knepen in mijn bovenarmen en ik knipperde met mijn ogen.

'De Biologische Sperma Donor deed precies hetzelfde. En dat was precies wat het betekende toen hij het deed. Om ervoor te zorgen dat hij mijn moeder steeds onder de duim kon houden tot hij klaar met haar was.'

Zijn uitdrukking veranderde, slechts een klein beetje, alsof hij het ineens begon te begrijpen. Toen schudde hij zijn hoofd. 'Ik ben hem niet.'

'Dat weet ik.'

'Nee, ik geloof echt dat je dat niet weet.' Hij hief zijn hand naar mijn gezicht, raakte mijn wang aan, toen mijn oor, tot hij een vinger langs mijn hals naar mijn sleutelbeen liet gaan. Zijn aanraking was ijs en vuur. Opwindend. Ik trilde onder zijn streling.

Hij voelde het, zijn ogen werden donkerder. Hij boog zijn hoofd tot onze gezichten slechts centimeters van elkaar waren. 'Ik ga nooit opgeven, weet je.'

Ik hief mijn gezicht naar hem op, onze lippen minder dan een centimeter van elkaar verwijderd. Ik keek in zijn ogen. 'Ik ook niet.' Toen greep ik zijn stropdas en trok zijn mond op die van mij.

Toen onze lippen elkaar raakten, was het explosief, een botsing van wilskrachten, van ongerealiseerde verwachting. Zijn handen bewogen naar mijn schouders en hij duwde me tegen de dichtstbijzijnde muur, pinde me er met zijn harde lijf tegenaan en geen moment week zijn mond van de mijne.

Zijn lippen, zijn tong verslonden me. Zijn lichaam, iedere overheerlijke, stevige lijn ervan, hield me gevangen. Zijn handen gleden van mijn schouders, zakten over mijn armen naar mijn polsen om ze te omsluiten. Met zijn greep pinde hij mijn handen aan weerszijden van mijn hoofd tegen de muur.

Ik duwde tegen de weerstand – ik worstelde niet om los te komen, maar om de kracht van zijn greep te testen. Zijn handen duwden tegen de mijne en toen vlocht hij zijn vingers door die van mij en legde onze handpalmen plat tegen elkaar. Hij hield mijn handen vast, net zoals hij mijn lichaam vasthield, tegen de muur. Zijn tong verkende mijn mond, zijn hoofd bewoog tegen het mijne.

Toen onze lippen elkaar uiteindelijk loslieten, kwam onze ademhaling in korte, behoeftige teugen. Hij trok zich net ver genoeg terug om me met zijn blik vast te pinnen. '*Ik* heb de touwtjes in handen, Emilia. Vergeet dat niet,' zei hij met een stem als staal.

Ik stond op het punt te reageren toen hij me onderbrak door zijn mond weer op de mijne te drukken. Halfhartig probeerde ik mijn handen te bevrijden, maar hij hield ze vast, zijn vingers verstrakten rond de mijne. Als een natuurbrand die na een warme Californische zomer het ingedroogde gras te pakken kreeg, raasde een verzengende hitte door me heen.

Hij trok zich weer terug. '*Ik* zeg wanneer dit voorbij is. En ik hoef je mijn redenen niet te geven.'

'Je vroeg om nog een nacht. Die zal ik je geven. Maar daarna...' Hij onderbrak me weer en kuste me krachtig. Diep vanbinnen wakkerde een gloeiendhete opwinding in me aan en zijn erectie kwam tot leven tegen mijn buik.

Met een abrupte ruk van zijn hoofd maakte hij zich van me los en verslapte zijn greep op mijn handen. Als ik wilde, kon ik ze met gemak losmaken, maar dat deed ik niet. Ik wilde niet praten. Ik wilde niet denken. Ik wilde me overgeven aan de gevoelens binnen in me, de gevoelens die schreeuwden om controle. Maar, zoals hij had bepaald, *hij* had de controle, al was het maar voor dit moment door zich terug te trekken. Door me meer van zijn heerlijke mond te ontzeggen.

Hij slikte. 'Volgende week ga ik voor zaken naar de Caraïben. Ik wil dat je met me meekomt.'

Eindelijk wist ik weer hoe ik moest ademen. 'Om de kuise toerist uit te hangen, een gezellig gesprek tijdens het diner en coïtus interruptus?'

De donkere ogen glinsterden, maar of dit van ergernis of onderdrukt amusement was, geen idee. 'Je hebt me nog een nacht beloofd.'

Ik wist dat hij iets van plan was. Hij liep te draaien en te konkelen. Mijn hart belaagde alle hartslagpunten in mijn lichaam.

'Dat is meer dan een nacht,' fluisterde ik.

Zijn ogen boorden een uitdaging in de mijne. 'Ja.'

'En wat gebeurt er nadien?' wist ik nauwelijks uit te brengen.

Een lange stilte volgde, terwijl hij me recht bleef aankijken. Hij liet mijn handen los, maar bewoog verder niet. Langzaam liet ik ze zakken. 'Ik denk dat we dat dan wel zullen zien.' Vervolgens wachtte hij, haalde zijn hand door zijn haar en zette een stap naar achteren.

Zoals gewoonlijk had hij de dynamiek tussen ons compleet omgegooid. Ik was de confrontatie ingegaan alsof ik alle macht had. En dat was ook zo. Tot hij had besloten dat het genoeg was en het van me had afgenomen alsof ik een peuter was die een speeltje had dat ze niet mocht vasthouden.

Een aantal lange momenten staarden we elkaar aan. 'Je kunt dit niet blijven doen,' zei ik.

'Toevallig kan ik dat wel. Zeg dat je meegaat, Emilia.'

O, ik wist dat Heath over de rooie zou gaan als hij dit hoorde, als ik instemde mee te gaan en praktisch een week weg zou zijn. Mijn moeder… wat ging ik tegen haar zeggen? Ze zou bellen en willen weten waarom ik haar niet terugbelde. En mijn blog. En mijn baan in het ziekenhuis.

Maar dit zou onze laatste keer samen zijn. We konden het niet langer rekken. En de gevoelens die hij in me opwekte, joegen me, eerlijk gezegd, de stuipen op het lijf. Hoe sneller we dit hadden afgehandeld en ik terug naar mijn veilige, normale leven kon, hoe beter het was.

Mijn antwoord kwam er met een zware zucht uit. 'Ik ga mee.'

'En zeg me nu dat je hierheen zult verhuizen,' zei hij met een vlakke stem.

'Amme-fucking-nooitniet,' zei ik zachtjes.

Zijn rechtermondhoek krulde op tot een lach. 'Ik kon het proberen.'

Ik stak mijn tong uit en hij lachte.

Hij keek op zijn horloge en deinsde plots een stukje terug. 'We gaan beneden lunchen. Hou je van Cubaans?'

'Floriano's? Tuurlijk.' Heath trakteerde me op Floriano Café als hij trek had in Cubaans. Ik wist niet of dat iets te maken had met zijn voortdurende verliefdheid op een van de obers of zijn constante hunkering naar een bord *Pork al Habañera*.

Ik volgde Adam de smalle antieke trap af en de glazen deur door het steegje in. Hij hield de deur voor me open en toen hij naast me kwam lopen, legde hij zijn hand op mijn onderrug. Iedere spier daar trok strak in reactie op zijn aanraking.

We liepen de smalle steeg door en langs de sigarenwinkel, waar oude mannetjes buiten mierzoete rook de Plaza op bliezen, en namen plaats aan een van de metalen tafeltjes op de stoep.

'Vertel me nu eens, wiens idee was het de vrouwelijke personages van Dragon Epoch in gepantserde lingerie te kleden?' zei ik terwijl ik eindelijk een onderwerp ter sprake bracht dat ik tot nu toe had vermeden: mijn plagende commentaar op zijn game in mijn blog.

Hij keek me met een schuin oog aan terwijl hij de menukaart bestudeerde. 'Ik heb het concept van het verhaal en de bouw van de game bedacht. De kleding van de vrouwen heb ik niet ontworpen.'

'Maar jij moet uiteindelijk toestemming geven. Waarom trek je die arme zieltjes niet iets aan wat hun blote middenrif bedekt? Hoe kan dat pantser ze trouwens ooit beschermen?'

'Ik zwicht voor de overweldigende research waarvan mijn marketingmensen me hebben voorzien en de gameontwikkelaars die deze kwestie constant onder druk zetten. Als het aan mij lag, zouden die arme elvenmeisjes van top tot teen bedekt zijn.'

Ik grijnsde. 'En zouden ze net zo'n grote voorgevel hebben als nu? Wie maakt er trouwens bh's in Yondareth?' vroeg ik, verwijzend naar de fictieve wereld waarin Dragon Epoch zich afspeelde.

Hij onderdrukte een lach. 'Je zou me niet geloven als ik het je vertelde.'

Opeens flitste een herinnering door mijn hoofd. Al die figuurtjes die William had geverfd… De meeste waren vrouwen! 'Ga weg… Niet je neef!' Mijn mond viel open van verbazing.

'Yep. Geef Liam maar de schuld. Ik ben volledig onschuldig.'

Ik keek naar hem. 'Ik kan je heel veel dingen noemen, maar "onschuldig" is er daar niet een van.'

Terwijl we praatten, kwam een groep mensen uit de dichtbijgelegen Starbucks op de hoek en een van hen stopte toen ze ons aan het kleine tafeltje zag zitten.

'Adam?' zei ze. We keken op. Het was uitgerekend Lindsay en toen haar blik op mij landde, werden haar ogen groot.

'Lindsay,' zei hij rustig. 'Hoe is je koffiepauze?'

Zonder daartoe te zijn uitgenodigd, pakte ze een stoel van een andere tafel en liet zich er voor ons op vallen. Ik wierp een blik op Adam, die er ongemakkelijk uitzag, waarschijnlijk omdat ik inmiddels hun verleden kende. O, ik kon hier iets heel leuks van maken. Adam een beetje laten lijden en mijn klauwen uitslaan naar deze dame met haar minachtende blikken op mijn verwassen spijkerbroek en T-shirt.

Ik schoof mijn stoel dichter naar die van Adam tot ze vlak tegen elkaar stonden. Hij schraapte zijn keel. 'Lindsay, herinner je je mijn vriendin Emilia nog?'

'Iedereen noemt me eigenlijk Mia,' zei ik terwijl ik naar voren leunde om met de meest neppe lach die ik ooit had opgezet haar hand te schudden. 'Adam had het net met me over jou!' zei ik liefjes.

Lindsay wendde zich met een klein lachje tot Adam. 'Niets dan goeds, hoop ik?'

Hij verschoof op zijn stoel en ik legde mijn hand op zijn bovenbeen. Mijn vingers krulden zich om de binnenkant, zoals ik stelletjes die duidelijk geliefden waren zo vaak had zien doen. Ik streelde hem daar, liefdevol, en leunde tegen zijn schouder.

'O, *natuurlijk* alleen maar goede dingen! Hij heeft je *hoog* zitten,' zei ik terwijl ik met een aanbiddende lach naar Adam keek. Mijn hand kroop noordwaarts.

Adam klemde zijn hand om de mijne onder het mom van hem willen vasthouden, trok hem van zijn been en vlocht zijn vingers door de mijne. Hij bracht zijn hand naar mijn lippen en kuste hem. De schok ervan schoot door mijn arm. 'Je bent zo geduldig met me, liefje.'

Lindsay's ogen puilden bijna uit haar kassen bij het zien van Adams vertoning, al was die geveinsd, zoals ik wist. Ik veronderstelde dat Adam, die zich ongemakkelijk en stijf gedroeg als ik tegen hem aanleunde als we met z'n tweeën waren, niet geneigd was tot dit soort openlijke genegenheid. Gezien de openmond-reactie van Lindsay was dit niets voor hem.

Misschien konden we echt een showtje opvoeren en ervoor zorgen dat hij net als Tom Cruise in de uitzending van Oprah Winfrey over de stoelen sprong.

Net op dat moment kwam de ober onze bestelling opnemen. 'Ik neem hetzelfde als hij,' kirde ik dromerig, hopend dat hij niet iets smerigs zou kiezen. Hij bestelde het Floriano-combinatiegerecht – veel te veel voor mij. Maar hé, ik klaagde nooit over restjes.

'Wat doe je hier in de buurt, Adam?' vroeg Lindsay.

Hij keek naar mij en toen terug naar Lindsay, alsof hij wilde zeggen *Is dat niet duidelijk?* Ineens rees een klein vermoeden bij me op dat deze ontmoeting niet toevallig was. Ik wierp een blik op Adam, die mijn hand nog steeds in de zijne geklemd hield.

Na nog slechts een paar minuten van oppervlakkige gespreksvoering duwde Lindsay haar stoel van de tafel naar achteren. 'Sorry, ik wilde jullie niet storen en ik moet hoognodig terug. Kom je vrijdag naar de borrel, Adam?'

Hij lachte. 'Ja. We zullen er zeker zijn. Emilia is mijn introducé. Bedankt voor de uitnodiging.' Ik fronste. Wat was dit? Een borrel? Een Newport Beach-borrel die door Lindsay werd gegeven? Jak. Nee, dank je.

Lindsay's schouders zakten zichtbaar in en ze draaide zich van ons af, herschikte haar dure zonnebril en liep in de richting van een van de kantoren in de Plaza.

'Nou, dat was toevallig,' zei hij. Het viel me op dat hij mijn hand nog steeds niet had losgelaten, maar ik zei er niets van.

'Nee, dat was het niet,' reageerde ik. 'Dat had je gepland.'

Adam stak zijn vrije hand in zijn zak en trok zijn zonnebril eruit. 'Misschien wel.'

Ik bestudeerde hem. 'Waarom?' Hij aarzelde en ik voegde eraan toe: 'Als je gaat zeggen dat je mij je redenen niet hoeft te vertellen, geef ik je een trap op een plek waar het telt.'

'Zo gewelddadig,' grimaste hij. 'Ze kwam laatst naar het complex voor een lunch. Ze vertelde me dat ze van Jerome wil scheiden.'

Ik grijnsde naar hem. 'Probeerde ze je te versieren?'

Hij keek me even aan en wendde vervolgens zijn blik af, duidelijk beschaamd.

'Dat deed ze echt, of niet? Ik wist het. Ze wil je.'

Adams mond vertrok. 'Lindsay is een vriendin. Meer niet. Dat gaat niet veranderen.'

'Waarom vertel je haar dat niet gewoon in plaats van mij onder haar neus te wrijven?'

Zijn hand verstrakte om de mijne. 'Is dat wat je denkt dat ik deed? Je verdraait de boel weer eens.'

'Mijn hand kussen en me "liefje" noemen is niet bepaald jouw normale manier van doen.'

Ik kon zijn gezicht, verscholen achter zijn zonnebril, niet lezen. 'Misschien niet.'

Onze maaltijd arriveerde en hij liet mijn hand los zodat we konden eten. We stortten ons erop en zaten een paar minuten in stilte over ons bord gebogen. Ik wierp hem een paar speculatieve blikken toe, waarvan hij net deed of hij het niet merkte. Dus ik was zijn afleidingsmanoeuvre. Hij hield me in de buurt om Lindsay – of misschien anderen – ervan te weerhouden ideeën in hun hoofd te halen. Nu Lindsay in scheiding lag, was ze kwetsbaar, op jacht. Misschien was dit Adams manier haar niet te hard te hoeven afwijzen. Of haar te vermijden gedurende deze periode waarin ze misschien het verkeerde idee kreeg, want ook al deed *hij* alsof hij het niet in de gaten had, het was mij heel duidelijk dat Lindsay Adam wilde.

'Je kunt het niet voor altijd uit de weg gaan, weet je,' zei ik terwijl ik in mijn *maduros* zat te prikken.

Hij slikte een hap Spaanse rijst door. 'Wat niet?'

'Trouwen. Op een dag heb je geen schild om je achter te verbergen.'

Hij leek mijn bedoeling direct te begrijpen. Als reactie haalde hij slechts zijn schouders op.

Ik ging door op het onderwerp, omdat ik was vergeten hoe hij neigde de situatie waarin ik controle had tegen me te keren. Zelfs in gesprekken. 'Geen behoefte om de ware te vinden, je te settelen, kleine wondergeniebaby's te maken?'

Hij snoof. 'Misschien ga ik daar nog weleens over nadenken als ik veertig ben.' Hij at even in stilte verder voordat hij naar me opkeek. 'En jij? Wat is jouw plan?'

Ik kauwde op een hap kip en paprika. Het was pittig, smaakvol en mals. Ik haalde mijn schouders op. 'Dat zei ik al, ik date niet. Als ik niet date, zal ik nooit die ene speciale vent ontmoeten – vooral aangezien ik sowieso al niet geloof dat hij bestaat. Ik ga als toegewijde single en op mijn eigen voorwaarden mijn leven leiden. Voor mijn moeder werkte het ook.'

'Maar je moeder had jou.'

Daar dacht ik even over na. 'Klopt. We konden het goed met elkaar vinden, meestal. Soms meer als zussen dan als moeder en dochter. Als ik er ooit naar ga verlangen moeder te worden, zijn daar ook wel mogelijkheden voor waar geen man voor nodig is.'

Hij gaf geen antwoord en vlak daarna beëindigden we onze lunch. Hij nam een telefoongesprek aan en handelde een of andere nieuwe crisis af gedurende onze wandeling terug naar mijn appartement. Ik liep naast hem, stil, met uitzondering van het piepende geluid van de tempexdoos waarin mijn kliekjes zaten.

Bij mijn voordeur rondde hij het telefoongesprek af en schoof het apparaat in zijn zak. 'Emilia, wil je vrijdag met me mee naar die borrel?'

Ik trok een wenkbrauw op. 'Ik vroeg me al af wanneer je me zou vragen, aangezien je me al als je introducé had aangekondigd.'

'Ik vraag het je nu.'

Ik ademde diep in, wetende dat ik het waarschijnlijk niet zou moeten doen. 'Ik denk niet...'

'Ik heb ernaar uitgekeken je in de rode te zien.' Hij bedoelde de rode jurk, de jurk die ik nog niet had gedragen. Ik had me eigenlijk ook afgevraagd hoe dat eruit zou zien.

Misschien kon ik ermee wegkomen door het niet aan Heath te vertellen. Ik wist wat hij zou zeggen. Hij zou precies hetzelfde zeggen als die kleine fluistering van rationaliteit achter in mijn hoofd. *Zeg nee tegen hem. Je geeft hem al meer dan een nacht.*

Ik nam een diepe hap lucht. 'Oké.' Sjezus. Soms leek ik vastberaden te zijn tegen mijn gezonde verstand in te gaan. En de laatste tijd hadden al dat soort beslissingen op de een of andere manier met deze man te maken.

'Ik zie je vrijdag,' zei hij en hij stapte bij me vandaan alsof hij bang was dat ik van gedachten zou veranderen als hij bij mijn deur bleef rondhangen.

Ik keek hem na terwijl hij terugliep in de richting van het oude centrum om zijn auto te halen. Een knoop trok samen in mijn borst. Dit was gevaarlijk. Ik zat er tot over mijn oren in. En hij had de controle, precies zoals hij had gezegd. In plaats van nog een laatste nacht, zoals ik hem had beloofd, was het nu een borrel en een week in de Caraïben. Als ik niet uitkeek werd het nog meer. En ik vond het steeds moeilijker om nee tegen hem te zeggen.

Mijn hoofd wilde weerstand bieden, maar mijn hart stond het niet toe.

HOOFDSTUK
ELF

DE VOLGENDE DAG NA MIJN WERK HAD IK MET HEATH BIJ hem thuis afgesproken. Ik nam de ingrediënten voor een caesarsalade mee en hij had het gehakt en spullen voor hamburgers gekocht.

In het begin verliep het ongemakkelijk. Ik kon merken dat Heath het onderwerp Adam en de veiling angstvallig vermeed. Hij was er klaar mee, zo leek het.

Maar toen we halverwege onze hamburgers waren, stelde ik hem de vraag die steeds door mijn hoofd had gespookt. 'Hoe trek je iemand af?'

Heath verslikte zich in zijn hamburger en zette grote ogen op. 'Verdomme. Waarschuw me de volgende keer even, zodat ik mijn mond leeg kan eten voordat je dit soort shit op me afvuurt.'

Ik giechelde. 'Sorry. Het is gewoon dat ik een artikel in de *Cosmo* las en dat verwarde me omdat...'

'Hou maar op. Als je je seksuele voorlichting uit de *Cosmo* moet halen, staat je nog een hoop ellende te wachten... of hem. Die artikelen zijn belachelijk.'

'Oké. Zou je je er dan ongemakkelijk bij voelen als ik je zou vragen me uit te leggen hoe het werkt?'

Hij schoot in de lach. 'Ongemakkelijk? Pop, ik ben homo. Penissen zijn zo'n beetje mijn favoriete onderwerp. Shit, dat zou waarschijnlijk ook het geval zijn als ik hetero was, met tieten op een goeie tweede plaats.'

Tijdens het dessert – ik had verse aardbeien bij een plaatselijke marktkraam meegenomen en ze over een goedkope cake geserveerd als *strawberry shortcake* – gebruikte hij een banaan om me de kunst van het plezieren van een man met je hand te demonstreren. Het zou kunnen dat ik nadien brandwonden op mijn gezicht had van al het blozen, maar ik volgde wel zijn advies op en dumpte al die oude tijdschriften in de prullenbak zodra ik thuiskwam.

***

Lindsay's borrel was een aanfluiting. Toen ze ons samen zag arriveren, zette ze overdreven verrast – of van afschuw – grote ogen op. Ik kon niet zeggen welke van de twee het was. Vervolgens deed ze net of ze werd weggeroepen voor een of andere belangrijke boodschap. Ik denk dat het haar bedoeling was dat zij Adams date zou zijn vanavond. De rest van de avond deed ze net of ik niet bestond. De andere gasten zouden wellicht hetzelfde hebben gedaan, ware het niet dat Adam de hele tijd als klitteband aan me zat vastgeplakt.

Ik droeg de rode jurk. Hij was vanboven bescheiden met een hartvormige hals, korte mouwen, maar nauwsluitend en behoorlijk kort om mijn benen te showen, die er, eerlijk gezegd, best mochten zijn. Ik had me extra voorzichtig geschoren zodat ik geen sneetjes of krassen te verbergen had. Ik droeg de glinsterende zwarte schoenen die ik in Amsterdam bij de zwarte jurk had gedragen. Met sieraden had ik niet eens een poging gedaan. Alles wat ik zou dragen, zou nep lijken in vergelijking met al de glimmende *echte* juwelen die ik vast en zeker te zien zou krijgen op de borrel. Ik koos de enige echte parels die ik bezat; oorbellen van gekweekte parels. Dat was het, geen ring, ketting of armband.

We zetten onze liefdevolle act voort. Adam hield mijn hand de hele tijd vast en besteedde veel aandacht aan me. Hij stond dichtbij en als hij alleen tegen mij sprak, fluisterde hij in mijn oor terwijl hij zijn arm om mijn middel sloeg. Ik kon merken dat we het onderwerp van gesprek waren hier, want er werden heel wat speculatieve blikken onze kant op geworpen. Adam was nog niet eerder in het openbaar gespot terwijl hij zich zo liefdevol richting een vrouw gedroeg, zo leek het. Was dit toneelstukje alleen om Lindsay en haar plannen te ontmoedigen of ook om anderen een boodschap te geven – een doordacht plan om mensen op afstand te houden? Als er iemand in staat was tot doordachte plannen, was het Adam wel.

Nadien nam hij me mee naar zijn huis, slechts een paar kilometer van Lindsay's huis in Laguna Beach vandaan. Ik vroeg me af wat hij voor de rest van de avond in gedachten had. Een volgend tripje op zijn jacht?

Tot mijn uiterste verbazing was zijn plan in zijn filmkamer te gaan zitten en *The Lord of the Rings* te kijken terwijl we popcorn aten. Ik was gek op popcorn en Tolkien, dus mij hoorde je niet klagen. Op een gegeven moment verdween hij echter en kwam terug in een pyjamabroek en een T-shirt. Ik mompelde iets over dat het niet eerlijk was dat ik nog steeds mijn jurk aan had en hij verdween weer, om vervolgens terug te keren met een T-shirt. Ik ging de badkamer in om het aan te trekken. Aangezien het er een van hem was, viel het tot over mijn slipje en liet mijn benen bloot. Toen ik terugkwam in de kamer, volgde zijn blik me tot waar ik zat in de fauteuil naast hem. We hadden een kleine bioscoop voor onszelf, met een breedbeeld hd-scherm en een eersteklas geluidssysteem. Zoals ik al zei; van hardware ging ik kwijlen. En naar deze fantastische, kleine bioscoop kon je ook nog eens gewoon in je pyjama gaan.

Nadat de eerste film was afgelopen, stond hij op het punt de tweede aan te zetten. Het was inmiddels na tienen en ik meldde dat ik waarschijnlijk beter naar huis kon gaan. 'Waarom blijf je niet? Ik heb een half dozijn logeerkamers waaruit je kunt kiezen. En nog twee films.' Daar had je het al. Zijn volgende verzoek aan mij.

Ik aarzelde. 'Zou dat niet tellen als nog een nacht?' vroeg ik.

Hij keek me uitdagend aan, maar zijn lach vervaagde niet. 'Nope.'

'Wat maakt dat jij denkt dat ik geneigd ben je een extraatje te geven?'

Hij stak de afstandsbediening omhoog. 'Kom op... je weet dat je het wilt...'

Ik zuchtte. 'Als ik nog een bak popcorn en een tandenborstel kan krijgen, én jij zet je telefoon uit tot de films zijn afgelopen, dan overweeg ik het misschien.'

'Afgesproken, afgesproken en...' Hij zuchtte overdreven terwijl hij zijn telefoon uit de bekerhouder trok waar hij hem in had gelegd. 'O, wat maakt het ook uit. Afgesproken.'

Hij zette zijn telefoon twee keer aan om zijn berichten te checken tijdens de langzamere stukken van de film – Arwens droom en die gekke scène waar Aragorn door een dwerg van de klif wordt geslagen.

Na de tweede keer sprong ik in zijn fauteuil, griste de telefoon weg en stak hem onder mijn shirt. We keken de rest van de film tegen elkaar aan gedrukt, onze benen verstrengeld en zijn sterke armen rond mijn middel.

Tijdens de proloog van de derde film begonnen we te kussen en vanaf dat moment negeerden we *The Return of the King* zo'n beetje. Zijn handen waren overal, al vermoed ik dat dat misschien deels in een poging was om zijn mobiel te lokaliseren. Mijn handen verslonden hem evengoed.

De volledige tweeëneenhalf uur brachten we flikflooiend door, als tieners op de achterbank van de auto van hun ouders. Ik geloof niet dat ik ooit eerder in mijn leven zo opgewonden ben geweest. Wat, uiteraard, niet heel veel zei, aangezien mijn drie weken in het gezelschap van deze man zo'n 98,5 procent van mijn ervaring met seksuele opwinding omvatte. Het was indrukwekkend, de gevoelens die in me kolkten. Alsof delen van mijn lichaam waarvan ik eerder niet had geweten dat ze bestonden, nu tot leven kwamen.

Nadat Aragorn tot koning was gekroond en de aftiteling over het scherm rolde, zaten we in het donker en gingen gewoon verder. Het afgelopen uur hadden zijn handen op mijn borsten gelegen en hij had me gek gemaakt door de constante stimulatie, de manier waarop hij ze plagend tot puntjes kneep, zijn warme mond erop legde. Want, inderdaad, mijn T-shirt – of, beter gezegd, zijn T-shirt – was lang daarvoor al op de grond beland, samen met zijn mobiel, en kreeg snel gezelschap van het shirt dat hij droeg.

Ik reikte naar beneden en begon hem door zijn pyjamabroek heen te strelen, wat hem een rauwe kreun ontlokte. O, dat vond hij zeer aangenaam. We zouden vanavond geen seks hebben, maar het werd tijd dat hij ook zijn pleziertje kreeg. Tenslotte was hij ook al zo attent voor mij geweest. En ik moest toegeven dat Heaths beschuldiging dat Adam een vreemde, kleine fetish voor zelfontzegging had ook ergens in mijn achterhoofd zat. *Misschien geilt hij er wel op om het zichzelf te ontzeggen.*

Toen mijn hand eenmaal in zijn pyjamabroek glipte, protesteerde hij echter niet. Ik wikkelde mijn hand om hem heen en bewoog zachtjes op en neer, precies zoals Heath me had voorgedaan. Zijn orgaan was hard, lang en dik. Ik vond het een heerlijk gevoel de zachte huid onder mijn hand te voelen glijden, de hardheid, het geluid van zijn hese gekreun terwijl hij zich overgaf aan mijn strelingen.

Mijn hand ging sneller en zijn armen om me heen werden strakker. Hij zette zijn tanden in mijn nek, zoog, en ik wist dat ik de komende dagen waarschijnlijk onder de zuigzoenen zou zitten. Maar ik stopte niet, want het wond me zo ontzettend op om zo'n macht over zijn lichaam te hebben. Ik boog mijn hoofd en kuste zijn harde, gespierde borstkas, likte en zoog aan zijn tepels, zoals hij ook bij mij had gedaan.

Toen ging mijn mond naar zijn oor. 'Ik ga je laten komen.'

'Ja, dat ga je zeker,' was zijn hese reactie.

'Ik wil je in me, Adam, ik wil weten hoe het voelt om je in me te hebben.' Ik zei de woorden en ik meende ze. Het was tijd. Ik was het wachten beu. Het zou vanavond niet gebeuren, maar het moest wel snel, want ik dacht dat ik anders uit elkaar zou spatten door de spanning van dit alles.

Ik trok hem sneller af, tot zijn lichaam verstijfde en ik de samentrekkingen van zijn orgasme kon voelen. Heet zaad druppelde over zijn platte buik en mijn hand en toen hij eindelijk terugkeerde van waar ik hem ook had heengebracht, keek hij naar beneden. Voorzichtig verwijderde hij mijn hand van zijn nu veel te gevoelige vlees. 'Kijk nou wat voor smeerboel je hebt gemaakt, stoute meid.'

Mijn lippen vonden de zijne en we kusten, lang en loom. 'Misschien moet ik later worden gestraft.'

'Misschien wel, ja.'

Er was een complete badkamer vlak bij de filmkamer en we gingen erheen voor een douche. Weer een warme, sexy douche samen. Nadat hij zichzelf had schoongewassen, kwam hij met het doucheschuim naar mij en stond erop me van top tot teen in te zepen. Vanaf achteren masseerde hij mijn schouders en wederom toonde hij die interessante gewoonte van hem om speciale aandacht te besteden aan het insmeren van mijn borsten.

'Ik *ga* in je zijn, Emilia,' hijgde hij tegen mijn oor toen hij klaar was. Vervolgens lag zijn hand tussen mijn benen. Ik leunde met mijn rug tegen hem aan. 'Ik ga langzaam bij je naar binnen glijden. Ik ga naar je gezicht kijken als je me in je neemt. Ik ga je neuken tot je schreeuwt. En dan laat ik je smeken om nog een ronde. En nog een.'

Zijn vingers gleden over mijn verlangende, gevoelige vlees terwijl hij met zijn andere hand in mijn tepel kneep. Binnen no-time verleende hij me dezelfde dienst als die ik hem net had verleend. Mijn orgasme kwam snel en hevig. Ik verstijfde in zijn armen en hij hield me tegen zich aan. Zijn hete adem schroeide de achterkant van mijn nek. Hij duwde zich tegen me aan, alweer hard.

Zelfs ondanks het gesprek dat ik met Heath had gehad, wist ik niet dat een man er al zo snel weer klaar voor kon zijn. Natuurlijk hadden we niet echt seks gehad, dus misschien dat dat er iets mee te maken had gehad. Hoezeer ik mezelf ook op de hoogte had willen brengen, het waren gedachten als deze die me lieten zien hoe weinig ik daadwerkelijk over dit soort dingen wist. Adam was tot dusver een geduldige en grondige leermeester geweest. Hij was zelfs té geduldig geweest naar mijn zin. Ik was klaar voor de volgende les en hij stelde die uit als een onvermurwbare schoolmeester.

Misschien was het tijd dat de leerling ging rebelleren.

***

Het moest zo'n twee of drie uur 's nachts zijn, maar allebei waren we niet moe.

Hij pakte schone kleren en een nieuw T-shirt voor mij – deze keer een rugbyshirt dat iets verder over mijn benen viel, maar ook mouwen had die ver voorbij mijn handen reikten. Ik besloot ze maar tot over mijn polsen op te rollen. We gingen naar de keuken en snackten stukjes worst en kaas, allebei uitgehongerd.

Ik probeerde mijn voordeel te doen met zijn post-orgasmebui door te vissen naar zijn streng bewaakte geheimen, maar helaas. 'Oké, wat dacht je van een ieniemieniefractie van een microscopische hint?'

Zijn mond plooide in een onderdrukte lach. Ik was hier al meer dan tien minuten over bezig. 'Ik doe niet aan hints.'

'Hoe zit het met smeergeld? Ik zou je kunnen omkopen.'

Nu lachte hij voluit. 'Waarmee?'

Ik wierp hem een suggestieve blik toe.

'Oké, één hint.'

'O, super!'

'Geel.'

Ik keek hem aan. 'Wacht, wat?'

Hij haalde zijn schouders op. 'Dat is mijn hint. Graag of niet.'

'Net zozeer *niet* als dat alle stoute dingen die ik van plan was met je te gaan doen in ruil voor een goede hint nu *niet* gaan gebeuren.'

'Je bent een beetje laat met je omkoperij. Je had me dat aanbod onder mijn neus moeten duwen toen we de film aan het kijken waren.'

'O, ik denk dat het juiste smeergeld je wel weer aan de gang weet te krijgen.'

Zijn blik schoof weer over mijn blote benen. 'Ik denk dat je weleens gelijk zou kunnen hebben,' zei hij. 'Ben je moe? Ik moet een aantal dingen checken, maar ik denk dat ik wel een dutje zou kunnen doen voordat de zon opkomt.'

Hij gaf me de beloofde tandenborstel en liet me een logeerkamer zien vlak bij zijn kamer. Nadat ik mijn tanden had gepoetst, ging ik echter naar die van hem. Geen idee waarheen hij was gegaan om zijn werk te doen, maar hier was het niet. Ik gebruikte de tijd om zijn kamer te inspecteren, verbaasd over hoe onpersoonlijk het leek. Het was prachtig ingericht zodat het er als een strandhuisje uitzag, met afgeschuinde plafonds die waren bekleed met bamboe en donkere balken. Zware donkerbruine, linnen gordijnen hingen voor de kamerhoge ramen en de gladde vloer was in een ingewikkeld patroon bedekt met parket van verschillende kleuren hout.

Er waren echter nauwelijks persoonlijke details die een indruk gaven van wie hij was, met uitzondering van het bureau. Ik liep erheen en mijn blik schoof over het blinkende oppervlak. Er stonden foto's van zijn oom Peter met een arm om zijn neef en nicht. Britt met haar twee schattige jongens. Er was er een van Adam met de kinderen in Disneyland, naast Mickey Mouse.

Ik glimlachte bij iedere foto, opgelucht om ook maar de kleinste aanwijzing gevonden te hebben van de persoon onder de persoonlijkheid die hij aan de wereld, en aan mij, liet zien. Ik zag geen foto's van zijn ouders en gezien wat ik wist van zijn jeugd verbaasde me dat niet. Maar bij de laatste foto viel ik stil. Het was een kiekje in een lijstje van 10x15 en ik pakte het op om de twee kinderen die erop stonden te bekijken.

De kleur was vervaagd, maar het jongere kind, een donkerharig jongetje, was overduidelijk Adam. Hij miste een aantal tanden, maar grijnsde desondanks breed. Hij had zijn arm om de nek van een ouder meisje, met honingblond haar en groene ogen, geslagen. Ze leek net in haar tienerjaren te zijn. Ze keek zijdelings naar de camera, alsof ze geïrriteerd was dat de foto werd genomen, maar haar arm lag stevig om Adam heen. Ze was prachtig en ik gokte dat dit Sabrina was, zijn zus.

Terwijl ik de foto bestudeerde, voelde ik een aanwezigheid achter me voordat ik ook maar iets had gehoord. Met een ruk draaide ik me om en keek in Adams gezicht. Zodra hij de foto in mijn hand zag, betrok zijn gezicht.

'Ze was een mooi meisje,' zei ik flauwtjes.

Hij wierp me een steelse blik toe en legde vervolgens de laptop die hij onder zijn arm had gestoken op het bureau, waarbij hij oogcontact vermeed. Ik had goed gegokt. 'Ja,' was alles wat hij zei.

'Jullie lijken niet op elkaar.'

'We hadden verschillende vaders.'

Ik keek weer naar de foto en zette hem vervolgens voorzichtig terug. 'Het spijt me dat je haar hebt verloren. Je hield veel van haar.'

Hij ademde diep in terwijl hij naar de foto staarde. 'Ja. Ik hield meer van haar dan van wie dan ook op deze planeet.'

Ik schoof dichterbij en sloeg mijn armen rond zijn torso. 'Dan had ze veel geluk. Om jouw liefde te hebben.'

Adam bewoog niet, reageerde niet op mijn blijk van genegenheid. Ik keek op en hij staarde nog steeds naar de verkleurde foto. 'Dat is de enige foto die ik van haar heb en toch kan ik me in mijn hoofd niet herinneren hoe ze er toen uitzag. Of later, toen ze stierf.'

'Hoe oud was ze?'

'Twintig.'

'En jij was…?'

'Dertien. Het gebeurde rond de tijd dat ik terug naar Californië kwam.'

Ondanks het feit dat hij niet op me had gereageerd, maakte ik een van mijn handen los om zijn rug te strelen. 'Ik zou heel graag een zus hebben gehad, ook al was het maar voor een korte tijd.'

Zijn mond vertrok en eindelijk leek hij zich weer bewust van me te worden, want hij keek nu naar me. 'Ik zou liever geen zus hebben gehad dan dat ik er wel een had gehad die ik dood moest zien gaan zoals zij deed.'

Ik maakte me van hem los en ging op de hoek van het bed zitten. Even keek hij me aan, zijn gezicht een en al gespannen lijnen en harde hoeken. Ik klopte op het plekje naast me.

Hij gluurde ernaar, maar verroerde zich niet.

Dus stelde ik hem de niet genoemde vraag. Ik voelde namelijk dat hij, ondanks zijn aarzelende voorkomen, erover wilde praten.

'Hoe is ze overleden?'

Zijn ogen vielen dicht en gingen weer open. 'Overdosis.'

Verslaving. Daar had je dat familiethema weer. Hij had een keer tegen me gezegd dat hij daar meer dan wat dan ook bang voor was, dat hij heilig geloofde in de genetische aanleg voor verslaving. Het leek erop dat er voor zijn overtuiging voldoende basis lag in de persoonlijke levens van de mensen die het dichtst bij hem stonden.

'Het spijt me,' zei ik, omdat ik absoluut niet wist wat ik anders kon zeggen.

'Dat hoeft niet. Het is dertien jaar geleden. Ik heb een keer geprobeerd haar te redden, maar ze weigerde mijn hulp.' Hij haalde zijn schouders op, maar het was eerder een houding dan een blijk van onverschilligheid. Hij veinsde een nonchalance die hij niet voelde.

'Hoe hard we het ook proberen, sommige dingen zullen altijd buiten onze controle liggen,' zei ik.

'Dat kan ik niet accepteren.'

Natuurlijk kon hij dat niet. Dat was een groot deel van wat hem *hem* maakte. Maar misschien was dat ook wel precies de kern van zijn probleem.

'Misschien zou je dat wel moeten doen.'

Hij haalde zijn hand door zijn haren en keek naar me. 'Emilia, het wordt al laat.'

Ik was me ervan bewust dat hij me probeerde af te wimpelen. Het *was* laat, maar zo makkelijk zou ik hem er niet mee weg laten komen.

'Je hebt gelijk. Het is veel te laat om te werken.'

Hij trok een trieste lach. 'Het is nooit te laat...'

Ik wierp een nadrukkelijke blik op de laptop op zijn bureau. 'Als ik wegga, neem je dat ding met je mee naar bed. Dus wat wordt het, dat of ik?'

Hij keek me met half geloken ogen aan, maar bleef stil. Hij overwoog serieus de laptop boven mij te verkiezen! Hitte trok naar mijn gezicht. 'Oké. Ik zie al hoe het ervoor staat.' Ik kwam te dichtbij. Ik gaf hem een ongemakkelijk gevoel, dus nu loosde hij me om op zijn computer te werken. Ik vroeg me af of hij dat verrekte ding iedere nacht mee naar bed nam. Misschien was het zijn gewoonte om welk neukertje hij dan ook had, na de seks de deur uit te trappen en terug naar zijn laptop te rennen.

Ik draaide me om om te vertrekken.

'Emilia,' zei hij en hij stak zijn arm uit om zijn sterke hand om mijn pols heen te sluiten. 'Blijf.'

Ik klemde mijn kiezen op elkaar. 'Alleen als dat ding op je bureau blijft.'

Hij uitte een lange, verslagen zucht. 'Het is laat... vroeg. Laten we gaan slapen.'

Zonder een woord liep ik naar het hoofdeinde van zijn bed, trok het dekbed opzij en kroop erin. Hij keek naar me, zijn knappe gezicht onbewogen, maar er glinsterde iets in zijn ogen dat zei dat hij niet onaangeraakt was door het gebaar. Ik rolde naar mijn kant, mijn rug naar zijn kant van het bed gedraaid.

Hij liep naar de andere kant van het bed en deed het licht uit. Het duurde nog even, maar toen voelde ik het matras inzakken. We lagen nog steeds een stukje uit elkaar, aangezien het bed enorm was. Weer ging er een lang moment voorbij, maar toen reikte hij naar me, sloeg een arm om mijn middel en trok me naar achteren, strak tegen hem aan. Zijn benen krulden zich onder de mijne. We lagen lepeltje-lepeltje. Ik had nooit gedacht dat Adam het type was om lepeltje-lepeltje te liggen. En dit, dit gebaar van affectie was voor mij alleen. Er was hier geen potentiële vriendin of ex-vriendin om op afstand te houden. Dit was alleen hij en ik. *Wij.* Tegen elkaar aan gevlijd.

In deze veilige omgeving in het donkerste uur voor zonsopkomst, draaide ik mijn gezicht naar hem. 'Wil je erover praten?'

Het duurde zo lang voordat hij sprak, dat ik dacht dat hij geen antwoord ging geven. Of dat hij al in slaap was gevallen zonder dat ik het had gemerkt. 'Ze was alles wat ik had. Ze was een zus en een moeder voor me als onze moeder het liet afweten, wat bijna altijd het geval was.'

Zijn hand glipte onder mijn shirt om op mijn buik te blijven liggen. Ondanks mijn vermoeidheid verscheen daar een vlaag van opwinding in reactie op zijn aanraking. Ik legde mijn eigen hand op die van hem en vlocht onze vingers ineen. Hij kromde zijn vingers naar binnen, klemde ze in een strakke omhelzing vast.

'Maar tussen haar en mijn moeder werd het akelig, echt akelig. Mijn moeder kon haar niet luchten of zien en jaagde haar het huis uit toen ze vijftien was. Vlak daarna raakten we dakloos... We zwierven van opvang naar opvang.'

'Shit, dat is vreselijk.'

'Het is nog erger. Ze rende weg, ging de straat op, het alom bekende cliché. Al snel was ze verslaafd aan de drugs en verkocht ze zichzelf om in haar verslaving te kunnen voorzien.'

Mijn ademhaling bevroor en ik werd ijskoud vanbinnen. Dat hing een paar momenten tussen ons in voordat hij een diepe ademteug nam, de koele lucht streek langs mijn nek. Zijn zus had zichzelf verkocht voor geld, voor drugs, die tot haar uiteindelijke ondergang leidden. Mijn intuïtie zei me dat hij een parallel had getrokken. Ik had mezelf ook verkocht, voor geld. Een onheilspellend gevoel viel als een sluier over me heen. Was dit de reden dat Adam het gedoe tussen ons steeds had gerekt?

Hij begon weer te praten, zijn stem zacht en een beetje slaperig. 'De laatste keer dat ik haar zag, was ik twaalf. Ik had de bus naar Seattle gepakt om haar te zoeken. Ze zag er vreselijk uit. Ik smeekte haar met me mee terug te komen, maar ze weigerde. Ze zette me weer op de bus en schreeuwde naar me dat ik moest maken dat ik de stad uit opdonderde. Ik heb haar nooit meer gezien.'

Ik draaide me om in zijn armen, zodat ik hem kon aankijken. Het waterige licht van het ochtendgloren begon net door het raam te piepen. Ik kon zijn ogen niet zien, maar staarde er alsnog in, zijn gezicht slechts centimeters van dat van mij vandaan.

'Er is niets wat je anders had kunnen doen.'

Hij bleef stil.

'Adam...' zei ik en in een impuls legde ik een hand op zijn ruwe stoppeltjeswang. Mijn moed stierf weg samen met mijn stem. Ik stond op het punt hem te vertellen dat mijn gevoelens voor hem tot een ongepast niveau groeiden. Om die woorden te kunnen zeggen, moest ik echter geloven dat die gevoelens echt en juist waren terwijl ik ze gewoon niet kon vertrouwen. Ik kon mezelf niet toestaan nog eens kwetsbaar te zijn. Iedere keer dat ik dat in het verleden had gedaan, was ik neergehaald. Dit was *zakelijk*. Mijn hart bonkte onder in mijn keel.

'Wat?' zei hij, zijn stem dik van emotie. Zijn warme ademhaling streek over mijn wangen.

'Het spijt me zo wat er met haar is gebeurd. Het is vreselijk, tragisch. Je kunt jezelf daar niet de schuld van geven.'

'Dat doe ik niet.'

Ik ademde diep in. Het deed zeer om in te ademen. 'Mooi. En ik denk ook dat je haar situatie niet met de mijne moet vergelijken.'

Er volgde een lange stilte. 'Hoe kan ik dat niet doen? Zodra ik met je naar bed ga, word jij een prostituee en ik je klant.'

Ik trilde vanbinnen. 'Dus dit is de reden? Dat we nog niet... Waarom je het steeds uitstelt?'

Hij gaf geen antwoord. Zelfs nu wilde hij geen antwoord geven. Maar hadden we niet al lang dit verboden terrein betreden, of we nu wel of niet ooit met elkaar naar bed zouden gaan?'

'Dan doen we het niet. Echt. Dat vind ik prima. We kunnen het hier stoppen.'

Hij bleef stil, hield zelfs zijn adem in. 'Dat is niet jouw beslissing om te nemen, Emilia. Daarvoor zit je er veel te diep in.'

'Maar waarom...' Hij onderbrak me door zachtjes een vinger tegen mijn lippen te drukken.

'Onthoud wie hier de controle heeft,' zei hij, zijn stem doorspekt van vermoeidheid. Ik wist dat nu niet het moment was hierover in discussie te gaan. Niet nu hij zichzelf tegenover me had blootgesteld.

Dus dat deed ik niet. In plaats daarvan kroop ik dichter tegen hem aan en nestelde me tegen zijn harde borstkas. Hij sloeg zijn armen om me heen, liet zijn kin op mijn hoofd rusten en viel in slaap.

Maar ik niet. Ondanks het feit dat ik volledig uitgeput was, maalde mijn hoofd over de consequenties van wat net naar boven was gekomen, de kennis die ik net had opgedaan. Adam en ik zouden nooit seks hebben, want hij geloofde dat zodra we dat deden, hij net als de mannen zou zijn die zijn zus hadden kapotgemaakt.

Maar kon ikzelf hier wel mee doorgaan nadat ik Sabrina's verhaal had gehoord? Nadat ik had gehoord hoe het onschuldige meisje was gedwongen zichzelf te laten gebruiken? Gebruikt en gedumpt, als afval. Ik had geweigerd te geloven dat waar ik mee bezig was hetzelfde was als prostitutie, maar Heath, en vervolgens Adam, hadden me terecht op dat feit gewezen. En nu begon dat eindelijk tot me door te dringen.

HOOFDSTUK

TWAALF

WE SLIEPEN BIJNA TOT DE MIDDAG EN HADDEN EEN snelle brunch aan de ontbijtbar in zijn keuken. Daarna zette hij me thuis af, zodat ik wat aan mijn zwaar verwaarloosde blog kon werken.

'Kom morgenavond mee naar een familie-etentje,' zei hij in de deuropening.

Ik klemde mijn kaken op elkaar. 'Blijven we dit gewoon negeren?'

Zijn blik flitste naar de weg en vervolgens terug naar mij. 'Ja of nee, Emilia?' En met die ontwijkende vraag, beantwoordde hij mijn vraag: *Ja, we blijven dit negeren.*

Ik slikte moeizaam, mijn keel strak. 'Ik ga mee.' Want dit was bijna voorbij en een deel van mij wilde dat niet. Ik wist dat het moest, maar ik wilde heel graag de paar momenten pakken die er nog overbleven.

'Ik haal je om zes uur op.' Zoals altijd kuste hij me op de wang en nam met twee stappen tegelijk de trap terug naar zijn auto.

Ik sloot de deur en leunde ertegenaan terwijl ik probeerde de pijnlijke leegte die ik iedere keer dat hij vertrok voelde, te negeren.

Toen ik mijn berichten checkte, zag ik dat zowel mijn moeder als Heath hadden geprobeerd me te bereiken. Eerst belde ik mijn moeder en ik merkte direct op dat ze ongewoon blij klonk.

'Mia! Hoe gaat het?'

Nog steeds voelde ik me schuldig over de manier waarop ons laatste telefoongesprek was gelopen, toen ik tegen haar had gelogen, maar ik werd gesterkt door haar opperbeste stemming. Was ze verliefd? Het klonk in ieder geval alsof er iets heel belangrijks was gebeurd. Zou ze het me vertellen of was dit een act om haar problematische financiële situatie te verbergen?

'Hoi, mam. Het gaat goed.'

'Hoe gaat het met je vriend?'

Ik zuchtte. 'Hij is mijn vriend niet.'

'Ik mag toch optimistisch zijn, of niet?'

Ongemakkelijk schoof ik heen en weer terwijl ik een haarlok rond mijn wijsvinger draaide. 'Denk het, maar dat betekent dat ik dat ook bij jou mag zijn. Je hebt toevallig niet een bijzonder iemand in je leven, of wel?'

'Wie zou ik hier in het saaie, ouwe Anza moeten ontmoeten? Er zijn hier geen beschikbare mannen die ze ook nog allemaal op een rijtje hebben.'

Daar had ze een punt. 'Het zou eens tijd worden dat je iemand ontmoette. Ik ben al bijna vier jaar het huis uit.'

'Maak je om mij maar geen zorgen, liefje. Het gaat prima met me en ik voel me beter dan lange tijd het geval was. Maak jij je nou maar druk om jezelf.'

Ik overwoog haar woorden. Ofwel ze gaf een fantastisch showtje weg ofwel er *was* iets gebeurd. Hoe kon ze zo vrolijk zijn als de ranch op het punt stond in beslag te worden genomen? Maar gissen zou me geen antwoorden geven, dus besloot ik dat het tijd was het zwijgen over dit onderwerp te verbreken. 'Mam, mag ik je iets vragen?'

'Tuurlijk, zolang het maar niet over mijn dategedrag gaat,' reageerde ze.

Ik ademde diep in en nam de sprong. 'Toen ik in januari bij jou was, zag ik bepaalde post liggen...'

Lange stilte. 'Uh-huh.'

'Ik zag de kennisgeving over de hypotheek.' Ik schraapte mijn keel en ging verder. 'Er stond inbeslagname in juli. Ik heb gewacht tot je me zelf op de hoogte zou brengen, maar om de een of andere reden lijk je te denken dat ik het niet aankan.'

'Ten eerste, dat is niet jouw probleem, oké? Ik heb het je niet verteld omdat ik het zelf regel. En ik wilde niet dat je je zorgen zou maken met die belangrijke test voor de deur en alles wat je al op je bordje hebt. Je staat op het punt je diploma te halen! Het zou een gelukkige tijd voor je moeten zijn. En godzijdank kan dat ook.'

Ik verschoof op de plek waar ik stond, een hand op mijn heup. 'Wat bedoel je?'

'Ik bedoel dat het is geregeld. Ik kan je de details nog niet geven, maar als je in juni hier bent, zal ik dat doen. Maar het is opgelost. Het gaat prima met de ranch en wat nog beter is, ik ben bezig met de voorbereidingen om weer gasten aan te nemen. Ik hoop dat ik tegen juli een aantal zomerboekingen heb kunnen ritselen.'

Ik schudde mijn hoofd. 'Wat... Echt? Je liegt niet zodat ik me geen zorgen maak of om een of andere bullshitreden?'

'Taal, Mia. Ik hoop dat je niet op die manier praat met je vriend in de buurt.'

Ik zuchtte. 'Mam.'

'Oké, oké. Hij is je vriend niet. Misschien kan ik kennismaken met hem bij je diploma-uitreiking?'

Ik knarste mijn tanden. 'Mam, we hadden het over je hypotheek.'

'Ja, en nu is dat onderwerp gesloten. Het is geregeld en ik vertel je de waarheid. Oké? Dus hou op met je zorgen te maken en stop met proberen voor me te zorgen. Ik ben geen verwelkte chemopatiënt meer. Ik voel me beter dan ik in lange tijd heb gedaan. Om heel veel redenen.'

Ik nam een grote hap lucht en besloot haar te geloven. 'Oké. Godzijdank. Ik ben zo opgelucht.'

'Heb je hier sinds januari over lopen tobben?'

Tobben. Dat was een understatement dat ik haar wel wilde laten geloven. 'Ja, soort van.'

'Nou, niet doen. Ik kan niet wachten om je over een paar weken te zien, mijn kleine afgestudeerde! Je gaat er geweldig uitzien in je baret en toga.'

'Ja, voorlopig schakel ik de komende week mijn vaste telefoon uit om flink te kunnen studeren. Als je me nodig hebt, stuur me dan een e-mail of app me, oké?' Oké, mijn moeder was net eerlijk tegen me geweest en nu loog ik schaamteloos tegen haar... alweer! Of tenminste, ik vertelde haar niet de hele waarheid; dat mijn telefoon uit stond omdat ik het land uit ging.

Ze zuchtte zwaar. 'Oké. Maar als je niet binnen een fatsoenlijke tijd weer contact met me opneemt, zal ik gedwongen zijn Heath lastig te vallen en je weet hoe dol hij daarop is.'

'Hou van je, mam. Spreek je snel.' Ik hing op, leunde achterover en voelde me alsof er vijftig kilo van mijn borst was gevallen.

Haar hypotheek was geregeld. Ze hoefde de ranch niet op te geven. Ze bereidde zich zelfs voor om nieuwe gasten te ontvangen! Had ze een lening genomen? Een schenking? Het leek allemaal zo onwaarschijnlijk, maar er was geen twijfel over mogelijk dat ze me de waarheid vertelde. Mijn moeder was niet zo'n goede leugenaar als ik begon te worden. Mijn blik schoof naar het plafond en ik kon niet stoppen met grijnzen. Ik raakte niet eens geërgerd bij de gedachte dat ik deze zomer waarschijnlijk als gratis hulp op de ranch zou worden ingeschakeld.

Vervolgens gingen mijn gedachten, uiteraard, naar de veiling. Naar de moeilijke kwestie waarmee ik zat. Het feit dat Adam nooit de voorwaarden van onze deal zou nakomen. Ik dacht aan de bijna vierhonderdduizend dollar die op mijn bankrekening op de Kaaimaneilanden stond – geld dat ik nooit eerlijk zou verdienen.

Ik kwam tot een besluit en draaide snel Heaths nummer. Een paar minuten nadat ik hem had verteld over de trip naar St. Lucia, dropte ik de tweede bom. Heath was zo overdonderd dat ik mezelf moest herhalen.

'Ik zei dat ik wil dat je de overschrijving weigert.'

'Wat? Waarom stuur je het geld terug naar hem? Ik dacht dat de overeenkomst was vervuld, om het maar zo te zeggen?'

'Nee.'

'Ik begrijp het niet. Nog *steeds* niet?'

'Het is nogal een lang verhaal.'

'Misschien moet je me dan maar eens bijpraten.'

'Ik zie ervan af. Ik kan dit niet.'

'Verdomme, dat is een fucking opluchting. Nam Drake het goed op?'

Ik kneep met mijn duim en wijsvinger in de brug van mijn neus en maakte me klaar om nog meer leugens te vertellen. 'Ja, hij denkt ook dat het een goed idee is.'

En eerlijk gezegd is dat wat hij bedoeld kon hebben vannacht. Hij zei vanmorgen nauwelijks meer dan twee woorden tegen me. Of dat nu kwam door vermoeidheid of spijt van het feit dat hij zoveel over zichzelf had onthuld, kon ik niet inschatten. Ik had mijn uiterste best gedaan net te doen alsof alles tussen ons hetzelfde was gebleven, ook al was alles negentig graden gedraaid en bevonden we ons nu op onontgonnen terrein.

'En hoe zit het met je geldproblemen? Hoe moet het met je studie geneeskunde?'

De helft van mijn geldzorgen was niet langer een probleem. 'Ik vind wel een andere manier,' zuchtte ik. Misschien kon ik leren paaldansen. Ik kuchte. 'Leningen of zo.'

'Fuck, ik kan jullie twee niet volgen. Jullie laten mijn hoofd tollen.'

'Alsjeblieft, Heath. Ik beloof je dat ik je alles vertel zodra ik kan. Maar, weet je... De geheimhoudingsovereenkomst.' Ik gooide dat als het meest domme excuus voor zijn voeten, in de hoop dat hij het zou slikken.

Dat deed hij niet. 'Tuurlijk. Het zal wel. Luister, ik heb het je al eerder gezegd en ik zeg het nog een keer; ik hou er niet van wat dit allemaal met je heeft gedaan. Ik vind nog steeds dat hij een spelletje met je speelt en het staat me niet aan. Nu laat hij je denken dat je zijn vriendinnetje bent in plaats van zijn callgirl.'

Mijn borst trok samen en ik schraapte mijn keel. 'Helemaal niet. We daten niet en er is geen discussie over vriendjes of vriendinnetjes of wat dan ook. En ik heb al besloten dat zodra we eenmaal terug zijn uit de Caraïben we elkaar niet meer gaan zien.' Een onbekende kracht kronkelde om mijn borst heen en verstrakte toen ik eindelijk de gedachten uitsprak die me de afgelopen paar uur hadden beziggehouden.

Heath was even stil. 'En dat weet hij?'

Ik kneep mijn ogen dicht en uitte de leugen met een compleet normale stem. 'Ja, natuurlijk. Hij is het met me eens.'

'En je gaat niet met hem naar bed?'

'Nee.'

'Dus je gaat hem niet meer zien. Je gaat niet met hem naar bed. Waarom ga je dan mee op die trip?'

Ik schraapte mijn keel. 'Omdat ik dat heb beloofd.'

'Ik snap het nog steeds niet. Maar als je hem uiteindelijk toch met je naar bed laat gaan, denk dan aan het oude gezegde over het kopen van de melk als je de koe gratis kunt krijgen.'

'Hou verdomme je mond. Ik ben geen koe.' Ik lachte, maar de lach had een manisch tintje, alsof ik op het randje van een of andere vreemde paniek bungelde.

***

We gingen vroeg naar het huis van Adams oom voor het etentje op zondagavond. Britt en haar familie waren nog niet gearriveerd. Oom Peter had de ingrediënten voor biefstuk- en kipsjasliek klaarliggen, om die vervolgens op de barbecue te bereiden en ik hielp hem alles aan de spiesen te prikken. Binnen een paar minuten trok Adam zich terug om achter de computer 'een klein probleempje op het werk' op te lossen.

Ik concentreerde me erop slijmerige stukken rauwe kip aan de houten stokken te duwen zonder te kokhalzen. Rauwe kip had ik altijd al smerig gevonden.

'Hoe gaat het met het leren voor je MCAT?' verraste Peter me door zijn gebruikelijk stilzwijgen te verbreken en een gesprek te beginnen.

'O. Niet zo goed. Ik word steeds weer afgeleid.'

'Je moet hem zeggen dat hij je met rust moet laten zodat je kunt studeren.'

Ik lachte en schoof een cherrytomaatje op de spies. 'O, het is niet *alleen* zijn schuld.'

'Adam is een geweldig knul en ik hou van hem alsof hij mijn zoon is. In vele opzichten *is* hij ook mijn zoon. Maar soms kan hij behoorlijk overheersend zijn.'

Dat was een understatement. Ik pakte een stuk zoete ui op en ging gestaag verder. 'Dat zal ik niet betwisten.'

'Hij heeft een sterke wil. Altijd zo geweest. Het heeft ervoor gezorgd dat hij is gekomen waar hij nu is. Maar je zult je harder moeten opstellen als hij zich bij jou zo gedraagt. Hij zal je erom respecteren.'

Ik onderdrukte een lach. Als ik tegen hem inging, ergerde hem dat meer dan dat het me respect opleverde, voor zover ik wist.

'Ik hoop dat je doorbijt,' zei Peter na een lange stilte. 'Hij is gelukkiger dan ik hem in lange tijd heb gezien.'

Mijn wangen gloeiden en ineens wenste ik dat hij van onderwerp zou veranderen. 'Dat is goed om te weten,' zei ik zachtjes. 'Oké, hoeveel van die kipsjaslieks moet ik maken?'

Tot mijn opluchting was daarmee het onderwerp van tafel. Wat maar goed was ook, want de deurbel ging en Adam riep dat hij zou opendoen. Een paar minuten later kwam hij de keuken in met Lindsay en een jongere man die ik nog nooit had ontmoet.

Ik wist niet dat Peter zijn collega had uitgenodigd, want in dat geval had ik mezelf voorbereid op de gebruikelijke vuile blikken die ze meestal mijn kant op wierp. Ik ademde diep in en plakte een neplach op mijn gezicht. Lindsay nam die moeite niet eens, maar ging naast Peter staan, gaf hem een kus en overhandigde hem een fles wijn. 'Bedankt voor de uitnodiging. Dat is lang geleden.'

Zoals gebruikelijk zag ze er onberispelijk uit. Vlekkeloze make-up, prachtige kleding. Ze droeg naaldhakken en een designerjurk... naar een familiebarbecue. Ze zag er evenwichtig en elegant uit. Ik voelde me ongemakkelijk en jongensachtig naast haar. Hoewel ze zich nooit openlijk vijandig tegen me had gedragen, voelde ik me ook defensief in haar nabijheid – en regelrecht agressief elke keer dat ze dichter dan een meter bij Adam in de buurt kwam, wat helaas vaak het geval was. Die ellendige gewoonte van haar om hem aan te raken. Het zorgde ervoor dat mijn bloeddruk steeg.

Nadat we bij het zwembad de sjaslieks hadden gegeten, excuseerde Adam zich snel om weer een telefoontje aan te nemen. Ik slenterde het huis door om nog eens naar Williams beeldjes te kijken. Hij was niet in de kamer, maar ik hoopte dat hij het niet erg vond dat ik ze nog eens van dichterbij wilde bekijken.

Ik was echter niet lang alleen, want Lindsay stak haar hoofd de kamer in en bevroor toen ik me omdraaide en haar blik ontmoette. Tot mijn verbijstering kwam ze naar binnen in plaats van dat ze vertrok.

'Hoi,' zei ik ongemakkelijk.

Lindsay keek de kamer rond. 'Dit is Williams kamer, weet je, niet die van Adam.'

Ik knikte. 'Ja, dat wist ik al. Ik wilde nog eens naar zijn figuurtjes kijken.'

'O, ja, zijn kleine standbeeldjes. Hij is er al jarenlang uren aan bezig geweest. Arme kerel.'

Verbaasd keek ik naar haar op. 'Hij lijkt tamelijk gelukkig.'

Lindsay haalde haar schouders op. Ik had weinig interactie tussen haar en William opgemerkt. Sterker nog, het leek erop dat William haar angstvallig had vermeden.

'Ik ken deze familie al heel, heel lang,' zei ze terwijl ze dat feitje met een nonchalante air dumpte, maar haar hele houding iets heel anders zei. Alsof het feit dat zij Adam langer kende haar een of andere vreemde superioriteit over mij gaf. Ik reageerde niet, zette een kleine jageres terug op de plank en pakte een musketier.

Lindsay schraapte haar keel. 'Dus, hoelang zijn jij en Adam al samen?' vroeg ze op dezelfde blasé toon terwijl ze naar een boekenkast liep waarin een aantal trofeeën stonden. Ik kneep mijn ogen een beetje samen. Het leken hardlooptrofeeën, maar ik kon niet zien wiens naam erop stond. Ze moesten van Adam zijn.

En ik had absoluut geen idee hoe ik haar vraag moest beantwoorden. 'Niet zo lang,' zei ik uiteindelijk.

'Echt,' zei ze en ik vroeg me af wanneer ze me haar vroegere relatie met Adam voor de voeten zou gooien. Ik geeuwde bijna. Hoe ontzettend voorspelbaar.

Tot mijn verbazing deed ze dat niet.

'Heeft hij je al laten zitten voor zijn werk?'

Ik trok een schouder op. 'Een keer of twee,' loog ik, nieuwsgierig wat ze daarmee zou doen.

Lindsay keek verrast. 'Het is nog nieuw. Je hoeft je nu nog niet echt zorgen te maken.'

'Zorgen maken? Waarover?'

'Adam is een getrouwd man,' zei Lindsay terwijl ze een trofee uit de boekenkast pakte en hem bestudeerde. Het licht reflecteerde op het metalen plaatje en met gemak kon ik Adams naam en overwinning zien. Honderd meter sprint. Eerste plaats. 2002.

Haar woorden veroorzaakten een zwaar gevoel in mijn maag. Adam? *Een getrouwd man?* 'Wat?'

Met een raadselachtig, bijna neerbuigend lachje draaide ze zich naar me om. 'Hij is met zijn eerste liefde getrouwd: zijn werk. Ik ben bang dat geen enkele vrouw daartegenop kan. Die komen op een verre tweede plaats terecht.'

Wat een smerig iets om te zeggen tegen iemand waarvan ze dacht dat haar 'vriend' ermee datete. Probeerde ze me nu af te schrikken?

'Ik sta altijd open voor een goede uitdaging.'

We werden onderbroken doordat Adam in de deuropening verscheen. Lindsay zette de trofee terug en keerde zich met een lach naar hem. Adam keek naar mij. 'We moeten gaan. Er is een probleem op het werk. Ik moet er even heen.'

Ik wilde dat ik niet naar Lindsay had gekeken nadat hij dat zei. De alwetende lach die ze me schonk liet mijn bloed koken. Adam bevestigde hiermee alle klotedingen die ze net had gezegd.

Hij wachtte bij de deuropening op me, pakte toen mijn hand en zei Lindsay gedag.

Oké, ze was irritant, maar ze was niet vreselijk. In feite zou ze een stuk erger kunnen zijn. Ze had wat dingen gezegd die misschien lomp waren, maar niets wat niet waar was. Iedereen die Adam een poosje kende – en in mijn geval was dat nog maar een maand – zou een idioot moeten zijn om niet tot de ontdekking te komen dat hij een serieus probleem met zijn werk had.

Maar het maakte me niet uit. Het *kon* niet uitmaken. Het was het probleem van een andere vrouw. Een of andere vrouw in de toekomst, misschien als hij veertig was, zoals hij had gezegd. Onderwijl we naar huis reden en die gedachten door mijn hoofd raasden, voelde ik steken in mijn borst verschijnen, waardoor het moeilijk werd om diep te ademen.

Mijn vuisten balden zich vastberaden. Er was geen toekomst voor ons. Die zou er nooit zijn. Onze levens begaven zich in sneltreinvaart verschillende richtingen op en ons begin had bijna een voorbestemd eind.

Ik kon me er echter niet met alles in me aan binden. Iets hield me tegen. Iets diep vanbinnen wilde het eind niet zien. Toen hij langs de stoep parkeerde, bewoog ik me niet om uit de auto te stappen.

Hij draaide mijn kant op en keek me afwachtend aan. 'Wat is er?' vroeg hij.

Ik keek nu ook naar hem. 'Waarom heb je op de veiling geboden?'

Hij liet een lange ademteug ontsnappen, haalde zijn hand door zijn haren en keek uit het raam voor hem. De vraag overviel hem blijkbaar.

Toen hij niet reageerde, ging ik verder. 'Ik weet nu hoe je je moet voelen over deze situatie en waardoor. Door de situatie met je zus. En daar heb ik alle begrip voor. Maar wat ik niet begrijp, is waarom je er dan überhaupt voor hebt gekozen hieraan deel te nemen.'

Hij haalde zijn schouders op en wierp me een zijdelingse blik toe. 'Moet dat dan? Het punt is dat ik dat heb gedaan.'

Ik schudde mijn hoofd. 'Adam...'

Hij keek nadrukkelijk op zijn horloge. 'Jij hebt morgen een vroege dienst als ik het me goed herinner. En ik moet naar het bedrijf.' Hij opende zijn portier, sloeg het dicht en liep om de auto naar mijn kant. Langzaam stapte ik uit terwijl ik naar hem opkeek, maar vakkundig vermeed hij mijn blik.

Bij de deur, toen hij bukte om me te kussen, draaide ik mijn gezicht van hem af. Ik was er niet klaar voor om het al te laten gaan. 'Dit is een spelletje voor je, of niet?' fluisterde ik met opeengeklemde kaken.

Hij fronste. 'Je verdraait de boel weer.'

'Waarom ga ik met je mee naar de Caraïben?'

'Omdat ik wil dat je meegaat,' zei hij zonder enige aarzeling.

'Maar waarom? We zijn niet...' Hij boog voorover en onderbrak me toen zijn lippen op de mijne landden. Zijn grote hand sloot zich rond mijn kaak en hield me op mijn plek terwijl hij mijn mond verkende. Toen hij zich terugtrok, hielden zijn ogen me met een betoverende blik gevangen. Ik kon de reflectie van mezelf erin zien, alsof ik in twee kleine donkere spiegels keek.

'Ik ga dit nu niet met je bespreken.'

'Zul je het later met me bespreken?'

Zijn gezicht nam een peinzende uitdrukking aan. 'Ja. Zeker weten. Na onze trip.'

Ik opende mijn mond om te protesteren. Na die trip zouden we elkaar niet meer zien. Op het laatste moment herinnerde ik me echter dat ik hem dat nog niet expliciet had gezegd. Het was een eenzijdige beslissing. Ik had hem daarover, of over het teruggeven van het geld, nog niets verteld. Dus ik klapte mijn mond dicht en zei gedag.

Hij had geheimen, ja. Maar ik ook.

HOOFDSTUK DERTIEN

'De voordelen van een lekker wijf zijn' - Gepost op de blog van Girl Geek

Volgens de statistieken is de mannelijke populatie onder MMORPG-spelers veel groter dan de vrouwelijke. Maar heb je je al eens afgevraagd waarom er, ondanks dat feit, zo veel in bikini-geklede vrouwen op zoek naar avontuur rondrennen over de vlaktes van Yondareth?

Er zit in mijn gilde een jongeman die alleen vrouwelijke personages wil spelen. Iedere keer wanneer iemand in onze gilde er op de chat naar vraagt, geeft hij een ander antwoord. Soms is zijn reactie dat hij met een vriendin wilde spelen die een jaloerse vriend heeft en haar niet in de problemen wilde brengen. Soms zegt hij dat het is omdat hij de hele dag naar zijn avatar moet kijken en dan liever naar een slanke, sexy boomelf in een maliënpakje kijkt dan naar een of andere idiote, suffe gast met als uitrusting een blik op zijn kop.

Maar, lieve lezers, ik denk dat ik eindelijk de echte reden heb ontdekt waarom hij als vrouw speelt in plaats van als man. Ik heb een 'wetenschappelijk experiment' uitgevoerd en de resultaten zijn overtuigend. Meiden krijgen meer gratis spullen als beginnend personage dan hun mannelijke tegenstanders.

Ter illustratie... Ik leende de laptop van een vriend en creëerde twee verschillende figuren op dezelfde server, allebei precies hetzelfde, met uitzondering van een klein detail. De een was een sexy, schaars geklede elf uit de underdark *– de ondergrondse wereld – genaamd SmokinHawt, een verbastering van fucking sexy zal ik maar zeggen. De ander was een slungelige boomelf die er bijna nog als een adolescent uitzag en een tak als schild droeg, genaamd Poindexter. In hetzelfde nieuwe gebied liet ik ze allebei hakkend op vleermuizen, spinnen en skeletten rondrennen en om gratis spullen vragen.*

'Energie, alstu?' vroeg ik de genezers met een hoger level om hun zegeningen. Negen van de tien keer ontving SmokinHawt hun gunsten. Zeven van de tien keer werd die arme Poindexter genegeerd.

'Heb je gratis spullen?' vroeg ik met een onderdanige houding door te buigen, bedelen en salueren. SmokingHawt ging binnen een uur volledig gekleed in een bij het level passende wapenuitrusting. Poindexter had na een paar uur smeken een roestig zwaard en een ingedeukt schild gekregen.

Daar hield het niet bij op. SmokinHawt kreeg goud, voorwerpen voor haar missie en vriendelijke klopjes op de rug – samen met flirtend gedrag en in-gameberichten. Poindexter werd genegeerd en stierf ongeveer dertien keer.

Dus, na dit grondig onwetenschappelijke doubleblind-onderzoek te hebben verricht, ben ik tot de conclusie gekomen dat de jonge mannen de voorkeur geven aan het spelen met vrouwelijke personages enkel en alleen vanwege commerciële redenen. Hun bankrekeningen lopen op die manier veel sneller vol!

Geldwolven van Yondareth, pas op: ik heb jullie door!

EEN PAAR DAGEN LATER VLOGEN WE EERSTE KLAS NAAR St. Lucia en daar was ik dankbaar voor, want het was een lange reis. Alleen al van LAX naar Miami was het bijna zes uur vliegen, dan na een overstap nog eens acht uur tot Hewanorra International Airport in St. Lucia.

Toen ons vliegtuig het weelderige Caribische eiland naderde, was het eerste wat me opviel de prachtige kleuren van het water – schitterend blauw en heldergroen – en vervolgens de met groen begroeide grillige, puntige bergen, *pitons* genoemd. Tot slot de daken, allemaal in andere kleuren – turquoise, oranje, kopergroen, rood. Opgewonden ging ik rechtop zitten om uit het raam te kijken, mijn mond hing open. Ik had er altijd van gedroomd de Caraïben te zien. En hier was ik dan, op het punt nogmaals in een droom te stappen.

Adam merkte mijn enthousiasme op en keek hoe ik als een puppy tijdens zijn eerste autorit met mijn gezicht tegen het raam zat gedrukt. 'Zin in?'

'Ja! Ik heb zelfs nieuwe zwemkleding gekocht.'

'Mooi.'

Ook had ik alle drie de mooie jurken die hij me had gegeven meegenomen en het schattige jurkje dat Heath bij Harrods voor me had uitgezocht.

'Wacht maar tot je ziet waar we verblijven.'

Grijnzend keerde ik me naar hem om. 'Het gaat nog moeilijk worden het hotel van Amsterdam te overtreffen.'

Hij lachte. 'Ik ben het ermee eens dat het moeilijk is, maar dit hotel slaagt erin. Uiteraard ben ik misschien een beetje bevooroordeeld aangezien ik mede-eigenaar ben, maar het is een behoorlijk fantastisch luxeresort. Ik zal je je eigen mening laten vormen.'

Luxeresort.

En dat was geen grap. Emerald Sky heette het en het was gebouwd tegen een van de frisgroene heuvels die ik vanuit de lucht had gezien, ontworpen alsof het uit de berg zelf ontsprongen was.

Iedere kamer was meer dan een kamer, het was een zeer luxe suite op zich met drie muren. De kant die over de baai uitkeek, was volledig open. Met het hele jaar door warm weer was het niet nodig ze te sluiten, maar ik merkte wel haken van uitschuifbare muren op, voor als het stormde. Op elkaar gestapeld beklommen de suites de heuvel, waardoor er volledige privacy was. En het meest geweldige van alles: iedere suite had zijn eigen overloopzwembad.

Als eigenaar kreeg Adam een van de twee Universe-kamers, die, zoals ik ontdekte, de beste kamers van het hotel waren. Toen we naar binnen werden gelaten, liep ik met open mond rond. Het overloopzwembad, betegeld met glazen juwelen, lag op de hoek van de vierde muur en was groter dan mijn keuken. Daarnaast stond een eettafel en was er een zitgedeelte. Erachter, verscholen in de hoek, bevond zich een groot tweepersoonsbed met doorzichtige, witte vitrage die aan de vier donkerhouten bedstijlen was bevestigd. Aan de achterzijde was een kitchenette met alle luxe. Zelfs bij het zien van het prachtig blauwe water en de witte stranden die eruitzagen alsof ze van talkpoeder waren gemaakt, wist ik niet zeker of ik ooit deze suite wilde verlaten.

'Dit... dit is... waanzinnig,' zei ik eindelijk nadat Adam openlijk geamuseerd had bekeken hoe ik door de grote ruimte was gehuppeld om alles te ontdekken.

'Ben je moe? Wil je een dutje doen?'

'Ik wil zwemmen!' liet ik weten.

Hij lachte. 'Rond etenstijd hebben we een receptie met de manager van het hotel, maar tot die tijd ben ik vrij. Morgen heb ik vrijwel de hele dag vergaderingen, dus ik heb geregeld dat onze majordomus je morgen een tour door de omgeving geeft, misschien wat snorkelen als je daar interesse in hebt.'

Ik keek naar de regenboogkleuren van de glazen tegeltjes die glinsterden onder het blauwe water. 'Ik wil dit zwembad uitproberen.'

Hij schonk me een verleidelijke lach. 'Daar heb ik ook wel interesse in.'

Ik vond de badkamer, achter het bed en een paar treetjes hoger liggend. Ook die was open aan de buitenkant, maar nog steeds behoorlijk privé, zelfs uit het zicht van iemand die beneden stond. Snel trok ik mijn zwart met witte bikini aan. Hij was prachtig en ik voelde me er sexy in. Gelukkig was hij niet heel duur geweest. En dankzij een behoorlijke uitspatting – benen waxen, auw – en een manicure en pedicure, voelde ik me sprankelend, betoverend, energievol en opgewonden en totaal anders dan mijn gebruikelijke, sjofele zelf. Ik was weer de prinsessendroom ingestapt.

Ik lag al in het zwembad en uiteraard had hij die verschrikkelijke laptop tevoorschijn gehaald om werkzaken te checken. Stel je voor dat de wereld zou zijn vergaan terwijl hij in het vliegtuig zat. Eerst was ik geïrriteerd, maar toen opgelucht dat het niet veel geplaag kostte om hem het zwembad in te krijgen. Hij kleedde zich om en dook erin. We zwommen, praatten, flirtten.

We hadden het over de game, uiteraard. Hij deed er nog steeds het zwijgen toe over de aanwijzingen die ik wilde en hij was er niet vies van om met een speelse glinstering in zijn ogen een aantal afleidingsmanoeuvres in te zetten.

Ik vroeg hem naar zijn verleden. 'Hoe is het allemaal begonnen? Wanneer ontdekte je dat je zo goed in programmeren was?'

Hij tuurde over de baai, armen over de rand gehaakt. 'We waren niet bepaald rijk nadat mijn vader overleed. En we verhuisden vaak. Ergens in die periode kreeg ik een tweedehands Gameboy.' Hij glimlachte. 'Dat ding was mijn grootste bezit, maar ik had er maar een paar spelletjes voor en na een tijdje raakte ik die beu. Dus ik kraakte het systeem en begon mijn eigen spelletjes te maken.'

Mijn wenkbrauwen schoten omhoog. 'Dat is geweldig. Hoe oud was je?'

Hij grimaste. 'Dat ga ik je niet vertellen, want dan vind je me zelfs nog een grotere nerd.'

Lachend schudde ik mijn hoofd. 'Niet mogelijk. Je nerdheid is al behoorlijk enorm.' Ik bloosde toen ik me realiseerde dat mijn woorden ook anders geïnterpreteerd konden worden.

Hij schoot in de lach. 'Dank je wel.'

Ik spetterde hem nat. Hij spetterde terug.

'Dus, hoe oud *was* je?' vroeg ik nog een keer.

'Ik denk een jaar of tien,' zei hij simpelweg, zonder te willen opscheppen. Ondanks dat blies zijn antwoord me omver. Hij reageerde op mijn duidelijke schok. 'Maar ik had weinig anders te doen. Ik ging in die tijd weinig naar school, omdat... Nou ja, door de thuissituatie. Ik had uren en uren de tijd om eraan te werken. En ik was behoorlijk vastberaden.'

'Ah, dus dat begon al vroeg, dan.'

'Wat bedoel je?'

'Je onophoudelijke behoefte om altijd te werken.'

Hij trok een gezicht. '*Zo* erg is het niet.'

Ik keek hem overduidelijk sceptisch aan. 'Echt niet? Dus je familie klaagt nooit dat ze je nauwelijks zien? De twee keer dat ik met je mee ben geweest naar een familie-etentje waren niet de eerste keren nadat ze je in geen maanden hadden gezien ondanks dat je in de buurt woont? Er zit een prijskaartje aan je werkweek van honderd uur. Je ziet het alleen niet.'

Hij werd serieus. 'De laatste tijd gaat het beter. De afgelopen paar weken zat ik slechts rond de zestig uur of zo.'

Spottend schudde ik mijn hoofd. 'Slechts zestig. Wat een luilak.' Mijn woorden waren serieus, maar ik wilde de stemming een beetje verlichten, dus ik spetterde hem weer nat. Hij sputterde verrast en grijnsde toen, dook onder water, recht op mijn benen af. Ik probeerde opzij te duiken, maar hij kreeg er een te pakken en trok me zijn kant op. Toen we boven kwamen om adem te happen, lachten we allebei en hij drukte me tegen zijn borstkas aan.

Hij hield me daar nadat we uitgelachen waren en mijn hart bonkte tegen mijn borstbeen. Hoeveel tijd we ook samen doorbrachten, hoeveel we ook flikflooiden, hij had nog steeds hetzelfde effect op me als op die eerste dag dat we elkaar ontmoetten. Een golf opwinding schoot door me heen, overspoelde me als een warme, tropische regenbui. Er fonkelde iets in zijn donkere ogen en hij trok me dichterbij terwijl hij zijn hoofd liet zakken. Zijn mond vond de mijne in een hete kus. Mijn vingers gleden naar zijn nek en ik beantwoordde de passie.

We kusten lange tijd en mijn handen gleden over zijn natte borstkas naar beneden. Hij pakte mijn bovenarmen beet en onder zijn zwembroek werd zijn lichaam hard. Ik trok me terug. 'We kunnen het diner waarschijnlijk niet skippen, toch?'

Hij schudde zijn hoofd, maar het leek hem niet spijten.

'Nou, dan kunnen we ons maar beter gaan klaarmaken.'

Hij lachte. 'Goed plan.'

***

De receptie was een rustig, maar stijlvol evenement met geselecteerde hotelgasten, personeel en andere eigenaren. Het was een black-tie aangelegenheid, dus ik kreeg Adam voor het eerst in een smoking te zien. En hij zag er oogverblindend uit. Ik wilde hem bij zijn dunne satijnen revers grijpen en zijn mond op de mijne trekken.

We hadden vannacht en de volgende twee nachten samen. En ik was van plan ervan te genieten. Als ik het voor elkaar kreeg hem net zo makkelijk als vanmiddag bij zijn werk weg te lokken, zou dat zomaar nog eens kunnen gaan lukken ook.

Eerder was ik verschenen met mijn haar opgestoken – er was een haarstylist gekomen om me daarmee te helpen – mijn make-up, mijn elegante hoge hakken en die beeldschone zwarte jurk met open rug. Zijn waarderende ogen hadden me opgenomen en het liet me van top tot teen tintelen.

'Emilia, je maakt me ademloos.'

We brachten een paar uur op de receptie door. Adam stelde me aan veel mensen voor die ik nooit meer zou zien, dus ik nam niet de moeite hun namen te onthouden.

Daarna liet hij me alleen om zaken te bespreken met een aantal van de andere eigenaren. Andere mannen probeerden me te benaderen, maar ik was er goed in ze af te wimpelen. Als de jaren van zelfverbanning op een hippe campus me iets hadden geleerd, was het wel de kunst van mensen afwimpelen.

Toen we terug in onze suite kwamen, brandden de kaarsen, was het muskietennet rond het bed naar beneden gedaan en waren de dekens opengeslagen. We gaven elkaar een ongemakkelijke blik. De onopgeloste seksuele spanning hing zwaar om ons heen en kleefde aan onze huid als de zwoele tropische lucht. Gelukkig waren we allebei uitgeput. Maar hoe zat het met de dagen die nog volgden? Ik betwijfelde of een van ons had stilgestaan bij de consequenties van het delen van een bed terwijl het niet tot meer mocht leiden.

Ik ging in een T-shirt en mijn ondergoed naar bed en hij trok alles uit met uitzondering van zijn boxershort. Er waren ventilatoren in onze suite, die dag en nacht draaiden, en een licht briesje uit de baai, maar het was een warme nacht en we zouden zonder lakens slapen.

Ongemakkelijk kropen we in bed, vreemd genoeg aan dezelfde kanten als hoe we die nacht in zijn bed hadden gelegen. Lange tijd lagen we bij elkaar vandaan, maar ondanks onze vermoeidheid duurde het een poos voordat we in slaap vielen.

Uren later werd ik wakker in zijn armen en hij kuste mijn nek. Ik rolde me om en in het zwakke licht zag ik zijn ogen groot worden. 'Hoi.'

'Hoi. Het was niet mijn bedoeling je wakker te maken. Ik kon het gewoon niet laten je even te proeven.'

Ik glimlachte. 'Even proeven klinkt goed,' zei ik terwijl ik mijn hoofd liet zakken en zijn blote borstkas kuste. Hij kuste mijn haren en ik draaide mijn hoofd om over de baai uit te kunnen kijken. Het licht was staalgrijs, misschien dat het nog een uur of twee zou duren voordat de zon zou opkomen en alles was rustig en stil.

'Het spijt me. Ik was klaarwakker,' fluisterde hij.

'Verveel je je?'

Hij zuchtte. 'Ik snap het niet. Thuis is het nog maar twee uur 's nachts. Ik kan niet slapen.'

'Waar denk je aan? Werk?'

Zijn donkere ogen waren ondoorgrondelijk. 'Nee. Ik vroeg me af wat er gebeurt als we thuiskomen.'

Ik aarzelde. Wist hij dat ik van plan was het hierna te eindigen? Of was hij tot dezelfde conclusie gekomen als ik? Mijn hartslag versnelde. 'Je bedoelt met ons?'

'Ja.'

Ik schraapte mijn keel. Ik wilde niet dat hij wist dat ik het geld had teruggestort tot we thuis waren. Ik wilde niet dat hij wist dat ik had besloten dat dit voor ons allebei niet goed was. Dat het makkelijker voor ons zou zijn om terug te gaan naar onze vorige levens. Dat ik een andere manier zou vinden om geneeskunde te studeren.

'Laten we daar nu niet over nadenken. Later is daar nog tijd genoeg voor.'

'Ik kan er niet *niet* aan denken.'

'Denk ergens anders aan. Bijvoorbeeld... hoe lekker het voelt als ik je over heel die overheerlijke borstkas van je kus.' En dat is precies wat ik deed. Mijn mond gleed over zijn harde spieren, proefde hem overal.

Hij ademde lang uit, genoot er overduidelijk van, en ik lette goed op iedere detail, iedere stevige heuvel en geplooide vallei. Hij schraapte zijn keel. 'Dat is *inderdaad* fijn om aan te denken.'

Hij probeerde te gaan zitten, probeerde de controle over de situatie te pakken, maar ik duwde hem terug op zijn rug en grijnsde. 'Je staat op het punt me te verleiden, of niet?'

Ik kuste een pad naar beneden, naar zijn buikspieren, over zijn perfecte sixpack. 'Kun je de bereidwillige verleiden?'

'Goed punt,' zei hij met een droog lachje.

Zijn boxershort bolde op door zijn opwinding en ik wreef over de stijve bult voordat ik in zijn onderbroek reikte.

'Het lijkt erop dat we hier een groot probleem hebben.'

Zijn lippen lagen op mijn borst toen hij in de lach schoot.

Ik wreef weer. 'Ja. Een heel, *heel* groot probleem.'

'Wat schrijft de dokter voor?'

'Wrijving. Heel veel wrijving zal de zwelling laten afnemen.'

Zijn ogen kleurden donker. 'Met die behandeling kan ik wel instemmen.'

Ik lachte. 'Dat dacht ik al.' Ik trok aan zijn boxershort en hij deed hem uit.

'Die van jou gaat ook uit,' zei hij.

Ik ging overeind zitten en trok mijn T-shirt en slipje uit. Zijn handen grepen mijn heupen, bewogen toen naar mijn middel en verder naar zijn favoriete plek.

Ik trok zijn handen weg. 'Volgens mij zat ik net midden in een voorgeschreven behandeling.'

Hij lachte en ging achteroverliggen. 'Als de dokter het zegt.'

Ik leunde weer naar voren en kuste hem over zijn hele torso, snel deze keer, en toen naar beneden over zijn platte, gespierde buik. En toen, al mijn moed verzamelend, ging ik zelfs nog verder naar beneden.

Mijn hand vouwde zich om de basis van zijn schacht en snel, heimelijk, raakte ik met mijn mond zijn zachte huid aan.

Hij zoog een hele borst vol lucht naar binnen en ging onmiddellijk rechtop zitten. Ik trok me niet terug.

'Doe dat niet.'

Uitdagend liet ik mijn mond zakken en nam de hele top van zijn erectie tussen mijn lippen.

'Emilia...' zei hij bevend. 'Je hoeft dit niet te doen.'

Ik trok mijn hoofd weg. 'Ik weet dat ik het niet hoef. Ik *wil* het. Maar... wat je ook doet, duw alsjeblieft niet je handen in mijn haren.' Even bewoog hij niet en ik had hem nog steeds in een stevige greep bij de basis vast. Langzaam ontspande hij en ging weer liggen. 'Geniet er gewoon van,' zei ik.

'O, *dat* hoef je me echt niet te vertellen,' hijgde hij.

Aarzelend liet ik mijn mond weer zakken en probeerde het snelle kloppen van mijn hart te negeren. Deze angst was een barrière, een horde waar ik overheen moest zien te komen. Ik moest mezelf in het moment zien te verliezen en het verleden verjagen, beseffen dat ik genot gaf aan iemand om wie ik gaf en dat ik niet bang hoefde te zijn.

Maar die doodsangst was er weer toen flarden van het verleden door mijn geheugen flitsten – herinneringen aan kokhalzen en snikken. Ik sloot mijn ogen, blokkeerde ze, concentreerde me, ademde door de paniek die ergens in mijn verre bewustzijn dreigde op te komen. Mijn therapeut had me technieken geleerd en ik hoefde ze nog maar zelden te gebruiken, behalve in triggerende situaties. En dit kon er weleens een zijn.

Angst was een hindernis, een obstakel dat de grootste macht had doordat het me op een plek, in een bepaald moment, gevangenhield. Ik focuste me op het positieve van deze specifieke situatie, op de kreunen die uit de keel van mijn partner klonken, die duidelijk genoot. Op de roes van de macht in de wetenschap dat ik dit gevoel bij hem teweegbracht. Dat ik bovenop lag en de situatie onder controle had. Ik kon me terugtrekken wanneer ik maar wilde.

Al snel zakte mijn mond lager, nam ik hem verder in me en gleed mijn tong over zijn lengte. Zijn handen klauwden in de lakens, zijn benen spanden zich. Mijn hand verstrakte om hem heen. Ik aarzelde, vroeg me af hoe het hoogtepunt zou zijn. Zou hij me een waarschuwing geven? Zou ik me op tijd kunnen terugtrekken en wilde ik dat eigenlijk wel? Daar was ik nog niet over uit.

In plaats van me over die vragen te bekommeren, concentreerde ik me op het nu, verloor ik mezelf in dit moment zodat ik geen idee had van de tijd die verstreek, van hoelang het had geduurd hem tot dit punt te brengen. Het enige wat ik wist, was dat zijn diepe ademhaling en hese gemompel van mijn naam golven van verlangen door me lieten trekken, elk daarvan als een steentje dat in diep water viel en mijn ziel vanuit het midden liet kabbelen.

Ik ging met mijn hoofd op en neer tot hij ineens verstijfde en rechtop ging zitten. Hij haalde mijn hoofd weg en greep zichzelf beet. Hij kwam op mijn borsten en buik in plaats van in mijn mond. Zijn beschermdrang verwarmde mijn hart. Ik dacht na over zijn gedrag vanaf het begin, vanaf dat vreemde moment op het terras van het penthouse in Amsterdam. Vanaf de start was hij zo geweest, zelfs toen hij me nog helemaal niet goed kende.

'Je bent een heel speciale man, Adam Drake,' zei ik een paar minuten later onder de douche tegen hem.

Hij keek me lang aan, aarzelend, terwijl hij zijn haren waste. 'Wat heb ik nu weer verkeerd gedaan?'

Ik lachte. 'Nee. Ik bedoel, gewoon, dank je wel dat je jij bent. Ik weet dat het afgezaagd klinkt, maar dat is precies wat ik wilde zeggen.' Ik kwam dichterbij, gaf hem een luide zoen en stapte toen weer achteruit. Hij bleef zijn haren wassen en keek naar me met een glimlach op zijn sexy lippen.

We kusten elkaar gedag. Ik in mijn strandsjaal en zwemkleding, klaar voor mijn dagtrip, en hij in zijn zakenpak, zonder het jasje. Voordat hij de deur uitliep, veegde ik wat zweet van zijn voorhoofd.

'Bedankt, liefje,' mompelde hij spottend en hij kuste me voordat hij vertrok.

Ik had een heerlijke dag, genoot van de sneeuwwitte stranden en snorkelde zelfs wat. Mijn gids nam me mee naar de prachtige Diamond Falls, een schitterende waterval die van rotsen in verschillende kleuren naar beneden klaterde en schitterde in de vroege middagzon. Ik genoot met volle teugen van het prachtige landschap van dit ongerepte Caribische eiland, ook al was de hitte aanzienlijk.

Rond vier uur was ik terug in de suite. In de wetenschap dat Adam terug zou komen om zich om te kleden voor het diner, wilde ik klaar zijn. Ik trok het schattige zomerjurkje uit Londen en de bijpassende schoentjes aan, kamde mijn haren uit en veegde ze over mijn schouders voordat ik wat make-up aanbracht die paste bij mijn nieuw verkregen kleurtje door die middag.

Ik was in de badkamer, bijna klaar, toen hij binnenkwam. Ik haastte me met de finishing touch van mijn lippenstift en huppelde de paar traptreden af om hem te begroeten.

Het eerste wat me liet weten dat er iets mis was, waren zijn stijve schouders, zijn afgemeten bewegingen waarmee hij zijn laptop op het bureau neerzette, zijn gilet open knoopte en zijn stropdas los trok. Aarzelend bleef ik achter hem staan. Ik wist zeker dat hij me had gehoord, maar hij liet niets merken.

Ik ademde diep in. 'Zware dag?'

Hij keek niet naar me, maar zijn hand stopte even voordat hij verder ging. 'Het was een fijne dag en de vergaderingen liepen goed. Eigenlijk was het een heel goede dag.' Maar de toon van zijn stem verraadde hem. Die paste niet bij zijn woorden. 'Het ging prima tot ik mijn e-mail checkte.'

Dat verwarde me. 'Slecht nieuws van thuis?'

Hij bleef mijn blik vermijden, rolde zijn stropdas op zodat die niet zou kreuken en legde hem vervolgens met zorg aan de kant. 'Het was een e-mail van Heath Bowman, eerlijk gezegd.'

Ik slikte met een verstikte keel en mijn hart bonkte van plotselinge zorgen. 'Is alles goed met hem? Probeerde hij me te bereiken?' Adam maakte zijn manchetten los en opende de bovenste paar knoopjes van zijn overhemd. Toen hij zich naar me omdraaide, stond zijn gezicht streng… en hij leek heel erg op de hufter die ik een paar maanden geleden het eerst ontmoette in dat hotel in Cosa Mesa.

'Met hem is alles goed. Maar hij had *heel* wat tegen me te zeggen. Hij tierde over shit waarvan ik geen enkele weet had en ik ben niet iemand die ervan houdt in het duister te tasten.'

Ik probeerde te bedenken wat Heath geschreven kon hebben waardoor Adam zo pissig was geworden. Toen, met een zwaar gevoel, herinnerde ik me mijn laatste gesprek met Heath, waarin ik hem had gevraagd het geld te weigeren. Verdomme, Heath. Zijn timing was waardeloos.

Defensief vouwde ik mijn armen voor mijn borst over elkaar. 'Wat heeft hij gezegd waardoor je zo kwaad bent?'

Stijfjes haalde hij zijn schouders op. 'Vertel jij het me maar. *Jij* schijnt heel wat meer te weten over wat er tussen ons speelt dan ik.'

Een donkerbruin vermoeden viel als een deken over me heen. Ik verplaatste mijn gewicht naar mijn andere voet. 'Nou, er is waarschijnlijk... meer dan een ding waar je pissig over zou kunnen zijn.'

Zijn blik werd scherper. 'Bedankt, Emilia,' zei hij afgemeten voordat hij wegliep en de badkamer in verdween.

Shit. Ik rende naar mijn tas en viste mijn mobiel eruit, erop gebrand mijn mailbox te openen voordat hij terugkwam. Misschien had Heath me een cc gestuurd van de mail naar Adam, of in ieder geval de moeite genomen me te vertellen wat hij had willen bereiken door Adam te mailen. Dit was de eerste keer sinds we hier waren gearriveerd dat ik zelfs maar naar die verdomde telefoon had gekeken. Maar de ontvangst in dit deel van het hotel was waardeloos en het symbooltje dat hij aan het laden was bleef maar draaien en draaien zonder te updaten. Toen ik hem achter me hoorde, schrok ik op en gooide de telefoon op de stoel die vlak in mijn buurt stond.

Ik draaide me om en stopte een haarlok achter mijn oor. Hij had zijn gilet uitgetrokken en de glimp van zijn sterke nek en borstkas waar zijn overhemd openviel, trok mijn aandacht. Ik slikte. Ik wilde deze confrontatie niet. Niet nu. Verdomme. Eerlijk gezegd wilde ik die *nooit*. Ik wilde gewoon in het niets opgaan, mijn sprookje in rook laten opgaan en terug naar mijn normale leven keren zonder ooit met dit onaangename gedoe om te hoeven gaan.

Ik schraapte mijn keel. 'Oké, ten eerste, het geld...'

Hij keek me verwachtingsvol aan, maar zei geen woord, wachtte gewoon tot ik zou verder gaan.

'Na ons gesprek die nacht dat ik bij jou bleef slapen, besloot ik... Ik bedoel, ik nam aan dat we hier niet mee zouden doorgaan, toch? Dus... dus ik dacht dat het het best was als ik het geld terugstortte op je rekening. Ik vroeg Heath het te regelen. Geen... geen verleende diensten, geen betaling. We kunnen dit hele fucked-up gedoe gewoon vergeten en dan hoeven we niet...'

Zijn kaak verstrakte. 'Ik wil dat geld niet terug.'

Ik balde mijn vuist naast mijn zij. Zijn blik schoof erheen. 'Nou, jammer dan. Je krijgt het terug.'

Hij zuchtte en keek weg, over de baai. 'Het is geen prostitutie als we niet met elkaar naar bed gaan.'

Ik schudde mijn hoofd. 'Eh, nee. Fout. Je hebt me geld gegeven. We hebben lopen rotzooien. Het *is* al prostitutie. Het mag duidelijk zijn dat ik er niet hetzelfde probleem mee heb als jij, dus schuif dit nu niet op mij af. Ik doe je een gunst door het af te zeggen.'

Hij knipperde. 'De veiling was voor je maagdelijkheid.'

'Daar valt over te twisten, als je van plan bent te muggenziften.' Ik tilde mijn hand op en priemde met mijn vinger in zijn stevige borst. 'Je blijft maar zeggen dat jij degene bent die in deze situatie de controle heeft en toch verlies je die controle de hele tijd en *dat* is de echte reden dat je zo kwaad bent.'

Er trilde een spiertje in zijn kaak, maar verder verroerde hij geen vin. Een akelig voorgevoel trok door mijn borst. Hij had die vreemde, berekenende uitdrukking op zijn gezicht, die ene die betekende dat hij aan tien andere dingen dacht naast het gesprek dat hij op het moment voerde.

Toen hij sprak, was het op een rustige, vlakke toon, ondanks de boosheid in zijn ogen. 'Als je het geld terugstuurt, hebben we geen deal.'

Ik verplaatste mijn gewicht, voelde me als een vlieg die op het punt stond in het web van de spin gelokt te worden. 'Dat klopt. Ik blaas de deal af.'

Zijn ogen ontmoetten de mijne, bikkelhard. 'En hoe zit het dan met die onzin over elkaar niet meer zien als we terugkomen?'

Ik zuchtte. 'Dat was altijd al de afspraak...'

Hij maakte een afkappend gebaar met zijn hand. 'Maar je zei net dat er geen deal meer is.'

Ik schudde mijn hoofd. 'Er is geen toekomst voor ons. Ik bedoel, gezien hoe we elkaar hebben leren kennen en de overeenkomst en hoe alles is gelopen. Heath zei het al meteen en ik heb hem zo lang genegeerd. Het is ziek. Dit is ziek.'

Een blos kroop op naar zijn gebeeldhouwde kaken. 'En wat weet Heath verdomme over ons? Ik bedoel over wat er hier *echt* speelt. Niets. Dus waarom laat je zijn mening je beïnvloeden? Waarom luister je naar hem en niet naar mij?'

Ik liet mijn hoofd zakken, plaatste mijn hand op mijn voorhoofd. Ik kon de woorden die bijna op mijn lippen lagen niet zeggen. *Omdat ik je niet kan vertrouwen.* Nu was het mijn beurt om stil te vallen. Want eerlijk gezegd had ik geen woorden en ik kon voelen hoe zijn irritatie toenam, hoe hard hij ook zijn best deed om kalm te blijven.

'Dus alles wat er tussen ons is gebeurd is *ziek*? Wat er vanmorgen in dat bed is gebeurd is *ziek*?' Hij sprak met een vlakke stem, die gespannen was, prikkelbaar. Een ader in zijn slaap klopte.

Ik schudde mijn hoofd. 'Nee.'

'Waar gaat dit dan over? Wil je hiermee stoppen?'

'Ik weet niet eens wat "dit" is! Dus wat valt er te stoppen?' riep ik uiteindelijk uit. Toen schraapte ik mijn keel, mijn armen stijf van verbolgenheid. 'Dit gaat over jou... bieden op een veiling om een onbekende reden, een veiling waar je fundamenteel op tegen bent. En vervolgens de uitkomst zo lang als je kunt rekken. Je bent dit de hele tijd al aan het manipuleren en nu vraag je me je te vertrouwen? Naar je te luisteren? Je had me aan het begin moeten laten gaan, zodat ik met iemand anders verder had kunnen gaan.'

Hij slikte. 'Daar is het nog niet te laat voor,' reageerde hij uiteindelijk. Het klonk alsof de woorden hem verscheurden. Mijn kin kwam omhoog en ik kruiste mijn armen over mijn borst. Zijn woorden staken me als een regen van scherpe kiezelsteentjes. 'Je hebt gelijk. Het is nog niet te laat.'

Maar mijn borst voelde zwaar. Want ik wilde *hem*. Ik wilde die ervaring met *hem* en ik kon niet zeggen waarom. De gedachte erop uit te gaan en iemand anders te vinden – misschien Meneer New York of een of andere Arabische sjeik of zo – maakte me eerlijk gezegd kotsmisselijk.

Als ik hem niet voor het geld kon gebruiken, dan kon ik hem misschien in ieder geval nog gebruiken voor de ervaring waar mijn lichaam al naar hunkerde vanaf de eerste keer dat hij me aanraakte.

Hij schoof dichterbij, met harde ogen en een gespannen houding, een hand strak langs zijn zij. Hij keek in mijn ogen, eerst in het ene en toen het andere.

'Emilia,' zei hij zacht. Mijn ogen vielen dicht. 'Kijk me aan.'

Ik opende mijn ogen en richtte mijn gezicht naar hem op. Ik wilde dat hij me kuste. Ik wilde dat deze spanning tussen ons verdween. En de felle pijn die vanuit het midden van mijn zijn oprees, vertelde me dat ik zijn handen, zijn lichaam op het mijne wilde. Geen gepraat. Geen geruzie. Geen discussie over een 'deal'.

Alsof hij mijn gedachten kon lezen, zonk zijn mond op de mijne. Zijn hand hield me aan mijn nek in balans, vouwde zich daar om mijn blote huid. Kippenvel prikkelde mijn armen en benen.

Zijn kus was overweldigend, zoog me naar hem toe, alsof ik werd meegesleept door een razende orkaan, opgesloten in de oerkracht genaamd Adam en niet in staat mijn weg eruit te vinden. Toen hij zijn rug rechtte, hijgden we allebei. 'Zo,' zei hij met een schorre stem. 'Zou je me willen vertellen wat daar "ziek" aan is?'

Ik hapte naar adem en hij trok me weer tegen zich aan voor een volgende krachtige, verslindende kus. Ik huiverde in zijn armen en zijn handen schoven naar mijn schouders. Met twee soepele bewegingen schoof hij mijn zomerjurk van mijn schouders, waardoor hij op de grond viel. Zijn mond lag op mijn hals, zijn tong en lippen gleden over mijn gevoelige huid. De aanraking stuurde vloeibare vonken door mijn lichaam. Ik sloeg mijn armen om zijn nek. Een van zijn armen gleed om mijn middel, de ander ging naar de achterkant van mijn bh, die hij met gemak losmaakte.

'Ik heb je nodig,' zei hij.

Mijn ogen vielen dicht en mijn lichaam gehoorzaamde zijn smeekbede. 'Dit zouden we niet moeten doen.' Mijn stem klonk echter zwak, haperde, want ik kon er niet de kracht van mijn volledige overtuiging achter zetten. Zijn mond, handen en tong overtuigden me veel te zeer van het tegenovergestelde.

Zijn hoofd kwam omhoog en hij nam mijn oor tussen zijn lippen, liet zijn tong over het oorlelletje gaan. Hitte schoot door mijn lichaam. 'Kun je dit ontkennen?' zei hij in een schorre fluistering. 'Kun je gewoon weglopen van wat er dan ook is tussen ons?'

Hij liep achteruit naar het bed, trok mij met zich mee. Ik stapte uit mijn schoenen. Mijn zenuwen trokken strak als snaren van een harp. Zijn ogen waren vlam en ijs van het ene op het andere moment – boosheid, passie, pure lust.

'Ik ga je laten zien wat wij samen kunnen zijn.'

Hij trok me tegen zich aan en we kusten. Mijn lichaam reageerde op de sensuele belofte van die woorden. Ik trilde. 'Je zult jezelf haten als je dit doet.'

'Ik zal mezelf meer haten als ik het niet doe,' zei hij tussen opeengeklemde kaken door.

Hij draaide zich om en legde me voorzichtig op het bed neer. Met niets anders aan dan mijn slipje keek ik naar hem op. Ik voelde me kwetsbaar met zijn brandende blik die over me heen gleed. Zijn ogen verschroeiden me als verdwaalde vonken van een vuur. Snel maakte hij zijn overhemd los en trok het uit, net als zijn broek.

Hij bevrijdde zijn erectie van zijn ondergoed en was naakt. Mijn ademhaling vertraagde. Hij was prachtig – iedere goed ontwikkelde plooi, iedere ronding van zijn stevige, goed vertegenwoordigde spiermassa. Zijn stijve in de houding, een potente herinnering aan zijn mannelijkheid.

'Trek je ondergoed uit,' beval hij. En langzaam, mijn ogen verbonden met de zijne, deed ik dat. Ergens in mijn achterhoofd betwijfelde ik waar dit heen leek te gaan. We waren daar al eerder beland – meerdere keren – en hij had zich altijd teruggetrokken, altijd zichzelf tegengehouden met een ijzeren greep op zijn zelfbeheersing. Dat zou weer gebeuren, ondanks de razende woestheid die ik diep in zijn zwarte ogen zag. Hij zou strijden voor controle en zou winnen. Zou niets doen waar hij spijt van kon krijgen.

Onder zijn intense blik veranderden mijn tepels in harde puntjes en een vochtige hitte ontstond tussen mijn benen. Langzaam liet hij zich op de rand van het bed zakken om een bijna eerbiedige hand over mijn borsten, mijn buik, mijn dijen, mijn geslacht te laten gaan. 'Zo mooi, Emilia. Je bent zo verdomd mooi.'

Ik sloot mijn ogen. Ik had net hetzelfde over hem gedacht. 'Dank je.'

Hij ademde diep in en sprak de woorden aarzelend, alsof een deel van hem nog steeds vocht en worstelde om ze binnen te houden. 'Als je me nu vertelt dat je dit niet wilt, doen we het niet.'

Mijn blik haakte in de zijne, standvastig. Het was tijd om de waarheid te vertellen. De consequenties konden me gestolen worden. 'Ik wil dit, Adam. Niet vanwege het geld en niet omdat iemand me daartoe dwingt. Ik wil het omdat *ik* het wil.'

Hij bewoog zich zo snel, dat het bijna een waas was. Binnen een paar seconden lag hij op me en hield mijn armen tegen het matras gedrukt terwijl zijn lichaam me neerduwde. Zijn mond lag weer op de mijne, maar op dat moment besefte ik dat dat niet lang zou duren. Hij zou geen seconde aan voorspel verspillen aangezien we al een maand lang verwikkeld waren in het meest frustrerende voorspel ooit.

Hij duwde mijn knieën uiteen en ik spreidde ze voor hem. Hij staarde in mijn ogen, net zoals hij had gezegd dat hij zou doen. *Ik ga naar je gezicht kijken als je me in je neemt.* En met een duidelijke, zelfverzekerde beweging, zonder nog een spoor van aarzeling, duwde hij zich bij me naar binnen en er was niets langzaams aan. Zijn lichaam was zo heet, alsof het in brand stond.

Ik probeerde niet te verstijven van de scherpe pijn die ik voelde door zijn penetratie. Hij zag mijn gezicht, mijn groter wordende ogen. Hij voelde me onder zich verstijven, maar hij trok zich niet terug. Hij duwde zich naar binnen zonder te stoppen, alsof hij eenmaal had besloten dit pad te bewandelen en er daardoor niet op zou terugkomen.

Al snel had hij zichzelf helemaal naar binnen gewerkt en bleef hij stilliggen, me nog steeds nauwlettend aankijkend. 'Gaat het?'

Ik sprak niet, knikte slechts. Zijn handen grepen de mijne beet en onze vingers verstrengelden zich. Zijn mond vond de mijne, onze tongen draaiden om elkaar heen. Toen begon hij te bewegen. Ik zal toegeven dat het meer dan een beetje pijn deed. Hij voelde heel groot in me en mijn lichaam klemde zich om hem heen. Maar toen hij zijn rustige ritme vasthield, was er ook iets anders. Een diep, bevredigend genot. Een gevoel van ultieme verbinding. Niet slechts door de samensmelting van onze lichamen, maar ook onze handen en monden. Ik had me fysiek nog nooit eerder zo onderdeel van iemand anders gevoeld als op dit moment.

De erotische manier waarop hij met iedere beweging diep in me bewoog, sprak een bezitterigheid en verbintenis uit. Hij bezat me en hoorde bij mij. Andersom gold hetzelfde.

Al gauw werden zijn bewegingen sneller, meer dringend, zijn ogen gesloten in concentratie. Hij liet mijn handen los, leunde op zijn ellebogen en keek me weer aan. De veranderde houding verlichtte wat van de druk en een scherp, adembenemend genot schoot door me heen, waardoor het ongemak verdween.

Ik spoorde Adam aan door te gaan met waar hij mee bezig was, vertelde hem hoe goed het voelde. Toen ik zijn naam kreunde, leek het hem over de rand te duwen. Hij dook in me, duwde zijn heupen strak tegen me aan en drong dieper dan daarvoor bij me naar binnen. Ik hapte naar adem, ergens op de grens tussen genot en pijn. Hij stopte, zijn ademhaling kwam zo snel dat het hem moeite kostte te spreken. 'Ik ga niet komen voordat jij komt.'

Hij duwde zichzelf omhoog, zodat hij op zijn knieën kwam te zitten en ging verder. Ik hijgde. Zijn stoten waren snel en gelijkmatig, want hij merkte dat ik er dichtbij zat. Ik kneep mijn ogen dicht, concentreerde me op die golf van extase die binnen in me groeide. Het enige waar ik me op dat moment bewust van was, was het gevoel van Adams schacht die in me gleed.

Mijn rug kromde van het bed af en ik kwam klaar in stuiptrekkende golven die van pure voldoening door mijn hele lichaam trokken. Slechts een paar stoten later en Adam kwam ook terwijl hij zich zo diep als maar kon in me duwde. Zijn orgasme trok door me heen alsof het van mezelf was.

Daarna lag hij een paar minuten boven op me. Ik wikkelde mijn benen om hem heen en koesterde nu het gevoel van hem in me. Toen zijn ogen eindelijk opengingen, keek hij in de mijne en liet zijn mond op die van mij zakken om me weer te kussen.

We lagen gedurende lange, stille momenten in elkaars omhelzing totdat ik uiteindelijk mijn keel schraapte. 'Ik denk dat ik maar beter kan gaan douchen.'

Hij knikte, schoof opzij zodat ik eruit kon. Toen we uit bed waren gestapt, merkte ik dat hij was blijven staan om naar het beddengoed te kijken. Ik keek achterom en zag een kleine bloedvlek. Er verscheen een vreemde uitdrukking op zijn gezicht en hij haalde zijn hand door zijn haren. Toen strekte hij zijn arm uit, rukte het laken van het bed af en gooide het in de hoek. Een paar minuten later vergezelde hij me in de douche. Hij was nog steeds bijzonder stil en allebei hadden we ons in onze eigen werelden teruggetrokken. Deze keer geen inzeepfestijn.

We waren een grens overgestoken waar we niet terug over konden. We hadden een stap gezet die niet teruggedraaid kon worden. Het kleine bewijs van een blijvende verandering in mijn lichaam was eveneens een bewijs van een verandering in ons. In wie we waren, zowel voor onszelf als voor elkaar.

Adam waste zich snel en stapte uit de douche. Hij sloeg een handdoek rond zijn middel en verliet de badkamer. Ik bleef echter nog even treuzelen, zeepte mezelf langzaam in, focuste me op het beurse gevoel tussen mijn benen, stond stil bij mijn eigen gevoelens. Ik was nu anders. Het was slechts een vlies, zoals ik me altijd had voorgesteld. Maar toen ik erover nadacht hoe het zou zijn, had ik altijd gedacht dat er niets zou veranderen. Gevoelens zouden niet veranderen.

Maar dit was anders. Deze sterker wordende gevoelens voor Adam waren de belangrijkste reden. *Nee, Mia.* Domme meid. Ik slikte een snik weg bij het besef dat in me opkwam. Ik zou van Adam kunnen houden. Maar dat zou ik niet laten gebeuren, want het ging tegen alles in waar ik voor stond… al heel lang. Ik was Mia, het meisje dat single bleef omdat ze daarvoor koos. De vrouw die altijd voor zichzelf zou zorgen, want ik had niemand nodig om me te redden. Ik redde mezelf.

Het idee dat ik hem na dit weekend nooit meer zou zien, trok een diepe en pijnlijke wond. Maar ik wist dat het moest gebeuren – en het moest gebeuren voordat deze gevoelens me afhankelijk van hem zouden maken. Een golf van een plotselinge pijn trok als een bliksemschicht door me heen. De gevoelens zouden overgaan. Ze waren vergankelijk, herinnerde ik mezelf eraan. Ik zou standvastig bij mijn beslissing blijven.

En trouwens, waar waren we hier in godsnaam mee bezig? Hij wilde dit net zomin als ik! Er was geen reden om me schuldig te voelen. Hij was een lege, liefdeloze workaholic die aan zijn trekken kwam met fuckbuddy's. Mijn hart sloeg weer op hol. Met trillende benen stapte ik uit de douche, en alleen maar omdat mijn vingers en tenen begonnen te verrimpelen.

Je gaat niet met hem naar bed in St. Lucia, ofwel? Heaths woorden kwamen als een klap in mijn gezicht in me op. Ik bevroor en voegde zelf aan Heaths waarschuwing toe: *want dat zou een grote fout zijn.* Ik schudde mijn hoofd, het was te laat voor zelfverwijt.

Ik had echter nog steeds een keuze. We konden van onze laatste anderhalve dag hier genieten en er daarna een punt achter zetten. Ik werd er niet langer voor betaald, maar ik had er desondanks van genoten. Er was niets mis met er nog een dag van genieten.

Toen ik aangekleed in het zitgedeelte verscheen, er bijna tegenop ziend hem onder ogen te komen, kon ik aan zijn kalme voorkomen merken dat hij gelijksoortige gedachten had gehad. Hij droeg een kakibroek en een rood shirt met een *Star Trek* logo en het woord 'expendable' over zijn borst gedrukt. Vervangbaar, dus? Met blote voeten zat hij voor zijn opengeklapte laptop, op dat gekmakende tempo te typen. De gloed van het scherm scheen op zijn knappe gezicht.

Zonder op te kijken vroeg hij: 'Heb je honger? Ik wilde net roomservice bestellen.'

Ik gaf geen antwoord, maar liep naar de menukaart om iets te kiezen. Niets sprak me aan, maar ik wist – ik *wist* – dat als ik niets zou bestellen, hij zou denken dat ik liep te pruilen of spijt zo hebben of iets dergelijks. De kunst was me normaal te gedragen. Te doen alsof er niets was gebeurd.

Fuck. Geloof je het zelf?

'Het ziet er allemaal nogal sjiek uit,' zei ik bij wijze van excuus.

Hij keek op. Misschien voelde hij zich beledigd. Hij was tenslotte een van de eigenaars hier. 'Je kunt bestellen wat je wilt. Het hoeft niet op de kaart te staan. Wil je een biefstuk of zo? Dat bestel ik waarschijnlijk ook. Ik ben uitgehongerd.'

Ik haalde mijn schouders op. 'Prima.' Maar de gedachte aan een zware biefstuk liet mijn maag omkeren van afkeer.

Hij typte weer verder. 'Ik zal de bestelling meteen doorgeven via de webpagina.'

Ik aarzelde, overvallen door een golf van irritatie. 'Ben je aan het werk?'

Hij keek niet op. 'Yep. Dacht even te kijken hoe het ervoor staat met de vorderingen van onze Europese lancering.'

Ik fronste. Werk had vanavond niet op het programma gestaan. En toch had hij ingelogd zodra hij kon nadat we... nadat...

Wat was dit zware gevoel in mijn borst? Ik wierp een blik op hem. Hij trok zich van me terug en daarvoor gebruikte hij zijn werk. Net zoals hij met alle anderen in zijn leven had gedaan; zijn vrienden, zijn geliefde familieleden. Waarom dacht ik dat ik immuun zou zijn voor deze behandeling?

Zijn gedrag stak. Hij typte verder, klikte erop los; hij wendde zijn blik geen moment van zijn werk af, gaf het zijn volledige aandacht. Ik was niet het type mens dat de hele tijd iemands onverdeelde aandacht nodig had. Sterker nog, aangezien ik nooit naar een relatie had verlangd, was ik wat dat betreft behoorlijk makkelijk tevreden te stellen.

Maar gezien wat er net voor het eerst tussen ons was gebeurd, en mijn eerste keer *ooit*, had ik gedacht dat hij wat attenter zou zijn. Of tenminste, dat zou ik fijn hebben gevonden. In plaats daarvan liep ik tegen een muur van stilte op. Hij was een schildpad die zich terugtrok in de harde, ondoordringbare bescherming van zijn werk.

Het ergste gebeurde echter een paar minuten later, toen het eten arriveerde. De majordomus stalde het uit op onze tafel aan de rand van de patio, met uitzicht op de baai. Adam negeerde ons allebei en werkte stug door. Ik hield mezelf bezig door te proberen eindelijk mijn e-mail op mijn telefoon te kunnen downloaden. Geen enkel bericht van Heath.

Toen de majordomo vertrok, ging ik aan de tafel zitten en keek naar Adam. 'Je eten wordt koud.'

Hij typte nog een minuut door en kwam toen naar de tafel gelopen. 'Ik sterf van de honger,' mompelde hij. Vervolgens pakte hij zijn bord en bestek op en nam het mee naar zijn bureau, terwijl hij mij achterliet om alleen te eten.

Mijn mond viel open, maar hij zag het niet doordat hij een stuk biefstuk afsneed, in zijn mond stak en verder ging met zijn werk. Vanuit deze hoek was het enige wat ik op zijn scherm zag een hoop onbegrijpelijke symbolen en commando's. Hij werkte aan een of ander programma.

Mijn binnenste brandde. Ik probeerde de redenen achter mijn boosheid onder de loep te nemen. Ik voelde me aan de kant geschoven. Hij had gekregen wat hij wilde en was verdergegaan. Ik was niemand meer. Kon ik niet op z'n minst een vriendin zijn? Waarom mij met al die aandacht overspoelen en me vervolgens negeren zodra we intiem waren geweest? Ik begon me af te vragen of het ook zo tussen met mijn moeder en de Biologische Spermadonor was gegaan. Hij had haar ook gebruikt. En vervolgens had hij haar aan de kant gezet alsof ze nooit had bestaan zodra ze geen nut meer voor hem had.

Met een stoot razernij stond ik op, mijn bord nog vrijwel onaangeraakt, niet langer van plan hier in stilte over dit alles te gaan zitten malen en naar zijn vreemde manier van doen te kijken. Ik ging naar de badkamer en pakte mijn zwemkleding.

Toen ik terugkwam, keek hij vragend op van zijn scherm, maar zei niets. Ik deed net of ik het niet opmerkte.

Ik waadde het zwembad in, dat eigenlijk te kort was om baantjes te kunnen zwemmen, maar ik kon geen andere manier bedenken om deze rusteloze energie kwijt te raken dan de kamer verlaten. Als ik dat deed, zou ik hem een signaal geven. Dat ik verafschuwde wat er tussen ons was gebeurd of er spijt van had. En dat was niet zo. Maar ik verafschuwde *wel* zijn huidige gedrag. Als hij me wilde negeren, prima, dat kon ik ook.

Dat alles ging door mijn hoofd terwijl ik korte baantjes zwom. Vier slagen, draaien, adem happen, vier slagen, draaien. Opnieuw en opnieuw en opnieuw. Ik begon duizelig te worden en had geen idee hoelang ik al bezig was toen ik een sterke hand rond mijn bovenarm voelde en me liet stoppen. Sputterend kwam ik boven. Hij stond naast me in het zwembad.

'Wat de hel?' zei ik.

'Ik riep je steeds en je stopte maar niet. Hoelang was je van plan hiermee door te gaan?'

Ik haalde mijn schouders op. 'Weet ik niet. Hoelang ben je van plan me af te wimpelen?'

Hij schonk me een scherpe blik. 'Ik wimpel je af. Waarom denk je dat?'

Ik veegde het water van mijn gezicht. 'Misschien omdat je inlogde zodra je de kans kreeg en je je maaltijd aan je toetsenbord eet. Misschien doe je dat altijd zo als je alleen bent, maar als je in gezelschap bent, is dat behoorlijk onbeschoft. En omdat je niets zegt en ik geen idee heb wat er door je hoofd gaat.'

Hij keek weg, maar niet voordat ik irritatie op zijn gezicht zag.

Ik ging verder. 'Zeg me alsjeblieft dat je niet al je fuckbuddy's zo behandelt.'

'Jij bent *geen* fuckbuddy.'

Ik trok mijn arm los, draaide me om en ging aan de rand van het overloopzwembad hangen, uitkijkend over de donkere baai. Het geluid van de oceaan in de verte en de geur van zout stegen op in het briesje. Hij zuchtte achter me. 'Het spijt me dat je dacht dat ik je afwimpelde.'

Mijn gezicht werd rood van boosheid. 'Geen excuus. Verspil je adem niet aan dat soort bullshit. Heb je enig idee wat voor gevoel het me geeft dat je me gewoon negeert nadat we... nadat wat ertussen ons is gebeurd? Als oud vuil.'

Hij kwam naast me staan, hing zijn armen over de rand, behoedzaam om me niet aan te raken. Hij keek in mijn gezicht, ik bleef over de baai uit staren. 'Het spijt me,' zei hij na een paar lange, gespannen momenten. 'Ik negeerde je niet expres. Het is iets wat ik doe als... als ik nadenk.'

Ik zoog mijn longen vol, de kolkende woede nam slechts een beetje af. Toen keek ik naar hem. Hij had zijn overhemd en broek geloosd en het leek erop dat hij in zijn boxershort in het zwembad was gesprongen. 'Praat dan met me. Vertel me waarover je nadenkt.'

Hij bleef even stil. 'Ik dacht eraan hoe ik nooit van plan was geweest het zover te laten komen.'

Een strakke band trok rond mijn borst. 'Dus je hebt *inderdaad* spijt. Je voelt je schuldig dat het is gebeurd.'

'Nee,' zei hij en hij draaide zich mijn kant op. 'Ik voel spijt en schuld dat ik er zoveel van heb genoten dat ik het nog een keer wil doen.'

Een nieuwe spanning ontstond tussen ons. Ik kon nauwelijks ademalen, want ik voelde precies hetzelfde. 'Maar dat ga je niet doen?'

Hij keek weer uit over de baai. 'Het was nooit de bedoeling dat het zover zou gaan,' herhaalde hij.

Hoewel ik haatte hoe hij met deze innerlijke strijd omging door me buiten te sluiten, vond ik die innerlijke strijd een reflectie van zijn goedheid. Hij gebruikte me niet. Hij was *bang* me te gebruiken. Hij veronachtzaamde me niet. Hij sloeg zo'n acht op mijn gevoelens dat hij die van zichzelf ontkende. Hoe kon ik daar boos om zijn?

'Maar dat is wel gebeurd. En er valt nergens spijt over te hebben. Er was geen 'deal'. Er zijn geen principes geweld aangedaan. Het geld...'

'De hel met het geld, Emilia. Ik geef geen zak om het geld.'

Ik keerde me naar hem toe en schraapte mijn keel. 'Dit is hoe het zit, Adam. Je gedraagt je alsof je iets verkeerd hebt gedaan, alsof je iets van me hebt "afgenomen" of me op de een of andere manier hebt geschaad. Weet je wat? Het is onze cultuur waardoor mannen zo denken... de puurheid van een vrouw is de ultieme prijs.'

Hij grimaste. 'Nu klink je precies als in je manifest.'

Ik schudde mijn hoofd. 'Ik heb die woorden niet zomaar opgeschreven. Ik geloofde ze. Mijn puurheid was niet meer waard dan de jouwe of die van iemand anders. Ze was alleen een stuk ouder dan gemiddeld toen ik het eindelijk...'

'Opgaf?'

'*Weggaf*. En meer dan dat betekent het niet. Je hebt me een dienst bewezen.'

Hij klemde zijn kaken op elkaar, zodat de spieren in zijn kaak opbolden.

Ik ging verder. 'Ik heb ervan genoten. Jij zei dat je ervan hebt genoten. Wat is er dan om spijt van te hebben of je schuldig over te voelen?'

'Wat hierna komt,' zei hij botweg. 'Dat is de manier waarop ik denk. Boven alles ben ik een programmeur. In programmeren draait alles om oorzaak en gevolg. Wat zijn de mogelijkheden die voortkomen uit iedere regel met een code? Wat zal *hieruit* voortkomen?'

'Hou ermee op hierover vijftig stappen vooruit te denken. Denk gewoon aan het eerste dat hierop volgt. Wat denk je dat dat is?'

Zijn blik gleed over mijn gezicht. 'Als het aan mij lag? Dan zou het zijn dat ik je weer neuk.' Zijn blik zakte af naar mijn lippen.

Ik stopte met ademen, mijn hart hamerde van opwinding. We staarden elkaar lange tijd in stilte aan voordat ik sprak. 'Dat klinkt als een behoorlijk goede stap.'

Hij haakte zijn arm om mijn middel en trok me strak tegen zich aan. Mijn lichaam kwam tot leven bij het gevoel van zijn hardheid. We hielden elkaar lang vast. Toen begon hij langzaam, sensueel mijn hals te kussen.

'Verdomme, Emilia,' hijgde hij. 'Hoe heb je me zo snel bloot kunnen leggen?'

Ik bracht mijn armen omhoog, hield zijn ruige gezicht in mijn handen en we kusten.

Hij kuste me lang, teder. Onze tongen speelden langzaam met elkaar. Verlangen schoot door me heen als een donderslag bij heldere hemel. De aanraking was koortsachtig, zinderend. Zijn handen lagen op mijn rug, maakten mijn bikinitopje los, gleden over mijn borsten.

'Hoe is het mogelijk dat ik je nu nog meer wil dan vanmiddag?' gromde hij tegen mijn hals.

Ik trok mezelf omhoog, sloeg mijn benen om zijn middel en we gingen verder met kussen. De strakke spieren in zijn rug rolden onder mijn handen.

'We waren *allebei* behoorlijk gretig.'

Hij trok zich terug om me aan te kijken. 'Ik weet niet zeker hoe gretig jij was,' bracht hij uit terwijl er een lach rond zijn lippen verscheen. 'Ik had de indruk dat je gewoon achteroverlag en aan je studie geneeskunde dacht.'

Ik schoot in de lach. 'Niet bepaald.'

'Ik moest mezelf ervan weerhouden om niet opnieuw te beginnen zodra ik het afrondde. Ik wilde je zo graag dat ik wist dat één keer niet genoeg zou zijn.'

Zijn woorden ontnamen me de lucht uit mijn longen. Mijn lichaam reageerde met een verzengend vuur, met toenemende spanning.

'Ik ga het nog een keer doen, Emilia. En nog een keer.'

Zijn handen lagen op mijn heupen en ik haalde mijn benen weg zodat hij mijn zwembroekje uit kon trekken. Waarom zouden we de moeite nemen het zwembad uit te komen? Zijn vingers wreven over mijn geslacht terwijl hij op mijn tepels zoog. Ik voelde me slap in zijn armen, gericht op het intense genot dat al mijn zenuwen aanspoorde. De smaak van zijn natte huid, het gevoel van zijn strakke spieren, zijn geur. Hij bleef wrijven en ik begon aan de onvermijdelijke klim naar mijn orgasme. Mijn handen klemden zich om zijn schouders en ik gooide mijn hoofd achterover terwijl ik zijn naam riep.

Hij stopte. Ik onderdrukte een kreet van frustratie. 'Draai je om en leg je handen op de rand,' zei hij.

Ik zette een stap terug en keek in zijn gezicht. Een dierlijke honger – iets wat ik eerder niet in zijn ogen had gezien – gloeide daar.

'Doe het.'

De kick van verwachting schoot een paar tandjes omhoog door zijn bevel. Ik draaide me om en plaatste mijn handen op de rand van het zwembad. Ik voelde me ontzettend tentoongesteld. Ik was naakt, keek uit over een leegte. Niemand kon ons zien. We hadden complete privacy. Adam boog voorover en kuste de achterkant van mijn nek, mijn oren, mijn rug, zijn handen schoven omhoog om mijn borsten te omvatten en er zacht in te kneden, de tepels door zijn vingers te laten rollen. Ik hijgde en kromde tegen hem aan, strekte mijn arm achter me rond zijn nek.

'Terug op de rand, Emilia. Hou ze daar.'

Langzaam. Heel langzaam. Gehoorzaamde ik. Hij greep mijn heupen beet en trok me tegen zich aan. Hij was nu naakt en zijn erectie drukte tegen me aan. Ik hapte naar adem.

Maar toen ik dacht dat hij bij me naar binnen zou dringen, deed hij dat niet. Hij gleed met zijn schacht langs mijn schaamlippen, reikte met een hand naar mijn voorkant om op mijn gezwollen vlees te drukken, inmiddels volledig opgewonden. Hij begon me zowel van voren als van achteren te wrijven.

Het gevoel was overheerlijk en al snel nam de snel opgebouwde spanning tussen mijn benen nog meer toe, bundelde zich in mijn buik, verwarmde mijn binnenste. Ik stond op het punt te komen, het orgasme net buiten mijn bereik.

Weer stopte hij. 'Adam!' jammerde ik.

'Wat?' fluisterde hij schor in mijn oor.

'Stop met klooien, in godsnaam,' gromde ik.

'Vertel me wat je wilt, Emilia. Precies wat je wilt.' Hij benadrukte het bevel door weer tegen mijn clitoris te drukken, alsof ik eraan herinnerd moest worden dat ze daar zat. Ik verstijfde tegen hem aan.

'Ik wil je stijve. Ik wil hem in me.'

'En dan wat?'

'Ik wil dat je hem in en uit me laat glijden tot ik kom,' hijgde ik.

Ik stopte met ademen toen ik zijn top bij mijn ingang voelde. 'Vraag het me netjes.'

'Neuk me.'

'Netjes, Emilia.'

'Neuk me, *alsjeblieft.*'

Zonder nog een woord te zeggen gleed hij in me. Hij duwde zich zo snel bij me naar binnen dat mijn hele lichaam verstilde. Het water schoot omhoog en over de rand van het zwembad door de kracht van zijn beweging en ik hapte naar adem. Zijn borstkas duwde tegen me aan tot ik voorover was gebogen en hij begon te bewegen, zijn kin rustte boven op mijn hoofd.

Hij greep een van mijn handen en duwde hem, onder de zijne, tegen mijn geslacht. 'Raak jezelf hier aan.'

En dat deed ik. De combinatie van die twee sensaties – van hij die vanaf achteren in me gleed en de druk op dat bundeltje zenuwen aan de voorkant – liet me al snel heftig hijgen.

Ik was nog steeds beurs van de vorige keer, maar dat deed niet af aan het ongelooflijke genot dat zich in me opbouwde. Het bouwde zich sneller op, intenser dan daarvoor. Ik gaf een gil. Hij beukte vanaf achteren in me, sneller en sneller, en het water spatte om ons heen.

En ik kwam. Deze keer in hete, dwingende golven die me er tijdelijk van weerhielden te ademen. Hij duwde zich diep bij me naar binnen, stootte een ruwe kreet uit en kwam ook.

Toen hij zich terugtrok, lag ik tegen de rand van het zwembad geperst, happend naar zuurstof. Hij trok me tegen zich aan, hield me vanaf achteren vast. 'Heb je water ingeslikt?'

Ik wierp hem een nep-geërgerde blik toe. 'Volgens mij hoefde ik een paar dagen niet meer te lopen.'

Zijn borst trilde tegen mijn rug. 'Ik kan je gewoon overal heen dragen.'

Dat gezegd hebbende, tilde hij me op en droeg me het zwembad uit. We drupten alles nat toen we om het bed heen naar de badkamer liepen.

Dit was een droom. En ik wilde nooit meer wakker worden. Zijn armen waren een haven om me heen, koesterden me, gaven me het gevoel dat ik veilig was daar. Maar mijn hart kon het niet laten in opstand te komen, het nieuwe huis dat was aangeboden af te wijzen. Het had veel te lang gevangen in zijn eigen fort geleefd. Jaren geleden had ik de sleutel ervan al weggegooid. Al had ik het gewild, dan nog betwijfelde ik of ik de mogelijkheid zou kunnen aangrijpen om hem te vinden.

Een poosje later zat ik op mijn koude biefstuk te knagen. Ik kon hem niet snel genoeg naar binnen krijgen, zo'n honger had ik. 'Ze kunnen hem voor je opwarmen of een nieuwe maken, hoor,' zei hij terwijl hij in een witte badstoffen badjas naar me toe liep. Zijn magnifieke borstkas piepte door de opening tevoorschijn.

'Ik heb er met mijn broodje maar een koud broodje biefstuk van gemaakt.' Ik hield het omhoog zodat hij het kon zien en hij nam een hapje. Even later knikte hij.

'Niet slecht.'

'Regel je eigen broodje maar.'

'Ik heb geen trek meer. In eten dan.' Hij gaf me een betekenisvolle blik.

'Als je trek in iets anders hebt, gaat het even duren voordat ik weer opgeladen ben.'

Hij keek op de klok. 'Het is niet te laat om op stap te gaan. Wil je naar boven gaan, naar het terras, voor een dessert of een glas wijn?'

Verlangend keek ik naar het bed. 'Ik ben afgepeigerd. Ik denk dat ik maar naar bed ga. Jij kunt gaan, als je wilt.'

Hij keek me aan. 'Ik ga mijn agenda voor morgen vrijmaken.'

Ik lachte. Was ik tot hem doorgedrongen? 'Dank je wel.'

'Ik ken niet veel van de plaatselijke bezienswaardigheden aangezien ik meestal niet de toerist uithang als ik hier ben, maar ik weet een paar mooie plekken om te bezoeken.'

'Van het weinige wat ik heb gezien, is er inderdaad genoeg moois te zien. Het zou geweldig zijn eindelijk wat tijd met je door te brengen.' En of dat nu in bed was of daarbuiten, maakte me volgens mij op dit moment niet eens uit.

Hij grimaste berouwvol. 'Ja, het spijt me. Maar dit was eigenlijk een zakenreis en ik kom hier meestal maar een keer per jaar.'

Misschien was ik toch niet tot hem doorgedrongen. Ik worstelde om mijn teleurstelling te verbergen. 'Tuurlijk,' zei ik terwijl ik overenthousiast knikte. 'Ik begrijp het.' Werk kwam altijd op de eerste plaats. Dat was zijn indirecte boodschap en ik dacht aan Lindsay's vraag: *Heeft hij je al laten zitten voor zijn werk?* Alsof de vrouw in Adams leven dat zou moeten accepteren om hem te kunnen hebben. Nou, ik niet.

'Ik denk dat ik even een korte wandeling ga maken.' Hij kleedde zich aan en ik trok mijn T-shirt aan, poetste mijn tanden en stortte in bed neer. Ik wist heel goed dat hij geen wandelingetje aan het maken was. Hij had een usb-stick in zijn broekzak gestoken toen hij dacht dat ik niet keek. Hij was naar het zakencentrum van het resort gegaan om daar in te loggen. Als ik een gokker was, zou ik erop hebben ingezet.

Uren later was ik me er vaag van bewust dat hij in bed kroop. Al snel voelde ik zijn warme adem in mijn nek. Hij plantte een kus op mijn wang voordat hij omrolde en in slaap viel.

HOOFDSTUK

VEERTIEN

ST. LUCIA WAS DE VOLGENDE DAG ZELFS NOG MOOIER TOEN ik er met Adam op uit trok. We kregen de mogelijkheid tijd door te brengen op een geheim strandje dat alleen de lokale bevolking kende. En ik stelde voor om terug te gaan naar de Diamond Falls zodat hij ze ook kon zien.

Hij opperde ergens anders heen te gaan, omdat ik de watervallen de dag ervoor al had gezien. Maar ik stond erop. En uiteindelijk, terwijl we toekeken hoe het prachtige witte water van de waterval over de geel, blauw en taupe gekleurde rotsen viel, sloeg hij een arm om mijn middel, kuste me op mijn wang en bedankte me dat ik hem hierheen had gebracht.

Het kustwater had een briljante turquoise kleur tegen het babypoederwitte zand en het was zo warm. Heel anders dan het water aan de kust van Californië, dat nauwelijks aanvaardbaar was en zelfs hoogzomer nog vrij koud was.

Laat in de middag gingen we terug naar het hotel en ik vertrok onmiddellijk de badkamer in om het zand van me af te spoelen. Ik nam de tijd, liet loom het warme water over mijn lichaam spoelen om me weer tot leven te brengen na een dag vol zon en sightseeing. Ik had mijn ogen dicht, spoelde net mijn haren uit, toen ik de lucht naast me voelde verplaatsen.

Het was een open douche, in de hoek gebouwd met kleurrijke knalblauwe tegeltjes. Ik voelde zijn aanwezigheid al achter me, lang voordat hij me aanraakte... om me onder de straal vandaan te trekken!

'Genoeg water verspild,' zei hij met een lach in zijn stem. Ik stapte opzij, maar verliet de douche niet. Ik keek hoe hij zichzelf inzeepte, zijn haren waste en zand, zout en zeep van zich afspoelde. De gespierde hardheid van zijn lichaam was prachtig om te aanschouwen. Ik wilde mijn hand uitsteken en hem aanraken, de bergen en valleien van de stevige spieren onder zijn huid in kaart brengen. Ik geloofde niet dat ik er ooit genoeg van kon krijgen.

Toen ik opkeek naar zijn gezicht, zag ik dat hij keek hoe ik naar hem stond te kijken. Hij glimlachte en hield mijn blik vast. Hij liet zijn handen, waarmee hij zijn haar aan het uitspoelen was, zakken om naar me te reiken en me tegen zich aan te trekken.

'Je kunt maar beter uitkijken,' mompelde ik tegen zijn lippen terwijl ik mijn handen op zijn harde borstkas legde. 'Straks krijg je per ongeluk nog een kleurtje terwijl je hier bent.'

Hij lachte. 'Drijf je nu de spot met me, juffrouw Strong?'

'Als je bruin wordt, verlies je *zeker* je geekkaart.'

Hij drukte zijn mond op die van mij en we kusten terwijl het warme water uit de regendouche als een lauwwarme tropische bui over ons heen stortte. Ik kuste de regendruppels van zijn kaak en een licht gerommel rees op uit zijn borstkas.

'Dit is de vierde keer dat ik met je heb gedoucht en iedere keer heb ik je tegen de muur willen pinnen om je te neuken,' gromde hij.

'En deze keer?' vraag ik ademloos.

Hij kuste me weer en nu dwong hij me mijn mond te openen en zijn binnendringende tong te accepteren. Zijn handen gingen naar mijn heupen en hij bracht ons naar de hoek van de douche. Toen hij zijn mond losmaakte, haperde mijn ademhaling.

'Deze keer ga ik dat eindelijk doen,' zei hij met schorre stem.

Hij tilde me een paar centimeter van de vloer en schoof mijn lichaam tussen het zijne en de koude, gladde tegels van de douche. Hij kuste me weer en duwde zijn knie tussen mijn benen om me duidelijk te maken dat ik me voor hem moest openen. Ik sloeg ze om zijn heupen en hij hijgde tegen mijn lippen. 'Ik denk niet dat ik ooit genoeg van je ga krijgen,' mompelde hij.

Mijn armen verstrakten rond zijn nek terwijl hij onze onderlichamen in de juiste positie bracht. 'Eensgelijks,' zei ik.

Hij kwam in een soepele beweging bij me binnen en ik hapte naar adem. Het voelde strak aan en ik was nog gevoelig door de nieuwigheid van dit intieme contact. Ik klemde mijn handen om zijn schouders en met een grom begon hij tegen me aan te bewegen.

Onze natte lichamen kwamen in een sensuele overgave samen doordat hij in me dook, keer op keer. Zijn mond drukte tegen mijn slaap en hij wreef zijn bekken tegen het mijne, het genot zinderde door me heen.

'Ik heb geen idee hoe ik al die tijd mijn handen van je af heb weten te houden,' gromde hij tegen mijn haren zonder ook maar een stoot in zijn ritme te missen.

'Adam,' fluisterde ik. 'Je voelt zo goed in me. Laat me komen.'

Hij trok mijn rechterbeen van zijn middel, zodat ik mezelf overeind kon houden, op mijn tenen op de vloer. Mijn linkerbeen bleef rond zijn heup gehaakt. Hij boorde met langere, krachtigere stoten in me. 'Je bent zo strak. Zo verdomde strak. Je voelt zo goed. Alsof je ervoor gemaakt bent alleen voor mij te passen.' Hij trok een spoor van kusjes over mijn voorhoofd en mijn hoogtepunt dreigde zich aan te melden terwijl hij doorging.

Na nog een paar krachtige stoten, kwam ik, zijn naam rolde hijgend over mijn lippen. Maar hij stopte niet, wachtte niet tot ik op adem kwam. Zijn bewegingen werden dringender, gehaaster, tot hij met een lange grom klaarkwam, verstijfde, zijn bekken schuurde tegen me aan.

Na een aantal lange, stille momenten werd zijn lichaam slap, zijn gezicht in mijn nek begraven. 'Fuck,' hijgde hij, zijn vingers in mijn heupen geboord. 'Dat was ongelooflijk.'

Zijn mond vond de mijne en we kusten. Zijn armen lagen rond mijn middel, klemden me tegen hem aan. Lachend trok ik mijn mond weg. 'Volgens mij hebben we net zo'n tweehonderd liter water verspild.'

Hij gaf me een scheve grijns. 'Dat is jouw schuld, doordat je zo fucking onweerstaanbaar bent.' Hij kuste me weer, een duizelingwekkende streling van zijn lippen op de mijne die ervoor zorgde dat ik hem weer net zo hevig wilde als daarvoor. Ik maakte me los, want ik wist dat als ik hier nu geen eind aan maakte, we nooit aan het diner zouden verschijnen.

De korte tijd dat ik alleen was gebruikte ik om ons in stilte te overdenken. Iedere keer dat ik in zijn aanwezigheid was, trok die razende natuurkracht aan me. Wilde ik mijn overtuigingen laten gaan en me door hem van mijn sokken laten blazen, me door de stormachtige wind weg van het vaste gesteente waaraan ik me vastklampte laten meevoeren naar het onbekende.

Er waren dingen die ik wilde doen. Een persoon die ik wilde worden – dat visioen van mezelf in operatiekleding, dat voor het grootste deel van mijn jeugd zo belangrijk voor me was geweest.

Ik was degene die anderen ging redden, mezelf ging redden. Ik kon me niet door iemand anders' wil mee laten sleuren. In weerwil van de fouten in mijn verleden – ik sloot mijn ogen en balde vastberaden mijn vuisten – *moest* ik me aan dat visioen vasthouden en niet toestaan dat het wegglipte.

Op onze laatste avond samen in St. Lucia aten we in de Place, het restaurant van het hotel dat een smaakvolle Caribisch-geïnspireerde keuken had. Adam ging gekleed in een zwart pak en ik droeg de crèmekleurige jurk van het etentje bij Adam thuis, waardoor ik me wederom voelde als Assepoester die op het punt stond met haar knappe prins te dineren.

Zijn blik gleed waarderend over me heen toen we plaatsnamen. Lachend schudde ik mijn hoofd. 'Jij bent echt ongelooflijk.'

Hij lachte. 'Wat? Ik wilde net zeggen hoe beeldschoon je bent.'

'En hoe je niet kunt wachten me uit deze jurk te krijgen.'

'Dat wilde ik voor iets later bewaren, maar aangezien je me de woorden al uit de mond hebt genomen... Laten we het er maar op houden dat er geen dessert op het menu staat. De laatste keer dat je die jurk droeg, rukte ik je slipje kapot. Ik kan niet volledig verantwoordelijk worden gehouden voor mijn acties later vanavond.' Hij grijnsde ondeugend.

'Ongelooflijk,' herhaalde ik. 'Verloren tijd aan het inhalen.' Mijn blik dwaalde af. Ik probeerde niet te denken aan de vreselijke afknapper die zou volgen zodra we in LA uit het vliegtuig stapten. Mijn borst trok strak en, in tegenstelling tot alles wat mijn hoofd me had verteld, begon mijn hart zich af te vragen of ik een manier kon bedenken om onder mijn besluit het tussen ons na vanavond te eindigen, uit te komen.

Wat als we er allebei mee instemden elkaar af en toe voor seks, en misschien eens in de zoveel tijd een etentje, te zien? Zou hij dat zelfs ook maar overwegen? Ik gluurde naar hem terwijl hij zijn met pecan ingelegde snapper sneed.

Hij was zo verdomd knap in dat pak, of eigenlijk – wie hield ik nu in de maling – in zo'n beetje alles wat hij droeg en zelfs nog beter, naakt. En meestal was hij vriendelijk, de keren dat hij ervoor koos zich als een mens in plaats van als een robot te gedragen.

Ik was er klaar voor een voorstel te doen om meer tijd met hem door te brengen, op mijn voorwaarden.

We treuzelden met onze crème brûlée, die blijkbaar wel degelijk op het menu stond. Met gebogen hoofd schonk hij me een betekenisvolle blik terwijl hij met zijn lepel het laatste beetje custard bijeenschraapte. Ik schoof mijn nauwelijks aangeroerde toetje opzij en vouwde mijn handen op de tafel ineen. Het was tijd om te stoppen een lafaard te zijn.

Ik nam een grote hap lucht. 'Ik geloof niet dat ik een perfectere avond had kunnen wensen voor onze laatste nacht samen.'

Hij keek niet op, maar zijn houding verstilde. Hij zette zijn lege bordje neer en staarde er lang naar. 'Dat hoeft het niet te zijn,' zei hij met een effen, kalme stem.

Misschien had hij hetzelfde bedacht als ik. Misschien was hij er ook klaar voor om te onderhandelen voor een beetje meer tijd. Hij keek op en pinde me vast met die intense, donkere blik. De lucht tussen ons werd zwaar, liet de barometer stijgen terwijl ik worstelde om adem te vinden, mijn wil te vinden. Dat ik weer met hem samen wilde zijn, maakte me bang. Als het ging gebeuren, zou het op *mijn* voorwaarden zijn, niet de zijne. 'Dat moet het wel,' zei ik. Mijn stem haperde.

Zijn wenkbrauwen zakten slechts een fractie over die priemende ogen. Hij deed niets anders dan een van mijn handen in de zijne nemen en zijn duim in een sensuele, bezitterige beweging over mijn pols laten gaan. Ik slikte en worstelde om het wanhopige kloppen van mijn hartslag te negeren.

Hij leek ook met zichzelf in gevecht en tot een onbekend besluit te komen. Ik zette me schrap voor de ontelbare mogelijkheden die dat konden zijn. Van al die mogelijkheden had ik in geen miljoen jaar kunnen voorspellen wat er nu uit zijn mond zou komen.

'We zijn meer voor elkaar dan je je realiseert, weet je,' zei hij.

Mijn pols trilde in zijn hand. Ik voelde me zo kwetsbaar, zo breekbaar, zo gevangen. Koude angst klauwde zich naar de onderkant van mijn strot. Stond hij op het punt toe te geven dat hij gevoelens voor me had? Het was tijd om hem weg te duwen. Heel ver weg. 'Adam, we hebben veel plezier gehad samen en ik heb een geweldige tijd gehad, maar we kennen elkaar nauwelijks. We gaan nog maar een maand met...'

'Nee.' Hij slikte. 'Dat is niet waar.'

Ik klapte mijn mond dicht en wachtte verwachtingsvol tot hij zichzelf zou toelichten. Hij gaf een kort knikje, alsof hij zichzelf gerust wilde stellen, en keek toen voor een fractie van een seconde weg, zijn hand nog steeds om mijn pols gewikkeld. 'Je vroeg me eens waarom ik op de veiling heb geboden. Ik heb je nooit een antwoord gegeven, maar ik neem aan dat je dat nog steeds wil weten.'

Ik knikte.

'Ik kan je het precieze moment vertellen dat ik wist dat ik die veiling ging winnen. *Winnen,* niet slechts bieden. Je had me de ruwe versie van je manifest gestuurd om door te lezen en we hadden er via de gamechat tot na twee 's nachts over gediscussieerd. Het grootste deel daarvan heb ik geprobeerd je over te halen ervan af te zien, maar je wilde niet wijken en toen je overstuur begon te raken, liet ik het onderwerp vallen. Dat was het moment dat ik wist dat ik het op een andere manier moest zien te voorkomen omdat ik dat *kon.*'

Vanbinnen werd ik ijskoud en duizelig van verwarring. Waar had hij het in godsnaam over? Ik had dat gesprek nooit met hem gehad. Dat was maanden voordat wel elkaar zelfs maar hadden ontmoet! Die nacht was ik opgebleven om te praten met... Mijn mond viel open. Ik schudde mijn hoofd.

'Wat...?' hijgde ik.

Hij keek me doordringend aan, zoals een kind naar een rotje zou kijken nadat hij het lont had aangestoken en wachtte tot het zou knallen.

Weer schudde ik mijn hoofd. 'Dat was jij niet. Dat was...' Fuck. Nee. *Nee.* Dit gebeurde niet echt.

Ik herinnerde me dat gesprek. Hij was zo pertinent tegen de veiling geweest. Hij had geprobeerd ieder argument dat ik in het manifest had beschreven te weerleggen en het had me gekwetst. Urenlang hadden we elkaar via de game heen en weer berichten gestuurd, mijn polsen hadden zeer gedaan van al het driftige getyp.

Mijn gedachten schoten naar de keren daarvoor. Toen ik mijn hart bij hem had uitgestort over mijn moeder en hoe ziek ze was. Over hoe hulpeloos ik me voelde doordat ik te ver bij haar vandaan woonde om voor haar te kunnen zorgen, haar niet naar al haar afspraken te kunnen brengen. Hij had me getroost. Had me verteld dat ik haar trots maakte door mijn studie voort te zetten. Dat ik er zo dichtbij was en dat hij in me geloofde.

Ik beefde en zag bleek, een ruis knetterde achter in mijn oren, de enige andere sensatie die ik ervaarde buiten zijn vingers die rond mijn pols verstrakten. Ik worstelde voor een hap lucht alsof ik honderd jaar onder water was geweest. 'Jij bent FallenOne.'

Bijna onmerkbaar knikte hij. Zijn zwarte ogen verlieten de mijne geen moment. Ik kreeg geen lucht. Mijn ogen zakten dicht. Ik trok mijn arm terug en voelde slechts een kleine weerstand van zijn greep voordat hij me losliet.

Ik staarde naar het tafelblad tussen ons in terwijl mijn brein schoot naar alle dingen die hij wist. Iedere ervaring die we hadden gedeeld. Onze vaste gamegroep van vier had het altijd heel leuk als we samen gameden, maar Fallen en ik hadden daarbuiten uren en uren in elkaars gezelschap doorgebracht. Online tekstberichten, persoonlijke quests in het spel, we deelden questnotities en voorwerpen. Op een bepaalde manier voelde ik een hechte vriendschap met hem, vergelijkbaar met die met Heath.

Met Fallen, nee, met *Adam*, corrigeerde ik mezelf. 'Dit slaat nergens op. Fallen woont aan de oostkust, hij is een student...' zei ik met trillende stem, nog steeds niet in staat hem aan te kijken.

Hij verschoof in zijn stoel. 'Sommige dingen daarvan waren om je te misleiden. Sommige dingen heb ik nooit daadwerkelijk gezegd, maar maakte je er zelf van. Soms was ik voor mijn werk aan de oostkust als ik inlogde.'

Hij wist zo veel over mij en daarmee vergeleken wist ik praktisch niets over hem. Op de dag dat mijn moeder me over haar diagnose had verteld, wendde ik me tot hem omdat Heath was gaan kamperen met zijn toenmalige vriend. Fallen en ik hadden de hele nacht door gechat en pas om zes uur 's ochtends uitgelogd. Ik had bij hem gehuild. *Gejankt* door de reële kans dat ik haar zou gaan verliezen. 'Hoe... hoe is dit gebeurd? Waarom heb je het me niet verteld?'

Hij keek weg en vouwde zijn handen op de tafel in elkaar. 'Ik heb je verteld dat ik van tijd tot tijd het spel speel. Ik test mijn eigen product, daar heb ik niet over gelogen. Ik sluit me bij groepen aan en help mensen om quests te halen en de beloningen te verkrijgen die ze nodig hebben. Het is leuk om te zien hoezeer ze van de game genieten.' Hij aarzelde en schraapte zijn keel, maar keek niet naar me.

'Op een avond sloot ik me aan bij een Barbaarse Huurmoordenaar en Spirituele Toverfee en hun vriendin, Persephone. Ik kon jullie voicechat horen, ook al chatte ik alleen via tekst. Volgens mij werkten we die avond aan een van de nieuwe quests. Die missie voor het laatste stuk wapenuitrusting voor Fragged, ik bedoel Heath. Ik had plezier in andere groepen, maar nooit zoals die avond. Ik lachte zo hard om alle gevatte opmerkingen die in het rond vlogen toen we ons door die irritante kerker begaven. En toen vertelde Heath me over je blog, zei dat ik het eens moest lezen. Dus dat deed ik.'

Hij wierp een aarzelende blik mijn kant op, maar ik staarde naar mijn eigen kleine plekje ergens op het tafelblad.

'Ik was gek op die blog en... nou, ik brak mijn eigen regel van nooit meer dan één keer bij een groep aansluiten. Die avond na mijn werk, toen ik inlogde, zocht ik jullie groep weer op. Ik verliet die week nauwelijks het kantoor. Ik keek er echt naar uit om iedere avond met jullie in te loggen. Dat klinkt misschien zielig...'

Nog steeds kon ik niet naar hem kijken. 'Niet zieliger dan hoe ik ernaar uitkeek om het hele weekend met jou in te kunnen loggen.'

Hij bleef stil, friemelde een poosje met zijn ineengevlochten vingers. 'Tussendoor het lezen van je blog, samen gamen en vervolgens alle tijd die we samen in de game doorbrachten om elkaar via de chat te leren kennen, leerde ik je dus echt kennen. Ik... raakte aan je gehecht.'

Een onzichtbare bankschroef klemde zich rond mijn borst en mijn ogen en keel prikten. Diezelfde doodsangst was weer terug en deze keer raakte ik erdoor verdoofd. Ik knipperde, plaatste mijn handen voor me op de tafel, probeerde de irritante geluiden van bestek en geklets aan omliggende tafels buiten te sluiten. Mijn blik verschoof naar de flakkerende vlam van de kaars in de stormlantaarn op de tafel. Wat betekende dit allemaal? We waren *inderdaad* meer voor elkaar dan ik me had gerealiseerd... Maar het was nooit meer geweest dan *hij* zich had gerealiseerd. We hadden de hele tijd op ongelijke voet gestaan. Hij had alles geweten en me willens en wetens in het ongewisse gelaten. En nu zei hij dat hij aan me gehecht was geraakt.

Ik slikte een snik in. Ik was ook gehecht geraakt aan hem. Maar nu was ik vastbesloten dat er voor ons geen toekomst kon zijn. Het was veel te ingrijpend. Die wond zou twee keer zo diep worden. Morgen zou ik in een keer zowel Adam als FallenOne verliezen.

Ik duwde mijn stoel naar achteren en stond op. 'We kunnen maar beter gaan,' zei ik zachtjes.

Hij zette grote ogen op en kwam ook overeind. Lange tijd keken we elkaar over de tafel aan. De wirwar van chaos in me vertelde me dat ik uren – waarschijnlijk eerder dagen of weken – nodig zou hebben om dit voor mezelf op een rijtje te zetten en te begrijpen wat dit was. Maar ik kon niet gebruiken dat hij tegen me zei aan me gehecht te zijn geraakt. Ik kon zijn verwarrende, onstuimige manier die me alle controle ontnam niet gebruiken.

Zonder nog een woord te zeggen draaide ik me om en vertrok terwijl hij me op de hielen volgde. We doorkruisten lange gangen en gingen twee trappen op om bij onze suite te komen. Na een aantal lange minuten van stilte legde Adam zijn hand op mijn onderrug terwijl hij naast me in de duisternis liep en de zwoele Caribische lucht om ons heel danste. Aangezien mijn jurk een open rug had, was ik me maar al te bewust van die hand, de verhitte afdruk die hij op mijn huid achterliet en de manier waarop zijn duim er met de kleinste streling overheen gleed. Ik was zo gefocust op die aanraking dat ik bijna op mijn hakken struikelde en viel en mezelf enorm voor schut zette.

Eenmaal in de suite hing er een enorme spanning, een ongemakkelijk gevoel. Ik keek de kamer rond, de kaarsen aangestoken en het bed opengeslagen, het witte muskietennet dat loshing en door de bries losjes als een dolende bruidsluier heen en weer danste. Mijn hart begon op hol te slaan. Hoe kon ik het gesprek vermijden, de verklaringen die vast en zeker zouden volgen en in de lucht hingen als donkere wolken die ieder moment dreigden open te barsten in een enorme hoosbui?

Hij was naar de ladekast gelopen en, nadat hij zijn jasje had uitgetrokken, nu zijn stropdas aan het lostrekken. Hij keek naar me, zijn gezicht ondoorgrondelijk, maar zei niets.

Ik ging mijn T-shirt pakken, dat in de ladekast lag waar hij naast stond. Ik dacht dat het maar beter was om naar bed te gaan, aangezien ik niets anders kon bedenken om te doen. Ik was niet heel erg moe maar ik wist dat ik me met geen mogelijkheid op een studieboek zou kunnen concentreren.

Uit de middelste la trok ik mijn shirt terwijl hij me met onleesbare ogen aankeek. Hij had zijn overhemd open geknoopt en ik voelde me vreemd en gespannen en verlegen. Ik hield mijn ogen afgewend.

Ik liep naar het bed, stapte uit mijn hoge hakken en liet het doorzichtige materiaal van mijn rokken rond mijn benen zwaaien. Van de drie was dit de jurk die me het meest als een prinses liet voelen. Het enige probleem was dat middernacht in aantocht was, ik kon het voelen in iedere gespannen blik die we deelden en de stilte die in de kamer hing.

En mijn knappe prins... nou, die bleek ook niet te zijn wie ik dacht dat hij was. Daar stond ik nog eens bij stil. Hij wist zo veel over mij en toch had hij zichzelf altijd voor me verborgen gehouden. Hij verborg zich nog steeds, achter zijn imago, achter deze hele overeenkomst. Kolkende woede borrelde op in mijn borst. Ik was voornamelijk boos op mezelf, omdat ik het niet had geweten, het me niet had gerealiseerd. Hoewel ik Adam voornamelijk opvallend makkelijk en leuk in de omgang vond, had ik hem nooit geassocieerd met FallenOne. Hoe had ik zo blind kunnen zijn?

Bijna ging ik naar de badkamer om me om te kleden, maar dat zou gek zijn nadat we zo veel van elkaar hadden gezien. Ik legde het shirt op het bed en probeerde me niet te focussen op waar hij was in de kamer, of op het feit dat hij zijn overhemd en shirt had uitgetrokken en nu alleen zijn pantalon en sokken droeg. Ik ging niet kijken. Nope, dat ging ik niet doen. Verward of niet, mijn lichaam wilde het zijne nog steeds. Smachtte er zelfs naar. Waarschijnlijk nu nog meer dan voordat we met elkaar naar bed ware geweest.

Ik reikte naar achteren en maakte het knoopje bij de rits van mijn rok los voordat ik de hals bij mijn nek losmaakte en liet zakken. De koele bries uit de baai streek over mijn borsten en zorgde ervoor dat mijn tepels onmiddellijk in harde puntjes veranderden. Ik ritste mijn rok open en stapte uit de jurk.

Plotseling lagen zijn handen op mijn heupen. Hij was naar me toe gekomen terwijl ik me erop probeerde te concentreren hem niet op te merken. Ik verstijfde en langzaam trok hij me tegen zich aan.

'Hallo, schoonheid,' fluisterde hij tegen mijn haren.

Ik sloot mijn ogen. Als een waterval liepen rillingen achtereenvolgens over mijn ruggengraat. Slechts een paar fluisterende woorden en de kleinste aanraking van deze man en ik lag in stukken, klaar om me aan hem over te geven.

Ik zei geen woord en liet hem me gewoon voor een lange tijd vasthouden. Het gevoel van zijn armen en zijn gespierde borst tegen mijn rug bracht mijn verlangen tot leven.

'Emilia, het spijt me dat ik het je niet eerder heb verteld.'

Mijn adem stokte. Zijn handen landden op mijn schouders, gleden langs mijn armen naar beneden. Ik wilde niet praten. Ik wilde onze lichamen tegen elkaar aan gedrukt, plakkerig van zweet en passie. Ik wilde een laatste herinnering voordat ik afscheid nam.

Ik draaide me om in zijn armen en drukte mezelf tegen hem aan. 'Ik wil je. Nu meteen.'

Hij aarzelde, keek lang in mijn ogen voordat hij zijn hoofd liet zakken om me te kussen. Ik wilde de storm. Ik verwelkomde hem. Ik wilde dat hij over me heen zou razen en me zou overweldigen, me naar binnen zou zuigen zodat ik niet meer kon nadenken en niets anders kon voelen dan zijn handen, zijn mond, zijn lichaam.

Ik stortte mezelf in die kus, opende me voor hem, sloeg mijn armen rond zijn nek om hem naar me toe te trekken. Dit zou onze laatste keer samen worden. Een kleine deel van me verlichtte door de opluchting. In mijn achterhoofd protesteerde het grootste deel van me.

Zijn ogen kleurden donkerder en zijn handen lagen op mijn borsten, liefkoosden zachtjes de stijve tepels, waardoor tintelingen van genot door me heen suisden. Hij trok me naar het bed en ik accepteerde het, meegezogen door hem.

'Emilia...' zei hij.

'Shht.' Ik legde mijn vingers op zijn mond. 'Niet praten.'

Hij trok mijn hand weg, greep allebei mijn polsen beet en leunde tegen me aan om me met zich mee het bed op te duwen. Hij hield mijn armen boven mijn hoofd en klemde allebei mijn polsen in de greep van een hand om ze daar te houden.

Toen ging hij verder met me wezenloos kussen. Zijn andere hand gleed over mijn borsten, mijn buik en bleef aan de bovenkant van mijn dijen rusten.

Zijn hoofd kwam omhoog en hij keek me in de ogen met een veelvoud van onuitgesproken vragen. Ik ging niet toestaan dat hij ze uitsprak. Dat kon ik niet. Ik verzette me tegen zijn greep en duwde mijn borst naar hem op.

'Hou op,' zei hij. Ik verstilde en keek naar hem met de vraag waarop hij niet wachtte tot ik hem stelde. 'Je gebruikt seks om een gesprek hierover te vermijden.'

Ik sloot mijn ogen en probeerde los te komen. Zijn greep verstevigde als reactie en mijn hartslag schoot omhoog. Ik hunkerde overal naar hem. 'Alsjeblieft, Adam. Ik wil je in me.'

Zijn hand schoof terug om op mijn slipje te blijven liggen en hij begon me stevig, maar loom te strelen. Mijn blik schoot naar de zijne en hij had die berekenende uitdrukking die me had geleerd op mijn hoede te zijn. 'Wil je dit?' vroeg hij terwijl hij zijn mond naar mijn tepel liet zakken en hem tussen zijn lippen, zijn tanden nam.

Ik hijgde, gooide mijn hoofd achterover en kromde tegen hem aan. 'Ja. Nu. Ik wil je nu.'

Bijna agressief trok hij zijn mond weg, wat een schreeuw aan me ontlokte. De druk van zijn hand op mijn geslacht nam toe. 'En hoe zit het met morgen? Wil je me morgen ook?'

Ik bevroor en keek weg. Nu had ik hem door. Als ik seks gebruikte als vermijding, gebruikte hij seks om het gesprek af te dwingen. Zijn hand verstilde, dook vervolgens in mijn slipje. Zijn aanraking was licht, maar ik trilde overal, had meer nodig. 'Niet over morgen praten,' fluisterde ik terwijl ik mijn ogen stijf dicht kneep.

Zijn vingers gleden in me en weer stopte hij. '*Ik* wil over morgen praten. En de dag erna. En de dag daarna...'

Ik worstelde tegen zijn greep op mijn handen. Mijn ogen schoten open en ik keek hem met een woeste blik aan. '*Nee.*'

Hij bewoog zijn vinger weer, in en uit me, en mijn ogen rolden naar achteren terwijl een betoverende duizeligheid me overspoelde. Proberen me ergens anders op te concentreren, was als achterelkaar drie shotjes whisky achteroverslaan en dan over een koord lopen.

'Neuk me,' fluisterde ik.

Zijn hand stopte niet met de kwellende beweging in me. De spanning in mijn buik nam toe. Ik kreunde.

'Dat wil ik niet,' zei hij en zijn lichaam verstijfde. 'Niet als ik je morgen ook niet kan hebben. En de dag erna. Niet als dit de laatste keer zou zijn.'

Ondanks mijn irritatie om hem hadden zijn handen een betoverende uitwerking op me. Ik was er zo dichtbij en hij wist het. Hij trok zijn hand terug, rolde vervolgens zijn heupen op de mijne en pinde me vast. 'Gaat dit de laatste keer worden, Emilia?' vroeg hij, zijn stem hees. Zijn erectie drukte tegen mijn geslacht.

Dit was mijn onderhandelingsmoment. Ik zou mijn eisen noemen. Hij zou geen keuze hebben dan ze te accepteren. Ik had het niet beter kunnen plannen. 'Ik zal vaker seks met je hebben,' hijgde ik terwijl hij over me heen bewoog en zichzelf tussen mijn benen wurmde. 'Ik kan je fuckbuddy zijn.'

Hij stootte zich tegen me aan, zijn hand nog steeds om mijn polsen geklemd.

'Maar ik wil geen fuckbuddy.'

Ik aarzelde en trok mijn wenkbrauwen samen. Zouden de meeste kerels niet staan te springen om zo'n soort regeling? Hij leek echter vooral geërgerd. Verwarring trok door me heen. Het dreigde verder op te komen en die andere, meer plezierige gevoelens, te verdringen. 'We kunnen afspreken...'

Zijn uitdrukking werd vlak, zijn stem effen en toonloos. 'Ik wil meer dan een goedkope, snelle wip.'

Ik klemde mijn kaken op elkaar en kneep mijn ogen samen. Irritatie vermengde zich met opwinding, dreigde het te vervangen. 'Dan mag je me eens in de zoveel tijd op een duur fucking etentje trakteren,' beet ik hem tussen opeengeklemde kaken toe.

Onze blikken streden een stille strijd. Hij liet mijn polsen los en onmiddellijk legde ik mijn handen op zijn sterke schouders en duwde. Hij gaf geen millimeter toe.

'Ik weet wat ik wil,' zei hij op die stevige, beschuldigende toon waar een boos ondertoontje in schuilde. 'En als ik ergens mijn zinnen op heb gezet, ben ik van plan het te krijgen.'

Hitte verwarmde mijn gezicht en ik keek weg van zijn donkere, doordringende blik. 'Ik vind het jammer je te moeten teleurstellen, maar in dit geval gaat dat niet gebeuren,' reageerde ik.

Hij bestudeerde me uitvoerig en ik kon die onderzoekende blik geen minuut langer verdragen. Weer duwde ik tegen zijn schouders en hij schoof van me af, bevrijdde me van zijn gewicht. Ik ging overeind zitten en haalde een hand door mijn haren terwijl hij op zijn zij ging liggen en naar me keek.

'Waar ben je zo bang voor?'

Ik klemde mijn kaken opeen. 'Wie zegt er dat ik bang ben?'

'*Ik* zeg dat.'

Ik verstijfde en boog me voorover om mijn shirt te pakken en terwijl ik mijn rug naar hem toedraaide, trok ik het over mijn hoofd. 'We zijn met z'n tweeën in gesprek en maar een van ons is een bewezen leugenaar. Ik zou maar stoppen met praten als ik jou was.'

Ik sprong overeind en begon voor het bed heen en weer te lopen. Adam keek me met ondoorgrondelijke ogen, zo donker als de nacht, aan. 'Eigenlijk is er maar een van ons echt in gesprek. Ik.'

Ik grijnsde en maakte een wild gebaar zijn kant op. 'De bewezen leugenaar. Helemaal fantastisch.'

Hij haalde zijn schouders op. De beweging was stram, alsof hij hem veinsde. 'Jij bent degene die nu liegt.'

Ik bleef staan en draaide me met over elkaar geslagen armen naar hem om. 'O? En waarover lieg ik dan?'

'Je gevoelens. Over het feit dat dit je niet dwarszit. Je wilt niet praten omdat je bang bent voor wat dat teweeg gaat brengen.'

Een hete woede schoot door me heen, nestelde zich in mijn gewrichten, verstarde ze. 'Ik ben pissig op je omdat je me de waarheid niet hebt verteld. Zo beter? Ik mag mezelf er dan op hebben voorbereid om jou morgen te verliezen, maar niet Fallen.'

'Je hoeft ons allebei niet kwijt te raken,' zei hij rustig.

Ik legde mijn handen tegen mijn voorhoofd. Het hele idee pijnigde mijn hersenen. 'In mijn hoofd ben je nog steeds twee verschillende mensen. Ik heb nog niet eens de kans gehad dit alles tot me door te laten dringen en jij wil al weten hoe ik me voel? *Ik* weet de fuck nog niet eens hoe ik me voel.'

Hij stond op en liep langzaam naar me toe, alsof ik een bang konijn was dat door een plotselinge beweging zou weg huppen. Het sfeervolle licht glinsterde op zijn gespierde torso, zijn broek hing laag op zijn heupen. Hij was zo verdomd sexy dat hij me de adem ontnam, zelfs als hij me mateloos irriteerde. Hij stond heel dichtbij, maar raakte me niet aan.

'Geef jezelf dan de tijd om dat uit te vogelen. Geef *ons* tijd.'

Ik zuchtte en wendde mijn blik af, naar de zijkant, overal behalve naar hem. 'Nee.'

Zijn handen kwamen omhoog om mijn schouders zachtjes vast te pakken. Toen hij sprak, klonk er een wanhopig randje in zijn stem door. 'Emilia...'

'Nee!' beet ik hem toe terwijl ik eindelijk zijn blik ontmoette. 'Vertel me eens over dat sprookje dat je je voorstelt. Over hoe iets als dit ooit zou kunnen werken, nog even los van de vertrouwensproblemen, die op dit moment behoorlijk zijn. Met mijn twee banen en mezelf voorbereiden op mijn studie geneeskunde en jouw werkweek van honderd uur, hoe zou dat ooit kunnen werken? We daten allebei niet eens.'

'Het is geen sprookje. Het is een echte, eerlijke, volwassen relatie waarin twee volwassenen hun meningsverschillen oplossen als ze eenmaal hebben besloten dat ze samen willen zijn...'

Ik trok me los uit zijn greep en hij liet zijn armen zakken. Ik liep achteruit. 'Is dit allemaal vanwege het feit dat jij je schuldig voelt omdat we met elkaar naar bed zijn geweest ondanks dat je nooit van plan was het zover te laten komen?'

Hij schudde zijn hoofd en streek zijn hand door zijn haren. 'Nee.' Hij balde zijn vuist.

'Ik denk van *wel*.'

Zijn hoofd schoot omhoog om me met een boze blik vast te pinnen. 'Nou, dat heb je dan *mis*. Je hebt geen fucking idee van wat er door mijn hoofd gaat, dus stop ermee de dingen te verdraaien om je cynische en verwrongen beeld van de wereld te bevestigen.'

Ik stond stil, verbijsterd. Ik had nog nooit een boze uitbarsting van hem gezien. Ik stak een hand op ter overgave. 'Prima. Het spijt me dat ik dat doe. Ik haat het als mensen dat bij mij doen.'

Hij fixeerde zijn niet-aflatende blik op me. 'Waarom ben je niet bereid het een kans te geven?'

Ik ademde diep in. 'Omdat ik geen relatie wil. Niet met jou. Niet met iemand anders.'

'Waarom niet?'

Frustratie kroop langs mijn ruggengraat omhoog en zorgde ervoor dat de knoop tussen mijn schouders nog strakker werd. Ik legde mijn handen tegen mijn slapen en sloot mijn ogen. 'Je maakt me helemaal gek, Adam.'

'Omdat ik dit gesprek afdwing terwijl jij het wilt vermijden? Het is al dagenlang de olifant in de kamer – weken zelfs – en ik ga het niet langer wegduwen, hoe ongemakkelijk jij je er ook door mag voelen. Als we terugkomen in Californië wil ik weten waar we staan. *Precies* waar we staan.'

Mijn mond was vastberaden en irritatie trok als hete lava door me heen. 'Jij zal in je kantoor ergens in Irvine staan en ik sta in mijn appartement in Orange.'

Hij sloeg zijn armen voor zijn borst over elkaar, kantelde zijn hoofd opzij en bestudeerde me. 'Dat staat me niet aan.'

'Stop met proberen me te redden. Ik wil niet dat je me redt.'

Hij knipperde. 'Emilia, ik zeg je dat ik je in mijn leven wil. Ik wil een relatie met je – als gelijken – en op de een of andere manier maak jij een ridder van me die zijn makke jonkvrouw komt redden?'

Ik zuchtte, voelde me ineens doodmoe. 'Is dat dan niet wat dit is?'

Hij schudde zijn hoofd. 'Die hufter heeft je echt behoorlijk verkloot. Hij heeft je genaaid, want in iedere beslissing die je de rest van je leven maakt, overweeg je zelfs niet iemand genoeg te vertrouwen om binnen te laten.'

Ik verstijfde. 'Ik heb genoeg therapie gehad. Die vuile kloothommel heeft totaal geen invloed op welke beslissingen ik maak...'

Hij ademde wanhopig uit. 'Ik had het over je vader.'

Zijn woorden raakten me als een klap in mijn gezicht en sloegen alle zuurstof uit me. Ik stak mijn hand op om volgende woorden die hij overwoog mijn kant op te slingeren af te weren. Want ze staken, als pijlen die in mijn huid boorden.

Ik hapte naar adem. Herinneringen aan gepest worden op het schoolplein door mijn toenmalige vriendinnetjes. *Mia heeft geen papa. Ze heeft nooit een papa gehad.* Hun vaders kwamen hen tenminste nog in de weekenden bezoeken, of namen ze zo nu en dan mee op luxe vakanties. De mijne wilde alleen maar dat ik nooit had bestaan, als hij ooit al aan me dacht.

Ik was niet het enige kind uit een gebroken gezin. Trouwens, dat zou impliceren dat ons gezin om mee te beginnen ooit compleet was geweest. Maar zij kenden hun vaders in ieder geval, hun grootouders van vaderskant, hun broers en zussen, hun afkomst. Hun *namen.* Soms hoorde ik 's avonds laat mijn moeder huilen. Dan rommelde ze door een doos met brieven waarvan ik wist dat ze van hem waren. Een doos brieven waarvan ik wilde dat ik hem had kunnen verbranden als ze niet in de buurt was.

Ze had me, één keer, geprobeerd te vertellen wie hij was. Ze wilde wanhopig graag met me over hem praten en was overstuur dat ik alleen het negatieve van haar en mijn oma had gehoord toen ik opgroeide. Maar ik schreeuwde tegen haar. Ik had een vaas tegen de muur gegooid en gegild dat ik haar nooit meer een woord over hem wilde horen zeggen. Toen was ik het huis uit gestormd.

Hij had niets om mij gegeven. Waarom zou ik iets om hem geven? Ik probeerde adem te halen, ineens bewust van de waarheid achter Adams beschuldiging. Het verschroeide me als de woedende branden die in de herfst door de droge heuvels raasden.

'Waag het niet...' zei ik terwijl ik mijn bovenlip optrok.

Hij gaf geen krimp, stond doodstil. 'Gevoelige snaar geraakt?'

'Fuck you,' fluisterde ik en ik probeerde met man en macht mijn tranen tegen te houden. Ze hoopten op in mijn strot. Ik had al heel lang niet meer gehuild. Ik was een sterke vrouw. Maar Adam had in nog geen vijf minuten mijn verdediging neergehaald. Hij wist te veel. Ik stapte achteruit en gebaarde stijfjes naar hem. 'Je weet geen reet over mijn vader.'

Zijn uitdrukking was grimmig, zijn blik als twee laserstralen op me gericht. 'Ik weet dat hij een lafaard van je heeft gemaakt. Ik weet dat iedere man die je de rest van je leven ziet gekleurd is door hem. En ik weet dat je bang begint te worden, niet alleen om dit, maar over heel je toekomst. Hoe vaak heb ik je gezegd dat je de stap moest zetten om die verdomde test te herkansen? Je had hem inmiddels al meer dan tien keer kunnen maken, maar dat heb je nog steeds niet gedaan. Je blijft maar studeren en studeren, hopend op dat perfecte moment dat je *alles* weet, omdat je bang bent om te falen. In je opleiding, in je *leven*. Dus je verschuilt je in die kleine, geïsoleerde cocon die je hebt gebouwd. Je bent een *lafaard*,' sneerde hij.

'Wat... Sinds wanneer ben jij een fucking therapeut?' Ik haatte hoe mijn stem klonk, die vreemde snik die aan mijn lippen ontsnapte bij dat laatste woord. Hij hoorde het, want zijn gezichtsuitdrukking veranderde onmiddellijk, verzachtte een minieme fractie van een seconde voordat ik recht voor zijn neus stond. Ik beende op hem af en duwde tegen zijn borstkas. Wat ik het liefst zou doen was mijn beste rechtse op zijn perfecte kaak botvieren, maar net als mijn poging hem te duwen zou het niets hebben uitgehaald.

Hij greep mijn polsen beet en weigerde me los te laten toen ik ze heen en weer zwiepte. Zijn greep verstrakte en hij hield ze met gemak stil. 'Verdwijn uit mijn hoofd,' zei ik tussen opeengeklemde kaken. 'Je hebt het recht niet je amateuristische theorieën op me los te laten, enkel en alleen omdat ik een beslissing neem die je niet aanstaat. En al helemaal niet aangezien je zelf zo gestoord bent!'

Een waarschuwing schitterde in die koolzwarte ogen. '*Ik* ben gestoord?'

Ik knikte. Wilde furie bouwde zich in me op als een drukklep die op het punt stond te exploderen. Ik wilde hem pijn doen zoals hij mij pijn had gedaan. Uithalen. Hem diep raken. En ik wist genoeg over hem om schade aan te kunnen richten.

'Ik *weet* dat je dat bent.' Ik haalde diep adem. 'Jij bood op die veiling omdat je probeerde me van mezelf te redden. Je zegt dat je niet mijn ridder bent, maar dat wil je wel zijn. Ik ben *haar* niet, Adam. Ik ben Sabrina niet en je kunt haar niet redden door mij te redden. Het is te laat.'

Zijn ogen vielen dicht, gingen toen weer open en zijn greep op mijn polsen werd nog ietsje strakker. 'Denk je dat ik dat niet weet?'

Ik schudde mijn hoofd. 'Jij bent net zo erg verslaafd als dat zij was... en je moeder. Met geen vinger raak je sterke drank of drugs aan, maar je verdooft jezelf door je iedere dag met je werk uit te putten.'

Hij opende zijn mond om te protesteren, maar ik was hem voor en verhief mijn stem. 'Want je bent slim. Je koos een verslaving die sociaal geaccepteerd werd. In onze cultuur is het iets positiefs om een harde werker te zijn. Mensen zullen de echte reden waarom je het doet niet vermoeden wanneer je succesvol bent.' Hij trok wit weg, maar ik kon mezelf niet meer stoppen. Ik had dat mes erin gestoken, nu moest ik het ronddraaien.

'Geef toe. Werk vervult precies dezelfde behoefte als drugs of drank of eten. Het verdooft je, het houdt het leven op afstand. Het sluit iedereen die van je houdt buiten. Je ooms, je neef en nicht. Je vrienden.'

Hij liet mijn handen los en stapte achteruit alsof hij zich aan me had gebrand. Ik duwde door, niet bereid mijn voordeel op te geven. Ik gebaarde met mijn vinger naar hem. 'Ik weet precies wat er zou gebeuren als jij een relatie zouden krijgen. Misschien zou ik je een tijdje afleiding bieden, tot je je ging vervelen of de volgende keer dat je je verslavingsshot nodig had. Wat niet lang op zich zou laten wachten, durf ik te wedden. Net zoals ik durf te wedden dat je gisteravond naar het zakencentrum bent gegaan nadat we seks in het zwembad hadden gehad.' Hij knipperde met zijn ogen alsof ik hem in zijn gezicht had gemept. Ik knarste mijn tanden en uitte de laatste paar woorden met al het venijn dat ik voelde, nog steeds verwond door zijn beschuldigingen. 'Je hebt zelf geen hart en toch probeer je mij ervan te overtuigen dat ik het mijne voor je moet openstellen? Nee, Adam. Echt niet.'

De pezen in zijn nek trokken samen en zijn handen balden zich tot vuisten. Hij schudde zijn hoofd. 'Ongelooflijk,' fluisterde hij. We keken elkaar lang en vol spanning aan, mijn vingernagels boorden zich in mijn handpalmen. Ik was knalrood. Hij zag bleek. Ik liep over van een razende woede. Hij sudderde van een stille furie. We vormden een vreemd contrast in tegenstrijdigheden.

Zijn mond verstrakte en hij schudde zijn hoofd weer. Hij draaide zich van me af en ging op zoek naar zijn overhemd bij het bureau, waar hij het over de rugleuning van de stoel had gehangen. Met korte, houterige bewegingen trok hij het aan en knoopte het dicht.

Ik stond aan de grond genageld, niet in staat te bewegen, niet in staat te spreken. Het enige wat ik kon was voelen. Ik voelde de beukende golf van pijn die over me heen spoelde toen hij zich terugtrok, de kwetsende woorden hingen nog steeds in de lucht tussen ons.

Hij pakte zijn schoenen en trok ze aan. Ik keek toe, stilzwijgend en hulpeloos. Die woorden waren net als de grens die we eerder samen over waren gegaan – iets wat voor altijd tussen ons in zou staan, iets wat ons aan elkaar zou verbinden en uit elkaar zou drijven. Ze konden nooit worden teruggenomen.

'Adam,' fluisterde ik, plotseling meer bang voor wat hij niet dan wat hij wel zou zeggen.

Hij keek me aan, zijn ogen vlak, koud. 'Je had gelijk? Wat dacht ik wel? Ik had eindelijk besloten dat ik een *vrouw* in mijn leven wilde. Maar jij bent alleen maar een zielig, bang, klein meisje.' Hij stond op en draaide zich om richting de badkamer. En ik stond verankerd, niet in staat te bewegen, ademen, denken. Niet in staat om me te focussen op iets anders dan de pijn die in me opbloeide.

Minuten later kwam hij terug. Ik was op de bank gaan zitten, mijn knieën tegen mijn borst getrokken, mijn hersenen maakten overuren in een poging te bedenken wat ik moest doen, wat ik moest zeggen. Hij liep naar de deur en keerde zich vlak voor hij vertrok naar me toe. 'Ik ga voor vannacht naar een andere kamer. Ik heb ineens geen trek meer hier te slapen.'

Ik liet mijn voorhoofd op mijn knieën zakken en hij wachtte nog even voordat hij de deur openrukte en met een klap dichtsloeg. Ik voelde me koud vanbinnen. Ik zou kunnen huilen als ik het mezelf toestond, maar de tranen kwamen niet. Ik trok mijn knieën strakker tegen me aan en vroeg me af wat dit betekende. Hoe zou de reis naar huis gaan, naast hem zitten, stil, kokend van woede?

En daarna, nadat hij me had afgezet, wat dan? Elkaar nooit meer zien? Dat was mijn slimme veiligheidsmechanisme geweest, duidelijk afgebakend en opgebouwd vanaf het begin. Maar er was geen overeenkomst om na te leven. Dus wat zouden we besluiten? Complete en volledige vervreemding, alsof het sprookje nooit had bestaan?

En klein stukje glas stak in het midden van mijn borst en mijn ziel bloedde. Daar wilde ik niet aan denken. Op een bepaald moment begaf ik me naar het bed, rolde me op tot een balletje en viel in een rusteloze, droomloze slaap.

HOOFDSTUK
VIJFTIEN

IK HAD ME GEEN ZORGEN HOEVEN MAKEN OVER DE VLUCHT naar huis, want hij reisde niet met me mee. 's Ochtends bracht de majordomo me een briefje bij mijn ontbijt. Het was een haastig geschreven en onpersoonlijk kaartje, ondertekend door Adam, waarop stond dat er zaken waren waarvoor hij nog een week in de regio moest blijven en dat hij erop had toegezien dat alles was geregeld om me veilig thuis te krijgen.

Woedend verscheurde ik het, gefrustreerd door zijn gebrek aan bereidheid om tot een compromis te komen. Bij hem was het alles of niets. Dus we zouden weer vreemden voor elkaar worden, omdat *hij* had besloten dat we vreemden zouden zijn. Mijn borst verstrakte weer bij de herinnering aan de confrontatie van de avond ervoor. Als pijlen hadden we elkaar kwetsende woorden toegeworpen en de wonden waren nog vers, stekend. Wellicht zouden ze nooit genezen.

Iedere keer dat ik tijdens de reis naar huis naar de lege stoel naast me keek, bewoog er iets in mijn hart. Nu al voelde de ruimte die hij in mijn gedachten en mijmeringen had ingenomen als een lege, echoënde kamer.

En dan was er nog het ergerlijke feit dat iedere keer als ik me in mijn stoel verschoof de steek die ik voelde een herinnering was aan alles wat er tussen ons had afgespeeld en herleefde ik iedere aanraking, iedere verhitte fluistering, iedere kus. Het deed van binnenuit pijn.

***

Onder normale omstandigheden zou ik naar Heaths huis zijn gegaan, waarschijnlijk via de supermarkt om een emmer mintijs met stukjes chocolade voor mezelf te halen, en bij hem gaan uithuilen. Maar ik was nog steeds boos op hem over de e-mail die hij naar Adam had gestuurd, de mail die ons in deze gekke neerwaartse spiraal had gebracht.

In plaats daarvan ging ik naar huis, nam een douche, sloot alle gordijnen en sliep de rest van de dag en tot halverwege de volgende dag. Ik nam niet de moeite mijn telefoon aan te zetten tot ik rond de middag wakker werd.

En uiteraard was er een bericht van mijn moeder die me zei haar te bellen zodra het weekend voorbij was. Aangezien het maandagochtend was, gehoorzaamde ik, overgoten van schuldgevoelens dat ik haar zo vaak had genegeerd sinds het hele gedoe met deze veiling was begonnen.

Ik probeerde dat lege, pijnlijke gevoel in mijn borst iedere keer als ik aan Adam dacht te negeren. Ik probeerde zo min mogelijk aan hem te denken. Daar slaagde ik niet bepaald in. Mijn hersenen leken naar hem toegetrokken te worden, als witte bloedlichaampjes die op een infectie af vlogen. Ik lachte om die vergelijking. Hoe toepasselijk. Mijn obsessie met Adam, deze aanhoudende pijn, was niet veel anders dan een infectie.

'Hoe was je studieretraite?' vroeg mijn moeder toen ik eenmaal zover was dat ik haar terugbelde.

'O, goed, hoor. Heb een hoop kunnen doen.' Helaas had niets daarvan daadwerkelijk met de studie te maken, maar het was in ieder geval veel leuker geweest.

'Ga je na je diploma-uitreiking met me mee naar huis?'

Ik zuchtte. Shit. De uitreiking was aan het eind van de week. Ik had het semester vrij gehad, maar zou samen met mijn jaar meelopen en ik had zo ongeveer niets gedaan om me op de openingsceremonie voor te bereiden. 'Ik kom liever na. Ik wil mijn eigen auto daar hebben.' Ik probeerde te bedenken hoe ik eronderuit kon komen een hele week te blijven. Ik had al veel te vaak vrij genomen van mijn werk en dreigde mijn baan te verliezen.

'Ik heb een aantal verrassingen voor je als je thuiskomt. Ik kan niet wachten.'

Ik knarste mijn tanden, maar de gedachte dit alles hier te ontvluchten en me terug te trekken in de vertrouwdheid van mijn rustige woestijndorpje was vreemd geruststellend.

Nadat het telefoongesprek was afgerond, stopte ik alles wat Adam aan me had 'geleend' of gegeven in een doos. De vier jurken met accessoires, de smartphone en de laptop. Het ondergoed verscheurde ik, aangezien ik niet geconfronteerd wilde worden met de herinneringen waarmee het gepaard ging.

Met iedere afgemeten beweging die ik maakte, hoorde ik dat stemmetje in mijn achterhoofd. *Ziek. Ziek. Ziek.* Ondanks mijn weigering het toe te geven, had Heath gelijk gehad. Het hele gedoe tussen Adam en mij was ziek geweest. Gezien onze start had er niets goeds uit kunnen komen. Onze omgang met elkaar zou voor altijd gekleurd zijn door de nu beruchte veiling.

Ik voelde me verdoofd toen ik de volgende ochtend naar mijn werk ging. Mijn leidinggevende riep me bij zich in haar kantoor, berispte me omdat ik zo vaak niet op mijn werk was verschenen en gaf me een officiële waarschuwing. Onder andere omstandigheden zou ik me dat heel erg hebben aangetrokken. Als ik die baan zou verliezen, zou dat betekenen dat ik het me niet langer kon veroorloven op mezelf te wonen, om nog maar niet te spreken over de impact die het op mijn cv zou hebben. Maar vanbinnen was ik bevroren. Dood. En er leek niets tot me door te dringen behalve de vage, constante pijn. Het gevoel dat er iets vitaals ontbrak.

Toen ik thuiskwam uit mijn werk stond Heath langs de stoep voor mijn appartement geparkeerd en speelde een spelletje op zijn iPad. Ik liep rakelings langs zijn auto, deed net of ik hem niet zag. De greep op het hengsel van mijn rugtas verstrakte.

Ik bleef doorlopen toen ik het portier open hoorde gaan en het vervolgens werd dichtgeslagen. Ik liep door toen ik zijn gehaaste voetstappen achter me hoorde. Ik klom de trap op en draaide me niet om totdat ik mijn sleutels uit mijn tas had gevist om de deur van het slot te halen.

'Hoi, Mia,' zei Heath. Zijn stem klonk alsof hij zichzelf dwong zo normaal mogelijk te doen. Ik draaide me om en keek naar hem op voordat ik de deur openrukte en naar binnen liep, niet de moeite nemend hem achter me te sluiten.

'Mia...' begon hij. Ik liet mijn rugzak op een stoel in de keuken vallen en draaide me naar hem toe, mijn armen over elkaar geslagen. 'Dit betekent waarschijnlijk dat hij je over die e-mail heeft verteld, hè?'

Ik hief mijn gezicht naar hem op. 'Wat wil je, Heath?'

Hij knipperde met zijn ogen door mijn afgemeten houding. 'Ik... ik wilde weten of het goed met je gaat.'

'Je bedoelt dat je wilde kijken of ik de klap van de bom die je besloot midden in onze trip te laten vallen heb overleefd?'

Zijn gezicht betrok van bezorgdheid. 'Mia… Het spijt me, oké? Ik dacht dat ik deed wat het best was.'

'Het best voor wie? Voor mij? Of jouw geweten?'

Hij bleef even stil en verschoof van het ene been op het andere. 'Ik neem aan dat hij kwaad was. Hij heeft me nooit geantwoord.'

Ik klemde mijn kiezen op elkaar en liep naar de doos die ik eerder had ingepakt. Nadat ik een rol tape uit mijn rugzak had gepakt, begon ik hem dicht te tapen. 'Yep. Hij was kwaad. Maar dat doet er niet meer toe. Het is voorbij.'

Heath keek me lange tijd aan en ik pakte een marker en schreef Adams naam op de zijkant van de doos.

'Het spijt me, Mia,' herhaalde hij terwijl hij zijn handen op zijn borst legde.

Ik schudde mijn hoofd. 'Nergens voor nodig. Het is hoe ik het al die tijd had gepland.'

'Wat is er gebeurd?'

Ik perste mijn lippen op elkaar. 'Daar wil ik het niet over hebben.'

'Oké.' Hij schonk me een behoedzame blik voordat hij naar de doos knikte. 'Wil je dat ik dat voor je afgeef?'

'Hij is nog steeds de stad uit. Je zult je rondleiding toch niet krijgen.'

Zijn gezicht betrok. 'Heeft hij je alleen naar huis gestuurd?'

Ik haalde mijn schouders op. 'Hij had nog zaken af te handelen in de Caraïben. Ik moest weer aan het werk.'

'Die rondleiding maakt me geen zak uit. Het gaat niet goed met je, Mia.'

Ik sloeg met mijn hand naar hem en hij sperde zijn ogen open. 'Het gaat. *Prima.*'

Hij stak zijn hand ter overgave op. 'Oké. Oké. Het gaat prima. Maar ik zou alsnog graag die doos voor je wegbrengen of jou er in ieder geval heen rijden.'

Ik zuchtte. Ik zou de morele steun om het gebouw in te gaan best kunnen gebruiken, ook al wist ik dat Adam er niet was. Ik had zelfs de moed niet gehad om in de game in te loggen sinds ik thuis was.

Heath zei tegen me dat ik de tape eraf moest halen, omdat de doos anders nooit door de beveiliging zou komen, dus ik pakte een keukenmes en sneed hem weer open. Het was vroeg in de middag toen we op pad gingen, onze wapenstilstand onuitgesproken. Ik had zijn excuus niet geaccepteerd, maar uiteindelijk wist ik – ook al wist hij dat niet – dat de problemen tussen Adam en mij niet door Heaths toedoen kwamen.

Heath vroeg me naar de details van de openingsceremonie en vertelde me dat hij van plan was te komen en naast mijn moeder te gaan zitten. Tijdens de rit begon mijn bevroren hart, dat wilde vasthouden aan de wrok, langzaam te ontdooien.

Een kwartier later verlieten we snelweg 405 en reden over een van de brede, perfect ontworpen straten waar de stad Irvine om bekend stond. Heath draaide een industrieterrein op waarop het complex van Draco Multimedia Entertainment was gelegen.

We naderden het hoofdgebouw van het complex. Het was ontworpen als een hedendaags kasteel met ingewikkelde torentjes van gespiegeld glas in staal. Het glas ving het vroege middagzonlicht en het hele gebouw glinsterde alsof het het legendarische onderkomen Camelot was. Dus de ridder bracht zijn dagen van overpeinzingen in een kasteel door. Waarom verbaasde me dat nou niets?

We liepen een enorme lobby in, waar zich een ronde informatiebalie bevond. Binnen was alles van chroom en graniet en zo helder als het daglicht buiten, dankzij alle ramen. Heath en ik keken onze ogen uit van ontzag. Overal waren afbeeldingen en kunstwerken van de verschillende games die door het bedrijf waren geproduceerd en ik wist niet waar ik eerst moest kijken.

Sterker nog, ik stond met open mond naar een exacte replica van de eerste versie van *'The Mistress's Lair'* – een driedimensionaal model van een ijspaleis – te gapen, waardoor ik vergat me tot de beveiligingsman te richten.

'O! Ik kom een pakketje voor meneer Drake afgeven.' De beveiligingskerel leek niet onder de indruk.

Ik trok de flap van de doos opzij en hij keek snel naar de inhoud, schreef mijn naam op een tijdelijk pasje en gaf me de opdracht de doos bij de balie van zijn assistent af te geven. Vervolgens belde hij naar de betreffende assistent dat ik onderweg was.

Ik knikte en trok een schouder op. 'Oké.'

Heath stond nog steeds over een lagergelegen verdieping uit te kijken waar zelfs nog meer enorme afbeeldingen van games stonden uitgestald. 'O, in godsnaam, ga dan maar naar beneden om het te bekijken. Het spijt me dat je je rondleiding niet hebt gekregen.'

'Geen probleem voor jou om daar alleen heen te gaan?'

Nonchalant trok ik mijn schouders op. 'Het is niet ver en het is alleen maar een van zijn assistenten. Hij is nog steeds het land uit. Ik loop er even heen en ben zo terug.'

Heath keek al niet meer naar me. Een bepaalde plaat had zijn aandacht getrokken.

Ik schraapte mijn keel. 'Wauw, is dat een alien die je van achteren aanvalt om je een anaal onderzoek te geven?'

Geen reactie.

Ik lachte en hij liep met een zwaai met zijn hand weg. Met de doos in mijn handen liep ik volgens de aanwijzingen van de beveiliger door grote dubbele deuren en langs kantoren met glazen wanden die bestonden uit opstellingen met open werktafels – geen kleine cabines bij Draco Multimedia, zo leek het. Mensen zaten aan gestroomlijnde computers te werken, hingen samen boven tablets en waren over het algemeen geconcentreerd aan het werk. Verder de centrale gang door kwam ik langs een inpandig atrium en terras, met gras en planten en kunstzinnig opgestelde tafels. Op het moment was het verlaten, aangezien het vlak na lunchtijd was.

Eindelijk kwam ik in Adams contreien. De beveiligingsman had het veel dichterbij laten klinken dan het feitelijk was. Adams kantoor – en dat van de andere bedrijfsleiders, aangezien hun namen op de deuren stonden – werd voorafgegaan door een groot atrium compleet met receptioniste en verschillende assistenten die het druk leken te hebben.

Ik ging naar de dichtstbijzijnde. 'Ik heb een pakketje voor meneer Drake? Van de beveiliging zeiden ze dat ik het hierheen moest brengen?'

De receptioniste wees naar een assistent aan een bureau een stukje verder terug. De assistent, een brildragende knul die de leeftijd van een student leek te hebben en gekleed ging in een overhemd en stropdas, keek onze kant op en stond op toen ik hem naderde. 'Mevrouw Strong?'

'Ja. Hebben ze je verteld dat ik dit pakket zou brengen?'

Hij wierp eerst een nieuwsgierige blik op mij en toen op de doos. 'Ja. Ik zal de inhoud moeten bekijken voordat ik hem van je kan aannemen.'

'Ja, natuurlijk. Dit zijn gewoon een aantal... persoonlijke bezittingen.'

Hij knikte. 'Hij vroeg me je te zeggen dat hij er zo aan komt.'

Ik fronste en keek op van wat hij aan het doen was. 'Wie?'

De assistent leek in de war. 'Meneer Drake.'

'*Wat?* Maar... maar hij is de stad nog uit.'

De assistent gaf me een bezorgde blik. 'Nee, hij is gisteren teruggekomen. Hij is hier.'

Mijn blik gleed omhoog van zijn handen, die de spullen inspecteerden, naar de zwarte dubbele deuren die leidden naar het heilige der heiligen – waarschijnlijk de kantoren – uitgevoerd in blits chroom. Op dat moment zwaaiden ze open.

Ik deinsde terug bij de assistent vandaan. 'Ik moet gaan,' bracht ik uit. Maar ik stond aan de grond genageld toen ik een man en een vrouw dichterbij zag komen. De man ging gekleed in een onberispelijk pak, dodelijk aantrekkelijk. Mijn borst trok samen alsof er een strakke band omheen zat. Adam.

Als er ook maar de kleinste kans had bestaan dat ik hem hier zou zien, zou ik ammenooitniet zijn gekomen. Hij boog voorover om iets tegen een vrouw achter het dichtstbij gelegen bureau bij de deuren te zeggen. Het leek alsof hij haar instructies gaf. De vrouw zei iets tegen Adam en toen, vreselijk, keek ze mijn richting op.

Voordat ik weg kon stappen, voordat ik me kon omdraaien en als een lafaard de benen kon nemen, schoot mijn blik naar zijn metgezel. Haar kende ik ook. Haar platinablonde haren waren kunstig in model gebracht rond een prachtig, verfijnd gezicht. Lindsay. Ze stonden zo dicht bij elkaar, ze zagen eruit als een stel.

Ik was zo verbijsterd dat ik niet in staat was te bewegen, zelfs niet toen Adam rechtop ging staan en zijn blik onmiddellijk naar mij schoot. Iedere spier in mijn lichaam werd zo slap als pudding en ik kon nauwelijks nog ademen. De assistent bleef door de doos gaan, zich niet bewust van mijn wanhoop. Hij trok de laptop eruit en legde hem op de tafel voor zich. Adam zag het en zijn uitdrukking verhardde.

Hij wendde zijn blik af en toen, tot mijn nog grotere verbijstering – was dat eigenlijk wel mogelijk? – legde hij een arm rond Lindsay's middel en fluisterde iets in haar oor. Iets waardoor ze moest lachen en zich tegen hem aan vlijde.

Ik ging hier niet langer naar kijken. Ik vluchtte. De assistent riep me na, maar ik stopte niet. Ik rende zo snel als ik kon. Want nu kwamen dan eindelijk die tranen. Ze verblindden me. Ik kon zijn stem in mijn hoofd horen. Het was het enige dat ik horen kon. *Ik had eindelijk besloten dat ik een vrouw in mijn leven wilde. Maar jij bent alleen maar een zielig, bang, klein meisje.*

Een zielig. Bang. Klein. Meisje. En vergeleken met mij was Lindsay een en al vrouw... Succesvol, volwassen, seksueel ervaren en heel erg geïnteresseerd in Adam.

Ik vloog door de gangen, de deur uit, de parkeerplaats op, snakkend naar adem. Toen rende ik weer verder. Ik rende tot ik geen lucht meer had. Voorover geklapt liet ik me tegen de dichtstbijzijnde auto vallen.

Vijf minuten later stond er iemand naast me. Ik schrok me kapot, tot hij begon te praten. 'Mia, wat de...?' zei Heath. 'Je schoot als een dolle die deur uit. Wat de fuck? *Huil* je?'

Inmiddels stond ik naar adem te happen, tranen en snot over mijn hele gezicht, en wat nog erger was, ik had de hik.

'Heath, haal me hier verdomme vandaan, alsjeblieft.'

Zonder nog een woord te zeggen, sloeg hij zijn arm om mijn schouder en leidde me naar de auto. Ik hield mijn blik van het gebouw afgewend. Ik wilde niet het risico lopen hem weer te zien. Iedere keer als ik dacht aan die harde blik op zijn gezicht, stroomden er nieuwe tranen over mijn gezicht en tegen de tijd dat we goed en wel van het complex reden, was ik een druipend hoopje ellende.

Heaths gezicht stond grimmig. 'Ik neem aan dat je hem daar hebt gezien? Hij was toch nog een week weg voor zaken?'

Mijn gezicht lag in mijn handen en daardoor klonk mijn stem gesmoord. 'Hij moet hebben gelogen.' Hij had gewoon niet met me terug willen vliegen.

Heath maakte zich grote zorgen om me. Dat merkte ik. Nadat we thuis waren gekomen, stond hij erop afhaaleten te bestellen. We zaten tegenover elkaar aan mijn kapotte, kleine tafel terwijl ik wat in mijn kip Mandarijn prikte.

'Misschien doet het je goed een poosje weg te zijn.'

'Ik ben net terug.'

'Nee, ik bedoel wat langer tijd met je moeder doorbrengen. Misschien de hele zomer bij haar blijven. Ze kan de hulp gebruiken nu ze de tent klaarmaakt om weer gasten te ontvangen. Ik kan je appartement uitruimen en je spullen in de opslag gooien. Behalve voor je waardeloze verpleegstersbaantje heb je eigenlijk geen enkele reden om het komende jaar of zo hier te zijn. Waarom zou je je het geld voor huur en onkosten niet besparen?'

Ik zuchtte. 'Omdat terug naar Anza gaan achteruitgaan is.'

'Denk er gewoon eens over na. Ga anders voor een week of twee? Het zou je moeder heel blij maken en misschien dat ze mij dan ook eens met rust laat.'

'Als ik nog een keer vrij vraag van mijn werk ontslaan ze me.'

'Opgeruimd staat netjes, dan. Er zijn andere banen die je kunt krijgen. Of je kunt meer tijd besteden aan je blog en er meer geld mee verdienen. Ik heb een nieuw sjabloonontwerp waardoor je meer advertentieruimte krijgt. Op die manier kun je meer advertenties verkopen. Of we zouden kunnen kijken of we de ondersteuning van een bedrijf kunnen krijgen. Ik weet dat je daarover twijfelt, maar...'

Mijn kin lag inmiddels op mijn borst en ik zat miserabel te snotteren. 'Ik zal erover denken.'

En dat deed ik. Ik dacht er de hele avond over na. Niet per se over teruggaan naar Anza, maar aan de hele bizarre aaneenschakeling gebeurtenissen met Adam. De berekenende manier waarop hij, in de wetenschap dat ik toekeek, zijn arm rond Lindsay's middel had geslagen en me duidelijk had laten weten dat zij de *vrouw* was die hij had gekozen om het bange, kleine meisje te vervangen.

Na alle tranen die ik eruit had gejankt, bleef er slechts een verdoofd gevoel over. De volgende dag moest ik om twaalf uur 's middags op mijn werk zijn, maar ik trok mijn uniform niet aan. In plaats daarvan ging ik in mijn spijkerbroek naar het kantoor van mijn leidinggevende en nam per direct mijn ontslag.

Ze was er niet blij mee, maar aan mijn gezwollen ogen en de donkere kringen onder mijn ogen kon ze wel merken dat ik überhaupt niet blij was. Ze liet me weten dat ik tot afgelopen maand een goede kracht was geweest en daar was ik het mee eens. Het was geweldig gegaan tot alles in elkaar was gestort. Tot

Adam. Nu had ik geen baan. Geen geld op de bank en slechts een paar kruimels zelfrespect.

***

De dag voor mijn diploma-uitreiking vielen Alex en Jenna binnen met een cadeau en smeekten ze me met hen de zomer in OC door te brengen. Ze hadden *zulke plannen*! En ze hadden kaartjes voor Comic-Con in San Diego! En... ze hadden kostuums voor cosplay, een gekostumeerd rollenspel, en hadden een 'hot chick' nodig om hun look als 'Steampunk Sherlock's Angels' compleet te maken. Alex' moeder naaide de kostuums voor hen.

Ook wilden ze weten of ik Heath kon overhalen zich als Sherlock Holmes te verkleden, omdat hij lang was, maar dan zou hij wel zijn haar zwart moeten verven.

'Kom op, Mia, dat zou zo *leuk* zijn! Stel je voor, korsetten van verguld messing, netkousen en stoere laarzen,' zei Alex ademloos. 'Als Heath het niet doet, kun je misschien die lekkere vent van je zover krijgen. Die heeft al donker haar en is lang genoeg.'

Jenna fleurde op toen ze dat hoorde. 'Ja, wanneer krijg ik dat lekkertje trouwens ook eens te zien? Ik ben het strontzat om Alejandra over hem te horen kwijlen en ik heb alleen die foto gezien die ze vanaf een afstandje met haar telefoon heeft genomen...'

'Wat?' Ik mepte Alex op haar arm. 'Heb je een foto van hem genomen?'

Alex haalde haar schouders op. 'Wat moet een hopeloze *chismosa* dan doen als je me niets anders geeft?'

Ik zuchtte diep. 'Ik zie hem niet meer en ik heb het er liever ook niet over.'

Alex' voorhoofd rimpelde. 'Dit heeft toch niets te maken met die test, ofwel? Je hebt het niet uitgemaakt omdat je wilt studeren of zoiets doms?'

Ik schonk haar een verhitte blik, maar Jenna was degene die er iets van zei terwijl ze mij aandachtig bestudeerde. 'Alejandra! Doe niet zo bot.'

'Nee, het was niet vanwege de test.' Mijn borst trok samen. Iets in haar opmerking zat me dwars. Het herinnerde me eraan hoe ik ervoor had gekozen stomme smoesjes te verzinnen om niet uit te gaan, niet aan feestjes mee te doen. Gedurende mijn vier studiejaren had ik me in mijn comfortzone verscholen en alle vrije tijd die niet werd opgeslokt door studie of werk of mijn blog gebruikt om in te loggen op de games om mezelf in te verliezen. Omdat het veilig was, bekend. Omdat daar weinig verrassingen zouden zijn en voor alles wat er kon gebeuren, zou ik klaar zijn.

Ik liet mijn hoofd tegen de rugleuning van de gescheurde bank vallen en staarde naar het plafond. Adam had gelijk. Ik was een lafaard.

Hoofdstuk

Zestien

When the going gets tough... ren je naar huis, naar je mama. En dat is precies wat ik deed na mijn diploma-uitreiking. Ik pakte zoveel mogelijk in en reed naar Anza, een rit van twee uur over een paar van de meest lang uitgerekte snelwegen door Inland Empire en verder. Mijn auto draaide de weg op naar de Cahuilla Mountains die uitkeken over het veel bekendere Californische vakantieoord Palm Springs.

En terwijl ik over die smalle tweebaansnelweg de bergen in reed, viel er een kalmte over me heen. Ik durfde erop te rekenen dat uiteindelijk alles goed zou komen. Dat deze pijn tijdelijk was en, net als het wegvallende licht van die dag, zou vervagen tot niets. Ooit. Een keer.

Het voelde echter niet tijdelijk. Op de een of andere manier voelde ik me anders, alsof mijn leven, mijn hart, nooit meer hetzelfde zou zijn. Ze zeggen dat de ervaringen in je leven je veranderen, dat je brein nieuwe neurale paden aanmaakt als reactie op trauma en nieuw geleerde lessen. Ik vroeg me af hoeveel nieuwe paden ik hiervan zou krijgen. Als ik er ooit al wegwijs mee zou raken. Op dit moment was ik meer vastberaden dan ooit om mezelf te beschermen. Ik zou alleen afhankelijk van mezelf blijven, want ik was de enige persoon in deze wereld waar ik zeker van kon zijn. Ik was zeker van Heath, tot hij weer iemand leerde kennen en nauwelijks overreed kon worden om mijn eeuwigdurende reeks schrammen op te lappen. Ik kon op mijn moeder bouwen, maar zoals de ervaringen van de afgelopen jaren me hadden laten zien, ze zou er vermoedelijk niet altijd zijn. Haar bijna-dood had me tot op het bot geraakt en me laten zien dat niets permanent was.

Maar één ding was wel permanent. Ik. Mijn ambitie. Mijn drive. De muur die ik om mijn hart had gebouwd en die ik scherp in de gaten hield. De afgelopen dagen had ik gebruikt de zwakke plekken te repareren waar Adam door naar binnen was getreden en zijn schade had kunnen aanbrengen.

Ik had geen idee hoeveel Heath mijn moeder had verteld toen ze tijdens de ceremonie naast elkaar hadden gezeten. Ik wist dat ze niet op de hoogte was van de veiling, maar Heath zou mijn tijd met Adam als een relatie omschreven kunnen hebben, zonder te noemen hoe ziek en gestoord het tussen ons was. Mam had geweten dat ik iemand zag, maar ze kende de details niet, bijvoorbeeld het feit dat haar dochter met haar volle verstand een manier had gezocht zichzelf te prostitueren.

Onze kleine ranch stond op vijftien hectare woestijnland. Het hoofdhuis, dat mijn moeder de boerderij noemde, had behoorlijk wat kamers op de bovenverdieping. Naast de boerderij stonden nog drie bijpassende blokhutten voor gasten die meer privacy wilden. De hoofdeetkamer in het huis was enorm, om de groep mensen van de bed and breakfast kwijt te kunnen. Tot haar ziekte had mijn moeder een behoorlijk succesvolle zaak gehad, met veel klanten die herhaaldelijk terugkwamen om tijd buiten de bewoonde wereld door te brengen, te wandelen of te gaan paardrijden. Mijn stemming verbeterde toen ik in het bleke licht van de vroege avond onder een gouden woestijnmaan uitkeek over ons landgoed.

Mijn moeder stelde niet al te veel vragen nadat ik arriveerde. Ze trok me in een innige omhelzing en maakte mijn favoriete avondeten klaar – sjasliek met hummus en baklava als dessert. Ze stuurde me vroeg naar bed voor een goede nacht slaap en waarschuwde me dat we morgen heel wat te bespreken hadden. Opgelucht liet ik me doodmoe in bed vallen.

De volgende ochtend was ik in de stallen om mijn favoriete vierbenige vrienden gedag te zeggen. Mijn paard, Snowball, begroette me met opgewonden gehinnik. Al sinds groep zes was hij mijn beste vriend en zijn snuit begon al ouder en grijs te worden, maar nog steeds griste hij met het nodige enthousiasme de wortelen die ik hem aanbood uit mijn handen.

Tijdens de lunch kauwde ik op mijn sandwich, met komkommer en tomaat uit eigen tuin en rustiek brood, terwijl mijn moeder steelse blikken mijn kant op wierp. Ik wist dat ze stond te popelen naar mijn relatiestatus met de mysterieuze man te vragen en dat ze probeerde allerlei manier te bedenken om het ter sprake te brengen, dus ik besloot haar de pas af te snijden.

'Dus, je zei dat je een aantal verrassingen voor me had. Hebben ze te maken met de restauratie van de blokhutten?'

Mam schonk me een verwachtingsvolle blik. 'Dat heb je gezien?'

'Ik zou blind moeten zijn om het niet te zien. Heb je de loterij gewonnen en me dat niet verteld?'

Ze lachte. 'Soort van. Als kanker krijgen als een loterij beschouwd kan worden.'

Mijn stemming daalde. Plotseling raasde mijn hart van angst en ik kon het bloed uit mijn gezicht voelen wegtrekken. 'Wat? Is het terug?'

Mams mond viel open en ze reikte over de tafel om haar hand over de mijne te leggen. 'O, nee. Nee, liefje. Het spijt me. Dat is niet wat ik bedoelde.'

Ze stond op, liep naar het bureau waar ze haar post en zakelijke papieren bewaarde en trok een dossiermap uit de standaard. Ze legde het op de tafel, naast mijn bord. 'Aan het begin van het jaar kreeg ik dit in de bus. Ik heb er niets over gezegd omdat ik niet zeker wist wat ik ervan moest denken. Het klonk te goed om waar te zijn.'

Ik opende de map en las snel de brief, die op standaard briefpapier was gedrukt. Het was van een liefdadigheidsinstelling die volwassen kankerpatiënten hielp die door de ziekte in moeilijke tijden waren beland. Het klonk inderdaad te mooi om waar te zijn – zoiets als Stichting Doe Een Wens voor volwassenen. De instelling – genaamd Golden Shield Group – had heel genereus aangeboden de helft van mijn moeders hypotheek af te lossen en de andere helft als een rentevrije lening in een fonds te stoppen dat over de komende twintig jaar kon worden afbetaald.

Ik kon mijn ogen niet geloven, ging nog eens over de tekst en bladerde door naar de papieren eronder. 'Dit is…'

'Ongelooflijk, ik weet het. Ik kon het ook niet geloven. Maar ik heb ze online opgezocht en ben in het dorp naar Pohlmans Law Office gegaan om zijn advocaten het te laten doornemen. Hij verzekerde me dat het allemaal legaal was.'

'Verdomme, mam. Dit is beter dan die verdraaide loterij.'

Ze lachte. 'Yep, zie je? Hier is het papierwerk van mijn advocaat. Het wordt zelfs nog beter. Een van de ondernemers achter die instantie hoorde van mijn situatie en bood aan als stille vennoot geld te investeren. We hebben een gedeeld zakenplan opgesteld en delen de winst...'

Ik pakte de papieren van haar af. 'Godsamme! Dus dat gebruik je om de renovatie te betalen?'

'Het is bijna klaar en ik ben al met Heath bezig om de website te veranderen en te updaten. Hij komt volgend weekend om foto's te maken. Is het niet fantastisch?'

Ik ging achterover zitten, verbaasd over hoe stralend en levendig mijn moeder was. Zo was ze in geen jaren geweest, zelfs ver voor de kanker niet. Ze had kleur op haar wangen en was wat aangekomen en eigenlijk, voor het eerst sinds ze met de chemo was begonnen, zag ze er *gezond* uit.

Mijn moeder zag me kijken. Haar lach stierf weg. 'Wat?'

Ik schudde mijn hoofd. 'Je doet het geweldig, mam. Ik ben zo blij.' Ik glimlachte, blij voor haar, en ondertussen probeerde ik nog steeds de pijn achter in mijn bewustzijn te negeren. Probeerde ik het beeld van Adam met zijn arm rond Lindsay's middel uit te wissen. Een scherpe steek doorboorde me, elke keer dat ik eraan dacht – wat zo'n beetje de hele tijd leek te zijn.

Mam, net zo scherp als altijd, pikte het meteen op. Ze verzamelde de papieren van de tafel en borg ze weer op. 'Laten we het nu eens hebben over wat er met *jou* gaande is.'

Ik schudde mijn hoofd. 'Er valt niets te vertellen.'

Ze wierp me een nieuwsgierige blik toe en wreef met haar wijsvinger over haar onderlip zoals ze altijd deed als ze aarzelde. 'Je was met iemand aan het daten.'

Ik keek weg, zat te wiebelen op mijn stoel. Ik zou haar vijf minuten laten vissen en dan was ik weg. 'Dat klopt. Het stelde niets voor. Het is over.' Allemaal waar. Alleen niet de hele waarheid. Maar ik kon het niet over mijn hart verkrijgen haar te vertellen dat er gaandeweg zoveel was veranderd. Dat ik iets was verloren, een belangrijk deel van mezelf dat voelde als een gapend gat in het midden van mijn zijn. En dat het best een tijdje zou kunnen duren om te ontdekken hoe ik dat kon opvullen.

'Wat is er gebeurd?' vroeg ze zachtjes, alsof ze me uit mijn ongewone openhartigheid zou doen opschrikken door harder te praten.

Ik haalde mijn schouders op. 'Ik moest studeren en had mijn banen. Hij moest werken. Er was geen tijd.'

'Wil je over hem praten?'

Ik leunde naar voren en wreef met mijn hand over mijn voorhoofd. 'Nee. Niet echt.'

Ze was een aantal minuten stil en ik sloot mijn ogen. Ondertussen bereidde ik me erop voor een smoes te verzinnen om te gaan. Ze verraste me door het onderwerp te laten rusten en mijn halflege bord te pakken terwijl ze opstond om het naar de gootsteen te brengen.

'Mam...' Ik hield haar tegen toen ze op het punt stond weg te lopen. Ze bleef staan en keek me verwachtingsvol aan. 'De Biologische Spermadonor...' begon ik met trillende stem. 'Ik denk dat ik er klaar voor ben meer over hem te horen.'

Mijn moeder nam weer plaats in de stoel naast me en zette de borden neer. Ik bestudeerde haar even. Ze was een prachtige vrouw. Ze had de olijfkleurige huid en donkere haren van haar Griekse voorouders en was in haar jeugd tamelijk oogverblindend geweest. Als tiener had ze zelfs een poosje modellenwerk gedaan. Toen ze begin veertig was, was ze nog steeds mooi geweest en voor de kanker had ze er op z'n minst tien jaar jonger uitgezien dan haar daadwerkelijke leeftijd, met nauwelijks een rimpel die haar huid ontsierde. Maar die schrijnende lijdensweg had rimpels bij haar mond veroorzaakt en een paar op haar voorhoofd.

Gedurende een lang, stil moment hielden we elkaars blikken vast. Ze rechtte haar rug en schouders. 'Oké.' Ze knikte. 'Wat wil je weten?'

'Wat is zijn naam? Wie is hij?'

En zo begon ze te vertellen. Geduldig, rustig, beantwoordde ze al mijn vragen. Ik weerhield me ervan te vragen naar de persoonlijke details van haar leven met hem. Ik wist al dat hij haar compleet had betoverd voordat hij haar als oud vuil had gedumpt. Daar hoefde ik verder niets over te horen. Maar nu had hij een naam. Hij was een persoon. Niet langer een anoniem figuur waarop ik al mijn haat kon richten. Hij heette Gerard Dempsey. Hij was van Ierse en Engelse afkomst. Hij was een succesvol vastgoedmakelaar en had op die manier zijn miljoenen vergaard. Hij had een zus, geen broers en drie andere kinderen, allemaal veel ouder dan ik.

Ik ontdekte ook dat hij na mijn geboorte nooit contact met mijn moeder had opgenomen. Hij had haar nooit een brief geschreven of gebeld, ook al wist hij precies waar ze woonde. Ze vertelde me dat ik haar ogen en haarkleur had, maar dat mijn huid, kaak en neus van hem waren.

Ze bood me aan een foto te laten zien – de enige die ze van hem had – van hen samen, maar ik sloeg het aanbod af. Ik wilde ze niet samen zien, gelukkig. Haar jonge gezicht vol sprankelende idealen, niet op de hoogte van het feit dat hij als een kaartenhuis leugen op leugen op hun relatie stapelde.

'Hield je van hem?' vroeg ik uiteindelijk.

Haar blik dwaalde af en richtte zich op de verte. Haar ogen gingen dromerig staan. 'Ja. Of tenminste... Ik hield van wie ik dacht dat hij was toen ik dacht dat ik alles over hem wist.'

Langzaam ademde ik in. 'Liefde is gevaarlijk. Verraderlijk.' Ik schudde mijn hoofd. 'Niet verkeerd bedoeld, maar ik denk dat het voor idioten is.'

Toen ze haar blik op me richtte, stonden haar ogen hard. 'Mia, je bent veel te jong om zo te praten. Je klinkt als een bittere, eenzame oude vrouw.'

Ik klemde mijn tanden op elkaar. Misschien was ik dat ook wel, vanbinnen. Ouder dan mijn leeftijd, noemden ze dat niet zo?

Mijn moeder ging verder. 'Er bestaan aardige mannen. Heel veel. De meeste. Verspil je leven niet door verbittering en boosheid vanwege die ene waardeloze gast waar je moeder het mee heeft verkloot.'

Ik bevroor even door de vreemde herinnering aan Adams woorden die echoden in die van mijn moeder. *Iedere man die je de rest van je leven ziet is gekleurd door hem.* Ik schudde mijn hoofd om het weg te duwen. 'Waarom heb je nooit meer een date gehad?'

Ze haalde haar schouders op. 'Jij was het belangrijkste in mijn leven en ik vertrouwde mijn beoordelingsvermogen niet genoeg om een potentiële loser in je leven te brengen. Dus deed ik het niet.'

'En nu? Ik ben al vier jaar het huis uit.'

Ze knikte. 'Ja. Ik ben ermee bezig,' zei ze cryptisch en ze stond toen op, verzamelde de borden en schoof naar het aanrecht terwijl ik peinzend naar haar keek.

Ik nam de zorg voor de paarden van mijn moeder over waardoor zij verder kon met het gereedmaken van het huis en het voorbereiden van de heropening van de B&B. Na een week belde ik Heath om hem te laten weten dat ik een poosje in Anza zou blijven. Hij ruimde mijn appartement uit. Hij was de beste vriend ooit, al vermoedde ik dat hij het deels deed uit schuldgevoel voor zijn aandeel in wat er tussen Adam en mij was gebeurd.

Mijn dagen verliepen in een alledaagse, maar troostende routine van vroeg wakker worden, de paarden voeren en stallen uitmesten, al het buitenwerk doen en de paarden naar buiten halen om tijdens de koele ochtenduren met ze te trainen.

Vervolgens, na een douche, werkte ik een aantal uur aan mijn blog. Zelfs ondanks de waardeloze internetverbinding op de ranch en mijn oude kist die het maar nauwelijks kon bijbenen, lukte het me alsnog om iedere dag iets op te stellen.

Ik was echter voorzichtig in mijn posts. Veel voorzichtiger dan voorheen. Ik was altijd op mijn hoede geweest met het onthullen van geografische of persoonlijke informatie over mezelf, maar desondanks gluurde, elke keer dat ik ging zitten om iets te schrijven, de schim van Adam over mijn schouder mee. Ik wist dat hij alles las. Of misschien interesseerde het hem niet langer. Misschien had hij het veel te druk met zijn nieuwe, bevredigende relatie met 'echte vrouw' Lindsay.

Mijn moeder en ik kwamen iedere dag bij de lunch samen en wisselden verhalen uit, deelden nieuwtjes, zowel lokaal als nationaal, en groeiden dichter naar elkaar toe dan we in lange tijd waren geweest.

De heetste uren van de middag waren bestemd om met mijn geneeskundeboeken om me heen naast de ventilator in de keuken te zitten om te studeren.

Yep. Dat was mijn spannende leventje in Anza, maar met het verstrijken van de weken en het naderen van de datum waarop mijn grote test plaatsvond, merkte ik dat ik me sterker voelde, onafhankelijker, en ik ontdekte nieuwe dingen over mezelf die ik nog nooit eerder had verkend. Ook googelde ik alternatieven voor mensen met majors met een vooropleiding geneeskunde die geen geneeskunde gingen studeren. Ze waren nog zo erg niet – onderzoek, verpleegkunde, consultatie – maar ze waren niet mijn droom. Ik wist dat ik diep moest graven om de moed te verzamelen om die test nog een keer te maken en de kans dat ik wederom zou falen moest nemen, want anders zou ik die droom voor altijd op moeten geven.

Het meest verrassende was wel dat ik, uit het niets, op een nacht een brief aan de Biologische Spermadonor – Gerard, corrigeerde ik mezelf – schreef. Vanaf nu zou ik hem bij zijn naam noemen. Ik wist dat ik de brief nooit zou posten, maar ik had met behulp van de informatie die mijn moeder me had gegeven verder onderzoek gedaan en was meer over hem te weten gekomen. Ook probeerde ik zoveel mogelijk over mijn drie halfbroers en -zussen te vinden, die bijna twee decennia ouder waren dan ik. Ik had een halfbroer, Glen, die dertien jaar ouder was dan ik en twee halfzussen van achter in de dertig.

Ik schreef de brief aan Gerard, mijn vader, en uitte daarin al mijn verdriet over het verlies van een ouder die ik nooit had gekend. Ik verafschuwde hem, maar ik wilde hem ook leren kennen. En uiteindelijk liet ik mezelf dat toegeven. Ik wilde het, maar niet genoeg. Ik wilde dat mijn haat voor hem wegsmolt, zodat ik vrij zou zijn. Mijn hele leven had ik die gevoelens namelijk gezien als een fort dat me beschermde tegen mogelijke pijn en beschadiging. In plaats van een fort was het een kooi geworden, die me tegenhield.

Misschien op en dag, ergens in de toekomst, zou ik eindelijk in staat zijn mijn hart voor iemand te openen, als het eenmaal was geheeld.

Heath kwam het volgende weekend en sliep in zijn oude kamer. Hij had de laatste drie jaar van de middelbare school bij ons gewoond toen zijn eigen ouders hem eruit hadden gegooid nadat hij tegenover hen uit de kast was gekomen.

Op bepaalde tijden van de dag gingen we eropuit om het juiste licht voor de foto's te vangen. Het was tijdens een shoot tijdens zonsondergang dat hij het verboden onderwerp ter sprake bracht.

'Nog iets van Drake gehoord?' vroeg hij tussen neus en lippen door terwijl hij zijn camera op het statief bevestigde om een betere hoek te krijgen voor de boerderij en de drie blokhutten die daarnaast netjes op een rij stonden.

Ik schudde mijn hoofd en volgde zijn uitzichtpunt over de lange helling van onze oprit.

'Je hebt al weken niet ingelogd in de game. Ik keek steeds naar je uit. Ga je ermee stoppen?'

Ik haalde mijn schouders op. 'Er zijn een hoop games. Ik kan iets spelen wat niet door hem is ontworpen.'

'Het is waardeloos dat je je door hem laat wegjagen van een game waar je van houdt en van al je online vrienden. Ik heb berichtjes gehad van zowel Persephone als FallenOne dat ze ongerust over je waren.'

Mijn binnenste verstrakte en ik slikte. 'O, echt? Vroeg Fallen naar me?'

'Ja, paar avonden geleden. Hij zei dat hij zich zorgen maakte. Ik zei dat je bij je moeder was.'

'Shit,' zei ik terwijl ik mijn ogen dichtkneep voordat ik me van hem af draaide om mijn armen te laten rusten op het hek dat ons gebied omheinde. 'Is dat alles wat hij zei? Hij heeft je niet zijn naam verteld of zo?'

Heath aarzelde. 'Waarom zou hij? Hij heeft ons nooit zijn echte naam verteld.'

Ik klemde mijn kiezen op elkaar en staarde naar de ondergaande zon. 'Nou, daar had hij een reden voor.'

'Wat... Omdat hij een meid is of zo? Of een beroemd iemand? Weet je nog dat we alle drie probeerden te bedenken welke filmster of beroemde atleet hij was?'

Ik haalde diep adem en hield de lucht vast. Ik wilde dat mijn stem zo rustig mogelijk klonk als ik het hem vertelde. Hij zou niet trillen of breken, hij zou sterk zijn, helder. 'FallenOne is Adam.' Shit, hij had gehaperd. Het moment dat ik zijn naam zei, hoorde ik een lichte trilling aan het eind van de tweede lettergreep.

Er volgde een lange stilte. 'Serieus?' vroeg hij, zijn stem donker.

Ik knikte. Was het maar allemaal een grap.

'Nou... fuck... dat verklaart een hoop, neem ik aan.'

'Zoals wat?'

'Drake kwam me altijd al min of meer bekend voor. Jou niet?'

Hij had me overweldigd. Volledig. Als de storm zoals ik hem graag zag, had hij alles om hem heen vernietigd. Ik trok mijn schouders op.

Heath gaf me een bezorgde blik. 'Het is echt niet goed tussen jullie geëindigd, of wel?'

'Ik ga er niet over praten.'

Hij zuchtte. 'Mia, ik maak me gewoon zorgen. Je ziet er niet goed uit. Je moeder zegt dat je niet veel eet en dat je jezelf iedere dag kapot werkt.'

'Dat is goed voor me.'

'Vasthouden aan boosheid en wrok niet.'

Ik zuchtte. 'Je hebt te veel tijd met mijn moeder doorgebracht.'

'Wat heeft hij je aangedaan?'

Ik knipperde en keek weg. 'Niets wat ik niet wilde.'

Zijn voorhoofd trilde. 'Ah.' Toen schraapte hij zijn keel. 'Dat is niet wat ik bedoelde. Ik bedoel, waarom ben je zo? Ik ken je al tien jaar lang en ik heb je nog *nooit* zien huilen zoals je deed op die dag in Irvine. Je eet niet, gedraagt je niet normaal. Ga je in ieder geval je MCAT nog herkansen?'

Ik wendde mijn blik af. 'Daar is de jury nog niet over uit.'

Hij trok een nors gezicht. 'Ik hoop dat je je dromen niet opgeeft omdat een of andere eikel je heeft bespeeld.'

'Als ik het niet doe, komt dat niet door hem,' beet ik hem toe.

'Oké. Trap me alsjeblieft niet in mijn ballen als ik je dit vraag...'

Ik keek hem waarschuwend aan. 'Als je al met die opmerking begint, moet je het misschien niet vragen.'

'Mia... ben je verliefd op hem geworden?'

'Nee,' snauwde ik terwijl ik mijn armen strak over elkaar vouwde. 'En al was dat wel het geval, dan zou het niet uitmaken, oké? Hij is degene die bij mij is weggegaan.'

Nu keek hij kwaad. 'Ik begrijp het.'

Ik stak een vinger op en duwde hem in zijn gezicht. 'Genoeg over deze shit, oké? Het is voorbij. Het is verleden tijd. Ik heb een leven om mee verder te gaan. Breng hem niet meer ter sprake.'

Lange tijd staarde hij me aan voordat hij simpelweg knikte en zijn aandacht weer op zijn camera richtte om het statief te verplaatsen.

Nadat Heath naar huis was gegaan, voelde het goed weer op mijn normale routine terug te vallen. Een week later kondigde mijn moeder stralend aan: 'Mijn eerste internetreserveringen komen binnen!'

Ik was positief verrast. Heath had haar website net de week ervoor vernieuwd, maar hij was nog niet veel bezocht.

'Yep, een aantal mensen komen vanaf volgende week voor de standaard kamers en voor de week erna heeft iemand de beste kamer geboekt – Roy Rogers.' De grootste afgescheiden blokhut, de 'luxe suite' van onze ranch. Iedere kamer die we hadden was genoemd naar een bekende cowboy of cowgirl. Pas geleden had ik mijn slaapkamer Annie Oakley genoemd, omdat er eenvoudigweg niet genoeg stoere cowgirls op onze lijst stonden.

Hoezeer ik me ook van mijn cowgirlidentiteit mocht hebben ontdaan toen ik eenmaal op de universiteit zat, door de tijd die ik met de dieren doorbracht, begon ik het vertrouwde gevoel dat mijn jongere zelf had opgedaan weer te ervaren. Het was een genezende ervaring. Bij de dieren hoefde ik me geen zorgen te maken over leugens of andere bullshit. Ik hoefde niet bang te zijn dat ik werd bedonderd. Zolang ze hun eten en hun beweging maar kregen en zo af en toe wat menselijke aandacht, waren ze gelukkig.

Een week later zetten mijn moeder en ik snel de laatste puntjes op de i voor onze nieuwe gasten en verwelkomden ze. We waren tot vlak bij Temecula gereden en hadden bij de woonwinkels geshopt voor nieuw beddengoed en lakens die pasten bij het thema van de blokhutten.

In de Roy Rogers-kamer was de verflucht vervlogen, voornamelijk doordat we alles open hadden laten staan om dag en nacht te luchten en dagelijks hadden gestoft, want op een ranch is er geen tekort aan stof. Het was geen penthouse in het Amstelhotel in Amsterdam of de VIP-suite in het Emerald Sky Luxury-resort, maar het was iets.

Omdat ik mijn moeder had geholpen onze eerste gasten uit te checken, kwam het er pas na de middag van om met de paarden te werken. Ik had besloten ze vandaag vrij te geven, want ze op het heetst van de dag – en juli in Anza was niet om mee te spotten – aan het werk zetten zou wreed zijn. Er was echter genoeg werk te doen. Zoals poep scheppen. Want of het nu warm of koud was, regen of zonneschijn; paarden poepten. En ik moest het schoonmaken.

Ik was in de stallen en vervolgens in de schuur in gevecht met de vliegen en een verveeld paard, Snowball, die niet was geïnteresseerd in de poep die werd geschept, maar wel was geïnteresseerd in liefde van zijn favoriete persoon. En wie was ik om daar weerstand tegen te bieden? Maar na twintig minuten daarvan begon ik ongeduldig te worden en schoof ik hem opzij om bij de poep in het zaagsel te kunnen.

Ik was verhit, bezweet, verfomfaaid, rook naar paardenpoep en was bedekt met stukjes zaagsel. Dus uiteraard was dat het moment dat mijn moeder besloot met onze nieuwe gast, die blijkbaar net had ingecheckt, voor een rondleiding over het terrein door de schuur te lopen.

'Snowball, aan de kant met die dikke kont van je,' gromde ik tegen het paard terwijl ik hem een flinke tik op zijn achterwerk gaf.

'Mia, ben je hierbinnen?'

'Nee,' antwoordde ik tussen opeengeklemde kaken door. Wat de hel? Ze had me net tegen dat paard horen mopperen.

'Onze nieuwe gast is er. Kom even, ik wil je voorstellen.'

Ik zuchtte. Snowball zou het nog een dag met de laatste beetjes poep moeten uithouden. Snuivend schoof ik de stal uit en zette de riek tegen de deur. Mijn gigantische werkhandschoenen deed ik niet uit. Ik zou het kort houden, naar hem glimlachen, een paar welkomstwoorden en een knikje en dan weer aan het werk gaan. Ik naderde mijn moeder, die naast een lange man stond. Aangezien er tegenlicht van de middagzon de schuur in kwam, kon ik ze niet goed zien tot ik te dichtbij was om me te kunnen omdraaien.

Toen ik echter uiteindelijk zijn gezicht zag, stonden mijn voeten abrupt aan de grond genageld, waardoor ik bijna op mijn gezicht viel. Want boven mijn moeder uittorenend, met een lach op zijn gezicht, stond Adam.

Hij droeg een spijkerbroek, tennisschoenen en een casual overhemd en hij was net zo prachtig als altijd. Ik had hem meer dan een maand niet gesproken. Niet meer sinds die laatste, verhitte avond in St. Lucia. Ik had gedacht dat ik hem nooit meer zou zien. Maar hier stond hij, naar me te kijken met onschuldige ogen die niets misten. Ook de regen van zaagsel in mijn haar niet.

Mijn hart begon onder in mijn strot te bonken en ik slikte. Ineens leek ademhalen heel moeilijk. Wat deed hij hier in godsnaam? Deed hij zich voor als mijn moeders nieuwste gast? Koude paniek borrelde op uit mijn strakgespannen maag. Hoe kon ik in hemelsnaam deze reactie voor mijn moeder verbergen? Het bloed trok uit mijn gezicht, dat was me duidelijk. Was hij hier om me te kwellen met spijt om de dingen die ik tegen hem had gezegd? Was hij hier in een poging het goed te maken?

Ik wist niet wat te voelen. Zo veel emoties gierden door me heen. Ik verafschuwde het dat ik moest toegeven dat een daarvan zo'n complete opwinding was om hem weer te zien dat het leek alsof mijn hart werd opgeladen. Een andere was schrik, angst. Zou hij mijn moeder op de hoogte brengen? Haar over de veiling vertellen? Over wat voor vreselijk, verbitterd, kinderachtig mens ik was?

Mijn moeders stem sneed dwars door mijn gedachten heen 'Hier is ze. Dit is mijn dochter, Mia.'

Adams blik schoot als een bliksemschicht naar de mijne en ineens voelde ik dat ik begon te zweten. Er bouwde zich zo snel een hitte in me op dat het leek alsof ik van binnenuit in de hens zou vliegen.

'Hoi, Mia,' zei Adam. Ik was er in ieder geval dankbaar voor dat hij niet deed alsof we elkaar niet kenden. Geen vals 'leuk je te ontmoeten'. Ik scheurde mijn blik los van de zijne, die me doorboorde, en liet hem naar de grond voor mijn voeten zakken.

Mijn moeder ging verder, volledig onbewust van de dikke spanning die in de lucht hing. 'Dit is meneer Drake. De komende week verblijft hij bij ons. Hij is zich aan het voorbereiden om binnenkort een deel van de Pacific Crest Trail te lopen, vanaf hier tot Yosemite.'

De Pacific Crest Trail liep van de Mexicaanse kust tot Canada, over de bergtoppen van al de bergketens van de drie staten daartussen: Californië, Oregon en Washington. De bikkels die het liepen waren ofwel de 'echte wandelaars' die de hele tocht in iets van zeven maanden aan een stuk liepen ofwel de 'segment-wandelaars' die de tocht in stukken opdeelden en 'm stukje bij beetje aflegden, soms wel over meerdere jaren verspreid.

Dus dit was het verhaal dat Adam aan mijn moeder had opgehangen. Hij zou een deel van de PCT lopen? Wat een bullshit. Mijn blik flitste terug naar Adam, wiens lach was vervaagd maar wiens gezicht een bepaalde zelfvoldaanheid toonde.

De adem die ik net had opgezogen, vloog onmiddellijk weer uit me. Ik verschoof en plaatste mijn handen op mijn heupen omdat ik geen idee had wat ik er anders mee moest doen.

'Hallo, meneer Drake,' kwam er schor uit. 'Welkom.' Mijn moeder fronste. Eindelijk had ze mijn vreemde reactie gezien en zonder twijfel zouden er later vragen volgen. Maar ik was veel minder bang om alleen met haar te zijn dan om alleen met hem te zijn, dus ik besloot de hele avond aan mijn moeders zij geplakt te blijven en waarschijnlijk heel veel smoesjes te bedenken om de komende dagen geregeld naar Anza te rijden of zelfs naar de bergen.

'We eten over twee uur en ik heb meneer Drake gevraagd ons te vergezellen,' zei mijn moeder met een nadrukkelijke blik op mijn smerige kleren.

Ik knikte slechts. Ik had geen woorden. Ik keek niet nog een keer naar Adam, had er het lef niet voor. Toen hij mijn moeder de schuur uit volgde, wierp hij een laatste blik mijn kant op voordat hij zich omdraaide en uit mijn gezichtsveld verdween.

Zodra hij uit het zicht was, viel ik tegen de dichtstbijzijnde stal, mijn rug gleed erlangs naar beneden tot ik op de grond zat. Mijn hart bonkte alsof ik net een marathon had gerend en ik beefde. Een diepe kou verhardde mijn ziel. Het dichtstbijzijnde paard, Whiskey, stak zijn hoofd naar buiten en duwde tegen me aan. Ik was volledig gevloerd door deze nieuwe ontwikkeling.

Ik begon net een beetje over dit alles heen te komen, tenminste, dat had ik gedacht. Maar nu voelde ik me weer net zo huiverig en kwetsbaar als het meisje dat de maand ervoor jankend van het Draco Multimedia-complex was gevlucht.

Er trok een pijnscheut door me heen toen ik me de omstandigheden herinnerde van de laatste keer dat ik hem had gezien. Hij met zijn arm om zijn voormalige geliefde heen. Misschien zou Lindsay hierheen komen om hem te zien? Misschien had hij dit expres zo geregeld zodat hij midden in mijn gezicht met haar kon pronken omdat die dag in zijn kantoor nog niet erg genoeg was? Zou ik in staat zijn het te overleven om ze hier samen te zien?

Als mijn moeder mijn hulp de komende week niet zo hard nodig had gehad, zou ik in verleiding zijn gekomen Heath te bellen om te vragen of ik op zijn bank kon bivakkeren tot Adam was vertrokken. Het was onvermijdelijk dat we met elkaar zouden moeten omgaan, maar ik was vastbesloten mijn uiterste best te doen de confrontatie die hij zocht te voorkomen. Met deze kluwen aan ongewenste emoties in me ging ik verbeten verder met mijn poepjacht.

HOOFDSTUK ZEVENTIEN

ET KOSTTE ME EEN UUR TE HERSTELLEN VAN DE SCHOK hem plotseling weer te zien en dan ook nog eens uitgerekend *hier*. Het was duidelijk dat hij hier was om me te zien en nadat ik het reserveringsboek dat mijn moeder op haar bureau bewaarde had gecheckt, kon ik opgelucht vaststellen dat hij hier alleen zou verblijven. De enige reden dat hij zijn vriendin zou achterlaten om hierheen te komen was om me te confronteren. Maar waarom? Wat viel er nog te zeggen wat niet al was gezegd?

Adam leek me niet het type om iemand zout in de wonden te strooien. Of in ieder geval had ik dat gedacht voor het gebeuren in zijn kantoor. Toen had hij genoeg zout in de rondte gestrooid. Ik brandde van woede door het voorwendsel waarmee hij hierheen was gekomen. Wat het me ook zou kosten, ik zou mijn moeder hierbuiten houden. Met een beetje geluk zou hij vertrekken en zou ze nooit weten dat wij een geschiedenis hadden samen.

Ik wilde niet met hem praten en besloot dat ook niet te doen, met uitzondering van wat beleefde uitwisselingen omwille van mijn moeder. Ik had geen enkele behoefte om te ontdekken wat zijn datingstatus was en of hij weer met Lindsay naar bed ging. De gedachte alleen al deed verdomd veel pijn.

Nadat ik had gedoucht en mijn haren had gedaan, hielp ik mijn moeder met de laatste voorbereidingen voor het eten door de biologische, met de hand geplukte sla klaar te maken. Ze was een uitstekende kok, wat deel uitmaakte van het gehele plaatje van haar broodwinning. Iedere dag verzorgde ze het ontbijt voor de gasten en daarbij stelde ze creatief nieuwe en speciale gerechten samen. Het ontbijt was haar specialiteit, maar haar warme maaltijden waren ook verdraaid goed. Toen ik klein was, deed ze tijdens mijn zomervakanties altijd mee aan kookcursussen om er beter in te worden.

De avondmaaltijd was meer dan ongemakkelijk. De enige die niet aangedaan was door de gespannen stilte was mijn moeder. Adam en ik spraken niet met elkaar. Het hele gesprek vond plaats via mijn moeder.

'Mia studeert geneeskunde.'

'Nog niet,' corrigeerde ik haar.

'Nou, dat gaat ze wel doen als ze eenmaal met vlag en wimpel slaagt voor een belangrijke test die eraan komt.'

Adam stelde me in ieder geval geen schijnvragen waarop hij de antwoorden al wist... zoals hij de eerste paar keer dat we elkaar ontmoetten had gedaan. Hij zei wel dat UCI een goede opleiding geneeskunde had en dat ik zou moeten overwegen me daar aan te melden. Die stond al op mijn lijst. Hoewel de gedachte aan een studie in dezelfde stad als waar zijn bedrijf was gevestigd het behoorlijk had laten zakken op de ranglijst van topuniversiteiten. UC Davis, in Noord-Californië, werd steeds aantrekkelijker.

'Ik heb gehoord dat het achterland hier in de omgeving heel mooi schijnt te zijn, ook buiten de PCT,' zei Adam tegen mijn moeder.

'Ja, fantastisch voor wandelingen of paardrijden. Rijdt u paard, meneer Drake?' vroeg mijn moeder.

Hij lachte. 'Nee, helemaal niet. Ik denk dat ik de keren dat ik op de rug van een paard heb gezeten op één hand kan tellen.'

Als hij viste naar een begeleide rit van mij, zou ik zorgen dat ik er klaar voor was om het verzoek af te wimpelen. Mijn hersenen maakten overuren om alle smoesjes die ik kon bedenken op te lepelen. Zere keel? Ik moest studeren? Er was een paard op mijn voet gaan staan?

Toen zei mijn moeder: 'Mocht u interesse hebben, we hebben een paar fijne paarden voor beginners en Mia nam de gasten vaak mee op een rit bij zonsondergang. Misschien kan ik haar zover krijgen dat ze u een keer meeneemt, als u dat zou willen.' Shit, shit, shit. Houd je *mond*, mam.

Adam richtte zijn donkere blik even op mij terwijl ik mijn ogen strak op mijn bord gericht hield en zo snel als ik kon door mijn eten schepte. 'Dat klinkt als een fantastisch idee, maar wat dacht je van een wandeling vanavond, Mia? Wandel je?'

Het duurde lang voordat ik antwoordde, mijn hoofd overwoog op zijn minst nog een half dozijn smoesjes – allemaal flauw – voordat ik er waarschijnlijk de meest flauwe van allemaal uit gooide. 'Ik ben een hardloper.'

'Perfect, ik ook.'

Fuck. Ik had kunnen weten dat hij dat zou zeggen. Zoals altijd was hij me een paar stappen voor.

'Ik zou je alleen maar ophouden,' zei ik, erop gebrand dit te omzeilen.

Adam lachte en keek me alwetend in de ogen. 'Het zou leuk zijn. Weet je een paar mooie uitzichtpunten?'

Uiteraard moest mijn moeder er ook nog een kwartje in gooien. 'Waarom neem je hem niet mee naar dat vergezicht waar je zo van houdt?'

Soms zou ik willen dat ik kon zeggen dat ze verdomme haar bek moest houden. Ik knarste mijn tanden en wierp Adam een moordzuchtige blik toe. Hij keek opperst tevreden, als een beer die net een picknickmand had geplunderd.

Een uur later was ik in mijn kamer mijn hardloopspullen aan het aantrekken toen mijn moeder op de deur klopte en naar binnen kwam. 'Heb ik je daarnet voor het blok gezet? Vind je het oké om met hem te gaan hardlopen?'

Ik aarzelde. Dit was mijn kans eronderuit te komen. Misschien kon ik tegen haar zeggen dat Adam er verdacht uitzag, alsof ik me er niet fijn bij voelde alleen met hem te zijn. Dat laatste deel was in ieder geval waar. Maar het zou haar achterdochtig kunnen maken en ik had liever niet dat ze de waarheid ontdekte. Trouwens, Adam zou precies weten waarom ik ervan afzag en hij had me al eens een lafaard genoemd. Mijn trots stond op het spel. En tot slot, dat nieuwsgierige aagje stond aan mijn gedachten te trekken en stelde eindeloze vragen. Waarschijnlijk zou ik wel een paar antwoorden krijgen als we alleen waren. Ik haalde nietszeggend mijn schouders op. 'Ja, hoor.'

'Mia, ik weet niet wat er de laatste tijd met je aan de hand is, maar mag ik je vragen een beetje moeite te doen met de gasten? Hij is directeur van een bedrijf in Orange County en hij heeft gezegd erover te denken hier een aantal retraites voor zijn medewerkers te organiseren. Ik weet dat je geen slijmbal bent, maar, je weet wel… zet je sprankelende persoonlijkheid aan. Ik weet dat het daar ergens is.'

'Ja, tuurlijk,' gromde ik, mijn gedachten al helemaal in beslag genomen door wat dit hardlooprondje teweeg ging brengen.

Met geen mogelijkheid zou ik hem eruit kunnen lopen. Ik had tenslotte gezien hoe hij zich bewoog en hij was net een menselijk jachtluipaard. Misschien kon ik hem op een van de hoger gelegen paden afschudden, maar mijn moeder zou waarschijnlijk pissig worden als haar eerste blokhutgast na de renovatie zou sterven van uitdroging terwijl hij over de kale heuvels van Cahuilla Mountains zwierf, op zoek naar een oase. Misschien kwam ik ermee weg om hem in een cactus te duwen.

Ik legde me er maar bij neer dat ik voor dit hardlooprondje aan hem vastzat, maar dat betekende niet dat ik aardig tegen hem moest zijn.

We vertrokken langs de rand van ons terrein, de lange schaduwen van de vroege hoogzomeravond in. Ik had een slangenbeetsetje in een heuptasje rond mijn middel en een schaduw van ruim een meter tachtig en negentig kilo op mijn hielen. Ik ging helemaal rechts op het pad lopen in de hoop dat hij me voorbij zou gaan en voor me ging lopen. Zijn benen waren langer en zijn stappen veel groter dan de mijne, dus hij zou los kunnen gaan als hij voor me liep.

Hoewel, het was ook niet mijn eerste keus om naar die gespierde rug en zijn prachtig gevormde benen in die hardloopbroek te moeten staren. Ik wilde hem gewoon van mijn hielen af hebben.

Na een stukje leek hij me voorbij te gaan, maar toen paste hij zijn passen aan de mijne aan. Ik had er flink de vaart in, terwijl het voor hem een ontspannen jogrondje was. Hij zweette zelfs niet eens.

Zodra we uit het zicht van het huis waren, stopte ik, boog voorover en zette mijn handen op mijn knieën. Hij stopte ook en uiteraard was hij niet eens buiten adem. Eikel.

'Wat is er?' vroeg hij.

Ik kwam overeind en keek hem met een dodelijke blik aan. 'Wat is er? Wat dacht je van het feit dat jij hier bent?'

Hij gaf me zijn waterfles, die ik met een zwaai met mijn hand afwimpelde. Zijn ogen kregen die ondeugende, berekenende blik van hem. 'Ik denk niet dat je gelooft dat het toeval was?'

Ik schudde mijn hoofd. 'Waarom ben je hier?'

Hij nam een grote slok uit zijn waterfles. 'Kunnen we in ieder geval lopen terwijl we praten?'

Ik zwaaide overdreven met mijn armen naar het pad voor ons, alsof ik sarcastisch wilde zeggen: 'Na jou.'

Hij begon te lopen en wederom paste hij zijn stappen aan de mijne aan, zodat we schouder aan schouder konden lopen.

'Ik heb Heath vorige week gesproken,' zei hij in antwoord op mijn vraag.

Mijn handen balden zich tot vuisten aan mijn zij. 'Hij moet zich met zijn eigen fucking zaken bemoeien.'

Adam keek even mijn kant op en richtte zich toen weer op het pad. We wonnen hoogte nu, klommen naar een hoger gelegen uitkijkpunt waar we over de kleine vallei met mijn moeders ranch en de percelen van de buren konden uitkijken. Bij zonsondergang was de lucht onvoorstelbaar mooi, een en al paarse kleuren tegen het roodachtige woestijnzand. Vaak kwam ik op dit tijdstip van de dag hier om tot rust te komen, om te proberen mijn zorgen van de dag van me af te zetten. Dat deed ik al jaren. En nu bracht ik Adam naar mijn speciale plek. Een vleug irritatie wakkerde door me heen.

'Misschien probeerde hij een goede vriend te zijn. Een bezorgde vriend.'

'Waar was hij zo bezorgd om? Als hij je heeft verteld dat ik hier in het niets opga terwijl ik wegkwijn om jou dan is hij een verdomde leugenaar,' zei ik iets feller en verhitter dan ik had gewild.

Hij liep verder, maar keek niet naar me. 'Helemaal niet.'

'Wat zei hij dan wel?'

'Hij zei dat je was vertrokken. Dat je erover dacht om de test niet te herkansen.'

Ik beet op de binnenkant van mijn wang. Fucking Heath. Hij had deze confrontatie afgedwongen door op Adams geweten in te spelen. Adam zou nooit zijn komen opdagen als hij zich niet verantwoordelijk voelde. 'En wat maakt het jou uit of ik die test maak of niet? Ik dacht dat je klaar was met me.'

Hij aarzelde. 'Misschien voel ik me er verantwoordelijk voor dat je plannen niet doorgaan.'

Ik wierp hem een scherpe blik toe. 'Nou, nergens voor nodig. Het is mijn leven, mijn beslissing.'

'Dus je gaat die test *wel* maken?'

Ik bezorgde mezelf wat meer tijd door in mijn vuist te kuchen. 'Natuurlijk. Ik heb al voor dat verrekte ding betaald en het was niet goedkoop.' Dat was tenslotte waar. Ik had het steeds maar weer uitgesteld, maar uiteindelijk besloten mezelf vast te leggen door de aanmelding op te sturen. De datum kwam steeds dichterbij en ik wist nog steeds niet of ik de reis zou maken en zou komen opdagen.

'Mooi,' zei hij zachtjes.

Mijn kin kwam omhoog. 'Inderdaad, dus nu je schuldgevoel is opgelost, kun je weer terug naar je leven daar.' Hij was stil, maar ik kon gewoon mijn mond niet houden. Man, wat wilde ik dat ik mijn mond had gehouden. 'Ik bedoel, je blijk van spijtbetuiging is ontroerend en zo, maar ik heb wel andere dingen te doen dan een nepgast bezighouden die mijn moeder valse hoop geeft dat er daadwerkelijk mensen geïnteresseerd zijn in een volgend verblijf hier.'

Hij stopte met lopen en draaide mijn kant op, duidelijk beledigd. 'Ik was oprecht geïnteresseerd om hier te verblijven en ik *ben* van plan een deel van die route te lopen.'

Ik schudde mijn hoofd. '*Jij* neemt een maand vrij van je werk en je computer om dat te doen?'

Hij haalde zijn schouders op. 'Misschien zelfs wel langer.'

Ik lachte vol ongeloof. 'En misschien ben ik de koningin van Engeland.'

Hij wierp me een verhitte blik toe en in stilte liepen we verder tot hij bij het hoogtepunt van de route kwam – een richel die uitkeek over de vallei onder ons. We waren nog niet echt hoog, maar hoog genoeg om een mooi zicht op de zonsondergang te krijgen. Het woestijnlandschap baadde in vurig rood en oranje.

Met een turende blik stond Adam over het dal uit te kijken. Zijdelings keek ik naar hem om zijn knappe gezicht in me op te nemen. Er waaide hier een woestijnbries, die onze kleren en haren in beweging bracht. Hij sprak op rustige, bijna eerbiedige toon. 'Aangezien we de komende dagen op hetzelfde terrein vertoeven en voor je moeders bestwil, zullen we maar een wapenstilstand inlassen?'

Ik vouwde mijn armen over elkaar. 'Ik zal me alleraardigst gedragen. Stop er alleen wel mee alleen met me te zijn, want we hebben elkaar niets meer te zeggen.'

'Echt. Helemaal niets?'

Ik verschoof mijn voeten en haatte het hoe zielig ik klonk. Ik schraapte mijn keel en keek naar de grond. 'Behalve dat ik oprecht hoop dat het goed gaat met jou en je familie.'

Hij keek naar me voordat hij het uitzicht weer bewonderde. 'Dank je. Het gaat goed met ze.'

Ik haalde diep adem en blies die weer uit. 'En... ik hoop dat je geluk vindt. I-ik heb het nooit eerder gezegd, maar wilde dat wel. Ik hoop...' Toen stierf mijn stem weg. Ik ging hem geen geluk met Lindsay wensen, want, kom op zeg, ik was Moeder Teresa niet. Zo ver ging ik niet.

Hij wendde zich tot mij, in afwachting van wat ik nog meer zou zeggen. Toen er niets volgde, zei hij: 'Misschien ben ik al gelukkig.'

Pijn trok door me heen. Ik kon niet naar hem kijken. 'Mooi dan,' zei ik met een dun stemmetje.

Hij keek me oplettend aan. 'En jij?'

Ik haalde mijn schouders op. 'Begint te komen.' Weer een lange stilte, toen schraapte ik mijn keel. 'We kunnen beter gaan. Het wordt snel donker.'

Ik keerde me om om te vertrekken, maar kwam niet ver doordat hij naar mijn arm reikte en me tegenhield. Zijn aanraking brandde mijn huid en ik kromp ineen. Ik draaide me terug naar hem en hij zei: 'Ik meende het. Ik heb verlof opgenomen.'

Als ik zou zeggen dat ik geschokt was, zou dat een understatement zijn. Ik opende mijn mond en klapte hem vervolgens weer dicht. 'Voor hoelang?'

Hij trok een nonchalant gezicht. 'Zolang als het nodig is om aan mezelf te bewijzen dat ik het kan.'

'En hoe vergaat je dat tot nu toe? Al afkickverschijnselen?'

Hij keek niet alsof hij het grappig vond en ik realiseerde me hoe ongepast mijn grapje was. Ik wendde mijn blik af. 'Daar ga je weer, Mia,' zei ik. 'Zout in de wond wrijven, zoals gebruikelijk.'

Hij streek met zijn hand door zijn haren en keek naar me. De jongensachtige kwetsbaarheid die ik zag, brak mijn hart, dat nog steeds als een malle klopte, bijna in tweeën.

'Ik ben blij dat je dat hebt gedaan,' zei ik uiteindelijk. 'En ik ben blij dat je gelukkig bent. En...' Na een diepe hap lucht ging ik verder, met mijn vuisten gebald: 'Ik ben blij voor je dat je iemand hebt gevonden.'

Dat gezegd hebbende draaide ik me om en begon te rennen. Misschien als ik hem overviel en doordat we bergafwaarts renden, lukte het me mijn voorsprong groot genoeg maken om hem de rest van de avond te kunnen negeren. Al gauw hoorde ik zijn voeten achter me, regelmatige passen die met de mijne overeenkwamen.

Toen we eindelijk aan de voet van de heuvel op de vlakte kwamen, hield hij me weer tegen. Beiden ademden we zwaar. 'Is dat zo?'

'Wat?'

'Ben je echt blij dat ik iemand heb gevonden?'

Echt niet. Ik haalde mijn schouders op. Met geen mogelijkheid kon ik die vraag beantwoorden en tegelijkertijd mijn waardigheid bewaren.

'Emilia, ik ben met niemand samen.'

Mijn adem stokte. 'Sorry?'

'Er is niemand geweest sinds jij. Ik ben *niet* samen met Lindsay.'

Mijn hoofd tolde. 'Maar…'

'Ik weet dat dat moeilijk te geloven is na wat je hebt gezien. Maar ik was kwaad, oké? Lindsay was naar kantoor gekomen om te lunchen, maar toen mijn assistent zei dat jij er was, poeierde ik haar af. Ik dacht dat je was gekomen om te praten. Toen ik die doos op de tafel zag, nou, laten we zeggen dat ik niet helder nadacht. Ik deed dat met Lindsay met opzet om je pijn te doen.'

Mijn ademhaling haperde. 'Missie geslaagd, dan,' zei ik met een geveinsd vrolijke stem. Ik was echter duizelig van de golf opluchting die er met dat nieuws over me heen spoelde. Ik werd bijna omvergeworpen. Eerst kwam er opluchting, maar toen zinderende woede. Hoe vaak had ik die scène in mijn hoofd teruggespoeld? Hoe vaak had ik me hen twee als geliefden voorgesteld en boorde het mes dieper in mijn hart? Ik hapte naar adem, voelde tot mijn uiterste vernedering de tranen branden.

'Het spijt me,' zei hij zachtjes, zijn voorhoofd gefronst door mijn reactie.

Ik reageerde niet. Ik betwijfel of ik dat had gekund als ik dat al gewild zou hebben.

'Emilia…'

Hij zou naar mijn arm hebben gereikt als ik niet opzij was gestapt en het hele stuk naar huis rende, hij vlak achter me. Ik ging ervoor, rende zo hard als ik kon en hij volgde me met gemak op de hielen.

Toen we stopten, vluchtte ik niet naar de deur. Mia de lafaard zou iets dergelijks hebben gedaan. In plaats daarvan bleef ik op de veranda rondhangen en staarde naar de gloed die vanachter de gordijnen door het raam kwam. Het was echter nog niet donker genoeg dat mijn moeder het licht op de veranda had aangedaan, dus we stonden gehuld in de paarse duisternis van de schemering.

Ik zei niets en kwam evenmin van mijn plek terwijl ik nog nahijgde. Ondanks de emoties die zich roerden, vond ik het fijn hem hier bij me te hebben. Het overtrof die vage, lege pijn. Deze pijn was scherper, meer urgent, maar hij was *hier*. Hij stond dichtbij genoeg om de hitte van hem, in zijn shirt, dat zeiknat was van het zweet, af te kunnen voelen stralen.

Hij zette een aarzelende stap dichterbij. God, ik wilde dat hij me aanraakte. Ik wilde hem aanraken. Ik draaide mijn gezicht opzij, niet van plan in die intense ogen kijken. 'Je pijn doen was niet de enige reden dat ik het deed,' zei hij eindelijk met een schorre stem.

De pijn straalde door mijn borst bij iedere ademhaling. 'O?'

'Ik wilde aan mezelf, en aan jou, bewijzen dat je meer voelt.' Hij zette een stap dichterbij, bracht zijn hand naar boven om met zijn duim over mijn kaak te strijken en kantelde mijn hoofd naar hem . Ik stapte naar achteren en hij volgde tot ik tegen de paal kwam te staan die het afdak van de veranda ondersteunde. Zijn gezicht was slechts centimeters van het mijne verwijderd en mijn hart dreunde door tot in iedere micrometer van mijn huid. 'Je voelt meer, toch, Emilia?'

Ik sloot mijn ogen en slikte terwijl ik probeerde iedere gram aan boosheid en ergernis op te roepen die ik voor deze man voelde. Maar zijn duim, die vederlichte aanraking langs mijn kaak, verschoof om over mijn lippen te glijden en maakte me gek, wakkerde een diepe honger aan. Ik voelde meer. Natuurlijk voelde ik verdomme meer. De hele maand dat we van elkaar gescheiden waren geweest, was het me niet gelukt mijn gedachten van hem los te scheuren. Hij was het eerste waaraan ik iedere ochtend dacht, het laatste iedere avond en moeiteloos glipte hij de meeste momenten daartussen door mijn gedachten.

'Ik heb nooit gezegd dat ik niet meer voelde,' zei ik uiteindelijk heel flauw.

'Je hebt ook nooit gezegd dat je wel meer voelde.'

Mijn ogen vonden de zijne. Ik huiverde en hij trok zijn hand weg. 'Ik voel meer,' fluisterde ik.

Zijn hoofd overbrugde de afstand en door de kracht van het contact duwde hij het mijne naar achteren. Onze monden vonden elkaar, proefden elkaar gretig. Mijn lichaam kwam omhoog om het zijne te ontmoeten, mijn handen klemden zich om zijn nek om hem bij me te houden. Met een lage grom liet hij zijn tong in mijn mond glijden en onze tongen dansten samen. Verlangen overspoelde me, tot in mijn diepste binnenste. Ik wilde zijn mond aanraken, zijn handen, zijn lichaam. Ik wilde dat de woorden zijn aanrakingen volgden. Ik wilde weten dat *hij* meer voelde.

Toen hij naar mijn pols reikte, trok ik mijn hoofd weg, al schreeuwde alles in me protesterend. Ik legde mijn handen op zijn vochtige, harde borstkas. Ik was niet klaar voor meer. Nog niet. Misschien wel nooit. Ik had tijd nodig om na te denken. Om adem te halen.

Hij stond weer zwaar te ademen en zijn opwinding drukte tegen me aan. Ik trilde. Mijn lichaam wilde gehoor geven aan de roep van de sirenenzang. Voorheen had ik alleen kunnen fantaseren hoe het tussen ons zou kunnen zijn, maar nu wist ik precies welk genot ik in zijn armen, in zijn bed kon verwachten.

Het kostte me iedere gram wilskracht die ik bezat om hem te weerstaan. 'Je bent alleen gekomen omdat je je schuldig zou voelen als ik die test niet zou maken,' bracht ik uit.

Hij aarzelde. 'Nee. Maar het gaf me wel een excuus om hierheen te komen.'

'Sinds wanneer heb jij een excuus nodig?'

Hij keek me aan. 'Ik heb dit nog nooit eerder gedaan.'

Mijn ogen hielden de zijne gevangen. 'Dat kan ik merken.'

'Emilia, ik wil je mijn verontschuldiging aanbieden voor wat er in mijn kantoor is gebeurd. Het was een hufterige zet en dat wist ik zodra ik het deed. Het spijt me ontzettend.'

Ik zoog een haperende hap lucht naar binnen. Ik was zo in de war. Zoals gebruikelijk veroorzaakte Orkaan Adam een kolkende natuurkracht om me heen en ving hij me in hevige wervelwinden en gevaarlijke getijdenstromingen. Ik moest nadenken over wat hij tegen me zei. Ik had een rustige plek nodig, moest alleen zijn. Ik beefde en zijn armen sloten zich steviger om me heen toen hij het voelde. 'Welterusten, Adam,' zei ik in de toenemende duisternis.

Hij bleef even stil, liet me toen los en zette met duidelijke tegenzin een stap terug. 'Welterusten,' zei hij met de zachtste fluistering.

Op trillende benen struikelde ik door de voordeur en vermeed mijn moeders ondervraging over het hardlopen door een paar mompelende reacties en 'het-ging-geweldig'. Toen maakte ik me uit de voeten om met een studieboek op mijn bed onder een felle leeslamp te kruipen. Ik deed niet eens alsof ik studeerde. Dat ging met geen mogelijkheid. Onmiddellijk gooide ik het boek op de vloer en duwde de muis van mijn handen tegen mijn ogen, niet in staat de woorden uit mijn hoofd te krijgen.

Ik voelde *inderdaad* meer. Dat was waar. En dat wist hij verdomd goed. Maar *hoeveel* meer voelde ik? En hoeveel voelde *hij*?

Wat was dit? Kon het...?

Nee. Nee, dat kan het niet, want ik had geweigerd dat toe te staan. Hij had me gekwetst. Die stunt met Lindsay had me kapotgemaakt en dat was wat me het meest bang maakte. Ik had hem de macht gegeven me dat aan te doen. Van iemand houden betekende dat je 'm de macht gaf om je te verpletteren. Je legde het zachtste, meest kwetsbare deel van jezelf in de handen van iemand anders.

Ik vervloekte de onvergoten tranen onder mijn oogleden, was kwaad op mezelf voor de sneue huilebalk die ik was geworden sinds dit alles was gestart. Hij had het recht niet zo binnen te komen vallen en een ravage in mijn emoties aan te richten. Net op het moment dat ik begon te geloven dat het me wel zou lukken om alles op een rijtje te krijgen. Net op het moment dat ik had geprobeerd mezelf bijeen te rapen, een sterker persoon te worden.

Hij leek hetzelfde te doen met zijn leven. Zichzelf dwingen bij zijn werk vandaan te lopen moet pijnlijk zijn geweest. Het was moeilijk me hem voor te stellen zonder zijn mobiele telefoon of laptop. Was hij net zo beïnvloed door onze tijd samen als ik? Waren deze veranderingen een reactie op wat ik tegen hem had gezegd?

Ik kneep mijn ogen stijf dicht, haatte de chaos die door me heen woedde en trachtte een vleugje orde te vinden. Hij had absoluut niet het recht me dit aan te doen. En hoe moest ik de volgende zes dagen met hem in mijn buurt overleven?

De oplossing lag, zo besloot ik, in me vriendelijk, maar afstandelijk gedragen. Hem op een afstand houden zou me beschermen. Ik had hem vanavond te dichtbij laten komen, maar die fout zou ik niet nog een keer maken. Ik kon nooit meer iemand toestaan zo'n macht over me te hebben.

Mijn besluit stond vaster dan vast en met een zucht knipte ik de lamp uit, ik rolde me op mijn zij en lag daar de volgende drie uur, ver weg van enige slaap.

HOOFDSTUK
ACHTTIEN

NA HET ONTBIJT, WAARBIJ ER GELUKKIG WEINIG WERD gesproken, stapte Adam in zijn nieuwe hybride elektrische auto en reed weg naar Anza nadat hij had gemeld dat hij het plaatsje wilde verkennen.

In alle eerlijkheid zou ik niet weten hoe hij daar meer dan een uur zoet mee zou zijn. Anza was een kleine gemeenschap, gelegen aan de rand van het Cahuilla Indian Reservation, het indianenreservaat. Buiten de ruige natuur en de Pacific Crest Trail die het dorp in tweeën splitste, had Anza weinig meer te bieden voor de doorsnee toerist. Misschien dat ik mijn moeder morgen aan hem zou laten voorstellen het Anza-Borrego State Park te bezoeken. Het nationaal park zou hem wel een dag uit mijn buurt houden als hij na het ontbijt vertrok.

Ik hielp mijn moeder met het opruimen van de vaat van het ontbijt en ze had een vreemde glimlach op haar gezicht. Ik vroeg haar wat er aan de hand was. 'Meneer Drake is een hele knappe man,' reageerde ze.

Met een behoedzame blik keek ik haar aan. Had ze gezien wat er de avond daarvoor op de veranda was gebeurd? 'Ja, waarschijnlijk.'

'Waarschijnlijk? Ben je blind of zo? Hij is, wat, bijna dertig of zoiets? Als hij een paar jaar ouder was...'

Ieuw. Had mijn moeder een oogje op Adam? Dat was walgelijk. 'Mam...'

'Ik wil maar zeggen, als een man als hij je motor niet aangeslingerd krijgt, dan moet je misschien terug naar Dokter Marbrow voor een paar sessies om uit te zoeken wat er mis is met je natuurlijke behoeftes.'

Ik maakte een geluid van afkeer. 'Ik weiger met jou over "natuurlijke behoeftes" te praten. En waag het niet in een cougar te veranderen, alsjeblieft!'

Ze haalde haar schouders op en lachte naar me. Ik schudde mijn hoofd en verliet de keuken om naar de stallen te gaan, klaar om mezelf op het werk van vandaag te storten.

Hij was het grootste deel van de ochtend weg en kwam pas na de lunch terug. Niet dat ik het bijhield of zo. Al had ik misschien een paar duizend keer een blik op de weg geworpen toen ik in de bak met de paarden aan het werk was.

Toen hij terugkwam, rond een uur of twee, nam hij de lange route naar zijn blokhut en liep langs de bak waar ik Tate aan het longeren was. Ik droeg mijn spijkerbroek, laarzen en mijn oude hoed.

Hij lachte en zwaaide. '*Howdy*, cowgirl.'

Ik zwaaide als reactie.

Een paar uur later vertelde mijn moeder dat ze hem over een wandelpad had zien vertrekken en vroeg me wat schone handdoeken naar zijn blokhut te brengen. Meestal deed mijn moeder dit soort dingen en ik zou echt, *echt* willen dat ze dat vandaag ook deed. De gedachte aan zijn blokhut in gaan, aan mogelijk gezien worden als ik zijn slaapkamer in liep...

Zo snel als ik kon rende ik met de stapel handdoeken die kant op, klopte op de deur, wachtte en klopte nog een keer. Toen er geen antwoord volgde, gebruikte ik enigszins opgelucht de loper en ging naar binnen.

Ik liet de schone handdoeken achter bij de wastafel in de badkamer, raapte een paar gebruikte op van de grond en hing ze over mijn arm.

Een paar lege waterflesjes pakte ik ook mee van het bureau om bij het plastic te verzamelen en ik vond dat ik net zo goed de kans kon gebruiken om een beetje op te ruimen. Toen ik een van de flesjes pakte, stootte ik per ongeluk een stapel papieren omver, met als gevolg dat ze op de vloer vielen. Vloekend gooide ik de handdoeken en de lege flessen net buiten de deur en ging terug naar binnen om de papieren op te rapen.

Ik raapte ze bijeen en ordende ze terwijl ik mezelf dwong zijn privacy niet te schenden door ernaar te kijken. Het waren voornamelijk routebeschrijvingen van wandelingen en wat lokale informatie, een paar flyers en menukaarten van de paar restaurants in het dorp.

Maar toen zag ik een ongevouwen bundel papieren met het briefhoofd van Pohlman's Law Office, een advocaat wiens naam ik herkende. Niet lang geleden had ik vergelijkbare documenten doorgenomen die mijn moeder aan me had laten zien. Het briefhoofd van mijn moeders advocaat.

Dit was dezelfde advocaat – een van de twee in het dorp – die het papierwerk had afgehandeld voor mijn moeders anonieme weldoener. Degene die als stille vennoot had geïnvesteerd in de ranch en slechts twintig procent van de winst zou krijgen, als we al ooit winst zouden maken.

Mijn handen trilden. Nu wilde ik er namelijk achter komen waarom Adam het papierwerk van mijn moeder had. Toen ik verder las, ontdekte ik echter dat het niet de papieren van mijn moeder waren. Ze waren van Adam. Want Adam was mijn moeders weldoener. En onderaan de bladzijde stond zijn handtekening en de datum die aantoonde dat hij die papieren vandaag had getekend.

Mijn hart ging zo hard tekeer dat het zeer deed. De deal was opgezet voor de veiling. Weken voordat we elkaar zelfs maar persoonlijk hadden ontmoet. Ik voelde me net die coyote in die oude tekenfilm, bij wie de grond vanonder hem werd gezaagd. Hij stond daar te wachten, te wachten op de val. De kamer draaide door mijn desoriëntatie en mijn handen beefden.

Ik gooide het papierwerk op het bureau en haastte me de kamer uit zo snel als ik kon. Bij de deur griste ik de handdoeken en de flessen van de vloer. Ik was echter niet snel genoeg, want op dat moment stapte Adam op de veranda en ik schrok zo hard dat ik alles liet vallen. De handdoeken vlogen in het rond en de flesjes stuiterden op de planken.

'Kom, laat mij die maar pakken,' zei hij.

'Nee!' piepte ik, nog steeds trillend. 'Nee. Het gaat wel.' Als een idioot greep ik om me heen om alles op te rapen terwijl hij naar me keek met de meest verbaasde blik die ik ooit op zijn gezicht had gezien.

'Emilia, wat is er?'

'Mia...' Mijn moeder verscheen achter me. 'Ik pak die handdoeken wel.' Ik snoof gefrustreerd en beefde nog steeds, alsof het rond het vriespunt was in plaats van vijfendertig graden. Ik duwde ze in mijn moeders armen en liep weg.

'Ik moet... Ik wil een poosje alleen zijn,' hijgde ik en ik verdween naar de voorkant van het huis. Wat ik echt wilde doen was in mijn auto stappen en maken dat ik over die verdomde oprit weg scheurde, maar ik was niet van plan tijd te verspillen door naar binnen te gaan en mijn autosleutels te zoeken. Dus in plaats daarvan liep ik in de richting van de hoofdweg.

Ik liep zo'n twintig minuten voordat ik een lange schaduw achter me zag opduiken. Door de manier waarop hij bewoog, de manier waarop hij steeds dichterbij kwam zelfs als ik mijn tempo opschroefde, wist ik precies wie het was.

Ik bleef zo abrupt stilstaan dat hij bijna tegen me aan knalde. We stonden aan de kant van de weg langs een stuk braakliggend terrein. Ik dook onder de afrastering door het veld in. Uiteraard volgde hij me.

'Waardoor ben je zo overstuur, Emilia?'

Ik bleef lopen, deze keer niet om hem eruit te lopen, maar de woorden rolden door mijn hoofd waardoor ik ze nauwelijks op een rijtje kon krijgen om een normale zin te formuleren.

Toen draaide ik me naar hem om. 'Vertel *jij* het maar,' beet ik hem toe.

Hij schudde zijn hoofd, compleet in de war.

'Waarom heb jij daar papierwerk liggen waarop staat dat jij de geheime investeerder van mijn moeder bent?'

Zijn mond vertrok. 'Ben je door mijn papieren gegaan?'

'Ik stootte ze van de tafel af omdat ik een fucking onhandige schoonmaakster ben. Als je niet wilde dat ik ze zou vinden, had je ze daar niet moeten laten liggen. Het is niet alsof ze in een kluis waren opgeborgen of zo.'

Hij verschoof zijn gewicht naar zijn andere been en keek weg. Ik kon merken dat hij pissig was. Wat de fuck maakte het uit dat dit geheim was uitgekomen? Het was er gewoon eentje extra in de lange rij van geheimen. 'Ik had ze daar neergelegd omdat ik ze net vandaag had gekregen, in het dorp, van de advocaat. Ik had er geen idee van dat jij in de kamer zou komen.' Hij keek mijn kant weer op en kneep zijn ogen samen. 'Het was niet de bedoeling dat je die ooit zou zien.'

Ik probeerde adem te halen terwijl ik wild met mijn handen gebaarde. 'Ik begrijp het niet... Waarom heb je... Hoe kon je weten... Wanneer...?'

Zo zou ik nog een poosje zijn doorgegaan als hij zijn handen niet op mijn schouders had gelegd en me naar zich toe had getrokken om hem aan te kijken. 'Haal eens diep adem en kalmeer. Je staat te beven alsof je net een geest hebt gezien.'

Dat klopte. En hoe hard ik het ook probeerde, ik kreeg het niet onder controle.

'Emilia,' zei hij weer, deze keer rustig, en ik keek in zijn ogen.

Toen trok ik een nors gezicht en mepte hem met de rug van mijn hand tegen zijn borstkas. 'Je gaat me nu alles vertellen, Adam Drake, of... of ik ram je helemaal in elkaar.'

Hij greep mijn handen beet en hield ze met gemak vast. Toen trok hij een van mijn opgekrulde vuisten naar zijn mond en kuste hem.

Ik rukte me van hem los en direct sprongen de tranen in mijn ogen.

'Ik zal je alles vertellen,' zei hij op effen toon. 'Als je me belooft dat je niet gaat flippen als ik dat doe.'

Mijn stem trilde net zo erg als de rest van mij. Ik greep de binnenkant van mijn ellebogen vast. 'Dat kan ik niet beloven.'

Hij slikte en wendde zijn blik af. Het leek warempel of hij bang was. Absoluut een emotie die ik nog nooit eerder op zijn gezicht had gezien. Met een zucht haalde hij zijn hand door zijn haren.

'Ook al hebben we elkaar fysiek gezien nog maar twee maanden geleden ontmoet, ik ken je al meer dan een jaar. In St. Lucia vertelde ik je dat... dat je iets voor me betekende. Altijd las ik je blog. Ik was gek op je artikelen, je inzichten. Je bent erg grappig en ik keek uit naar nieuwe artikelen op mijn blogfeed, zelfs als je de spot dreef met mijn game of de concurrent prees.'

Hij schudde zijn hoofd bij de herinnering aan frustraties die hij had gevoeld. 'Soms maakte je me echt pisnijdig en andere keren lachte ik zo hard dat het voelde alsof mijn zij zou openbarsten. Maar daarnaast had ik echt het gevoel dat ik je kende. Vooral toen we zoveel tijd samen doorbrachten in de game. Het was als een heldere vlek op een door werk en verantwoordelijkheden besmeurde, donkere dag. Ik kon niet wachten om in te loggen en lol te maken met de groep. Ik genoot ook van hen, maar met jou...' Hij ademde diep in en liet de lucht weer ontsnappen. 'Het was anders.'

Even keek hij me aan. 'Maar toen schreef je dat manifest. Je weet al hoezeer ik er de schurft aan had, want ik besteedde urenlang aan ieder punt ervan te weerleggen. Het hele idee van de veiling vond ik fucking aanstootgevend. Je kent de reden waarom ik me zo voel over vrouwen die terugvallen op het verkopen van hun lichaam.'

Ik keek weg en hij aarzelde. Hij liet mijn handen los en schraapte zijn keel. 'Ik moest het gewoon weten, snap je? Wat had ervoor gezorgd dat je dit ging doen? Ik had dat beeld van jou in mijn hoofd als de zelfbewuste, grappige, volwassen, zeer intelligente, moderne vrouw en vervolgens kom je met dat manifest en ik...' Hij liet zijn schouders zakken en schudde zijn hoofd. 'Diep vanbinnen wist ik gewoon dat er iets anders moest zijn, dat je om de een of andere reden wanhopig was, ook al had je me nooit verteld dat er financiële redenen achter zaten, met uitzondering van je studie geneeskunde.' Zijn blik werd scherper. 'Dus ik heb je laten natrekken.'

Die woorden waren als een klap in mijn gezicht. 'Wat bedoel je met "laten natrekken"? Heeft een privédetective met mijn foto rondgelopen om vragen over mijn verleden te stellen?'

Hij keek me lang en hard aan. 'Nee. Ik heb een maat van me je financiële gegevens laten opzoeken. En die van je moeder. Toen werd het me duidelijk. Dus zette ik de boel in werking dat een liefdadigheidsinstantie waarbij ik betrokken ben, Golden Shield Group, haar zou helpen op een manier die helemaal losstond van de veiling.'

Gedachten kronkelden door mijn hoofd. Mijn innerlijk was veranderd in een huilende storm die dreigde mijn ziel uit elkaar te trekken. Ik slikte een snik in, draaide me van hem af en begon te lopen.

Gedurende twee stappen liet hij me gaan, toen volgde hij me. 'Emilia...'

Ik stopte, duwde mijn hoofd in mijn handen en begon voor hem te ijsberen. 'Hoeveel geheimen heb je nog meer, Adam? Je lijkt wel een fucking ui met laag op laag aan leugens. Eerst win je die veiling, maar neem je niet de moeite me te vertellen dat je nooit seks met me wilt hebben en dus rek je de boel constant uit, waardoor je mij laat geloven dat het op een keer gaat gebeuren, ook al ben je dat helemaal niet van plan. Vervolgens kom ik erachter dat we elkaar al veel langer kennen dan ik dacht en dan nu *dit*!' Ik kon het er amper uit krijgen. Het bedrog dreigde me te verstikken.

Adam volgde mijn bewegingen, zijn ogen donker van ongerustheid. 'Dit is het. Nu weet je alles.'

Ik schudde mijn hoofd. 'Waarom heb je de moeite gedaan voor deze hele schijnvertoning?'

Hij wreef over zijn kaak. 'Omdat ik het niet kon laten. Ik wilde niet dat je hiermee doorging. Ik zei het al, ik heb nooit gewild dat het zo ver zou gaan. Maar…' Hij aarzelde en zette toen een stap naar me toe, al kon ik merken dat hij verder liever niets meer zei.

'Maar wat?'

Hij vermande zich en toen hij sprak, was zijn stem kalm. 'Maar ik verloor de controle. Ik kon er niets aan doen.' Hij sloot zijn ogen. 'Ik ben er niet trots op. Maar wat dit ook is tussen ons, het werd al heel snel sterker dan ik. Ik kon niet stoppen met aan je denken en ik bleef tegen mezelf zeggen dat ik er de volgende keer een eind aan zou maken. Alleen kwam die volgende keer nooit, want iedere keer dat ik samen met je was, ontdekte ik dat ik je zelfs nog meer wilde. En niet alleen in mijn bed, Emilia, al maakte dat deel me helemaal gek.'

Ik stopte met ijsberen, mijn armen voor mijn borst over elkaar geslagen. Ik luisterde naar hem, maar kon niet naar hem kijken.

Hij ging verder. 'Ik wilde *meer* en dat heb ik nooit met een andere vrouw gehad, *nooit*. Ik wilde de hele nacht met je naar films kijken of je plagen met irrelevante hints over de game of kibbelen over welke versie van de eerste *Star Wars*-trilogie beter is of dat jij me plaagde met het feit dat mijn muzieksmaak precies hetzelfde is als die van je moeder.'

Hij stopte en eindelijk keek ik naar hem. Ik wilde dat ik het niet had gedaan. De emoties stonden op al zijn trekken geschreven. Zijn ogen pinden me vast, daagden me uit mijn blik af te wenden. 'Iedere minuut die ik met je doorbracht, zorgde ervoor dat ik er honderd meer wilde.'

Ik trok mijn blik van hem los. Mijn ogen prikten en emoties dreigden vanuit mijn borst op te komen. Mijn ademhaling werd moeizaam. Hij kwam voor me staan, langzaam en voorzichtig legde hij zijn handen op mijn schouders. 'Ik ga nu iets zeggen waarvan ik weet dat het je doodsbang maakt, want het maakt mij ook doodsbang. Maar ik moet het zeggen.' Hij stopte en wachtte tot ik hem aankeek. Ik wist echter al wat hij ging zeggen. En ik wilde het niet horen. Eindelijk vonden mijn ogen de zijne.

'Alsjeblieft, niet doen,' fluisterde ik.

Hij liet zijn ogen dichtvallen, duidelijk teleurgesteld. Toen hij sprak, was zijn stem beverig. 'Ik hou van je, Emilia. Ik hou zo verdomde veel van je dat ik niet kan ademen als ik niet weet waar je bent of hoe het met je gaat. Deze afgelopen maand is een marteling geweest. Ik vraag me af of het mogelijk is om plaats te hebben in mijn hart voor iets anders dan deze gevoelens.'

Ik was niet in staat te reageren, schudde slechts mijn hoofd. Ik wilde dat hij zou stoppen met praten en ik wilde dat hij nooit zou stoppen.

Hij schraapte zijn keel en ging verder. 'Als de afgelopen maand zonder jou me iets heeft geleerd, is het wel dat ik weet wat ik wil. Ik wil – ik *moet* – jou in mijn leven. Als het moet, wacht ik net zolang als nodig is om dat voor elkaar te krijgen.'

Ik legde mijn hand op mijn voorhoofd en inmiddels liepen een paar losse tranen over mijn wangen. Ik had nog nooit in zijn aanwezigheid gehuild, maar nu waren mijn muren zo broos, zo breekbaar, dat het leek of ik ieder moment in een enorme jankbui kon uitbarsten.

Boosheid brandde op mijn wangen, onder in mijn keel. Ik was zo pissig om wat hij met me deed. Met die woorden had hij de controle weer teruggepakt – zoals hij altijd deed – en bepaalde hij hoe mijn toekomst zou zijn. Hij zou zolang wachten als nodig was, maar, uiteindelijk, zou hij krijgen wat hij wilde. En hij was het soort man dat geen genoegen nam met minder dan dat.

Met gebalde vuisten stapte ik bij zijn aanraking vandaan. 'Fuck you, Adam Drake,' snauwde ik. 'Ik heb er nooit om gevraagd dat je in mijn leven kwam en dit allemaal zou regelen. Ik had het niet nodig dat je me redde!'

Zijn hoofd kantelde op die manier van hem waarop hij me dan bestudeerde, zijn blik berekenend. Deze uitbarsting kwam niet als een verrassing voor hem. Hij slikte en rechtte zijn schouders. 'Nee, waarschijnlijk niet,' zei hij zo zachtjes dat ik hem nauwelijks kon verstaan over het razende, wilde gekolk van emoties binnen in me. 'Maar ik had het zeker nodig dat jij mij redde.'

En na die opmerking draaide hij zich om en liep weg. Elke vezel in mijn lichaam wilde achter hem aan rennen, wilde met al mijn kracht mijn armen om hem heen slaan en zijn lichaam tegen het mijne drukken.

In plaats daarvan klapte ik voorover en snikte. Pijn sloopte me van mijn kruin tot aan mijn tenen. Ik snikte zo hard dat het leek alsof mijn hoofd zou openbarsten. Ik snikte zo hard dat ik nauwelijks in staat was te ademen. Ik hapte naar zuurstof als een duiker met een lege zuurstoftank. De pijn was te veel, te intens.

Die woorden. Iedere vrouw droomde ervan die woorden te horen van een geweldige man als Adam, maar mij brachten ze in tranen. Want ik betwijfelde of ik had wat ervoor nodig was om ze waar te maken tegenover hem. Om ooit in staat te zijn die gevoelens terug te geven. Adam was namelijk niet degene die leeg was vanbinnen. Dat was *ik*.

***

Tegen de tijd dat ik terug bij de boerderij kwam, was het al lang en breed donker. Adams auto stond nog op de oprit. Mijn moeder had het eten bereid en geserveerd, waar zij hem blijkbaar voor had uitgenodigd, aangezien ze met hun lege borden voor zich aan de tafel zaten te praten en van een wijntje genoten.

Ik probeerde ongezien langs de eetkamer te glippen, maar mijn moeder hield me tegen. 'Mia, ik heb een bord voor je bewaard. Kom eten!'

Ik stond in de deuropening, me er terdege van bewust dat ik er vreselijk uitzag. Ik had stof en sporen van tranen overal over mijn wangen, opgezwollen ogen en opgedroogd snot op de voorkant van mijn shirt. Ik weigerde naar Adam te kijken, die blijkbaar zeer geïnteresseerd was in zijn eigen lege bord.

'Ik ga een douche nemen en kruip dan onder de wol.'

Mam fronste. 'Gaat het...'

'Ja, het gaat prima met me,' onderbrak ik haar met een nadrukkelijke blik op Adams gebogen hoofd.

Ze leek niet overtuigd. 'O, oké. Nou, meneer Drake heeft laten weten dat er zaken tussengekomen zijn. Hij zal morgenochtend vroeg moeten uitchecken.'

Mijn blik schoot naar die van Adam en we hielden elkaars blik een lang moment vast. Mijn hartslag kwam met toenemende scherpe, stekende pijnscheuten.

De woorden die volgden waren nauwelijks meer dan een fluistering. 'Het spijt me dat te horen.' Ik schraapte mijn keel.

'Neem me niet kwalijk.' Toen trok ik me terug en liep rechtstreeks naar de douche.

Ik draaide de watertemperatuur zo hoog als ik kon verdragen. Het moest de gevoelloosheid wegwassen, de pijnlijke leegte binnen in me. Morgen zou hij vertrokken zijn en deze keer zou ik hem waarschijnlijk nooit meer zien. Door hem af te wijzen, door hem toe te staan te gaan, zou hij weten dat ik wilde dat hij verderging met zijn leven. Zonder mij.

Ik dacht na over zijn beschuldigingen, over de redenen dat ik hem niet toe kon laten. Ik wist dat dat kwam doordat ik er zeker van was dat hij me zou kwetsen. Dat hij me zou verlaten. Alle mannen vertrokken. Hij zou dat ook doen. Net als de Biol... net als Gerard. *Iedere man die je de rest van je leven ziet is gekleurd door hem.* Ik was me terdege bewust van de waarheid in zijn woorden. Maar Adam was Gerard niet. Adam was niet getrouwd, gebruikte me niet. Adam wilde meer. Had me net verteld dat hij van me hield en, voor wat het dan ook mocht betekenen, ik geloofde oprecht dat hij dat geloofde.

Adam was Gerard niet. En er waren heel veel mannen die niet zoals hij waren. Ik moest echt stoppen met heel kinderachtig te geloven dat alleen omdat één iemand me niet wilde, omdat Gerard me had afgewezen nog voor ik zelfs maar was geboren, iedereen dat zou doen. Ik moest de moed zien te vinden dat te geloven en via dat geloof het pad naar geluk volgen.

Ik bleef onder de hete straal staan tot het water lauw werd en mijn moeder protesterend op de deur bonsde omdat er geen heet water meer was voor de afwas.

'Mia,' zei ze toen ik de badkamer uitstapte terwijl ik mijn badjas om me heen sloeg.

'Het komt wel goed met me, mam.'

'Onze gast, meneer Drake...'

Ik schoot in paniek, mijn hartslag sloeg op hol. 'Is hij al vertrokken?' Uit een dringende behoefte aan antwoord greep ik haar arm beet.

Mijn moeder wurmde hem los en keek me fronsend aan. 'Nee. Ik zei al, morgenochtend. Jullie twee kenden elkaar al, of niet?'

Ik trok me terug, draaide om en liep mijn kamer in. Uiteraard volgde ze me. 'Mia, is hij de kerel waarmee je datete?'

Ik bleef staan, diezelfde bekende knoop tussen mijn schouderbladen. 'Ja.'

'Weet je, ik heb een waardeloos beoordelingsvermogen, dus je kunt beter niet op mij afgaan, maar...'

Ik keerde me naar haar toe. 'Stop ermee jezelf de schuld te geven, mam. Stop ermee aan jezelf te twijfelen. Je hebt een fout gemaakt en daar moet je jezelf niet de rest van je leven voor op je donder blijven geven.'

Haar gezicht vertrok in grimmige lijnen. 'Wijze woorden die *jij* zou moeten opvolgen. Jij zou ook niet je hele leven moeten baseren op mijn fout.'

Ik liet me op mijn bed zakken en keek naar haar. Beverig ademde ik in. 'Ik ben bang.'

Ze kwam naast me zitten en legde haar arm om mijn schouders. 'Volwassen worden is ook beangstigend. Ik denk te weten waarom hij hierheen kwam en ik denk te weten voor welke beslissing je bang bent. Het enige wat ik je kan vertellen is dat het jouw beslissing is, alleen de jouwe. Maar luister naar me. Ik ben al heel lang alleen doordat ik daarvoor heb gekozen en ik zou liever willen dat jij iemand vond die je gelukkig maakt. Mia, als je van hem houdt, kies er dan niet voor alleen te zijn.'

Als je van hem houdt... Ik liet mijn hoofd tegen haar schouder rusten en sloot mijn ogen terwijl die pijn weer diep vanbinnen klopte. Ik kende de waarheid van haar woorden.

***

In niet meer dan mijn slaapshirt en mijn ondergoed stond ik in de koele woestijnavond voor zijn deur. Ik beefde, maar niet van de kou. In de verte hoorde ik een roedel coyotes elkaar roepen en het alomtegenwoordige getsjirp van de krekels.

Er kwam geen licht vanonder zijn deur en aangezien het nog niet heel laat was, begon ik me zorgen te maken. Van wat ik wist door de avonden die we samen hadden doorgebracht, was hij er het type niet naar om er vroeg in te kruipen. Maar misschien was hij vanavond moe.

Nou, jammer dan, dan zou ik hem wakker maken. Dit kon niet wachten. Ik bracht mijn hand omhoog en klopt luid op de deur terwijl ik oplettend luisterde of ik aan de andere kant voetstappen naar de deur hoorde komen. Er volgde echter een complete stilte.

Ik gluurde naar het raam. De gordijnen waren niet helemaal dichtgetrokken, dus ik drukte mijn gezicht tegen het raam en plaatste mijn handen naast mijn hoofd om naar binnen te kijken. Ik zag geen moer doordat het te donker was.

'Adam?' riep ik door het raam, waarna ik er met mijn vuist op bonsde en weer wachtte. Niets.

Lange tijd weigerde ik mezelf te laten geloven dat hij zich niet aan de andere kant van de deur bevond. Weer klopte ik. Weer riep ik. Mijn maag draaide zich om en ik dreigde misselijk te worden. O, God... O, God! Hij was vertrokken. Ik hapte naar adem. Hij had zijn spullen gepakt en was vertrokken, ondanks dat hij tegen mijn moeder had gezegd dat hij pas morgenochtend zou vertrekken. Hij was weggereden toen ik onder de douche stond. *Fuck.*

Ik moest achter hem aan gaan. Er was geen andere optie. Ik kon hem morgen naar OC volgen, maar wie weet waar hij dan zou zijn of waar ik hem kon vinden? Ik had zijn nummer niet, doordat het in de contactgegevens stond van die verdraaide telefoon die ik had teruggegeven. Ik had zijn e-mailadres, maar hij had me net verteld dat hij gedurende deze pauze van zijn werk zonder e-mail zou doen.

Ik wist waar hij woonde en kon naar zijn huis gaan, maar als hij verlof had, wie weet waar hij dan morgen zou zijn? Misschien wel op een vliegtuig naar weet ik veel waar.

Tranen dreigden te vallen bij het besef dat hij was vertrokken. Een klein stemmetje in mijn achterhoofd vroeg me hoe het nou moest als ik hem nooit meer zou zien? Wat als ik nooit meer zijn stem zou horen? Of zijn armen om me heen voelde sluiten? Wat als ik nooit meer een liefde als deze zou kennen?

Bijna verlamd door verdriet draaide ik me om en ik drukte mijn rug plat tegen de deur terwijl mijn hoofd overuren maakte om een plan te bedenken. Ik zou snel een spijkerbroek aantrekken en mijn sleutels pakken. Ik zou *vanavond* nog de berg af rijden. Hij was twee uur bij me vandaan. Ik zou om één uur vannacht op zijn deur bonzen als het moest.

Shit. Zwoegend haalde ik adem en de tranen liepen nu over mijn wangen. Hoe kon dit nu gebeuren? Ik liet me langs de deur naar beneden glijden tot ik op zijn stoepje zat. Ik drukte mijn gezicht tegen mijn knieën, hopeloos door het verlies. Ik was nog maar net in staat geweest te erkennen dat ik dit soort gevoelens kon hebben, dat de wereld niet zo instorten als ik mezelf toestond van een man te houden.

Deze man. Deze geweldige man. Hij was weg en ik had duur betaald voor mijn koppigheid. Deze liefde had me meer dan driekwart van een miljoen gekost. Het had me mijn hart gekost.

Ik wilde het terugkopen, tegen elke prijs. Het behoorde hem toe. *Voor altijd.*

Als hij het nog wilde nadat ik hem aan de kant had geschoven. Domme Mia. *Lafaard.*

Ik snikte in mijn handen, niet in staat de kracht te vinden om mijn plan door te zetten. De wil vloeide uit me en dreigde me in een poel misère achter te laten, gewoon hier, op de veranda van deze kleine blokhut. Mijn schouders schudden en ik was blij dat hier niemand was die me als een klein kind kon horen janken.

God weet hoelang ik mezelf – een zielig, huilend hoopje mens – had toegestaan daar te blijven zitten als ik het geschuifel van schoenen die op de veranda stapten en naast me bleven staan niet had gehoord. Ik keek naar een paar grote voeten in sneakers, dezelfde als die Adam had gedragen toen hij een paar avonden daarvoor met me was gaan hardlopen.

Ik bevroor, maar hield mijn gezicht bedekt. Hij bewoog niet direct, maar zakte toen op een knie om in mijn gezicht te kijken.

'Denk je niet dat je dat vandaag al meer dan genoeg hebt gedaan?'

Mijn adem voelde pijnlijk in mijn borst en mijn hoofd klapte naar achteren tegen de deur. Door mijn gezwollen oogleden keek ik hem aan terwijl ik, hoe gênant, hikte. 'Ik dacht dat je was vertrokken.'

Hij fronste. 'Morgen. Ik voelde me rusteloos vanavond. Ben een stuk gaan wandelen.'

Dom keek ik hem aan, niet in staat de woorden te vinden die pasten bij de mengelmoes van gevoelens binnen in me. Ze waren verstrikt, als spinnenwebben helemaal plakkerig en samengeklit in mijn borst.

We staarden elkaar een lang, intens moment aan en ik merkte dat mijn ademhaling oppervlakkig was. Mijn borst ging net ver genoeg omhoog om een mondjevol lucht op te nemen voordat hij weer inzakte. Zijn blik werd doordringender.

'Wil je binnenkomen of blijf je liever hier zitten?'

Zonder een woord te zeggen snifte ik en stuntelend ging ik staan. Adam kwam ook overeind en opende de deur, die – wat ik toen pas besefte – niet op slot was. Hij deed het licht aan en hield de deur voor me open, alsof hij zijn rug niet naar me wilde keren in de angst dat ik er weer vandoor zou gaan.

En ja, ik was daar misschien wel een beetje toe geneigd, maar hij blokkeerde mijn ontsnapping, dus schoof ik de blokhut in.

Ik keek de kamer door, zag de stapels boeken op zijn nachtkastje, een geopend en op zijn kop op het bed, *Segment Hiker's Guide to the Pacific Crest Trail*. Mijn blik verschoof terug naar waar hij wachtte, vlak naast de gesloten deur.

Mijn hele lichaam begon te beven, het onaantrekkelijke soort beven. Hij keek naar me vanaf zijn plek bij de deur, oplettend voor iedere beweging die ik maakte, maar volledig stil en stijfjes.

Die donkere ogen van hem verraadden niets van zijn gevoelens. Hij wachtte tot ik mijn zegje zou doen. *Ik* was tenslotte degene die als een idioot op zijn veranda had zitten grienen.

Nog steeds had ik geen idee van wat ik zou gaan zeggen. In plaats daarvan verzamelde ik mijn moed en stelde een vraag. 'Waarom? Waarom kwam je in mijn leven en schopte je alles compleet in de war? Ik dacht dat ik gelukkig was. Ik dacht dat ik niemand nodig had...' Mijn stem stierf weg.

Zijn lippen krulden op in een humorloze lach. 'Dat kan ik ook aan jou vragen.'

Met de achterkant van mijn hand veegde ik over mijn wangen. 'Ik heb vandaag meer gehuild dan in de afgelopen tien jaar bij elkaar. Ik ben helemaal niet zo'n sniffende idioot, echt niet, ik zweer het.' Ik drukte mijn handen tegen mijn gezicht. 'Het is gewoon... Ik weet niet wat ik moet doen.'

Hij wachtte, verplaatste zijn gewicht zodat hij met een schouder tegen de deur leunde. 'Dat weet je wel.'

Ik liet mijn handen zakken en schudde zwijgend mijn hoofd.

'Kom hier, Emilia.'

En dat deed ik. Ik liep recht in zijn armen. Hij trok me tegen zich aan en weer kwamen de tranen. Hij kuste mijn haar, zijn armen strak om me heen.

Mijn hoofd viel tegen zijn schouder en mijn armen gleden om zijn middel. Ik ademde hem in, gevoelens van verlangen en verbondenheid trokken door me heen. Zijn armen voelden zo goed om me heen, zo stevig, zo echt.

Mijn stem trilde toen ik eindelijk sprak. 'Ik heb je nodig,' zei ik. Zijn mond ging naar mijn nek en hij kuste me daar, bliksemflitsen schoten langs iedere zenuw die met die plek verbonden was. Het had alles van me gevraagd om het toe te geven, want tot aan die seconde had ik mijn hele leven geleid in de volle overtuiging dat ik niemand nodig had, geen enkele verdomde ziel. Dat Mia Strong een eiland was, een fort.

Maar ik had Adam Drake nodig. Ik had hem net zo zeer nodig als dat ik zuurstof nodig had, of eten of drinken. Eindelijk stonden mijn hersenen toe dat mijn hart dat toegaf.

'Ik heb je zo nodig,' herhaalde ik. 'Ik hou van je.'

Hij nam mijn gezicht tussen zijn handen, hield het stil. Hij hief zijn gezicht op zodat hij me recht in de ogen kon kijken. 'Ik kan je niet beloven dat het perfect zal zijn, Emilia. Maar ik kan je wel beloven dat ik dit nooit zal opgeven. Want ik denk niet dat ik wist hoe ik moest leven voordat jij in mijn leven kwam.'

Teder streek hij mijn haren uit mijn gezicht, maar zijn ogen verlieten de mijne geen moment. Ik snifte, de tranen kwamen nog steeds, en ik schudde mijn hoofd. 'Ik zou liegen als ik zou ontkennen dat ik niet zo bang was dat ik er bijna van in mijn broek pies. Ik heb een goede strijd gestreden, maar ik kan niet langer vechten. Ik zal niet vechten. Ik hou van je, Adam.'

Toen kusten we. Het was net als de eerste keer, die verbinding tussen ons, het verstevigde. In zijn omhelzing vond ik troost, nabijheid. En toen de kus intenser werd, was dat een voorbode van wat er nog meer zou komen. Ik wist dat ik daar ook klaar voor was. Adam leidde ons naar het bed en ik volgde hem. Of het nu was om de liefde te bedrijven of om gewoon naast hem te liggen terwijl we de hele nacht praatten, ik wist dat wat er ook gebeurde goed zou zijn. Want *dit* was zo goed.

Brenna Aubrey is een USA TODAY bestsellerauteur van hedendaagse romantische verhalen waarin de nerdcultuur centraal staat.

Ze heeft altijd troost gezocht in goede boeken en de lange, betrokken verhalen die ze in haar hoofd weeft. Brenna is een stadsmeisje met het hart van een natuurliefhebber. Elke kans die ze krijgt, bevindt ze zich daarom in groene open ruimtes. Ze is ook een moeder, lerares, nerdmeisje, francofiel, onbeschaamde videogameverslaafde en eBook-verzamelaar.

Ze woont momenteel aan de westkust met haar man, twee kinderen en een schattige golden retriever.

Meer informatie is beschikbaar op www.BrennaAubrey.nl